ହଜିଲା ଗୀତର ସୁର

ଉପନ୍ୟାସ

ହଜିଲା ଗୀତର ସୁର

ଉପନ୍ୟାସ

ଗୌରହରି ଦାସ

ବ୍ଲାକ୍ ଇଗଲ୍ ବୁକ୍ସ
ଭୁବନେଶ୍ୱର, ଓଡ଼ିଶା

BLACK EAGLE BOOKS
Dublin, USA

ହଜିଲା ଗୀତର ସୁର / ଗୌରହରି ଦାସ

ବ୍ଲାକ୍ ଇଗଲ୍ ବୁକ୍ସ : ଭୁବନେଶ୍ୱର, ଓଡ଼ିଶା • ଡବ୍ଲିନ୍, ଯୁକ୍ତରାଷ୍ଟ୍ର ଆମେରିକା

BLACK EAGLE BOOKS

USA address:
7464 Wisdom Lane
Dublin, OH 43016

India address:
E/312, Trident Galaxy, Kalinga Nagar,
Bhubaneswar-751003, Odisha, India

E-mail: info@blackeaglebooks.org
Website: www.blackeaglebooks.org

First International Edition Published by
BLACK EAGLE BOOKS, 2025

HAJILA GEETARA SURA
A Novel by **Gourahari Das**

Copyright © **Gourahari Das**

Cover: **Tanuj Mallick**

Interior Design: Ezy's Publication

ISBN- 978-1-64560-773-1 (Paperback)

Printed in United States of America

ଗୀତକୁଡ଼ିଆଣୀ ଚମ୍ପା ଭତରାଙ୍କ ସ୍ମୃତିରେ।

– ଲେଖକ

ନିଜ କଥା

ପ୍ରାୟ ଚାରିବର୍ଷ ତଳେ ନବରଙ୍ଗପୁରରେ ହୋଇଥିବା ଦୁଇଟି ଅପରାଧମୂଳକ ଘଟଣା ସମ୍ବନ୍ଧରେ, ସେଠାରେ ଡିଏସ୍‌ପି ଥିବା ସାହିତ୍ୟିକ ବନ୍ଧୁ ଡକ୍ଟର ଚନ୍ଦ୍ରଶେଖର ହୋତାଙ୍କ ସହ ମୁଁ ଆଲୋଚନା କରୁଥିଲି। ପ୍ରେମ, ଆକ୍ରୋଶ ଓ ଈର୍ଷା ଜଡ଼ିତ ଏହି ଦୁଇଟି ଅପରାଧ ସମ୍ପର୍କରେ ଡକ୍ଟର ହୋତା ମୋତେ ସୂଚନା ଦେଇଥିଲେ। ଦିନେ ମୁଁ ଯାଇ ନବରଙ୍ଗପୁରରେ ପହଞ୍ଚିଗଲି ଏବଂ ଏହି ଅପରାଧ ଘଟିଥିବା ଦୁଇଟି ଥାନାକୁ ଯାଇ କେଶ୍‌ର ବିବରଣୀ ସଂଗ୍ରହ କରିଆଣିଲି। ଏହାପରେ ମୁଁ ଆଉ ଦୁଇ ତିନିଥର ନବରଙ୍ଗପୁର ଯାଇଥିବି ଏବଂ ଡକ୍ଟର ହୋତାଙ୍କ ସହ ଆଲୋଚନା କରିଥିବି। ଏହିପରି ଆଲୋଚନା ସମୟରେ ଦିନେ ସେ ମୋତେ ସେଠାକାର ଗୀତକୁଡ଼ିଆ ଓ ଗୀତକୁଡ଼ିଆଣୀଙ୍କ ସମ୍ବନ୍ଧରେ ସୂଚନା

ଦେଇଥିଲେ। ନବରଙ୍ଗପୁରର ସାମ୍ବାଦିକ ବନ୍ଧୁ ପ୍ରଦୀପ କୁମାର ପାଢ଼ୀଙ୍କ ମାଧ୍ୟମରେ ମୁଁ ଲୋକକଳା ଗବେଷକ ଶ୍ରୀ ସାଇମନ ବିଡ଼ିକାଙ୍କୁ ଭେଟିଲି ଏବଂ ଦିନେ ସମୟ ସ୍ଥିର କରି ନବରଙ୍ଗପୁରର ସେଇ ଗାଁକୁ ଗଲି ଯୋଉଠି ଗୀତକୁଡ଼ିଆଣୀ ଚମ୍ପା ଭତରାଙ୍କୁ ଭେଟିପାରିଲି। ମୋ ସହ ଡକ୍ଟର ହୋତା ଏବଂ ଶ୍ରୀ ପାଢ଼ୀ ମଧ୍ୟ ଥିଲେ। ଗୋଟିଏ ସ୍କୁଲ ପରିସରରେ ଆମେ ଚମ୍ପା ଭତରାଙ୍କ ଗୀତ ଶୁଣିଲୁ ଓ ସେଥିରୁ କିଛି ମୁଁ ରେକର୍ଡ କରି ଆଣିଲି। ସେଠାରୁ ଫେରିବା ପରେ ମୋ ମନରେ କାହାଣୀଟି ଜନ୍ମ ନେଲା। ପୂର୍ବ ଅପରାଧ ଘଟଣା ସହ ଗୀତକୁଡ଼ିଆଣୀର ସଂପର୍କ ଯୋଡ଼ି ଉପନ୍ୟାସଟିଏ ଲେଖିବାପାଇଁ ସ୍ଥିର କଲି। ଏହାର ବହୁ ପୂର୍ବରୁ ମୁଁ ରାୟଗଡ଼ାର ନିୟମଗିରି ଅଞ୍ଚଳ ଯାଇ ବୁଲିଥିଲି। ସେଠାକାର ଡଙ୍ଗରିଆ କନ୍ଧମାନେ ବୁଣୁଥିବା ଚାଦର ବା କାପଡ଼ାଗନ୍ଧା ମୋତେ ଭଲ ଲାଗେ। ଏ ସମ୍ବନ୍ଧରେ ମୁଁ 'ଜୀବନର ଜଳଛବି' ଶୃଙ୍ଖଳାରେ 'ପ୍ରେମର ଚାଦର' ଶୀର୍ଷକରେ ଗୋଟିଏ ଲେଖା, ବହୁଦିନ ତଳେ ଲେଖିଥିଲି। ସେତେବେଳେ ସାମ୍ବାଦିକ ବନ୍ଧୁ ଶ୍ରୀ ତ୍ରିନାଥ ଖାଡ଼ଙ୍ଗା ମୋତେ ଏ ଚାଦର ସହ ପରିଚିତ କରାଇଥିଲେ। ଏହାପରେ ମୁଁ ଯେତେ ଥର ଯାଇଛି, ଡଙ୍ଗରିଆ ଚାଦର ଖଣ୍ଡିଏ କିଣିଆଣିବା ଲାଗି ଉଦ୍ୟମ କରିଛି। ଦି ବର୍ଷ ତଳେ ଥରେ ଯାଇଥିଲି। ମୋର ସାମ୍ବାଦିକ ଛାତ୍ର ଶ୍ରୀ ନବୀନ ଚନ୍ଦ୍ର ସାହୁଙ୍କ ସହ ଯାଇ ରାୟଗଡ଼ାର ବିଭିନ୍ନ ସ୍ଥାନରେ ଖୋଜାଖୋଜି କରିବା ସତ୍ତ୍ୱେ ଖଣ୍ଡିଏ ହେଲେ ଚାଦର ପାଇଲି ନାହିଁ। ମୋର ଆଶଙ୍କା ହେଲା, ଦିନେ ଏ ଚାଦର ବୁଣା ବନ୍ଦ ହେଇଯିବ ଏବଂ ତା ସହ ଶେଷ ହୋଇଯିବ ଗୋଟିଏ ବର୍ଣ୍ଣିଳ ପରମ୍ପରା। ଏ କଥାଟି ଭାବି ମୋତେ ଖୁବ୍ ଦୁଃଖ ଲାଗିଥିଲା।

ଭୁବନେଶ୍ୱର ଫେରିବାପରେ ମୁଁ ଉପନ୍ୟାସଟି ଲେଖିବାଲାଗି ସ୍ଥିର କଲି। ତା ମଝିରେ ଆଉଥରେ ପୋଡ଼ାଗଡ଼ ଯାଇଥିଲି। ଏକଦା କେହି ଜଣେ ଶଗଡ଼ରେ ବୋଝେଇ କରି ପଥରର ଦେବଦେବୀ ମୂର୍ତ୍ତି କୋଉଠିକୁ ନେଇକି ଯିବାବେଳେ କେମିତି ଶଗଡ଼ ଓଲଟି ପଡ଼ିଥିଲା ଓ ବିଭିନ୍ନ ସ୍ଥାନରେ ମୂର୍ତ୍ତିଗୁଡ଼ିକ ପୋତି ହୋଇଯାଇଥିଲେ ସେ କଥା ଶୁଣିଥିଲି। ସେଠିକାର ସମ୍ମୋହନୀ ତୃଣ କଥା ମଧ୍ୟ ଶୁଣି ତାହା ଯାଇ ଦେଖିଥିଲି। ଭାବିଲି, ମୋର ଉପନ୍ୟାସରେ ଏହିସବୁ କଥାକୁ ମୁଁ ଲେଖିବି, ଯାହା ହୁଏତ ପାଠକଙ୍କୁ ଭଲ ଲାଗିବ।

ଗୀତକୁଡ଼ିଆ ଓ ଗୀତକୁଡ଼ିଆଣୀଙ୍କ କଥା ଆଗେ କହେ। ପଶ୍ଚିମ ଓଡ଼ିଶାର

କେତୋଟି ଜିଲ୍ଲାରେ ଥିବା ସଂପ୍ରଦାୟର ଲୋକେ ବିଭିନ୍ନ ପର୍ବପର୍ବାଣି, ବିବାହ, ମୃତ୍ୟୁ ଓ ଜନ୍ମ ଆଦି କାର୍ଯ୍ୟରେ ଯାଇ ଗୀତ ବୋଲିଥାନ୍ତି। ସେମାନେ ଆଶୁ କବି। ପ୍ରତିଥର ଆଗରୁ ଶିଖିଥିବା ଗୀତ ସହ ଆଉ କିଛି ମିଶାଇ ଥାଆନ୍ତି। ଏ ଗୀତଗୁଡ଼ିକର ଲିଖିତ ରୂପ ପ୍ରାୟ ନାହିଁ। ମୌଖିକ ପରଂପରାରେ ଆଦିବାସୀ ସମାଜରେ ଏହା ବଞ୍ଚିରହିଛି। କିଛି ସଂପ୍ରଦାୟର କେହି ଲୋକ ସଂଜବେଳେ ମରିଗଲେ ରାତିରେ ତାର ସଂସ୍କାର ହୁଏନାହିଁ। ଶବକୁ ପରଦିନ ସୂର୍ଯ୍ୟୋଦୟ ପର୍ଯ୍ୟନ୍ତ ରଖାଯାଏ। ତେବେ ରାତିରେ ଶବକୁ କିଏ ଜଗିବ? ଘରଲୋକେ ହୁଏତ ନିଦରେ ଶୋଇପଡ଼ିବେ। ମାତ୍ର ମଣିଷ ମରିଯାଇଥିଲେ ବି ତାର ଡୁମା ବା ଆତ୍ମା ତା ପାଖାପାଖି ଥାଏ। ସୁତରାଂ ଶବ ପଡ଼ିରହିଥିବା ବେଳେ ଘରର ଲୋକେ ନ ଚେଇଁ ଯଦି ଶୋଇଯାଆନ୍ତି ତାହାହେଲେ ଡୁମା ରାଗିଯାଏ। ଡୁମା ରାଗିଗଲେ ଘର ଲୋକଙ୍କର କ୍ଷତି ହେବ ବୋଲି ବିଶ୍ୱାସ କରାଯାଏ। ଏଥିପାଇଁ ସେମାନେ ନ ଶୋଇ ଚେଇଁ ରହନ୍ତି। ତେବେ ନିଦକୁ ଚାପି ଚେଇଁ ରହିବା ସହଜ କଥା ନୁହେଁ। ଏଥିପାଇଁ ଗୀତଗୁଡ଼ିଆଣୀର ପ୍ରୟୋଜନ ପଡ଼େ। ସେ ଆସି ରାତିସାରା ଗୀତ ଗାଇ ଘରର ଲୋକଙ୍କୁ ଚିଆଁଇ ରଖେ। ରାତିସାରା ଗୀତ ଗାଇବା ସହଜ କଥା ନୁହେଁ। ଏଥିପାଇଁ ଗୀତକୁଡ଼ିଆଣୀକୁ ଠାକୁର ଠାକୁରାଣୀଙ୍କ ବନ୍ଦନା ସାଙ୍ଗକୁ ମୃତଲୋକର ଗୁଣାବଳି ସ୍ମରଣ କରିବାକୁ ପଡ଼େ। ସେସବୁକୁ ମିଶେଇ ସେ ସାଙ୍ଗେ ସାଙ୍ଗେ ଗୀତ ଫାନ୍ଦେ ଓ ସୁର କରି ତାକୁ ବୋଲିଥାଏ। ଏ କଥାଟି ମୋତେ ବିସ୍ମିତ କରିଥିଲା। ସେଥିପାଇଁ ମୁଁ ବନ୍ଧୁମାନଙ୍କ ସହ ଚମ୍ପା ଭତରାଙ୍କୁ ଭେଟିବାକୁ ଯାଇଥିଲି। ଭାବିଥିଲି, ଉପନ୍ୟାସଟି ଲେଖିସାରିବା ପରେ ନବରଙ୍ଗପୁର ଯିବି ଓ ସେଠୁ ତାଙ୍କ ଗାଁକୁ ଯାଇ ଏ ବହିରୁ ଖଣ୍ଡିଏ ଉପହାର ଦେବି। ମାତ୍ର ମୋର ଦୁର୍ଭାଗ୍ୟ, ଏହା ଭିତରେ ଚମ୍ପା ଭତରା ଏ ପୃଥିବୀରୁ ବିଦାୟ ନେଇ ଚାଲିଯାଇଛନ୍ତି। ତାଙ୍କୁ ବହିଖଣ୍ଡିଏ ଉପହାର ଦେବାର ଅବକାଶ ଆଉ ମୋତେ ଜୁଟିବ ନାହିଁ।

ମୁଁ ଏହି ଉପନ୍ୟାସଟି ଲେଖିବାବେଳେ କିଛି ବନ୍ଧୁ ମୋତେ ହିନ୍ଦୀ ସିନେମା 'ରୁଦାଲି'ର କଥା କହିଥିଲେ। ମୁଁ ମଧ୍ୟ ସେହି ଫିଲ୍ମ ଦେଖିଛି। ସେଥିରେ ଅଭିନେତ୍ରୀ ଡିମ୍ପଲ କାପାଡ଼ିଆଙ୍କ ମର୍ମସ୍ପର୍ଶୀ ଅଭିନୟ ଏବଂ ଭୂପେନ ହଜାରିକାଙ୍କ ନିର୍ଦ୍ଦେଶନାରେ ଲତା ମଙ୍ଗେସକର ଗାଇଥିବା ଗୀତ 'ଦିଲ୍ ହୁମ୍ ହୁମ୍ କରେ'ର କରୁଣ ଆବେଦନକୁ କିଏ ଅବା ଭୁଲିପାରିବ? ତେବେ 'ରୁଦାଲି'ର କାହାଣୀ ଓ

'ହଜିଲା ଗୀତର ସୁର'ର କାହାଣୀ ଭିତରେ ପାର୍ଥକ୍ୟ ଅଛି। ରୁଦାଲି କେବଳ ପରଲୋକଗତ ମଣିଷ ପାଇଁ କାନ୍ଦିଥାଏ। ମାତ୍ର ଗୀତକୁଡ଼ିଆଣୀର ଦାୟିତ୍ୱ ଅଲଗା। ମଲାଲୋକର ଡୁମା ବା ଆତ୍ମା ଯେପରି କ୍ରୁଦ୍ଧ ହୋଇ ଘରଲୋକଙ୍କର କ୍ଷତି ନକରିବ ସେଥିପାଇଁ ସେ ଘରଲୋକଙ୍କୁ ଚିଆଇଁ ରଖିବାଲାଗି ଗୀତ ଗାଇଥାଏ। ଏଠାରେ କେବଳ ଶୋକପ୍ରକାଶ ନୁହେଁ, ଆତ୍ମାର ତୃପ୍ତିସାଧନ ମଧ୍ୟ ଗୀତକୁଡ଼ିଆଣୀର ଏକ ଦାୟିତ୍ୱ ପାଲଟିଥାଏ। ଏହାଛଡ଼ା ଗୀତକୁଡ଼ିଆଣୀ କେବଳ ପେସାଦାର ରୁଦାଲି ପରି ଶୋକ କାନ୍ଦଣା ଗାଏ ନାହିଁ, ସେ ବାହାବ୍ରତ ପରି ଶୁଭ ଅବସରରେ ମଧ୍ୟ ଗୀତ ଗାଇଥାଏ।

ଥରେ ଉପନ୍ୟାସଟି ଲେଖିବା ଆରମ୍ଭ କଲାପରେ ତାହାକୁ କିପରି ଶେଷ କରିବି ସେ ନେଇ ମୁଁ ଧନ୍ଦି ହେଉଥିଲି। ପ୍ରଥମେ ରାୟଗଡ଼ାର ଡଙ୍ଗରିଆ ଚାଦର କଥାଟି ମୋ ଭିତରେ କାହାଣୀର ମୁଖ୍ୟ ପ୍ରସଙ୍ଗ ହୋଇ ଦାନା ବାନ୍ଧିଥିଲା। ମାତ୍ର ଚମ୍ପା ଭତରାଙ୍କୁ ଭେଟିବାପରେ ମୁଁ ମନ ପରିବର୍ତ୍ତନ କରି ଗୀତକୁଡ଼ିଆଣୀର ଜୀବନକୁ ମୁଖ୍ୟ ପ୍ରସଙ୍ଗ ଭାବେ ଗ୍ରହଣ କଲି।

ଏ ଉପନ୍ୟାସରେ ମୁଁ ତିନିଟି ପ୍ରସଙ୍ଗର ଚର୍ଚ୍ଚା କରିଛି। ପ୍ରଥମ ଦୁଇଟି କଥା ଉପରେ କହିଛି। ଗୀତକୁଡ଼ିଆଣୀର ଜୀବନଚର୍ଯ୍ୟା ଓ ଡଙ୍ଗରିଆ ଚାଦର ବୁଣା ପରଂପରାର କ୍ରମ ବିଲୟ। ଏହାଛଡ଼ା ଆଉ ଗୋଟିଏ ସମସ୍ୟାର କଥା ମଧ୍ୟ ଏଥିରେ ରହିଛି। ରାୟଗଡ଼ା, କୋରାପୁଟ ଓ ନବରଙ୍ଗପୁରର ସରଳ ଆଦିବାସୀମାନଙ୍କୁ କିଭଳି ମହାଜନ ଓ ବେପାରୀମାନେ ଶୋଷଣ କରୁଛନ୍ତି ସେ କଥା ମଧ୍ୟ ଏହି ଉପନ୍ୟାସରେ ଉଠେଇବାଲାଗି ମୁଁ ଚେଷ୍ଟା କରିଛି। ବର୍ଷତମାମର ଶ୍ରମ ଓ ସମୟ ବିନିମୟରେ ଚାଷୀ ଯାହା ଫଳ ଫସଲ ଉପୁଜେଇଥାଏ, ବେପାରୀର ଦଲାଲ ବୋତଲେ ଦି ବୋତଲ ମଦ କି ଟଙ୍କା କେଇଟା ଦେଇ ସେସବୁ ତୋଳିନିଏ। ବିଚରା ଆଦିବାସୀ ଯୋଉ ଦରିଦ୍ରକୁ ସେହି ଦରିଦ୍ର ରହେ। ତାର ଅସହାୟତା ଓ ସରଳତାର ସୁଯୋଗ ନେଇ ବେପାରୀମାନେ ଲାଭ ଉଠଉଛନ୍ତି, କିନ୍ତୁ ବିଚରା ଆଦିବାସୀ ଓ ତାର ପିଲା ପରିବାର ସେହିପରି ଦାରିଦ୍ର୍ୟ ଭିତରେ କାଳ କାଟୁଛନ୍ତି।

'ହଜିଲା ଗୀତର ସୁର' ପ୍ରଥମେ 'ଓଡ଼ିଆ ଗଳ୍ପର ନବଜାତକ କଥା' ପତ୍ରିକାର ୨୦୨୫ ଅକ୍ଟୋବର ସଂଖ୍ୟାରେ ପ୍ରକାଶ ପାଇଥିଲା। ଏଥିପାଇଁ ମୋତେ ଓଡ଼ିଶାର ବିଭିନ୍ନ ସ୍ଥାନରୁ ପାଠକପାଠିକା ଅଭିନନ୍ଦନ ଜଣାଇ ଉତ୍ସାହିତ କରିଥିଲେ। ଆଦିବାସୀ

ସମସ୍ୟା ନେଇ ଏହା ମୋର ପ୍ରଥମ ଉପନ୍ୟାସ ହୋଇଥିବାରୁ ଏହାର ସଫଳତା ନେଇ ମୁଁ ଟିକିଏ ଚିନ୍ତାରେ ଥିଲି। ପାଠକପାଠିକାମାନଙ୍କ ଉତ୍ସାହବାଣୀ ମୋର ସେହି ଚିନ୍ତାକୁ ଦୂର କରିଥିଲା। 'ହଜିଲା ଗୀତର ସୁର' ଉପନ୍ୟାସର ପ୍ରକାଶନ ଅବସରରେ ମୁଁ ଡକ୍ଟର ଚନ୍ଦ୍ରଶେଖର ହୋତା, ଶ୍ରୀ ସାଇମନ ବିଡ଼ିକା, ଶ୍ରୀ ତ୍ରିନାଥ ଖାଡ଼ଙ୍ଗା, ଶ୍ରୀ ନବୀନଚନ୍ଦ୍ର ସାହୁ ଏବଂ ଶ୍ରୀ ପ୍ରଦୀପ କୁମାର ପାଢ଼ୀଙ୍କୁ ମୋର କୃତଜ୍ଞତା ଜଣାଉଛି। ସେମାନଙ୍କର ସହଯୋଗ ବିନା ଏ କାମଟି ସମ୍ଭବ ହୋଇ ନଥାନ୍ତା। ବହିଟିର ପ୍ରକାଶକ, ସୁପ୍ରତିଷ୍ଠିତ କବି ଶ୍ରୀ ସତ୍ୟ ପଟ୍ଟନାୟକ ଏବଂ ତାଙ୍କର ସହଯୋଗୀ ଶ୍ରୀ ଅଶୋକ କୁମାର ପରିଡ଼ାଙ୍କୁ ମୁଁ ଧନ୍ୟବାଦ ଜଣାଉଛି। ଆଶା କରୁଛି, ଏଇଟି ପାଠକପାଠିକାଙ୍କ ଆଦର ଲାଭ କରିବାରେ ସମର୍ଥ ହେବ।

ଡିସେମ୍ବର, ୨୦୨୫ **ଗୌରହରି ଦାସ**

ପ୍ରଥମ ପରିଚ୍ଛେଦ

"ମଣିଷ ଜୀବନ ଗଛର ଛାଇ
ଏଇ ଅଛି ପୁଣି ନାହିଁ
ଆଜି ଅଛେ ସାଥୀ ହୋଇ
ସୁଖ ଦୁଃଖ, କେବେ ଭାବ, କେବେ ବା ଅଭାବ
କାଲି ଅଛି ଆଜି ନାହିଁ।"

ଅପରାହ୍ଣର ଆକାଶକୁ ଚାହିଁ ଗୀତକୁଡ଼ିଆଣୀ ଚମ୍ପା ଭତରା ଗୁଣୁଗୁଣୁ ହୋଇ ଗୀତ ଗାଉଥିଲା। ତା'ର ଆଖି ଯୋଡ଼ିକ ସ୍ଥିର ହୋଇଯାଇଥିଲା ସେହି ବିନ୍ଦୁରେ ଯୋଉଠି ଯୋଡ଼ିଏ ନାମ ଅଜଣା ଚଢ଼େଇ ପାଖାପାଖି ଡେଣା ଝାଡ଼ି ଘରକୁ ଫେରୁଥିଲେ। ଚଇତ୍ର ମାସର ଗରମ ପବନ ଟିକିଏ ଥଣ୍ଡା ହୋଇ ଆସୁଥିଲା; ଶାଳ ଗଛର ପତ୍ରଗୁଡ଼ିକ ଧୀରେ ଧୀରେ ହସି ଉଠୁଥିଲେ। ସେଇ ଶାଳ ପତ୍ରର ସନ୍ଧି ଦେଇ ଅସ୍ତ ସୂର୍ଯ୍ୟର ଆଲୁଅ ମାଟି ଉପରେ ବିଞ୍ଛି ହୋଇପଡୁଥିଲା।

ଚମ୍ପା ଭାବିଲା, ଏମିତିକା ସମୟରେ ଗାଁର ଧାଙ୍ଗଡ଼ାଧାଙ୍ଗଡ଼ୀ ଏକାଠି ହେଇ ଗାଁ ମୁଣ୍ଡରେ ନାଚ ଆରମ୍ଭ କରିଦିଅନ୍ତି। ମାତ୍ର ଏବେ କାହା ମନରେ ସରାଗ ନାହିଁ। ସବୁରି ଘରେ ରୋଗ, ମରଣ, ଲୁହ, ହାହାକାର, ଭୋକ ଆଉ ଅନିଶ୍ଚିତତା। ଖାଲି-ପେଟ ମଣିଷଙ୍କ ପାଦ ଉଠିପାରେ, ଅନିଶ୍ଚିତ ମଣିଷର ପାଦ କିପରି ବା ଉଠିବ !

ସେ ଦୀର୍ଘଶ୍ୱାସ ନେଲା। ପୁଣି ଗୀତ ଗାଇଲା:

"ତୋର ସୁନାର ଶିକିଳି ଛିଡ଼ିଲାରେ...
ତୋର ମାଳତୀ ବିଛଣା ହଜିଲାରେ
ମୋର ଯମୁନା ଛାଡ଼ି ଚାଲିଗଲୁରେ
ହେ ବାବା, ଆମ୍ଭକେ ଏ ଦାରୁଣ ଦୁଃଖ ଦେଲୁ ରେ...।
ମଣିଷ ଜୀବନ ଦି'ଦିନ ପାଇଁ, ହସରେ ଖୁସିରେ ଦିଅ ବିତେଇ
ଜନମିଛେ ସଖା ମଣିଷ ହୋଇ, ଏ ଜୀବନ ଆଉ ମିଳିବ ନାଇଁ
ମାଟିରେ କୁମ୍ଭାର ଗଢ଼ଇ ଠେକି
ଠେକି ଭାଙ୍ଗିଗଲେ ଯୋଡ଼ି ହୁଏ କି...!"

ଚମ୍ପାର ସ୍ୱରଟି ଭଲ। ସେଥିରେ ଗୋଟେ ଅଲଗା ପ୍ରକାର ଦରଦ ଥାଏ ବୋଲି ଲୋକେ କୁହନ୍ତି। ତା'ର କାମ ମଲା ଲୋକର ଶବ ପାଖରେ ଗୀତ ଗାଇ ତା' ପରିବାର ଲୋକଙ୍କୁ ଚିଆଁଇ ରଖିବା। ଏ କାମରେ ତା'ର ସୁନାମ ରହିଛି। ଯୋଉ ଲୋକ ସଞ୍ଜବୁଡ଼େ ମରିଯାଏ, ତା'ର ଶବ ରାତିରେ ସତ୍କାର ହୋଇପାରେନା। ସକାଳ ପର୍ଯ୍ୟନ୍ତ ସାହିଲୋକେ ଅପେକ୍ଷା କରନ୍ତି। କିନ୍ତୁ ସାରା ରାତି ଚେଇଁକି ରହିବା କ'ଣ ସହଜ କାମ? କେତେବେଳେ ଆଖିକୁ ନିଦ ଆସିଯିବ କିଏ ଜାଣେ? ସେଇଥିପାଇଁ ଗୀତକୁଡ଼ିଆ ଆଉ ଗୀତକୁଡ଼ିଆଣୀଙ୍କୁ ଖୋଜାପଡ଼େ। ସେମାନେ ଯାଇ ସେ ଲୋକ ବିଷୟରେ ଗୀତ ଗାଆନ୍ତି, ପରିବାରର ଲୋକମାନେ ଗୀତ ଶୁଣି ଶୁଣି ରାତି ପୁହାଇ ଦିଅନ୍ତି। ସକାଳ ହେଲେ ଶବକୁ ସତ୍କାର ଲାଗି ନେଇକି ଯାଆନ୍ତି।

ମଲା ଲୋକର ଘରଲୋକେ ରାତିରେ ଶୋଇପଡ଼ିବା ମନା। ଶବ ଉପରୁ ନଜର ହଟେଇ ଆରାମରେ ଶୋଇପଡ଼ିଲେ ଡୁମା ରାଗିଯିବ। ଡୁମା ରାଗିଗଲେ ଗାଁ ଆଉ ପରିବାରର ସଭିଙ୍କର କ୍ଷତି ହେବ ସିନା, କାହାର ଲାଭ ହେବ ନାହିଁ।

ସେଥିପାଇଁ ଗୀତ ଗୁଡ଼ିଆଣୀର ପ୍ରୟୋଜନ ଢେର୍। ସିଏ ରାତିସାରା ଗୀତ

ଗାଇବ। ତାହାହେଲେ ଆଖିରୁ ନିଦ ପଳେଇବ। ଗୀତକୁଡ଼ିଆଣୀ କ'ଣ ଖାଲି ଆଗରୁ ଶିଖିଥିବା ଗୀତ ଗାଏ କି? ନା, ତାହା ନୁହେଁ। ପୁରୁଣା ଗୀତ ସାଙ୍ଗରେ ମଲା ଲୋକର କଥାକୁ ମିଶେଇ ନୂଆ ଗୀତ ବି ଗାଏ। ତା' ସାହିଭାଇ, ଗାଁଗଣ୍ଡାର କଥା ଥାଏ ସେଇ ଗୀତରେ। ନାନାଆଡୁ ନାନା ପ୍ରସଙ୍ଗ ନ ମିଶେଇଲେ ସାରା ରାତି ଗୀତ ଗାଇବା ସହଜ କଥା ନୁହେଁ।

କୋଉଠି କିଏ ସଞ୍ଜବୁଢ଼େ ମରିଯିବାର ଖବର ପାଇଲେ ଚମ୍ପା ଭତରା ଭିତରେ ଭିତରେ ଖୁସି ହୁଏ। ସେ ଜାଣେ ଏବେ ତାକୁ ଡକରା ପଡ଼ିବ। ସକାଳେ କି ଦି'ପହରେ କିଏ ମଲେ ତାକୁ ଖୋଜା ପଡ଼େନାହିଁ। ଆଗରୁ ଗାଁରେ ଚାରିଘର ଗୀତକୁଡ଼ିଆ ଥିଲେ। ଏବେ ଅଛି ଗୋଟିଏ - ତାଆରି ପରିବାର। ଗୀତ ଗାଆନ୍ତି ସିଏ ଓ ତା' ବର ଲାଇବନ। ଅନ୍ୟମାନେ କିଏ କୁଆଡ଼େ ଚାଲିଗଲେଣି। ତେଣୁ ପ୍ରତି ହପ୍ତାରେ ତାଙ୍କୁ ଗୋଟିଏ କି ଯୋଡ଼ିଏ ଡକରା ଆସିବା ନିଶ୍ଚିତ ଥିଲା। ମାତ୍ର ଏବେ ଆଉ ସେ ପରିସ୍ଥିତି ନାହିଁ। କାହିଁ, କେତେଦିନ ହେଇଗଲାଣି, କୋଉଠୁ କୁଆଡୁ ଡକରା ଆସୁନାହିଁ। ଏହାର ଅର୍ଥ ନୁହେଁ ଯେ ଲୋକ ମରୁନାହାନ୍ତି। ପ୍ରକୃତରେ ଆଗରୁ ମାସକୁ ଯେତିକି ମରୁଥିଲେ ଗଲା ଦି'ବର୍ଷ ହେଲା ଦିନକୁ ସେତିକି ମରିଛନ୍ତି। ଗୋଟେ ଗୋଟେ ପରିବାର ତ ରୋଗରେ ପଡ଼ି ସଫା ହୋଇଯାଇଛି। କିନ୍ତୁ ଚମ୍ପା ଭତରାକୁ ଲୋଡ଼ା ପଡ଼ିନାହିଁ। ସେସବୁ ଶବ ସେମିତି ଅଳିଆ ଆବର୍ଜନା ପରି ପୋଡ଼ି ଦିଆଯାଇଛି। କାରଣ ସେମାନେ ଥିଲେ କରୋନା ଠାକୁରାଣୀର ରୋଗୀ। ସେ ଠାକୁରାଣୀର ରୋଗୀ ପାଖକୁ ଯିବା ମନା। ସରକାର ଡେଙ୍ଗୁରା ବଜେଇ ହୁକୁମ ଦେଇଥିଲେ। କି ଦୁର୍ଭାଗ୍ୟ! ଗୋଟାଏ ଯୋଡ଼ାଏ ଶବ ପାଇଁ ରାତି ପୁହାଇଲେ ତା' ଗୁଜୁରାଣ ମେଣ୍ଟନ୍ତା। ଏଠି ଏ ପୋଡ଼ାଗଡ଼ରେ ପ୍ରତିଦିନ ତିନିଟା, ଚାରିଟା ମଣିଷ ମରୁଥିଲେ; କିନ୍ତୁ ଭୋକିଲା ପେଟରେ ରହୁଥିଲା ଚମ୍ପା। ତାକୁ ଡକରା ଆସୁ ନ ଥିଲା।

ପ୍ରଥମେ ପ୍ରଥମେ ଯେତେବେଳେ କରୋନା ଠାକୁରାଣୀ ଗାଁ ଗାଁରେ ପଶିଲା ସେତେବେଳେ ଲୋକମାନେ ତା'ର ପ୍ରକୋପ ଜାଣିପାରି ନ ଥିଲେ। ପ୍ରଥମ ମାସର ପନ୍ଦର ଦିନ ଭିତରେ ଦଶଟା ଜାଗାରୁ ଡକରା ଆସିଥିଲା ଚମ୍ପାକୁ। ସିଏ ଭାବିଲା, ଏମିତି ଚାଲିଲେ ଦି'ଟା ମାସରେ ତା' ଘର ଚାଉଳ, ମାଣ୍ଡିଆ ଆଉ ଟଙ୍କାପଇସାରେ ଭରିଯିବ। ସବୁ ଜାଗାକୁ ତା' ପକ୍ଷେ ଏକାକୀ ଯିବା ସମ୍ଭବ ହେଉ

ନ ଥିବାରୁ ଲାଇବନ ମଧ୍ୟ କେତେଟା ଜାଗାକୁ ଯାଉଥିଲା । ଭଲ ହେଉଥିଲା ଦିହିଁଙ୍କ ଉପାର୍ଜନ । ଲାଇବନ ତା' ଉପାର୍ଜନରୁ ଅଧାଅଧି ମଦରେ ଖର୍ଚ୍ଚ କରିଦେଉଥିଲେ ବି ଚମ୍ପା ଆଗରେ ଆସି ହାତ ପାତୁ ନ ଥିଲା । ମାତ୍ର ଦିନେ ସବୁ ଠପ୍ ହୋଇଗଲା । ସରକାରଙ୍କ ପ୍ରଚାର ଗାଡ଼ି ଆସି ରାସ୍ତାରେ ରାସ୍ତାରେ କହିଦେଇଗଲା- କେହି ଏଣିକି ଘରୁ ବାହାରିବେ ନାହିଁ । ଘର ଭିତରେ ଥିବାବେଳେ ସୁଦ୍ଧା ମୁହଁରେ ତୁଣ୍ଡି ବାନ୍ଧି ଚଳପ୍ରଚଳ ହେବେ । କେହି କାହାରି ପାଖକୁ ଯାଇପାରିବେ ନାହିଁ କି ହାତଗୋଡ଼ ଛୁଇଁବେ ନାହିଁ । ଏ ବେମାର କଫ, ସିଂଘାଣିରୁ ବ୍ୟାପୁଥିବାରୁ କେହି ସେଗୁଡ଼ା ଯୋଉଠି ନାହିଁ ସେଇଠି ପକେଇ ପାରିବେ ନାହିଁ । ହାଟ, ବଜାର ସବୁ ବନ୍ଦ ରହିବ । ଅଫିସ୍, କଚେରି ମଧ୍ୟ ବନ୍ଦ ରହିବ । ସେଠିକାର ଅଧିକାରୀମାନେ ଘରେ ଥାଇ କାମ କରିବେ । ଯାହା ଘରୁ କରୋନା ରୋଗୀ ବାହାରିବ, ତା ଘରକୁ ଘେରାବନ୍ଦୀ କରାଯିବ । ପ୍ରତିଦିନ ସକାଳେ ଗୋଟାଏ ଘଣ୍ଟା ଓ ଉପରବେଳା ଘଣ୍ଟାଏ ଏମିତି ମାତ୍ର ଦି'ଘଣ୍ଟା ଲୋକଙ୍କୁ ସମୟ ମିଳିବ, ସେମାନେ ହାଟ ବଜାରକୁ ଯାଇ ନିଜ ନିଜର କାମ ସାରି ଫେରି ଆସିବେ । ସେଇ କଥା ଫେର୍ ଡେଙ୍ଗୁରାବାଲା ଡେଙ୍ଗୁରା ବଜେଇ ଗଳି, କନ୍ଦି ସବୁଠି ଶୁଣେଇ ଗଲା ।

ଚମ୍ପା ଭତରା ଡରିଯାଇଥିଲା ।

ତା' କାନ ଉଠିଲାଦିନୁ ସେ ଏମିତି ବେମାର କଥା ଶୁଣି ନ ଥିଲା । ପୋଡ଼ାଗଡ଼ର ଅନ୍ୟ କୌଣସି ଲୋକ ବି ଏ ପ୍ରକାର ବେମାର ବିଷୟରେ ଶୁଣି ନ ଥିଲେ । ସମସ୍ତେ ଡରିଯାଇଥିଲେ । ସେମାନେ କୁହାକୁହି ହେଉଥିଲେ ଯେ କଳି କାଳ ଶେଷ ହେବା ସମୟ ଆସିଲା । ଏବେ ସମସ୍ତେ ମରିଯିବେ । ପାଠୁଆ ଲୋକ କହୁଥିଲେ, ସାରା ପୃଥିବୀରେ ରୋଗ ବ୍ୟାପିଛି । ଆମେରିକା, ବିଲାତ, ରୁଷିଆଠାରୁ ନେଇ ଆଫ୍ରିକା, ଅଷ୍ଟ୍ରେଲିଆ ଏବଂ ଆଉସବୁ କୋଉ କୋଉ ବଡ଼ ଦେଶରେ ବି ଏ ରୋଗ ବ୍ୟାପିଯାଇଛି । ଲୋକମାନେ ପୋକମାଛି ପରି ମରୁଛନ୍ତି । ରୋଗିଣା ଲୋକ ଭଲ ଲୋକକୁ ଆଖିରେ ଅନେଇ ଦେଲେ ସେ ଭଲ ଲୋକଟା ରୋଗିଣା ହୋଇଯାଉଛି । କିଏ କାହାର ହାତ ଛୁଇଁଦେଲେ ରୋଗ ତା' ପାଖକୁ ଚଟ୍‌କିନା ଡେଇଁ ଯାଉଛି । ବର କନିଆଁକୁ ଛୁଇଁପାରୁ ନାହିଁ କି ମାଆ ପୁଅକୁ କୋଳ କରିପାରୁ ନାହିଁ । କେହି କାହା ଆଡ଼କୁ ଅନେଇବା ସୁଦ୍ଧା ମନା । ଇଏ କଳି କାଳର ଶେଷ ସମୟ ବୋଲି ସଭିଏଁ ସହମତ ହେଉଥିଲେ । ଲୋକେ କୁହାକୁହି ହେଲେ, ଏ

ପାହାଡ଼ପର୍ବତ, ଗଛପତର ଏମିତି ଥିବେ, ମଣିଷମାନେ ସବୁ ମରି ହଜିଯିବେ। ନଈଝରଣାରେ ପାଣି ଥିବ, ପିଇବା ଲାଗି ମଣିଷ ନ ଥିବେ !

ଚମ୍ପା ଭତରା ସେତେବେଳେ ଦିନରାତି ବାବା ଭୈରବଙ୍କୁ ଡାକୁଥିଲା। ପୋଡ଼ାଗଡ଼ର ଭୈରବ ବାବା ଖୁବ୍ ବଳଶାଳୀ। ସିଏ ଚାହିଲେ ତା' ପରିବାରକୁ ତାଙ୍କ ଛତ୍ର ତଳେ ରଖି ବଞ୍ଚେଇଦେବେ। ତାଙ୍କ ଛଡ଼ା ଏ ବିପତ୍ତି ବେଳେ ଆଉ କେହି ସାହା ଭରସା ହୋଇପାରିବେ ନାହିଁ।

ଏମିତି ମହାମାରୀ ସମୟରେ କିଏ ବା କାହିଁକି ଚମ୍ପା ଭତରାକୁ ଗୀତ ଗାଇବା ଲାଗି ଡାକିଥାନ୍ତା ? ତେଣୁ ତା'ର ଉପାର୍ଜନ ବନ୍ଦ ହୋଇଗଲା। ବର୍ଷେରୁ ଅଧିକ କାଳ ଜିଅନ୍ତା ଲୋକ କି ମଲା ଲୋକ, କାହା ମୁହଁକୁ ଅନେଇବା ମନା ହୋଇଗଲା। ଡାକ୍ତରଖାନାରୁ ଲୋକେ ମଲା ଲୋକକୁ ଜରି ପଲିଥିନ୍ ଗୁଡ଼େଇ ମଶାଣିକୁ ନେଇ ଯାଉଥିଲେ ଓ ସେଇଠି ପୋଡ଼ି ଦେଉଥିଲେ। ତା'ଘର ଲୋକଙ୍କୁ ସୁଦ୍ଧା ରୋଗୀର ମୁହଁ ଚାହିଁବାକୁ ଦିଆଯାଉ ନ ଥିଲା। ଡାକ୍ତର, ନର୍ସମାନେ ରୋଗୀ ଦେହରେ ହାତ ଦେଉ ନ ଥିଲେ। ଏ ରୋଗ ପାଇଁ କାଳେ ଔଷଧ ବାହାରି ନ ଥିଲା। ତେଣୁ ଡାକ୍ତରମାନେ କହୁଥିଲେ, 'ଠାକୁରଙ୍କୁ ଡାକ'।

ଚମ୍ପା ଭତରା ତା' ଘରର ଚାରିଆଡ଼େ ଥରେ ନଜର ବୁଲେଇ ଆଣିଲା। ସବୁଠି ଦୁଃଖ, ଅଭାବ, ହାହାକାର। କେମିତି ସେ ଚାରିପ୍ରାଣୀ ବଞ୍ଚିବେ ? ଚାଉଳ, ମାଣ୍ଡିଆ, ସୁଆଁ, କୋଳଥ, ମକା, ବାଜରା- ଯେତେ ଯାହା ଯେଉଁଠି ସାଇତିସୁଉତି ରଖିଥିଲା ସବୁ ସରିଗଲାଣି। ଘରେ ଆଉ କୋଉଠି ଖୁଦକଣାଟିଏ ବି ନାହିଁ। ସେ କ'ଣ କରିବ ? ଖାଲି କଞ୍ଚା ଆମ୍ବ ଖାଇ କେମିତି ସେମାନେ ବଞ୍ଚିବେ ? ଘର ଭିତରୁ ଧିମାସ୍ୱରରେ ହେମ ପଚାରୁଥିଲା, "ଭୋକିଲା ପେଟରେ କେମିତି ତୁ ଗୀତ ଗାଉଛୁ ଲୋ ମା' ? ତୋତେ ଧନ୍ୟ କହିବ ! କୁଆଡୁ କୁଆଡୁ ଯୋଡ଼ିଯାଡ଼ି ଗୀତ ଫାନ୍ଦୁଛୁ ? ତୋ କଣ୍ଠରେ ନିଶ୍ଚେ ଠାକୁରାଣୀ ଥିବେ।" ଚମ୍ପା କହିଲା, "ନା ଲୋ ହେମ, ଗରଜ ପଡ଼ିଲେ ମଗଜ କାମ କରେ। ସାରା ରାତି ବସି ଗୀତ ଗାଇବା କ'ଣ ସହଜ କଥା ? ସବୁ ସେଇ ଠାକୁରାଣୀର ଇଚ୍ଛା। ତା' ଇଚ୍ଛା ହେଲେ ଜଡ଼ା-ବୋବା ବି ଗୀତ ଗାଇବ। ତୁ ଚେଷ୍ଟାକରି ଦେଖୁନୁ, ନିଶ୍ଚୟ ଗାଇ ପାରିବୁ। ଠାକୁରାଣୀ ତୋ କଣ୍ଠରେ ବସି ପଦ ପରେ ପଦ ବତେଇ ଦେବେ। ତୁ ତାକୁ ତୋ ସୁରରେ ଗାଇବୁ।"

ହେମ କହିଲା, "ମୋ ଦ୍ୱାରା ସେ ଗୀତଫୀତ ହେବ ନାହିଁ। ଇଏ କ'ଣ ଗୋଟେ କାମ! କିଏ ମୋର ଅଚିହ୍ନା ମଲା ଲୋକ ପାଖେ ରାତିସାରା ବସି ଗୀତ ଗାଇବ? ମୋର ବାଡ଼ିବଗିଚା କାମ ଭଲ ତ ମୁଁ ଭଲ।"

ଚମ୍ପା କହିଲା, "ସେମିତି କହନା ହେମ! ତୁମେ ଦି' ଭଉଣୀ ଏସବୁ ନ ଶିଖିଲେ ଆମ କୁଳବେଉସା ବୁଡ଼ିଯିବ। ସବୁବେଳେ କ'ଣ ତୁମେ ମଲା ଲୋକ ଲାଗି ଗୀତ ଗାଇବ କି? ନା, ନା, ବଞ୍ଚିଲା ଲୋକଙ୍କ ପାଇଁ ଗୀତ ମଧ୍ୟ ଗାଇବ। ପିଲା ଜନ୍ମଠାରୁ ନେଇ ବାହାଘର, ପୁଣି ଶୁଦ୍ଧିସଂସ୍କାର ଯାଏ ସବୁବେଳେ ଗୀତକୁଡ଼ିଆଣୀ ଲୋଡ଼ା ପଡ଼େ। ବାହାଘର ବେଳେ ଗୀତ ବୋଲିଲେ ତ ଶାଢ଼ି, ଟଙ୍କା, ମାଣ୍ଡିଆ, ଚାଉଳ କେତେ କ'ଣ ଦରବ ମିଳେ ଆମକୁ। ଏସବୁ ଆମ କୁଳ ପରଂପରା। ଏଇ ଗୀତ ଦେଇ ଆମେ ଆମର ଠାକୁର, ଠାକୁରାଣୀ, ଡୁମା, ଭୈରବ ବାବାଠୁଁ ନେଇ ଏ ପାହାଡ଼, ପର୍ବତ, ନଈନାଳର କାହାଣୀସବୁକୁ ବଞ୍ଚେଇ ରଖିଛୁ। ତାହା ନ ହେଲେ ଏସବୁ ଉଭେଇ ଯିବ। ଧରଣୀଦେବତା କୋପ କରିବ। ଆଉ ଶୁଣ୍, ଏ ଗୀତ ଗାଇବା କାମ ବଡ଼ ପବିତ୍ର କାମ। ମହାଦେବ ନିଜେ ପରା ଡମ୍ବରୁ ବଜେଇ ଗୀତ ଗାଆନ୍ତି। ତାଙ୍କ ଗୀତରେ ମାଆ ପାର୍ବତୀ ନାଚ ନାଚନ୍ତି। ସେଇ ଶିବ ଠାକୁର ତ ସବୁ ନାଚଗୀତର ମୂଳ।"

: ଶିବପାର୍ବତୀ ଗୀତ ଗାଆନ୍ତୁ। ତାଙ୍କର ଆଉ କିଛି କାମ ନ ଥିବ, ସେଥିପାଇଁ ସେମାନେ ନାଚନ୍ତି, ଗାଆନ୍ତି, ଖୁସି ହୁଅନ୍ତି। କିନ୍ତୁ ମୋର ସେଥିରେ ମନ ନାହିଁ। ତୁ ସେ ଗୀତ କଥା ଛାଡ଼ିଲୁ। ଭୋକ ଲାଗିଲାଣି। ତୁ ଯା', କାହାଠୁଁ ଚାଉଳ ଗଣ୍ଡେ ଧାର ମାଗି ଆଣିବୁ। ଭାତ ମୁଠେ ନ ଖାଇଲେ ମୁଁ ମରିଯିବି। ଆମର ଆସିଲେ ଆମେ ତାଙ୍କୁ ନେଇ ଦେଇଦେବା। - ହେମ କହିଲା।

ଝିଅର ଭୋକ କଥା ଶୁଣି ଚମ୍ପାର ଛାତି ଭିତରଟା କୋରି ହେଇଗଲା। ସେ କପାଳରେ ହାତ ମାରି କହିଲା, "ହାୟରେ ଧରମୁ ଦେବତା। ମୋ ଛୁଆଙ୍କୁ ଏତେ କଲବଲ କିଆଁ କରୁଛୁ? ମୁଁ ବି କି ମାଆ, ଯିଏ ଜନ୍ମକଲା ଛୁଆଙ୍କୁ ଭାତ ମୁଠେ ଖାଇବା ଲାଗି ଦେଇପାରୁନି! ହାୟରେ!"

ସେତିକିବେଳେ ଘର ଆଗରେ ଶୁଖିଲା କାଠ ରଖୁଥିବା ସାନଝିଅ ଡାଳିମ୍ବ ଡାକ ପକେଇଲା, "ମାଆ, ତୋତେ ଧରମୁ ଦାସ ଡାକୁଛି।"

: କାହିଁକି ସେ ଏତେବେଳେ ଆସିଲା ! ତା'ର ଚମ୍ପା ପାଖେ କି କାମ ? ଏକଥା କହିସାରି ଚମ୍ପା ଚୁପ୍ ହେଇଗଲା । ତାର ମନ ଅନ୍ୟ ଆଡ଼େ ଥିବାରୁ ସେ ଜାଣିପାରିନଥିଲା । ମନେ ପଡ଼ିବାରୁ କହିଲା, ଏଁ, କୋଉ ଧରମୁ ଦାସ ! ସିଏ ତ ଗଉନ୍ତିଆର ପାଖଲୋକ । ସଞ୍ଜବୁଡ଼େ ସିଏ ମୋତେ ଆସି କାହିଁକି ଖୋଜୁଛି ? ଚମ୍ପା ଭତରା ଭାବିଲା ଓ ଘର ବାହାରକୁ ଆସିଲା ।

: ଆଲୋ ଚମ୍ପା, ଭଲ ଅଛୁ ଟି ! ନିଶ୍ଚେ ଭଲ ଥିବୁ । ଭଲ ନ ରହିବୁ କାହିଁକି ! ଗଉନ୍ତିଆ ତ ସବୁକଥା ବୁଝୁଛନ୍ତି । ଘରପିଛା ସମସ୍ତଙ୍କୁ ଟଙ୍କା ଦେଉଛନ୍ତି । ସମସ୍ତଙ୍କ ଦୁଃଖସୁଖ ବୁଝୁଛନ୍ତି । ହେଇ ଶୁଣ, ଲେଞ୍ଜୁପଡ଼ା ବେଶ୍ରାଘରର ବୁଢ଼ାବୁଢ଼ୀ ଏଇ ସାଙ୍ଗେ ସାଙ୍ଗେ ଆଗପଛ ହେଇ ମାରା ପଡ଼ିଗଲେ । ସକାଳ ପର୍ଯ୍ୟନ୍ତ ମଡ଼ା ରହିବ । ତାଙ୍କ ସାନ ପୁଅ ଆସିଲେ ସକାଳକୁ ଶବ ପୋଡ଼ା ହେବ । ତୋତେ ସେଠିକି ଯିବାକୁ ପଡ଼ିବ । ନ ହେଲେ କାମ ଚଳିବ କେମିତି ? ବେମାର ଛାଡ଼ିଗଲାଣି ବୋଲି ଡାକି ପଠେଇଲେ । ତୁ ଯା', ନ ହେଲେ ତାଙ୍କ କାମଟା ଅଚଳ ହେଇଯିବ ! ଏଇ ରଖ, ଟଙ୍କା ତିରିଶଟା ରଖ ।

କେହି ସେତେବେଳେ ଅନେଇଥିଲେ ଦେଖିଥାନ୍ତା, ମୁହଁସଞ୍ଜର ଅନ୍ଧାର ଭିତରେ ଚମ୍ପାର ଆଖି ଯୋଡ଼ିକ କେମିତି ସହସା ଆଶା ଭରସାରେ ଉଜଳି ଉଠିଲା । ସେ ହେମକୁ ଡାକ ପକେଇଲା, "ଆଲୋ, ଚଟେଇ ଖଣ୍ଡେ ଦେ । ବାବୁ ବସିବ ପରା ! ଅନ୍ଧାର ହେଇଗଲାଣି । ଏତେ ଗୁଡ଼ାଏ ବାଟ କେମିତି ଯିବି ? ହଉ ।' ତା'ପରେ ପଚାରିଲା, 'ତୁମେ ଯେ ଗଉନ୍ତିଆ ଟଙ୍କା ଦେବା କଥା କହିଲ, କାହିଁ ଆମେ ତ କିଛି ପାଇନାହୁଁ ! ଆମେ ଭାରି ହୀନସ୍ତାରେ ଅଛୁ । କୋଉଦିନ ଚାଉଳ, ଗହମ ମିଳିବ ? ଆମେ କିଛି ପାଇନାହୁଁ ।"

: ଆଁ ! ପାଇନାହୁଁ ? କିଲୋ ସରକାରୀ ଭାତିଆ ଟଙ୍କା ପରା ମୁଁ ନିଜେ ଲାଇବନ ହାତରେ ମାସକୁ ମାସ ଧରେଇ ଯାଉଛି । ପାଇନୁ କେମିତି ? ବୁଝିଲ, ତୁମେମାନେ ଯେତେ ପାଇଲେ ବି ଅସନ୍ତୁଷ୍ଟ । ହଉ, ହଉ । ଏବେ ତ ଦେଲି । ଏଣିକି ଆଗକୁ ତୋ ହାତରେ ଆଣି ଟଙ୍କା ଦେଇଯିବି । ଆଉ, ବସିବା କଥା କହୁଛୁ ଯେ ମୋର ବେଳ କାହିଁ ? ତୁ ବି ଆଉ ବିଳମ୍ବ କରନା । ବେଗି ବେଗି ବାହାରିପଡ଼ ।

ହଁ, ଅନ୍ଧାର ହେଲାଣି ଯେ, କିନ୍ତୁ କ'ଣ କରିବା ? ଜନମ-ମରଣ କ'ଣ କାହାକୁ ଜଣେଇ ଆସେ ? ତୁ ବାହାରିପଡ଼।

: ହଇ, ହଇ। ପିଲାଙ୍କ ରାତି ଖାଇବା ବନ୍ଦୋବସ୍ତ କରିଦେଇ ମୁଁ ସାଙ୍ଗେ ସାଙ୍ଗେ ବାହାରିଯିବି। ତୁମେ ବ୍ୟସ୍ତ ହୁଅନା। ଚମ୍ପା ହାତରେ ଦାୟିତ୍ୱ ଦେଇଛ ମାନେ ସେ କାମ ନିଶ୍ଚେ ସୁରୁଖୁରୁରେ ହେବ। ଏପଟ ସେପଟ କରିବା ଲୋକ ଇଏ ଚମ୍ପା ଭତରା ନୁହେଁ!

: ହଁ, ହଁ ଜାଣିଛି। ଧରମୁ ଦାସ କହି ତା ମୋଟର ସାଇକେଲ୍‌ରେ ଚାଲିଗଲା।

ଧରମୁ ଯିବାପରେ ଚମ୍ପା ବଡ଼ ଝିଅ ହେମକୁ କହିଲା, "ତୁ ଟିକେ ଅପେକ୍ଷା କର। ମୁଁ ସାବେରି ବାପ ଦୋକାନରୁ ଚାଉଳ ଆଣୁଛି। ଦି'ଭଉଣୀ ଭାତ ରାନ୍ଧି ତେନ୍ତୁଳି ସାଙ୍ଗରେ ଖାଇଦେବ।"

ଡାଳିମ୍ବ ଆକାଶକୁ ଅନେଇ କହିଲା, "ଫେର୍ ଦି'ଟା ତାରା ଆଜି ନୂଆ ଜନ୍ମ ହେବେ। ପୃଥିବୀରେ ଯେତେ ଯେତେ ଲୋକ ମରିବେ ଆକାଶରେ ସେତେ ସେତେ ତାରା ଜନ୍ମ ହେବେ। ଗୋଟେ ଲୋକ, ଗୋଟେ ତାରା, ଯୋଡ଼େ ଲୋକ, ଯୋଡ଼େ ତାରା। ଜାଣିଛୁ ନା ହେମ, ଏ ତାରାଗୁଡ଼ାକ ସବୁ ଗୋଟେ ଗୋଟେ ଡୁମା।"

: ହେଃ, ସବୁ ମଣିଷ କ'ଣ ତାରା ହୁଅନ୍ତି ନା କ'ଣ ? ଭଲ ଲୋକ ମଲେ ସିନା ତାରା ହୁଏ! ଦୁଷ୍ଟ ଲୋକ, ଅଭିଆଡ଼ା ଅଭିଆଡ଼ୀ ଧାଙ୍ଗଡ଼ା ଧାଙ୍ଗଡ଼ୀ ଆଉ ବିଧବା ସ୍ତ୍ରୀଲୋକ ଜମାରୁ ତାରା ହୁଅନ୍ତି ନାହିଁ। ସେଗୁଡ଼ା ଡାଆଣୀ, ପିଶାଚୁଣୀ ହେଇ ଏଇ ମର୍ତ୍ତ୍ୟରେ ବୁଲନ୍ତି। ଗଛ କୋରଡ଼ରେ ବସା ବାନ୍ଧନ୍ତି। ଅନ୍ଧାରରେ ଲୋକଙ୍କୁ ଡରେଇ ତାଙ୍କ ରକ୍ତ ଶୋଷି ନିଅନ୍ତି। ହଁ, ଭଲ ଲୋକ ହେଇଥିଲେ ଅବଶ୍ୟ କଥା ଅଲଗା। ଏଠି ମରିବ, ସେଠି ଆକାଶରେ ଯାଇ ଏକଦମ୍ ସଫା ଟଗର ଫୁଲ ପରିକା ତାରା ହେଇ ଫୁଟିବ। - ହେମ ଉତ୍ତର ଦେଲା।

: ତୁ କେମିତି ଜାଣିଲୁ ? ସବୁ କଥା ଦେଖିଲା ପରି କହୁଛୁ। - ଡାଳିମ୍ବ ପଚାରିଲା।

: ମଣ୍ଡେଇ ପରବରେ ସେ ଗାଆଣି ଗୀତ ଗାଇ ଏଇକଥା ବୁଝଉଥିଲା ପରା ! ତା' କହିବା କଥା ମଣିଷ ମଲେ ବି ଡୁମା ମରିବ ନାହିଁ। ସିଏ ତାରା ହେବ ନ ହେଲେ ଭୂତ, ଭୂତୁଣୀ କି ଡାଆଣୀ, ପିଶାଚୁଣୀ ହେବ। ଯୋଉ ଭଲ ଲୋକଙ୍କର ଇଚ୍ଛା ପୂରଣ ହେଇ ନ ଥାଏ, ସେଇମାନେ ତାରା ହୋଇ ଝଟକନ୍ତି।

: ଏଇ ନିଅ। ଦି' ଭଉଣୀ ରାନ୍ଧି ଖାଇବ। ଚମ୍ପା ତା' ଝିଅ ଦିହିଁଙ୍କ ଆଗରେ ଚାଉଳ ଝୁଲା ଥୋଇଦେଇ କହିଲା। ଘରକୋଣରୁ ଆଉ ଗୋଟେ ଝୁଲା ଆଣି ସେଥିରୁ ଲୋଚାକୋଚା ବାସି ଲୁଗାଟେ କାଢ଼ି ପାଲଟିଲା। ତା ଘରେ ଜିନିଷପତ୍ର ବେଶି ନାହିଁ। କୋଣରେ ଗୋଟେ କୋଉ ପୁରୁଣା କାଳର ଟିଣ ଟ୍ରଙ୍କ, ପାଖରେ ଆଉ ଗୋଟେ ବାଉଁଶ ପେଟରା, କାନ୍ଥରେ କଂଟା ପିଟା ହେଇ ଲୁଗାପଟା ଝୁଲୁଥାଏ। ସେଇଠି ବି ଝୁଲୁଥାଏ ଦିଇଟା ଝୁଲା। ସେଇଥିରେ ସମସ୍ତଙ୍କର ଲୁଗାପଟା। ଲୁଗା ପାଲଟିସାରି ସେ ହାତରେ ବାଡ଼ିଟେ ଧରି କହିଲା, "ମୁଁ ବାହାରି ଯାଉଛି। ବାବା ଆସିଲେ କହିଦେବ, ମୁଁ ସକାଳକୁ ଯାଇ ଆସିବି।"

: ଟିକିଏ ରହୁନୁ, ଭାତ ରାନ୍ଧିଦେଲେ ତୁ ଗଣ୍ଡେ ଖାଇଦେଇ ଯାଆନ୍ତୁ। ଉପାସ ପେଟରେ ଏତେବାଟ କେମିତି ଯିବୁ? - ହେମ ପଚାରିଲା।

: ନାଇଁଲୋ ନାଇଁ। କେତେ ବାଟ କି? ସେଠି ପହଞ୍ଚିଲେ ମୁଢ଼ି କି ଖଇ ଖାଇବାକୁ ଦେବେ ଯେ! ମୋ କଥା ତୁମେମାନେ ଚିନ୍ତା କରନା। ହଉ, କବାଟ ଆଉଜେଇ ଦେଇ ଦି' ଭଉଣୀ ଶୋଇପଡ଼ିବ। ମୁଁ ଆସିଲି।

: ଆଜି କି ଗୀତ ଗାଇବୁ ଲୋ ମା'? ସେଇ ଠାକୁର ଠାକୁରାଣୀ ଗୀତ? - ଡାଳିମ୍ବ ପଚାରିଲା।

: ହଇ, ହଇ।

ଚମ୍ପା ଭତରା କବାଟ ଆଉଜେଇ ଦେଇ ବାହାରିଗଲା। ଏଠୁ ଲେଞ୍ଜୁପଡ଼ା ଗାଁଟା ଖୁବ୍ କମ୍‌ରେ ମାଇଲିଏ ଦୂର। ଅନ୍ଧାର ରାସ୍ତା, ଏଠି ତ ବିଜୁଳି ଆଲୁଅ ନାହିଁ, ଦୋକାନ ବଜାର ବନ୍ଦ ରହିଥିବା ଯୋଗୁଁ କାହାଘରେ ଆଲୁଅ ଟିକେ ଦେଖିବା ବି ସପନ। ସେ ଆକାଶକୁ ଅନେଇଲା। ହଁ, ଜହ୍ନ ତ ଆଲୁଅ ଦଉଛି!

ବାଟରେ ଚାଲୁଥିବାବେଳେ ଚମ୍ପା ଗୀତ ଗୁଣୁଗୁଣଉଥିଲା। ବର୍ଷେକାଳରୁ ବେଶି ହେଲାଣି କୋଉଠିକି ସେ ଗୀତ ଗାଇ ଯାଇନାହିଁ। ଡାଳିମ୍ବ ପଚାରିଥିବା ପ୍ରଶ୍ନ ତା'ର ମନେ ପଡ଼ିଲା। ସତ କଥା ତ! ଠାକୁର ଠାକୁରାଣୀଙ୍କୁ ଛାଡ଼ି ଗୀତକୁଡ଼ିଆର ଗୀତ କାହିଁ? ସେଇମାନେ ତ ଏ ଧରିତ୍ରୀକୁ ପାଳିଛନ୍ତି, ଧରି ରଖିଛନ୍ତି ଏ ମହୀମଣ୍ଡଳ। ଠାକୁର ଠାକୁରାଣୀ ନ ଥିଲେ ଦିନରାତି ହୁଅନ୍ତା ନା ଖରାବର୍ଷା ଆସନ୍ତା?

ତାଙ୍କ କ୍ଷେତରେ ଧାନ, ମାଣ୍ଡିଆ, ସୁଆଁ, ଆଖୁ, ମରିଚ, ହଳଦୀ ଆଉ କିଏ ଦେଉଛନ୍ତି କି? ଧରଣୀପେନୁ, ବେଡ଼ାପେନୁ, ଲେଞ୍ଜୁପେନୁ- ଏଇମାନେ ଦେଉଛନ୍ତି।

ତାଙ୍କୁ ଭୁଲିଗଲେ କି ଚଳେ ! ସେଇମାନଙ୍କ ବନ୍ଦନାରୁ ଗୀତ ଆରମ୍ଭ ତ ତା'ର କର୍ତ୍ତବ୍ୟ ।

ତା'ପରେ ଚମ୍ପା ଗୋପୁଆ ମାତା, ରଏଲା, କନ୍ଦନୀ, ତିଣ୍ଡା, ବୈରୀଦେବୀ, ଦନ୍ତେଶ୍ୱରୀ, ମାଓଲି, ମହାଦେଈ, ଭଣ୍ଡାରୁଣୀ, ବାରଭୂଜା, ପାର୍ବତୀ ଦେବୀ, ମଙ୍ଗଳାମାତା ଆଉ ଭୈରବ ଦେବତାଙ୍କୁ ମିଶେଇ ପଚାଶ ଠାକୁରଠାକୁରାଣୀଙ୍କ ବନ୍ଦନା ଗାଏ । କାହାକୁ ଜଣଙ୍କୁ ଛାଡ଼ିଦେଲେ ସେ ରିଷା କରିବ । ତା' ସାଙ୍ଗକୁ ମଣ୍ଡଳ ଭୀମା, କୋଡିଆ ଭୀମା, ଜାଙ୍ଗଡ଼ା ଭୀମା, ଭଣ୍ଡାର ସାଲିଆ ଭୀମା ଓ ଖଣ୍ଡିଆ ଭୀମା ମଧ୍ୟ ଅଛନ୍ତି । ହଁ, ଓଲଟ ଭୈରବ ଆଉ ପୁଲଟ ଭୈରବଙ୍କ କୋପ କ'ଣ କମ୍ ! ସେ ଦିହେଁ ଚାହିଲେ ଶୁଖିଲା ପାଗଟାରେ ଝଡ଼ବାତ୍ୟା ସୃଷ୍ଟି କରିଦେବେ !

ଲେଞ୍ଜିପଡ଼ା ରାସ୍ତାରେ ଚାଲୁଥିବାବେଳେ ଚମ୍ପା ଭତରା ତା' ଦି'ଝିଅଙ୍କ କଥା ଭାବୁଥିଲା । ଏମାନଙ୍କ ଆଗରୁ ପୁଅଟିଏ ଆସିଥିଲା ତା' କୋଳକୁ । ମାସ ଗୋଟାଏ ନ ପୂରୁଣୁ ବାହୁଡ଼ିଗଲା । ସିଏ ବଞ୍ଚିଥିଲେ ଆଜି ଯୁଆନ ଧାଙ୍ଗଡ଼ାଟାଏ ହୁଅନ୍ତାଣି ! ହଉ, ଯାଉ ସେ । ଯିଏ ଯେତିକି ଦିନ ଲାଗି ସଂସାରକୁ ଆସିଥିବ ସିଏ ସେତିକି ଦିନ ଏଠି ରହିବ । ତା ଗୁରୁ ତାକୁ କହିଥିଲା 'ଦଣ୍ଡେ ନିମିଷେ ଥିଲେ ପ୍ରାଣ, ନ ନେଇପାରେ ଜନ୍ତୁରାଣ ।' ଇଏ କୁଆଡ଼େ ଭାଗବତର କଥା । ତା ପୁଅର ଆୟୁଷ ଥିଲେ ତାକୁ ତ ଯମ ବି ନେଇପାରିନଥାନ୍ତା । ତା'ଲାଗି କାନ୍ଦି ଲାଭ କ'ଣ ? ତା'ର ଦି'ଝିଅଙ୍କର ବୁଦ୍ଧି ସରସା । କେମିତି ମନରୁ ଭାବି କହିଲେ, ମଣିଷ ମନର ଅପୂରଣ ଇଚ୍ଛା କୁଆଡ଼େ ତାରା ହୋଇ ଦିକିଦିକି କରନ୍ତି । ଏକଥା କ'ଣ ସତରେ ସେମାନେ କାହାଠାରୁ ଶୁଣିଥିବେ ନା ପଢ଼ିଥିବେ ! ନା, ତା' ଝିଅ ଦିହିଁଙ୍କର ଭଲ ବୁଦ୍ଧି । ଦିହିଁଙ୍କ ଭିତରେ ଜମା ଦି'ବର୍ଷ ବ୍ୟବଧାନ । ସାନଟା ଅପା ବୋଲି ନ ଡାକି ହେମକୁ ତା' ନାଆଁ ଧରି ଡାକେ । ଯେତେ କହିଲେ ବି ଶୁଣେନାହିଁ ! ଦିହେଁ ଭଲ ପଢୁଥିଲେ । ଆଉ କିଛିଦିନ ଇସ୍କୁଲରେ ପାଠ ପଢ଼ିଥିଲେ ଭଲ କରିଥାନ୍ତେ । ମାତ୍ର ଗରିବ ଘରେ ତାହା କ'ଣ ସମ୍ଭବ !

ମଣିଷ ମନର ଅସରନ୍ତି ଇଚ୍ଛା ! ସବୁ କୋଉଠି ପୂରଣ ହୁଏ ? ସେମାନେ ଗରିବ । ତାଙ୍କ ଇଚ୍ଛା ଅନିଚ୍ଛା କଥା ବୁଝିବାକୁ କୋଉ ଦେବତାର କି ଗରଜ ପଡ଼ିଛି ! ହଉ, ତମମାନଙ୍କ କୃପା ମହାପୁରୁ । ଯେତିକି ଦଉଛ ସେତିକି ଦିଅ । ମୋ ପିଲାଏ

ଏ ତିରୋଟ ବେଳାରେ ବଞ୍ଚିଯାଆନ୍ତୁ- ଚମ୍ପା ଦି'ହାତ ଯୋଡ଼ି ଆକାଶକୁ ଜୁହାର ହେଲା ।

ଚମ୍ପା ଭାବିଲା, ଲେଞ୍ଜିପଡ଼ାର ଖବରଦାର ଗଣ୍ଡ ଏତେବେଳକୁ ଧୁମ୍‌ସା ବଜେଇ ବୁଢ଼ାବୁଢ଼ୀଙ୍କ ମରିଯିବା ଖବର ସମସ୍ତଙ୍କୁ ଦେଇସାରିବଣି । ଚମ୍ପାର କାମ କେବଳ ରାତିସାରା କୁଟୁମ୍ବ ଲୋକଙ୍କୁ ଚିଆଁଇ ରଖିବା । ସକାଳର ସୂର୍ଯ୍ୟ ଉଇଁଲାକ୍ଷଣି ତା'ର କାମ ସରିଯିବ । ସେତେବେଳକୁ ତା'ର ଗୀତ ବି ସରି ଆସୁଥିବ । ମଜୁରି ଧରି ସେ ତା' ଘରକୁ ଫେରି ଆସିବ ।

ସିଂଘାରୀ ନଈପଟୁ ଦଲକାଏ ପବନ ବୋହି ଆସିଲା । ଆଗକୁ ଚଇତି ପରବ । କରୋନା ଠାକୁରାଣୀ ଚାଲିଗଲାଣି । ଏବର୍ଷ ଗାଁରେ ନିଶ୍ଚେ ଜମାଣିଆ ଚଇତି ପରବ ହେବ । ଦି'ବର୍ଷର ଅରମାନ ଧାଙ୍ଗଡ଼ା ଧାଙ୍ଗଡ଼ୀ ପୂରଣ କରିବେ । କ୍ଷେତଗୁଡ଼ାକରୁ ଆଖୁକଟା କାମ ଆରମ୍ଭ ହେଇଗଲାଣି । ଆଉ ଦିନ କେଇଟାରେ ପହିଲା କିସ୍ତି ଆଖୁ କଟା ମଧ୍ୟ ସରିଯିବ ।

ସିଂଘାରୀର ଛାତି ଉପରେ ଠାଏ ଠାଏ ପାଣି । ସେଇ ପାଣି ଉପରେ ଆକାଶର ଜହ୍ନ ତା' ମୁହଁ ଦେଖୁଥିଲା । ପାଣି ଶୁଖି ଆସୁଛି । ଆଉ ମାସ ଗୋଟାକରେ ସଂପୂର୍ଣ୍ଣ ନଈଟା ଶୁଖିଲା ଦିଶିବ । ଲୋକମାନେ ନଈ ଉପରେ ମାଟିବନ୍ଧ ବାନ୍ଧି ଯା'ଆସ କରନ୍ତି । ଏଇମିତି ଏଇମିତି ନଈ ଶୀଘ୍ର ପୋତି ହୋଇପଡୁଛି । ପାଣି ସୁଅ ମଝିରେ ବନ୍ଧ ହେଇଗଲେ ନଈ ବଞ୍ଚିବ କେମିତି ? ପାଣି ସିନା ନଈର ଜୀବନ !

ଚମ୍ପା ଭତରାର ଗୀତକୁଡ଼ିଆଣୀ ଭାବରେ ସୁଖ୍ୟାତି ଦିନକରେ ତିଆରି ହୋଇନାହିଁ । ସେଥିପାଇଁ ସେ ଢେର୍ ପରିଶ୍ରମ କରିଛି । ତାଙ୍କର ଭତରା ଜାତିର ସବୁ କାମରେ ଗୀତ ଦରକାର । ପୂଜାପର୍ବର ଗୀତ ଗୁରୁମାଇ ବୋଲିଲେ ବି ଆଉ ସବୁ ଗୀତ ପାଇଁ ଚମ୍ପାକୁ ଡକରା ପଡ଼େ । ସେ ଯେମିତି ଜାଗାଟା ଉପରେ ଥରେ ନଜର ବୁଲେଇ ଆଣି କି ସେଠି ରହୁଥିବା ଲୋକଙ୍କୁ ଦେଖିନେଇ ମନକୁ ମନ ଗୀତ ଫାନ୍ଦେ ଓ ସୁର କରି ତାହାକୁ ବୋଲେ ସେମିତି ଆଉ କେହି ପାରିବେ ନାହିଁ । ତା' ମୁହେଁ ମୁହେଁ ଗୀତ । ସଲପ ଗଛରୁ ନୂଆ ରସହାଣ୍ଡି ଓହ୍ଲେଇବା ପାଖରୁ ମକା, ମାଣ୍ଡିଆ ଅମଳ, ବାହାଘର ଠାରୁ ନେଇ ମଲାମୃତିକା କାମ, ସବୁ କଥା ପାଇଁ ତା' ପାଖରେ ଗୀତ ଅଛି ବୋଲି ସମସ୍ତେ ମାନନ୍ତି । ସବୁଠାରୁ ବଡ଼କଥା, ମଲା ଲୋକ

ପାଇଁ ଗୀତ ଗାଇବାରେ ଚମ୍ପା ପରି ଆଉ କେହି ନାହିଁ। ଆଖିରୁ ଲୁହ ନିଗାଡ଼ି ଏମିତି କରୁଣ ସୁରରେ ସେ ମଲା ଲୋକର ଗୁଣ ସୁମରଣା କରି ଗୀତ ଗାଏ ଯେ ସେ ଗୀତ ଶୁଣି କାଠ, ପଥର ଆଖିରୁ ଲୁହ ଝରିଆସେ। ମଣିଷଙ୍କ କଥା ଛାଡ଼, ପଶୁପକ୍ଷୀ ତାହା ଶୁଣି କାନ୍ଦନ୍ତି। ଗଛଲତା ସେ ଗୀତ ଶୁଣି ଝାଉଁଳି ପଡ଼ନ୍ତି। ପାହାଡ଼ର କଠୋର ବୁକୁ ଚିରି ଝରଣା ତଳକୁ ଗଡ଼ିଯାଏ। ଛାତି ଭିତରର ଦୁଃଖ କୋହ ଆଉ ଲୁହ ବାହାରକୁ ବାହାରି ଆସେ।

ଚମ୍ପା ଭତରାକୁ ସେତେବେଳେ ଦେଖିବା କଥା ! ମଣିଷ ନୁହେଁ ତ ଲୁହର ଝରଣାଟିଏ। ଏତେ ଦୁଃଖ, ଏତେ ଅସହାୟତା, ପୁଣି ଏତେ ମାୟା ତା'ର ଥାଏ ସେଇ ଗୀତରେ ! ଲୋକେ ବିଶ୍ୱାସ କରିପାରନ୍ତି ନାହିଁ। କେହି କେହି କହନ୍ତି, ଗୀତ ଗାଇଲାବେଳେ ଚମ୍ପା କଣ୍ଠରେ ସାକ୍ଷାତ୍ ଠାକୁରାଣୀ ବିଜେ କରନ୍ତି। ଏଭଳି ପ୍ରଶଂସା ଶୁଣିଲେ ଚମ୍ପାର ମନ ଖୁସି ହୁଏ। କିନ୍ତୁ ସେ ଗର୍ବ କରେନାହିଁ। ମନକୁ ମନ ଭାବେ, ସିଏ ଗୀତ ଶୁଣେଇ ପ୍ରଶଂସା ଗୋଟଉଛି, କିନ୍ତୁ ପୋଡ଼ାଗଡ଼ର ଏଇ ଶାଳ, ଶାଗୁଆନ ଗଛ, ଏ ନଈ ଓ ଝରଣା ଦିନରାତି ଯୋଉ ଗୀତ ଶୁଣେଇ ଚାଲିଛନ୍ତି ତାହା ଲାଗି ସେମାନଙ୍କୁ ପ୍ରଶଂସା କରୁଛି କିଏ ? ଆଜିର ଏ ଜହ୍ନ ରାତିରେ ଶାଳପତ୍ରର ଫାଙ୍କ ଦେଇ ଯୋଉ ଜହ୍ନ କିରଣ ଝରି ଆସୁଛି ତାହା ତ କେତେ ସୁନ୍ଦର ! ତାକୁ ପ୍ରଶଂସା କରୁଛି କିଏ ? ପାହାଡ଼ ଖୋଲ ଭିତର ଦେଇ ପବନ ବୋହିଗଲା ବେଳେ ବଇଁଶୀ ସୁର ପରି ଯୋଉ ସୁର କାନରେ ଶୁଭିଯାଉଛି ତାକୁ ପ୍ରଶଂସା କରୁଛି କିଏ ? ସିଂଘାରୀ ନଈର ପାଣି ମାଟିବନ୍ଧ ପାଖରେ କୁଳୁକୁଳୁ କରି ତଳକୁ ଗଡ଼ିଗଲା ବେଳେ ଯୋଉ ଗୀତ ବୋଲୁଛି ତାକୁ ପ୍ରଶଂସା କରୁଛି କିଏ ? ସତକଥା ହେଉଛି ଏଇ ଧରଣୀଦେବତା ସବୁ ଗୀତର ସୃଷ୍ଟିକର୍ତ୍ତା। ନଈ, ଝରଣା, ପାହାଡ଼ ଖୋଲ, ପର୍ବତ କନ୍ଦର, ଗଛଗହଳି, ଲଟାବଣ, ମକାକ୍ଷେତ, ଧାନବିଲ ସବୁଠି ଗୀତ ଆଉ ନାଚ। ସେଇ ପ୍ରକୃତିକୁ ଅନୁକରଣ କରି ମଣିଷ ଚିତ୍ର ଆଙ୍କୁଛି, ନାଚ ନାଚୁଛି, ଗୀତ ଶିଖୁଛି। ପ୍ରକୃତି ହେଲା ସବୁ ସର୍ଜନାର ମୂଳ। ତା' ବିନୁ ଅନ୍ୟ କିଛି ନାହିଁ। ସେଇ ପ୍ରକୃତି ସବୁଠୁ ଚିତ୍ର ଆଙ୍କିବାବାଲା କଳାକାର। ସିଏ ଯାହାକୁ ଯେଉଁ ରଙ୍ଗରେ ଯେମିତି ଆଙ୍କିଛି ସିଏ ସେମିତି ସେଇ ରଙ୍ଗରେ ସେଇଭଳି ଅଛି।

ଜହ୍ନ ଆଲୁଅ ବିଛା ସଞ୍ଜ ପବନ ମାଆ ପରି ଚମ୍ପାର ଦେହକୁ ଆଉଁଶି ଦେଉଥିଲା। ତା'ର ନିଜ ମାଆ କଥା ମନେପଡ଼ିଲା। କେତେ ସିନିହ ଆଦର ତାକୁ

କରୁଥିଲା ! କୋଉ କାଳୁ ସିଏ ଆକାଶର ତାରା ହୋଇଗଲାଣି । ଚମ୍ପା ଆଗକୁ ପାଦ ବଢ଼େଇଲା । ତାକୁ ଜହ୍ନ ଆଲୁଅ ଓ ପବନ ଭଲ ଲାଗୁଥିଲା । ଭୋକ ଆଉ କ୍ଳାନ୍ତି ସତ୍ତ୍ୱେ ତାକୁ ଚଇତାଳି ପବନ ମିଠା ଲାଗୁଥିଲା । ସେ ମନେ ମନେ ଧରମୁ ଦାସକୁ ଜୁହାର ହେଲା । ଏତେଦିନେ ଗୋଟେ କାମ ଆସିଲା ତା' ହାତକୁ । କରୋନା ଠାକୁରାଣୀ ଗାଁରୁ ଯାଇଛି । ଏଣିକି ନିଶ୍ଚେ ଭଲ ସମୟ ଫେରିବ । କାହିଁକି ନ ଫେରିବ ? ଯେତେ ଯାହା ହେଲେ ବି ଭଲ ସମୟ ଫେରିବ ନା ନାହିଁ ? ସବୁଦିନେ କ'ଣ ଖରାପ ସମୟ ରହିଥିବ ?

ବେଣ୍ଟ୍ରାଘରର ପିଣ୍ଡା ଉପରେ ବସି ତା' ପୁଅ ବଡ଼ପାଟିରେ କ'ଣ କହୁଥିଲା । ତା' ସ୍ତ୍ରୀ ତାହାଠାରୁ ବଡ଼ପାଟିରେ କହୁଥିଲା କି ତା' ଶାଶୂ ଭାରି କୁତୁରୁପିଆ ଥିଲା । ମଲାବେଳେ ସୁଦ୍ଧା ଛୋଟିଆ ବାକ୍ସର ଚାବିକାଠି ନିଜ ପାଖରେ ରଖିଥିଲା । ସେଇଟା ଏବେ କୁଆଡ଼େ ଗଲା ସିଏ ତାହା କହିପାରିବ ନାହିଁ । ଶ୍ୱଶୂର ବି କୋଉ ଭଲ ଲୋକ ଥିଲା !

ଏତେ କ୍ଳାନ୍ତି ଓ ଦୁଃଖ ଭିତରେ ସୁଦ୍ଧା ଚମ୍ପାକୁ ହସ ମାଡ଼ିଲା । ମଣିଷ ଜୀବନ କେଡ଼େ ବିଚିତ୍ର ! ମଲାଶେଯରେ ଜଣେ ସଂପତ୍ତି ଲୋଭ ଛାଡ଼ିପାରୁନି କି ଘରେ ଦି' ଦିଇଟା ମଢ଼ା ପଡ଼ିଥିବା ବେଳେ ଆଉ ଜଣେ ଚାବିକାଠି ଛଡ଼ା ଅନ୍ୟ କିଛି କଥା ଚିନ୍ତା କରିପାରୁନାହିଁ ।

ଚମ୍ପାକୁ ଦେଖି ବେଣ୍ଟ୍ରାଘରର ବଡ଼ପୁଅ ତାକୁ ଭିତରକୁ ଡାକିନେଲା । ପଚାରିଲା, କ'ଣ କିଛି ଖାଇବୁ ନା ଖାଲି ଚା ଟିକେ ପିଇବୁ ?

ଚମ୍ପା କହିଲା: ଚୁଡ଼ା କି ମୁଢ଼ି ଗଣ୍ଡେ ଦେ । ପଛକୁ ଚା ଟିକେ ଦେଲେ ଭଲ ହେବରେ ବୁଆ ।

ଚମ୍ପା ଚଟେଇ ଉପରେ ବସି ତା' ଝୁଲା ଖୋଲିଲା । ଏବେ ସାରା ରାତି ତାକୁ ଗୀତ ଗାଇ ଏ ଘରର ଲୋକଙ୍କୁ ଚିଆଁଇ ରଖିବାକୁ ପଡ଼ିବ ।

ବେଣ୍ଟ୍ରାଘରର ବଡ଼ପୁଅ ଗୋଟେ ବେଲାରେ ଚୁଡ଼ା, ଗୁଡ଼ ଆଣି ରଖିଦେଲା । ଚମ୍ପା ତହିଁରେ ପାଣି ଢାଳି ତାକୁ ଚକଟିଲା । ଚୁଡ଼ାତକ ଖାଇସାରି ଢାଳେ ପାଣି ପିଇଲା । ଓହୋ, କି ଶାନ୍ତି । ପେଟଟା ଭୋକରେ ଯେମିତି ଜଳୁଥିଲା ! ଏବେ ତାକୁ ଭଲ ଲାଗୁଥିଲା । ବେଣ୍ଟ୍ରାଘରର ବୋହୂ ପଡ଼ିଶାଘରୁ ଚା ଗିଲାସେ ଆଣି ଚମ୍ପା ଆଗରେ ରଖିଦେଇ ତାକୁ ଜୁହାର ହେଲା ।

ଚମ୍ପା ଭତରା ଦୁଇ ହାତ ଯୋଡ଼ି ଗୀତ ଆରମ୍ଭ କଲା:

"ଜୁଆର ଜୁଆର ଶହେ ଜୁଆର
ତଳର ଜୁଆର ନାଗନାଗିନୀ
ମଞ୍ଚପୁରେ ଠାକୁରାଣୀ
ଠାକୁରାଣୀ ମାତା ପିଠିରେ ବେନି
ଛିଚିଲେ ନଲାଗେ ପାନି।
ଦେବୀ ଜୁଆରିନୀ ରନକାଶିନୀ
କରକି ମକିଆ ପିଲ ବାସିନୀ
ସରଧା ଲାଗିଲା ତତେ
ବାରବାନି କରି ଗୀତ ଗାଇବି ମୁଁ
ପଦ ଦିଅ ମାଆ ମୋତେ।"

ବେଶ୍ରାଘରର ଲୋକମାନେ ଜଣକ ପରେ ଜଣେ ଆସି ଚମ୍ପା ଆଗରେ ଚକାପାରି ବସିଲେ। ସେମାନେ ଏବେ ଏଇଠି ବସି ଗୀତ ଶୁଣିବେ। କେହି ଶୋଇବେ ନାହିଁ। ଚମ୍ପା ଠାକୁର ଠାକୁରାଣୀଙ୍କ ବନ୍ଦନା ଗାଇ ସେମାନଙ୍କର ସାହାଯ୍ୟ ଲୋଡୁଥିଲା।

"ଜୁଆର ଜୁଆର ତିନିପୁରକୁ
ଉପର ଜୁଆର ଚନ୍ଦ୍ରସୂର୍ଯ୍ୟକୁ
ପାତାଳ ଜୁଆର ନାଗନାଗିନ୍
ଜଳର ଜୁଆର ଜଳକାମିନୀ
ମଞ୍ଚପୁରେ ଠାକୁରାଣୀ
ମୁଇଁ ତୁମର ନାମ ଧରି ଗୀତ ଗାଇବି ଆଚେ
ମୋକେ ଦିଶାଦିଆ ବାରବାନି।
ତୁମ ନାମଧରି ଗୀତ ଗାଇବି, ଆଚେ
ମୋକେ ପଦ ଦିଆ ଗନିଗନି
ମୁଇଁ ପାଞ୍ଚଲୋକ ଆଗେ ଗାଆନା କରିବିଚେ
ମୋର ମହତ ନାକରା ହାନି।"

■

ଦ୍ୱିତୀୟ ପରିଚ୍ଛେଦ

ଚମ୍ପା ଭତରା ଗୀତକୁଡ଼ିଆଣୀ । ତା'ର କାମ ଗୀତ ଗାଇବା ।
ସବୁ ପ୍ରକାର ଗୀତ ସେ ଗାଏ । ଆଦିବାସୀ ମଣିଷ ସବୁ
କଥାକୁ ଦଇବ ବିଧାତାର ନିର୍ଦ୍ଦେଶ ବୋଲି ଭାବେ । ଜନମ,
ମରଣ, ରୋଗ-ବଇରାଗ, ବାହାପୁଆଣିଠୁଁ ନେଇ ଗଛରେ
ଫୁଲ ଫୁଟିବା, କଷି ଧରିବା ଓ ଫଳ ଫଳିବା – ସବୁ
କାମ ଧରମୁ ଦେବତାର କାମ । ସେଥିପାଇଁ ସେ ଦେବତା
ପାଖରେ କୃତଜ୍ଞତା ଜଣାଏ । ତାକୁ ଭୋଗ ଦିଏ, ବଳି
ଦିଏ, ଗୀତ ଗାଇ ତା' ପାଦ ତଳେ ନିଜ ହୃଦୟର ଭକ୍ତି
ଢାଳିଦିଏ ।

ଆଦିବାସୀର ଜୀବନରେ ଯେତିକି ଦୁଃଖ, ସେତିକି
ସୁଖ । ଯେତିକି କାନ୍ଦଣା, ସେତିକି ଉଲ୍ଲାସ । ଯେତିକି ସ୍ୱପ୍ନ,
ସେତିକି ସ୍ୱପ୍ନଭଙ୍ଗ । ସବୁକଥା ପାଇଁ ତା' ପାଖରେ ଅଛି
ଗୀତ । ସୁଖ ପାଇଁ, ଦୁଃଖ ପାଇଁ । ଜୀବନ ପାଇଁ, ମରଣ

ପାଇଁ। ସେ ଦିନସାରା ଖଟି ଖଟି ରାତିରେ ଜହ୍ନକୁ ଚାହିଁ ଗୀତ ଗାଏ, ନାଚେ। ସେଇ ଗୀତ, ନାଚରେ ରାତି ପୁହାଇ ଦିଏ। ଦେହ ହାତ ଅବଶ ଲାଗିଲେ ଟିକେ ମହୁଲି କି ହାଣ୍ଡିଆ ପିଇଦିଏ। ଶୋଇ ନ ପଡ଼ି ରାତିଟା କାହିଁକି ତୁଚ୍ଛାଟାରେ ସାରିଦେଲୁ ବୋଲି ପଚାରିଲେ କହେ- ବିଛଣାରେ ପଡ଼ିଲେ ନାନା ପ୍ରକାର ଚିନ୍ତା ମୁଣ୍ଡକୁ ପଶି ଆସେ। ସେ ଚିନ୍ତା ସବୁ କରିବା ପାଇଁ ତ ସାରାଦିନ ପଡ଼ିଛି, କଇଁଫୁଲିଆ ଜହ୍ନ ରାତିଟାକୁ କିଆଁ ତୁଚ୍ଛାଟାରେ ମାରା କରିଥାଆନ୍ତି ?

ଚମ୍ପା ଭତରା ଏମିତିକା ମଣିଷ। ସେ ଜୀବନର ଗୀତ ଗାଏ, ମରଣର ଗୀତ ଗାଏ। ଦିନରେ ଗାଏ, ରାତିରେ ଗାଏ। ସଭିଏଁ ଚେଇଁଥିବାବେଳେ ଗାଏ, ଶୋଇ ପଡ଼ିଥିବାବେଳେ ଗାଏ। ମଲା ଲୋକକୁ ଚିଆଁଇ ରଖିବା ପାଇଁ ସେ ଗୀତ ଗାଏ। ଚେଇଁଲା ଲୋକକୁ ଶୋଇ ନ ପଡ଼ିବା ଲାଗି ସେ ଗାଏ ଗୀତ।

ଆଗେ ତା' ବର ଲାଇବନ ମଧ୍ୟ ଗୀତ ଗାଉଥିଲା। ନାମକରା ଗୀତକୁଡ଼ିଆ ଥିଲା ତା'ର ବର ଲାଇବନ। ଦିନେ ସେ ମଇଁଷିପଲରେ ବଇଁଶୀ ବଜଉଥିବା ଶୁଣି ଚମ୍ପା ଭତରା ତାକୁ ବାହାହୋଇ ପଡ଼ିଥିଲା। ଆଜି କିନ୍ତୁ ଲାଇବନ ବଇଁଶୀକୁ ଭୁଲିଗଲାଣି। ଦିନରାତି ମଦ ବୋତଲକୁ ଧରିକି ବସିଲେ ଗୀତ କ'ଣ ଆଉ ପାଖରେ ରହିବ ? ପ୍ରଥମେ ପ୍ରଥମେ ଢେର୍ କହୁଥିଲା ଚମ୍ପା, ଆଜିକାଲି ଆଉ କହେ ନାହିଁ। ଯାହା ତା' ଭାଗ୍ୟରେ ଥିବ, ସେଇଆ ଘଟିବ। ଲାଇବନ ସାଙ୍ଗେ ତାର ଦେଖା ହେଇଥିଲା ଆଖୁ କିଆରି ପାଖରେ। ସେଇଠି ବସି ଲାଇବନ ଗୋଟେ କଣ ଗୀତ ଗାଉଥିଲା। କେତେ ସମୟ ହେଲା ସେ ସେହି ଜାଗାରେ ବସି ଗୀତ ଗାଉଥିଲା ଚମ୍ପା ଜାଣି ନଥିଲା। ସେ ଯାଇଥିଲା ପାଖ ଆଖୁପେଡ଼ା ଜାଗାକୁ, ଗୁଡ଼ ଆଣିବାକୁ। ସେଇଠି ତା କାନରେ ବାଜିଥିଲା ଲାଇବନର ଗୀତ। ଆଖୁରସଠାରୁ ମିଠା, ଗୁଡ଼ଠାରୁ ମିଠା ଲାଗିଥିଲା ଲାଇବନର ସୁର। ସେ ତା ସାଙ୍ଗମାନଙ୍କୁ ମିଛ କହି ପଛକୁ ରହିଯାଇଥିଲା। ସେଇଠି ଲାଇବନ ସାଙ୍ଗେ ହେଇଥିଲା ପ୍ରଥମ ଦେଖାଚାହାଁ, କଥାଭାଷା।

ସେଦିନର ଲାଇବନ ଆଉ ଆଜିର ଲାଇବନ ଭିତରେ କେତେ ଫରକ। ପ୍ରଥମେ ପ୍ରଥମେ ଚମ୍ପା ବୁଝଉଥିଲା। କାନ୍ଦିକାଟି ଅଭିମାନ କରୁଥିଲା। ପୁଅ ମଲାପରେ କିଛିଦିନ ନିଶାପାଣି ଛାଡ଼ିଦେଇଥିଲା ଲାଇବନ। ତାପରେ ଯୋଉ କଥାକୁ ସେଇ

କଥା। ଆଗେ ପଚାରିଲେ କହୁଥିଲା, 'ମୋର ବହୁତ ଦୁଃଖ। ନିଶା ନ ଖାଇଲେ ମୋ ଚିନ୍ତା ମୋତେ ଶୁଆଇ ଦେବ ନାହିଁ।'

ଚମ୍ପା ତଥାପି ବୁଝେଇଲା। କହିଲା, ନିଶା କଣ ଦୁଃଖ ନେଇଯାଇପାରିବ। ଲାଇବନର ସେତେବେଳେ ଯୁଆନ ବୟସ। ତା କଥାକୁ କେହି କାଟିଦେଲେ ସେ ରାଗିଯାଉଥିଲା। ହାତ ଉଠେଇ ଦେଉଥିଲା ଟିକିଏ ଟିକିଏ କଥାରେ। ଚମ୍ପା ଡରି ଯାଇ ଆଉ କିଛି କହିଲା ନାହିଁ।

ପରେ ପରେ ହେମ, ଡାଳିମ୍ବ ଆସିଲେ। ଚମ୍ପା ଦି ଝିଅଙ୍କୁ ପାଳିବାରେ ମନ ଦେଲା। ଲାଇବନ କଥାରେ ମୁଣ୍ଡ ପୂରେଇଲା ନାହିଁ। ଏକା ଏକା ଗୀତ ଶିଖିଲା, ଗୀତ ଗାଇଲା, ଠାକୁରାଣୀଙ୍କୁ ସୁମରଣା କରି ଗୀତଗୁଡ଼ିଆଣୀ ସାଜିଲା।

ଗୀତ ଗାଇବାବେଳେ ଚମ୍ପା ଭତରା କଣ୍ଠରେ ଠାକୁରାଣୀ ବିଜେ କରନ୍ତି ବୋଲି ଲୋକମାନେ କହନ୍ତି। ସେ କଥା ନ ହୋଇଥିଲେ ଜଣେ ସ୍ତ୍ରୀଲୋକ ପଛକୁ ପଛ ଫାନ୍ଦି ଏତେଗୁଡ଼େ ଗୀତ ଗାଇପାରନ୍ତା କିପରି ? ଏକଥା ଶୁଣିଲେ ଚମ୍ପାକୁ ହସ ମାଡ଼େ। ସିଏ କେଉଁଠି, ମାଆ ଠାକୁରାଣୀ କୋଉଠି ! ହଁ, ଏକଥା ସତ, ସେ ଗୀତ ଗାଇବାବେଳେ ମାଆକୁ ସୁମରଣା କରେ। ପଦ ପଛକୁ ପଦ ମାଆ ବଢେଇଦିଏ ତାକୁ। ନ ହେଲେ ସେ କ'ଣ ଏତେ କାଳ ଗୀତ ଗାଇପାରୁ ଥାଆନ୍ତା ? ସମୟେ ସମୟେ ସେ ଅନୁଭବ କରେ, କିଏ କେମିତି ତା' ଭିତରେ ଥାଇ ତାକୁ ବଢେଇ ଦିଏ- ମହାଦେବଙ୍କ ନାଆଁରେ ପଦୁଟେ ଗାଆ। ଧରମୁ ଦେବତା ପାଇଁ ଆଉ ପଦେ ଗାଆ। କିଏ ସେ ? କିଏ ତାକୁ ଏସବୁ ତା' ଭିତରେ ଥାଇ ବତଉଥାଏ, ସେ ଜାଣିପାରେନି। ଏତକ ସେ ଜାଣେ, ପଦ କି ସୁର ଖାଲି ଛାଡ଼ିଲେ ହୁଏ ନାହିଁ, ପଛକୁ ପଛ କିଛି ଗୀତ ଯୋଡ଼ି ଗାଇବାକୁ ହୁଏ। ଚମ୍ପା ନିଜ ଭିତରେ ପରସ୍ତ ପରସ୍ତ ଧରି ଜମାଟ ବାନ୍ଧିଥିବା ସୁଖଦୁଃଖର ଅନୁଭବକୁ ସୁରର ସୂତାରେ ଗୀତର ଫୁଲ ପରି ଗୁନ୍ଥି ଗାଇଥାଏ।

ଗୋଟେ ସମୟରେ ଗୀତକୁଡ଼ିଆଣୀ ଚମ୍ପା ଭତରା ଓ ଲାଇବନ ନାନା ପ୍ରକାର ଗୀତ ଗାଉଥିଲେ। ପରବ, ଉତ୍ସବ କି ପ୍ରୟୋଜନ ନେଇ ଗୀତ ବୋଲୁଥିଲେ ଦୁହେଁ। ଚଇତି ପରବ, ପାଳିଆ ଗୀତ, ଦାଦେର ଗୀତ ପୁଣି ବଜାସାଳିଆ ଗୀତ ଗାଉଥିଲେ। ମିଣିପ ପଟର ଗୀତ ଗାଏ ଲାଇବନ, ମାଇପି ପଟର ଗୀତ ଗାଏ ଚମ୍ପା। ଲୋକେ ସେ ଗୀତ ଶୁଣି ହସନ୍ତି, କାନ୍ଦନ୍ତି, ଲୁଗା କାନିରେ ଲୁହ ପୋଛନ୍ତି।

ସେ ଗୀତରେ ପୁରାଣ ଥାଏ, ପୋଡ଼ାଗଡ଼ର କିଂବଦନ୍ତୀ ଥାଏ, ରାଜାରାଣୀ କାହାଣୀ ଥାଏ, ଥାଏ ପୁଣି ତାଙ୍କ ଆଦିବାସୀ ସମାଜର ବିଶ୍ୱାସର କଥା।

ଯୁବତୀ ଥିବାବେଳେ ଚମ୍ପା ବେଶି ଗାଉଥିଲା ଖୁସିବାସିଆ ଗୀତ। ଆଜି ବି ସେ ଗୀତ କଥା ମନେ ପଡ଼ିଲେ ଚମ୍ପାର ମୁହଁଟା ଲାଜରେ ନାଲି ପଡ଼ିଯାଏ।

ଘର ଫେରନ୍ତା ରାସ୍ତାରେ ଚମ୍ପା ପଛଦିନର କଥା ଭାବି ହେଉଥିଲା। ସକାଳ ହେଇଆସୁଛି। ତାରାମାନେ ପାହାଡ଼ ସେପଟେ ଲୁଚିଗଲେଣି। ଜହ୍ନ ତ କୋଉକାଳୁ ଫେରିଗଲାଣି ତା ମାଆ କୋଳକୁ। କିଏ ଜାଣେ ଏତେବେଳକୁ ସେ ଯାଇ ଇନ୍ଦ୍ରାବତୀ ପାଣିରେ ଗାଧୋଇ ସାରିବଣି।

ହାଲିଆ ଲାଗୁଥିଲା ଚମ୍ପାକୁ। ଚାଉଳ ବାନ୍ଧିଥିବା ମୁଣାକୁ ଗଛମୂଳେ ଥୋଇ ସେ ଟିକେ ବସିପଡ଼ିଲା। ମନେ ପକେଇଲା ତା ଯୁବତୀ ବେଳର ଗୋଟେ ଗୀତ।

"ମାଣ୍ଡିଆ ଡଙ୍ଗରେ ମଣ୍ଡିଆ କାକଡ଼ା
ଗାର ଦେଲା ମାଇ କାପୁ
ଆଜି ଡଙ୍ଗରଗୁଡ଼ାଏ ଭେଟଘାଟ ହେଲୁ ଅଛୁ
ମାରାମାରି ହୋଇ ଦେଖୁ
ଆଲେ ମୋର ମାମାର ବେଟା
କେତେକ୍ ଆଚେ ତକେ ବପୁ
ହାଣ୍ଡିର ପେଜ୍‌କେ ଟାଙ୍ଗନେ ଖାଉଆଇ
ଗାଗରେ ନିଆଇ ବପୁ।"

ମନକୁ ମନ ପୁଣି ଗୀତଟାର ଅର୍ଥ ଗୁଣୁଗୁଣେଇଲା ଚମ୍ପା। ନଈରେ ରହୁଥିବା ବଡ଼ କଳା କଙ୍କଡ଼ା ଯେମିତି ଶୁଖିଲା ମାଣ୍ଡିଆ ବାଡ଼ିରେ ଆସି ରହୁଛି ଏବଂ ବଣଜଙ୍ଗଲର ଚଢ଼େଇ କାପୁ ଯେପରି ଶୁଖିଲା ଖୋଲାମେଲା ମାଣ୍ଡିଆ ବାଡ଼ିରେ ଆସି ଅଣ୍ଡା ଦେଉଛି, ଠିକ୍ ସେହିପରି ଆଜି ତୋର ମୋର ଡଙ୍ଗରଗୁଡ଼ା ଗାଁରେ ନିରୋଳାରେ ଦେଖାହେଲା। ଆମେ ଏବେ ଦେଖିବା କିଏ କାହାକୁ ବଳରେ ପାରୁଛି! ରେ ମାମୁର ପୁଅ, ହାଣ୍ଡିକ ଯାକ ପେଜ ପିଇଥିଲେ ବି ତୋ ଦେହରେ ବଳ କାଇଁ?

ନିଜକୁ ନିଜେ ଚିମୁଟି ଦେଇ ଚମ୍ପା ହସି ଉଠିଲା। କି ଗୀତ, କି ସୁର! ସାଇମନ ମାଷ୍ଟର ସେମାନଙ୍କୁ ଏସବୁ ଶିଖେଇଥିଲେ। ସିଏ ନିଜେ ତା' ସାଙ୍ଗରେ କେଇପଦ ଯୋଡ଼ି ଦେଇଥିଲା। ଏ ଗୀତ କୋଉ ଛାପା ବହିରେ ବା ଅଛି? ତୁଣ୍ଡରୁ

ତୁଣ୍ଡକୁ ଗୀତ ଯାଏ। କିଛି ମନେ ରହେ, କିଛି ପାସୋର ହୋଇଯାଏ। ପାସୋର ଯାଇଥିବା ପଦ ଜାଗାରେ ନୂଆ ପଦ ଯୋଡ଼ା ହୁଏ। ସେ ପୁଣି ପୁରୁଣା ହୁଏ, କିଛି କିଛି ମନରେ ରହିଯାଏ। ସାନ କୁଡ଼ିଆଣୀ ବଡ଼ମାନଙ୍କଠାରୁ ଶିଖି ମନେ ରଖେ। ଗଛମୂଳେ, ଖରାବେଳେ ନ ହେଲେ ଉପରବେଳା ଗଛ ଛାଇରେ ବସି ବଡ଼ କୁଡ଼ିଆଣୀ ସାନ କୁଡ଼ିଆଣୀକୁ ଗୀତ ଶିଖାଏ। ଚମ୍ପା ବି ଏମିତି ଶିଖିଥିଲା। ଛଅମାସରେ କେତେ କେତେ ଗୀତ ସେ ମୁଖସ୍ଥ କରିଦେଇଥିଲା! ସିଏ କ'ଣ ଚାହୁନାଇଁ ଏ ବିଦ୍ୟା କାହାକୁ ଜଣକୁ ଶିଖାଇ ଦେଇ ଯାଆନ୍ତା! ମାତ୍ର କେହି ଜଣେ ତ ଆସୁନାହିଁ ତା' ପାଖରୁ ଗୀତ ଶିଖନ୍ତା, ସୁର ଶିଖନ୍ତା।

ଚମ୍ପା ଗୋଟେ ଲମ୍ବା ନିଃଶ୍ୱାସ ନେଲା। ଭାବିଲା ଆଉ କାହାକୁ ବା ବୁଝେଇବ? ନିଜେ ଲାଇବନ ତ ଗୀତ ଗାଇବା ଛାଡ଼ିଦେଲା। ଝିଅ ଯୋଡ଼ାକ ଏ ଗୀତ ଗାଇବା ଲାଗି ଆଦୌ ଆଗ୍ରହୀ ନୁହନ୍ତି। ତାଆରି ପାଖରୁ ଏ ବେଉସା ବୁଡ଼ିଯିବ!

ଯେତେ ପ୍ରକାରେ ଉତ୍ସବ ଅଛି ତାଙ୍କ ସମାଜରେ, ସବୁଠୁ ବଡ଼ ପରବ ଚଇତି ପରବ- ଚମ୍ପା ମନକୁ ମନ କହିଲା। ସେତେବେଳେ ସେ ପଦେ ଗୀତ ଗାଇ ଛାଡ଼ିଦେଲେ ଢୋଲିଆ, ମହୁରିଆ, ନିସାନ ବଜାଇବା ବାଲା ସେଇ ସୁରରେ ଦି ଘଡ଼ି ବାଜା ବଜେଇ ଯାଆନ୍ତି। ସେ ଗୀତ ବାଜା ଦେଖିବା କଥା, ଶୁଣିବା କଥା। ଚମ୍ପା ତା'ର ମନପ୍ରାଣ ଢାଳିଦେଇ ଗୀତ ବୋଲେ। ସେତେବେଳେ କିଏ ତାକୁ କେତେ ମଜୁରି ଦେବ- ତାହା ପୁଣି ଦେବ କି ନ ଦେବ ସେକଥା ସିଏ ଚିନ୍ତା କରେନାହିଁ।

ଚମ୍ପା ଉଠିଲା। ଓଃ, ଅଣ୍ଟାର ଦରଜ ଫେର୍ ବଢ଼ିଗଲା ପରି ଲାଗିଲାଣି। ସେ ବୁଲିପଡ଼ିବା ବେଳକୁ, ଚାକୁଣ୍ଡା ଡାଳଟେ ଖସି ଶୁଖିଯାଇଥିବା ଦେଖିଲା। ସେଇ ଦରଜ ପିଠିରେ ନଇଁପଡ଼ି ଡାଳଖଣ୍ଡକୁ ଉଠେଇଲା ଓ ମୁଣ୍ଡରେ ମୁଣ୍ଡେଇଲା- ଜାଳି ହେବ। ଖାଲି ଚାଉଳ ହେଲେ କ'ଣ ଭାତ ରାନ୍ଧି ହୁଏ? ଜାଳିବା ପାଇଁ ଜାଳେଣି ଦରକାର। ଆଜି ତା' ପିଲାଏ ତରକାରି ସାଙ୍ଗରେ ପେଟପୂରା ଭାତ ଖାଇବେ। କେତେଦିନ ହେଲା ସେମାନେ ଭଲରେ ପେଟ ପୂରେଇ ଖାଇ ନାହାନ୍ତି।

ଚମ୍ପା ଆଉଥରେ ତା' ପହିଲା ଦିନର ଗୀତ ଗାଇବା କଥା ଭାବିଲା। ସେତେବେଳେ ଏଇ ପୋଡ଼ାଗଡ଼ରେ ଅନେକ ଗୀତକୁଡ଼ିଆ ଓ ଗୀତକୁଡ଼ିଆଣୀ

ଥିଲେ। ପରବ ଦିନମାନଙ୍କରେ ବାଦୀପାଲା ପରି ବାଦୀ ଗୀତ ଗାଆଣ ହେଉଥିଲା। ହଳେ ଗୀତକୁଡ଼ିଆଙ୍କ ଗୀତର ଜବାବ ଆଉ ହଳକ ଦେଉଥିଲେ। ଶେଷକୁ ଯିଏ ଜିତୁଥିଲା ସିଏ ଗାଁ କମିଟିର ପୁରସ୍କାର ଜିଣୁଥିଲା।

କେତେଥର ଚମ୍ପା ସେ ପୁରସ୍କାର ଜିଣିଥିବ !

ଲୋକେ ପଚାରନ୍ତି, ଏତେ ଏତେ ଗୀତ କୋଉଠୁ ପାଏ ଚମ୍ପା ? ଏ ଗୀତ ତ କୋଉ ବହି କି ଖାତାରେ ଟିପା ନାହିଁ। ଚମ୍ପା ଭତରା ଘରେ ବି କୋଉ ତାଳପତ୍ରର ପୋଥି ନାହିଁ କି ଟିପଣା। ତାହାହେଲେ ଚମ୍ପା କୋଉଠୁ ସେ ଗୀତ ଆଣେ ?

ଚମ୍ପା ଏ ପ୍ରଶ୍ନ ଶୁଣି ହସିଦିଏ। ସେଇ ପୁରୁଣା କଥାକୁ ଦୋହରାଏ। ଏଇ ଆଦିବାସୀ ବଣମୂଲକର ଶାଳ, ଶାଗୁଆନ, କେନ୍ଦୁ, କେରିଆ, ଚାକୁଣ୍ଡା, ଆମ୍ବ ଗଛ; ଏଇ କ୍ଷେତମାଳର ଆଖୁ, ମାଣ୍ଡିଆ, ଧାନ, ବାଜରା; ସଡ଼କ କଡ଼ର ଘାସଫୁଲ, କଂଟାଗଛ ଏଇସବୁ ତାକୁ ଗୀତ ଶିଖାନ୍ତି। ମହୁଲ ଫୁଲର ବାସ୍ନା, ଶିମିଳି ଫୁଲର ରଙ୍ଗ, କଞ୍ଚା ଆମ୍ବର ସୁଆଦ ତାକୁ ପଦ ବତେଇ ଦିଅନ୍ତି। ସେ ସେଇମାନଙ୍କ ଗୀତ ଗାଏ।

ଚମ୍ପା ଗାଏ ଗରିବ ଲୋକର ଦୁଃଖ, ସୁଖୀ ପରିବାରର ସୁଖ। ଗୋଟେ ଗୋଟେ ହସ ପଛରେ କେତେ ଦୁଃଖ, ଟୋପାଏ ଲୁହ ପଛରେ କେତେ ତତଲା ନିଃଶ୍ୱାସ- ଏସବୁ ଚମ୍ପା ପଢ଼ିପାରେ। ସେତକ ମା' ଚଣ୍ଡୀ ଠାକୁରାଣୀଙ୍କ କୃପା, ଭୈରବ ମହାଦେବଙ୍କ କୃପା। ତାହା ନ ହେଲେ ସିଏ ଛାର ମାଇପି ଲୋକଟା, ସେ କ'ଣ ଏମିତି ଘଣ୍ଟା ଘଣ୍ଟା ଗୀତ ଗାଇପାରନ୍ତା ! ତା' ପାଟି ବନ୍ଦ ହୋଇଯାଆନ୍ତାନି ମଝିରେ, କଥା ଅଟକି ଯାଆନ୍ତା ନାହିଁ ତଣ୍ଟିରେ ! ସବୁ ଠାକୁର ଠାକୁରାଣୀଙ୍କ ଦୟା।

ଚମ୍ପା ଏକଥା କହି ନିଜର ଯୋଗ୍ୟତାକୁ ନ୍ୟୂନ କରି ଦେଖାଇଲେ ସୁଦ୍ଧା ଗାଁର ଲୋକେ ବିଶ୍ୱାସ କରନ୍ତି ନାହିଁ। ସେମାନେ ଭାବନ୍ତି, ଚମ୍ପା ଦେହରେ ନିଶ୍ଚେ କିଛି ଦିବ୍ୟ ଗୁଣ ଅଛି। ନହେଲେ କୋଉ ଠାକୁରାଣୀ ତା ଭିତରେ ବିଜେ ହୋଇଥାନ୍ତି। ନହେଲେ ସାଧାରଣ ସ୍ତ୍ରୀ ଲୋକଟା, ସତ୍ୟ, ତ୍ରେତୟା, ଦ୍ୱାପର ଓ କଳିଯୁଗର ପୁରାଣ ଶାସ୍ତ୍ରକଥା କେମିତି ସବୁ ମନେରଖି ପାରନ୍ତା ? ଯୋଉ ପାଠ କଲେଜ ପଢୁଆ ପୁଅ ଝିଅ କହିପାରନ୍ତି ନାହିଁ, ସେ କଥା ଚମ୍ପା କେମିତି ମୁହେଁ ମୁହେଁ କହି ଦିଅନ୍ତା ?

ଚମ୍ପା ଏସବୁ ଶୁଣି କିଛି କହେ ନାହିଁ। ସେ ହସିଦିଏ। ତାର ମନ ସଫେଦ ଆକାଶ ପରି, ନଈର ପାଣି ପରି। ସେ ମନକୁ ନିର୍ମଳ ଓ ଖୋଲା ରଖେ। ଯାହା ଯୋଉଠୁ ସେ ଶିଖେ ସବୁ ମନ ଭିତରେ ସାଇତି ରଖେ। ଏତିକି କଥା ଜାଣେ, ଅନ୍ୟର ଦୁଃଖକୁ ନିଜର ଦୁଃଖ କରି ନପାରିଲେ କି ଅନ୍ୟର ସୁଖକୁ ନିଜର ସୁଖ ବୋଲି ଭାବି ନପାରିଲେ ଗୀତ ଗାଇହୁଏ ନାହିଁ।

ତୃତୀୟ ପରିଚ୍ଛେଦ

ନବରଙ୍ଗପୁର ସଦରମହକୁମା ଠାରୁ ଉମରକୋଟ ପର୍ଯ୍ୟନ୍ତ ଯିବା ରାସ୍ତାରେ, ଉମରକୋଟ ଆସିବାର ଏଗାର କିଲୋମିଟର ପୂର୍ବରୁ ବାମପଟକୁ ବାଙ୍କିଗଲେ ପଡ଼େ ଧୋଡ୍ରା ଗାଁ। ସେଇଠୁ ଆଉ ଛଅ ସାତ କିଲୋମିଟର ଦୂରରେ ପଡ଼େ ପୋଡ଼ାଗଡ଼ ଛକ। ତା' ଆଗକୁ ପୋଡ଼ାଗଡ଼। ସେଇ ଗାଁର ତଳସାହିରେ ଚମ୍ପା ଭତରାର ଘର। ଚାରିପଟେ ଉଚ୍ଚା ଉଚ୍ଚା ଶାଳ, ଶାଗୁଆନ, ଆମ୍ବ, ପଣସ, ଦି'ପଟେ ପୁରୁଣା ପାହାଡ଼, ଭାଙ୍ଗିଯାଇଥିବା ରାଜାଙ୍କ ପୁରୁଣା ଗଡ଼, ଜଙ୍ଗଲୀ ଗଛ ଓ ହଜାର ହଜାର ନାଁ ଅଜଣା ଗୁଳ୍ମଲତା। ଋତୁ ଅନୁସାରେ ସେସବୁ ଗଛରେ ଫୁଲ ଫୁଟେ, ଫଳ ଫଳେ। ଘଞ୍ଚ ଗଛ ଶାଖାର ଘୋଡ଼ଣୀ ଭେଦି ସୂର୍ଯ୍ୟ-ଚନ୍ଦ୍ର କିରଣ ତଳେ ପଡ଼ିବା କଷ୍ଟ।

ସ୍ଥାନୀୟ ଲୋକମାନେ କହନ୍ତି, ଏକଦା ପୋଡ଼ାଗଡ଼ ଥିଲା ନନ୍ଦବଂଶ ରାଜାଙ୍କର ରାଜଧାନୀ। ସେତେବେଳେ

ପୋଡ଼ାଗଡ଼ର ନାଆଁ ଥିଲା ପୁଷ୍କରୀଗଡ଼। ପାହାଡ଼ ମଝିରେ ଏ ଜାଗାଟି ଅବସ୍ଥିତ ଥିବାରୁ ନିରାପତ୍ତା ଦୃଷ୍ଟିରୁ ରାଜାମାନେ ଏହାକୁ ଅନୁକୂଳ ବିଚାରି ଏଇଠି ସେମାନଙ୍କର ଗଡ଼ ନିର୍ମାଣ କରିଥିଲେ। ପୁଷ୍କରୀଗଡ଼ ନନ୍ଦ, ଗୁପ୍ତ, ବକାଟକ ଓ ନାଗବଂଶୀୟ ରାଜାମାନଙ୍କ ଶାସନାଧୀନ ଥିଲା। ନନ୍ଦବଂଶୀୟ ନରେଶମାନଙ୍କ ଦ୍ୱାରା ପ୍ରତିଷ୍ଠିତ ପୁଷ୍କରୀଗଡ଼କୁ ବକାଟକ ବଂଶର ରାଜାମାନେ ଆକ୍ରମଣ କରି ନଷ୍ଟ କରିଦେଇଥିବା କଥା କେତେକ ଜାଗାରେ ପଢ଼ିବାକୁ ମିଳେ। ନନ୍ଦବଂଶର ରାଜାଙ୍କ କୁଶାସନରେ ଅତିଷ୍ଠ ହୋଇ ପ୍ରଜାମାନେ ରାଜାଙ୍କ ଗଡ଼ରେ ନିଆଁ ଲଗେଇ ତାକୁ ଭାଙ୍ଗିଦେଇଥିବା କଥା ମଧ୍ୟ ଆଉ କେହି କେହି କୁହନ୍ତି। ପ୍ରଜାମାନଙ୍କ କ୍ରୋଧର ନିଆଁରେ ପୋଡ଼ାଗଡ଼ ନଷ୍ଟ ହୋଇଯାଇଥିଲା ଏବଂ ରାଜାରାଣୀ ସେଇ ଗଡ଼ ଭିତରେ ରହି ପୋଡ଼ି ଯାଇଥିଲେ। ସେଇ କାରଣରୁ ଏହି ଗଡ଼କୁ ପୋଡ଼ାଗଡ଼ ବୋଲି କୁହାଯାଇଥାଏ।

ନନ୍ଦ ରାଜାମାନେ ଏଠାରେ ବିଷ୍ଣୁ ଓ ଶିବ ଉଭୟଙ୍କର ମନ୍ଦିର ପ୍ରତିଷ୍ଠା କରିଥିଲେ। ଏଠାକାର ଭୈରବ ମନ୍ଦିର ନବରଙ୍ଗପୁର ଜିଲ୍ଲାରେ ଖୁବ୍ ବିଖ୍ୟାତ। ଏହି ଭୈରବ ମନ୍ଦିରରେ ପୂଜା କରିବା ପାଇଁ ଦୂରଦୂରାନ୍ତରୁ ଲୋକମାନେ ଆସନ୍ତି। ଶାବରୀମନ୍ତ୍ରରେ ଏଠି ପୂଜାର୍ଚ୍ଚନା ହୁଏ। ପୂଜକ ଭୈରବ ଶିବଲିଙ୍ଗ ଉପରେ ଅରୁଆ ଚାଉଳ ଓ ଫୁଲ ରଖି ମନ୍ତ୍ର ପଢ଼ନ୍ତି। ତାଙ୍କର ମନ୍ତ୍ରବୋଲା ସରିବା ଆଗରୁ ଯଦି ଶିବଲିଙ୍ଗ ଉପରୁ ଓଦା ଚାଉଳ ଖସିଲା ତାହାହେଲେ ପୂଜା କରୁଥିବା ଲୋକର ଅଭୀଷ୍ଟ ପୂରଣ ହେବ ବୋଲି ଧରିନିଆଯାଏ। ଭୈରବ-ଭୈରବୀଙ୍କ ଭିନ୍ନ ପୋଡ଼ାଗଡ଼ରେ ଆହୁରି ଅନେକ ଦେବଦେବୀ ପୂଜା ପାଆନ୍ତି। ଜନଶ୍ରୁତି ଅନୁଯାୟୀ ଜଣେ କେହି ଗୋଟିଏ ଶଗଡ଼ରେ ଏହି ଦେବଦେବୀଙ୍କ ପଥର ମୂର୍ତ୍ତିଗୁଡ଼ିକୁ ଅନ୍ୟତ୍ର ନେଇଯାଉଥିବାବେଳେ ଏହିଠାରେ ତାଙ୍କର ଶଗଡ଼ ଭାଙ୍ଗିଯାଇଥିଲା। ଏହାକୁ ସେ ଦେବଇଚ୍ଛା ମନେ କରି ମୂର୍ତ୍ତିଗୁଡ଼ିକୁ ଏହିଠାରେ ଛାଡ଼ିଦେଇ ଯାଇଥିଲେ। ସମୟକ୍ରମେ ବିଭିନ୍ନ ଲୋକ ସେଇ ମୂର୍ତ୍ତିଗୁଡ଼ିକୁ ବିଭିନ୍ନ ମନ୍ଦିରରେ ପ୍ରତିଷ୍ଠା କରିଥିଲେ। ଏବେ ବି ପୋଡ଼ାଗଡ଼ର ବିଭିନ୍ନ କ୍ଷେତ ଓ ବାଡ଼ି ବଗିଚାର ମାଟି ତଳୁ ପୁରୁଣା ମୂର୍ତ୍ତି ମିଳିଥାଏ। ଏଠିକାର ଠାକୁରାଣୀଙ୍କ ଭିତରୁ ବାରାଗଡ଼ା ଦୁର୍ଦ୍ଧାନୀ, ମାଉଦେଓ ଓ ଦାଣ୍ଡଦେବୀ ପ୍ରସିଦ୍ଧ। ଏହାଛଡ଼ା ଶିବ, ଗଣେଶ ପ୍ରଭୃତି ମୂର୍ତ୍ତି ମଧ୍ୟ ଏଠାରେ ପୂଜା ପାଉଛନ୍ତି।

ପୋଡ଼ାଗଡ଼ର ରାଜମୋହିନୀ ଗୁଳ୍ମ ପ୍ରସିଦ୍ଧ। ଏଠି ଦେଖାଦେଉଥିବା ନାନାପ୍ରକାର ଗଛ ଭିତରୁ ଏହି ଗଛର ସମ୍ମୋହନୀ ଶକ୍ତି ଥିବା ଲୋକେ କୁହାକୁହି

ହୁଅନ୍ତି । କାହାକୁ ସମ୍ମୋହିତ କରିବାର ଥିଲେ ଏଇ ଗଛର ଗୋଟେ ସାଂସା ଛିଣ୍ଡେଇ ଆଣି ସେ ଲୋକର ନାମକୁ ସ୍ମରଣ କରିବାକୁ ହୁଏ । ଏ କଥାର କେତେ ସତ୍ୟତା ଅଛି ତାହା ଭିନ୍ନ କଥା, ମାତ୍ର ପୋଡ଼ାଗଡ଼ର ଭଙ୍ଗା ପଥରଗଦା ଭିତରୁ ଅନେକ ଲୋକ ଆସି ରାଜମୋହିନୀ ଗଛର ସାଂସା ଖୋଜୁଥିବା ଦେଖାଯାଏ ।

ଚମ୍ପା ଭତରା ପରିବାରର ମୂଳ ଗାଁ ଥିଲା ନବରଙ୍ଗପୁର ନିକଟ ସିନ୍ଧିଗୁଡ଼ା । ପରେ ସେମାନେ ଏଠିକି ଉଠି ଆସିଥିଲେ । ଏଇ କଥାକୁ ଉପଲକ୍ଷ୍ୟ କରି କେହି ଚମ୍ପାକୁ ଉଠାକୁଲିଆ କହିଲେ ଚମ୍ପା ମୁହେଁ ମୁହେଁ ତା'ର ଜବାବ ଦିଏ । ମଲା ଲୋକର ଶବ ପାଖରେ ବସି ରାତି ଅନିଦ୍ରା ଗୀତ ବୋଲୁଥିବାବେଳେ ଯୋଉ ଚମ୍ପାର କାନ୍ଦଣା ଶୁଣି ଚଢ଼େଇ ଚିରିଗୁଣୀ, ପଶୁପକ୍ଷୀ ଲୁହ ବୁହାନ୍ତି, ଯାହାର ବିକଳ ବାହୁନାରେ ପାହାଡ଼ର ନିର୍ଦ୍ଦୟ ଛାତି ଚିରି ଝରଣାର ଝର ବୋହିଆସେ ସେହି ଚମ୍ପାର ରାଗବେଳ କଳିକଜିଆ ଶୁଣିଲେ ଲୋକେ ଡରରେ ବାଟଭାଙ୍ଗି ପଳାନ୍ତି । ସେ କହେ, ଏଠି କିଏ ଉଠାକୁଲିଆ ନୁହେଁ ଆଗେ କୁହ । ତାହା ହେଲେ ସିଏ ଏଠିକି ଉଠି ଆସିଲା ତ କୋଉ ମହାଭାରତ ଅଶୁଦ୍ଧ ହୋଇଗଲା ? ସିଏ ନିଜେ କହେ, ଭରତଗଡ଼ର ଜଣେ ରାଜା ଥିଲେ, ତାଙ୍କର ଥିଲା ଗୋଟିଏ ଚାଉଳରେ ଗଢ଼ା ସୁନ୍ଦରୀ ଝିଅ । ସେଇ ଝିଅ ଲାଗି ବର ବାଛିବା ନିମନ୍ତେ ସେ ବର୍ଷ ଦଶହରା ବେଳକୁ ଲାଖବିନ୍ଧା ପ୍ରତିଯୋଗିତା ଆୟୋଜନ ହୋଇଥିଲା ସେ ରାଜ୍ୟରେ । ସେଇ ପ୍ରତିଯୋଗିତାରେ ଗୋଟେ ଯୁଆନ ବାଜି ଜିଣିଥିଲା । ରାଜକୁମାରୀ ସେହି ଯୁଆନକୁ ଭଲ ପାଇଲା, ବାପାକୁ ନ ଜଣାଇ ତା' ସାଙ୍ଗେ ମିଳାମିଶା କଲା । ଶେଷକୁ ମଣ୍ଡେଇ ସମୟରେ ସେଇ ଟୋକା ସାଙ୍ଗରେ ଝିଅ ଉଦୁଲିଆ ପଳେଇଲା । ଏଥିରେ ରାଜା ଖୁବ୍ ରାଗିଲେ । ଭରତଗଡ଼ର ସେ ଟୋକା ଓ ତା' ଜାତିଭାଇଙ୍କୁ ତାଙ୍କ ରାଜ୍ୟରୁ ନିକାଲି ଦେଲେ । ବାଧ୍ୟହୋଇ ଲୋକମାନେ ବସ୍ତରକୁ ଚାଲିଯାଇଥିଲେ । ଭରତଗଡ଼ରୁ ଆସିଥିବାରୁ ଏଇ ଲୋକଙ୍କୁ ଭତରା କୁହାଗଲା ।

ସେମିତି ଆଉ ଗୋଟେ ଗୀତ ଗାଇ ଚମ୍ପା କୁହେ, ପୁରୀ ରାଜା ପୁରୁଷୋତ୍ତମ ଦେବ ଚକ୍ରକୋଟରୁ କୁଟୁମସର ସୁଡ଼ଙ୍ଗ ବାଟରେ ଦଣ୍ଡବତ ହୋଇ ହୋଇ ଶ୍ରୀକ୍ଷେତ୍ର ଯିବାବେଳେ ତାଙ୍କ ସାଙ୍ଗରେ ଯୋଉ ଭଦ୍ରଲୋକମାନେ ଯାଇଥିଲେ ସେଇ ଲୋକଙ୍କ ବଂଶଧର ହେଲେ ଭତରା । ସେଇ ଭତରାଙ୍କ ଭିତରୁ ଜଣେ ରାଜା ହୋଇଥିଲେ, ଯିଏ ଥିଲେ ନିର୍ଘାତ ବୋକା । ସିଏ ପ୍ରଜାମାନଙ୍କୁ କହିଲେ, ତମେ ଯାହା ଚାଷ

କରିବ ତା'ର ମୂଳତକ ମୋତେ ଖଜଣା ଦେବ। ଲୋକେ ଧାନ, ମାଣ୍ଡିଆ ଚାଷ କରି ଅଗତକ ରଖିଲେ ଓ ମୂଳତକ ରାଜାଙ୍କୁ ଦେଲେ। ରାଜା ଜାଣିଗଲେ ଯେ ପ୍ରଜାମାନେ ତାଙ୍କୁ ଠକି ଦେଇଛନ୍ତି। ଅସଲ ଫଳତକ ରଖି ତାଙ୍କୁ ତୁଚ୍ଛା ଚେର, ନଡ଼ା ଦେଇ ଭଣ୍ଡେଇ ଦେଇଛନ୍ତି। ଏଥର ସେ ନୂଆ ଫସଲ ଚାଷ କରିବା ଲାଗି କହିବେ। ତା'ପରେ ରାଜା କହିଲେ- ଏଣିକି ଯାହା ଚାଷ କରିବ, ମୋତେ ଅଗତକ ଆଣି ଦେବ। ଲୋକେ ଆଖୁ ଚାଷ କରି ଅଗପତ୍ରସବୁ ନେଇ ରାଜବାଟୀରେ ଗଦେଇଲେ। ଏଥର ମଧ୍ୟ ରାଜା ଠିକିଗଲେ। ଶେଷକୁ ରାଜା ନିରାଶ ହୋଇ କହିଲେ ତମେମାନେ କଖାରୁ ଚାଷ କର ଓ ମୋତେ ଆଣି କଖାରୁ ଦିଅ। ଯିଏ କଖାରୁ ନ ଦେବ ତାହାଠାରୁ ରୁପା, କଉଡ଼ି, ଗହଣା ଆଦାୟ କରିବି। ଲୋକେ ବ୍ୟତିବ୍ୟସ୍ତ ହୋଇ ଘର ଛାଡ଼ି ବାହାରେ ଯାଯାବରଙ୍କ ପରି ବୁଲିଲେ। ଏତିକି କହିସାରି ଚମ୍ପା ଗାଏ:-

"ରାଇଜ ଛାଡ଼ି ପରଜା ପର୍ବତେ ବୁଲିଲେ
ରକ୍ଷାକର ରାଜା ବୋଲି ଗୁହାରି ହୋଇଲେ ରେ
ଉମରକୋଟ ଦେଇ ଆସିଲେ ପରଜା
ପୂଜାରୀଗୁଡ଼ାର ରାଜା ନ ଚିହ୍ନିଲା ପ୍ରଜା ରେ।"

ପୋଡ଼ାଗଡ଼ର ଲୋକମାନେ ମାଣ୍ଡିଆ, ଯଅ ଫସଲ ଚାଷ କରନ୍ତି, ତା' ସାଙ୍ଗକୁ ନାନାପ୍ରକାର ଫଳମୂଳ। ଉଠାଣି ଜାଗାରେ ସପୁରି, କମଳା, ଆମ୍ବ, ପଣସ ସାଙ୍ଗକୁ ହଳଦୀ ଚାଷ ହୁଏ। ଖାଲୁଆ ଜାଗାରେ ଧାନ, ମାଣ୍ଡିଆ, ଆଖୁ। ସଳପ ଗଛ ଗୋଟିଏ କି ଯୋଡ଼ିଏ ସବୁରି ବାଡ଼ିରେ ରହିଥିବ। ସଳପ ରସରେ ଏ ଅଞ୍ଚଳର ଲୋକଙ୍କର ବଡ଼ ସଉକ। ଯାହାର ଗୋଟେ ସଳପ ଗଛ ଅଛି ତା'ର ଗୋଟେ ରୋଜଗାରିଆ ପୁଅ ଅଛି ବୋଲି ଧରି ନିଆଯାଏ।

ଚମ୍ପା ଲେଞ୍ଜିପଡ଼ା ଯାଇଥିବାବେଳେ ଏପଟେ ତା' ବର ଲାଇବନ ନିଜର ଯୋଜନାକୁ କେମିତି ଫଳବତୀ କରିବ ସେଇ କଥା ଚିନ୍ତା କରୁଥିଲା। ସିଏ ଜାଣିଥିଲା ଯେ ସକାଳ ଆଠଟା ଆଗରୁ ଚମ୍ପା ଘରକୁ ଫେରିବ ନାହିଁ। ଏଇଟା ମହାର୍ଘ ବେଳା। ସେହି ଅନୁସାରେ ସେ ଉମରକୋଟ ବେପାରୀର ଲୋକକୁ ଖବର ଦେଇଥିଲା।

ତାଙ୍କ ବାଡ଼ିରେ କେତେଟା ସପୁରି ପାଚି ବାସୁଛି। ଆମ୍ବ, ପଣସ ସବୁ ପାଚିଆସିଲାଣି। ଆଉ ପନ୍ଦରଟା ଦିନରେ ସେଗୁଡ଼ା ପାଚି ଖସିପଡ଼ିବେ। ଲାଇବନ

ନାଗରାଜର ଲୋକ ଜର୍ଜକୁ ଖବର ପଠେଇଛି, ସେ ସକାଳୁ ସକାଳୁ ଗାଡ଼ି ଆଣି ସପୁରି, ଆମ୍ବ ଓ ପଣସତକ ନେଇଯିବ। ଲାଇବନ ତରତର ହୋଇ ବିଛଣାରୁ ଉଠିପଡ଼ିଲା। ଅନ୍ଧାର ହଟିନାହିଁ। ତା'ର ଦି' ଝିଅ ଅଚେତ ନିଦରେ ଶୋଇଛନ୍ତି। ସେ କବାଟ ଆଉଜେଇ ତରବରରେ ବଗିଚାକୁ ବାହାରିଗଲା।

ଖାଲି ପୋଡ଼ାଗଡ଼ ନୁହେଁ, ଉମରକୋଟରୁ ନେଇ ନବରଙ୍ଗପୁର, ରାୟଗଡ଼ା, କୋରାପୁଟ ଅଞ୍ଚଳରେ ସମାନ ଅବସ୍ଥା। ଚୈତ୍ର, ବୈଶାଖ ମାସ ବେଳକୁ ଆମ୍ବ କି ସପୁରି ପାଚିବା ବେଳ ଆସିଲେ ବଡ଼ ବଡ଼ ବେପାରୀ ଆସି ଗାଁ ଗାଁ ବୁଲନ୍ତି। ଆଗରୁ ତାଙ୍କ ଦଲାଲମାନେ ଆଦିବାସୀ ଚାଷୀମାନଙ୍କୁ କୋଉଠି ଟଙ୍କା ଦି'ଶହ ତ ଆଉ କୋଉଠି ମଦ ଦି'ବୋତଲ ଦେଇ ହାତକରି ଥାଆନ୍ତି। ମଦ ନିଶାରେ ଚୁର୍ ଲୋକମାନେ ହିସାବ ରଖନ୍ତି ନାହିଁ। ଅଳ୍ପ କିଛି ଟଙ୍କା ବଦଳରେ ନିଜ ବାଡ଼ିର ଫସଲ ସେଇ ବେପାରୀଙ୍କ ହାତରେ ଧରେଇ ଦିଅନ୍ତି। ପରିବାରର ବାପାମାଆ, ଭାଇଭଉଣୀ ସମସ୍ତେ ମିଶି, ସକାଳଠୁ ନେଇ ସଞ୍ଜ ପର୍ଯ୍ୟନ୍ତ ଖରା-ବର୍ଷା-ଶୀତକାକରରେ ଖଟି ଖଟି ଯୋଉ ଫସଲ ଫଳେଇ ଥାଆନ୍ତି, ମାସ ମାସ ଧରି ଯୋଉ ଆମ୍ବ, ପଣସ କି ସପୁରି ଗଛକୁ ଅନେଇ ନାନାପ୍ରକାର ସ୍ୱପ୍ନ ଦେଖିଥାନ୍ତି, ତାହା ନିମିଷକରେ ଭାଙ୍ଗିଯାଏ। ବାହାର ବେପାରୀ ଏସବୁ ନେଇଗଲାବେଳେ ଦାନ୍ତ ଦେଖେଇ କୁହେ, "ତୁମେ ଏମିତି ଫଳଉଥାଅ, ଆଉ ଆମେ ଏମିତି ଅମଳ କରୁଥାଉ।" ଏ ପ୍ରକାର ବ୍ୟଙ୍ଗ ବିଦ୍ରୂପରେ ଆଦିବାସୀର ମନ ପ୍ରତିବାଦ କରେନାହିଁ। ଓଲଟି କହେ- ଆଦିବାସୀ ସିନା ଫଳାଏ, ସିଏ କ'ଣ ଖାଏ ? ନଈ ଯେମିତି ମାଛ ଫଳାଏ କିନ୍ତୁ ଖାଏ ନାହିଁ ସେଇପରି ଆଦିବାସୀ। ତା'ର କାମ ହେଲା ଡଙ୍ଗର ଜମି ଚଷିବ, ଫସଲ ଫଳେଇବ।

ଲାଇବନକୁ ଗଲା ଦି'ମାସ ହେଲା ମଝିରେ ମଝିରେ ଦେଶୀ, ବିଦେଶୀ ମଦ ବୋତଲ ଦେଇଆସିଛି ଜର୍ଜ। ସେ ନାଗରାଜ ବାବୁର ଲୋକ। ଜର୍ଜ କହେ ସେ ତା' ବାବୁର ମ୍ୟାନେଜର। ଦିନସାରା ସେ ଉମରକୋଟରୁ ନବରଙ୍ଗପୁର ପର୍ଯ୍ୟନ୍ତ ମୋଟର ସାଇକେଲ୍‌ରେ ବସି ଗାଁ ଗାଁ ବୁଲୁଥାଏ। ଫୁଲ ଫୁଟିଲେ ଭଅଁରକୁ ବାସିବା ପରି କୋଉଠି ଫଳଟେ ଫଳିଲେ ଜର୍ଜ ଜାଣିପାରେ। ତେନ୍ତୁଳିରୁ ନେଇ ହଳଦୀ ପର୍ଯ୍ୟନ୍ତ ସବୁ ଜିନିଷ ଉପରେ ତା'ର ଆଖି। ମଝିରେ ମଝିରେ ସେ ରାସ୍ତାକଡ଼ ହାଣ୍ଡିଆ ଭାଟିକୁ ଆସେ। ମୋଟର ସାଇକେଲ୍‌ଟା ଠିଆ କରେଇ ସେଇଠି

ରାଜନୀତି ଚର୍ଚ୍ଚା କରେ। ନଜର ରଖିଥାଏ, କୋଉ ଆଦିବାସୀ ପାଖେ ପଇସା ନାହିଁ, ଅଥଚ ହାଣ୍ଡିଆ ପିଇବା ଲାଗି ଶୋଷ ଅଛି। ଦାନବୀର ହରିଶ୍ଚନ୍ଦ୍ର ପରି ପକେଟ୍‌ରୁ ଦଶଟଙ୍କିଆ କି କୋଡ଼ିଏ ଟଙ୍କିଆ ଖଣ୍ଡେ ବାହାର କରି ଜର୍ଜ ତା ହାତକୁ ବଢ଼େଇ ଦେଇ କହେ, "ନେ, ନେ, ରାଜାପୁଅଟା ମୋର, ପଇସା ପାଇଁ କ'ଣ ମଉଜ ପାଣି ହେଇଯିବ!" ଆଦିବାସୀ ନିଶାଡ଼ି ଲୋକ କୃତକୃତ୍ୟ ହୋଇଯାଏ। ସେଇ ମଉକାରେ ଜର୍ଜ ସେ ଲୋକଟି ପାଖରୁ ତା' ଗାଁର ହାଲ୍‌ହରକତ ବୁଝିନିଏ।

ଲାଇବନ ଜର୍ଜର ସେଇ ପ୍ରକାର ହିତାଧିକାରୀଙ୍କ ଭିତରୁ ଜଣେ। କେତେଥର ସେ ଜର୍ଜ ପାଖରୁ ଏମିତି ହାତଉଧାରି ଆଣି ଦେଶୀ, ବିଦେଶୀ ପିଇଚି ତା'ର ହିସାବ ସେ ରଖିନାହିଁ। ହିସାବ ରଖି ଅଯଥା ମୁଣ୍ଡକୁ ଓଜନିଆ କରନ୍ତା କାହିଁକି ? ଜର୍ଜ ତ କହିଛି, ନିଶାପାଣି ମଉଜ ଖର୍ଚ୍ଚ ତା'ର, ଲାଇବନ ବାଡ଼ିବଗିଚାର ଫଳ, ଫସଲ ଜର୍ଜର। ହିସାବ ବରାବର। ଏଥିରେ ଲାଇବନ ଖୁସି। ଢେର୍ ଖୁସି। ଜର୍ଜ ମଧ୍ୟ ଖୁସି, ଢେର୍ ଖୁସି। ଜର୍ଜର ପାରିବାପଣିଆରେ ତା' ମାଲିକ ନାଗରାଜ ବାବୁ ମଧ୍ୟ ଖୁସି, ଜର୍ଜ ପରି କେତେଜଣ ସୁପରଭାଇଜର ସେ ରଖିଛି। ତା'ର ଗୋଦାମ ଉମରକୋଟରେ। ସେ ରାୟପୁରକୁ ମାଲ୍ ସପ୍ଲାଇ କରେ। ଅବିଭକ୍ତ କୋରାପୁଟ ଜିଲ୍ଲାର ସବୁ ଅଞ୍ଚଳର ଖବର ତା' ପାଖରେ। କୋଉଠି ଶାଳ-ଶାଗୁଆନ ଗଛ, କୋଉଠି ତେନ୍ତୁଳି, କୋଉଠି ଆମ୍ବ-ପଣସ ଓ ଆଉ କୋଉଠି କମଳା-ସପୁରି ଭଲ ଫଳେ ସବୁ ଖବର ସୁପରଭାଇଜରମାନଙ୍କ ମାଧ୍ୟମରେ ତା' ପାଖେ ପହଞ୍ଚିଥାଏ।

ନାଗରାଜ ଅଧ୍ୟବସାୟୀ ଲୋକ। ନିଜ ହାତରେ ସେ ନିଜ ଭବିଷ୍ୟତ ଗଢ଼ିଛି। ବହୁବର୍ଷ ତଳେ ତା' ବାପା, ସୁନାବେଡ଼ା ମିଗ୍ ବିମାନ କାରଖାନା କାମ ଆରମ୍ଭ ବେଳେ, ଆନ୍ଧ୍ରରୁ ଓଡ଼ିଶା ପଳେଇ ଆସିଥିଲା। ପ୍ରୋଜେକ୍ଟ ସାଇଟରେ ପ୍ରଥମେ ସେ ପାନ ସିଗାରେଟ୍ ଦୋକାନ ଓ ତା'ପରେ ଗୋଟେ ଛୋଟିଆ ଜଳଖିଆ ଦୋକାନ ଖୋଲିଥିଲା। ନାଗରାଜକୁ ତା' ବାପା ପାଠ ପଢ଼େଇ ସେଇ ପ୍ରୋଜେକ୍ଟରେ ଭର୍ତ୍ତି କରିବ ବୋଲି ସ୍ୱପ୍ନ ଦେଖିଥିଲା। ମାତ୍ର ନାଗରାଜର ମନ ପାଠରେ ନ ଥିଲା। ବାପା ଜିଦ୍ କରିବାରୁ ଦିନେ ରାତିରେ ବାପର ତହବିଲ୍ ବାକ୍ସରୁ ଟଙ୍କାପଇସା ସବୁ ଚୋରେଇ ଚାଲିଆସିଥିଲା ନବରଙ୍ଗପୁର। ସେଇଠି ମା ଭଣ୍ଡାରଘରଣୀ ମନ୍ଦିରରେ ତା'ର ଦେଖା ହୋଇଥିଲା ଜୟରାମ ମାଝୀ। ନାଗରାଜ ଆସି ଜୟରାମ ମାଝୀ ଗୋଦାମରେ କାମ କଲା। ଭାଗ୍ୟଲକ୍ଷ୍ମୀ ତା' ପ୍ରତି ସଦୟ ହେଲେ। କିଛି ବର୍ଷ

ପରେ ସେ ନିଜେ ବେପାର ଆରମ୍ଭ କଲା। ନାଗରାଜ କୁହେ, ସେ ସବୁ ପ୍ରକାର ବେପାର କରିଛି। ସାଇକେଲ୍ କ୍ୟାରିୟରରେ ଚୁଡ଼ି, ରିବନ୍, ଚନାଚୁର୍ ପୁଡ଼ିଆ ଓହଲେଇ ବିକିବାଠାରୁ ନେଇ ତେନ୍ତୁଳି, ଆମ୍ବୁଲ, ଆଚାର କାରବାର ଏବଂ ତା'ସାଙ୍ଗକୁ ଆଖୁପେଡ଼ା ଆଉ ହାଣ୍ଡିଆ ବେପାର। ଏବେ ନାଗରାଜ ଉମରକୋଟର ସବୁଠୁ ବଡ଼ ବ୍ୟବସାୟୀ। ପ୍ରଭାବଶାଳୀ ଲୋକ ଭାବେ ଏହି ଅଞ୍ଚଳରେ ତା'ର ଖୁବ୍ ପ୍ରତିଷ୍ଠା ରହିଛି। ସ୍ଥାନୀୟ ନେତାମାନେ ନାଗରାଜ ବାବୁର କଥାରେ ଉଠ୍-ବସ୍ ହୁଅନ୍ତି। ନିଜେ ନାଗରାଜ ଥରେ ବିଧାୟକ ପଦ ପାଇଁ ନିର୍ବାଚନ ଲଢ଼ିଥିଲା, ମାତ୍ର ସେଥିରେ ସେ ସଫଳ ହୋଇପାରିଲା ନାହିଁ। ଏହାପରେ ସେ ପ୍ରତ୍ୟକ୍ଷ ରାଜନୀତି ଆଡ଼କୁ ଆଉ ମନ ବଳେଇ ନାହିଁ। ନିଜେ ନେତା ନ ହୋଇ ସେ ନେତାମାନଙ୍କୁ ତିଆରି କରେ ବୋଲି ଅବିଭକ୍ତ କୋରାପୁଟ ଜିଲ୍ଲାରେ ଚର୍ଚ୍ଚା ହୁଏ। ଏହି ଜିଲ୍ଲାର ପ୍ରଭାବଶାଳୀ ଲୋକଙ୍କ ସହ ନାଗରାଜର ଅନ୍ତରଙ୍ଗ ସଂପର୍କ। ନିର୍ବାଚନ ସମୟରେ, ନାଗରାଜ ଦଳମତ ନିର୍ବିଶେଷରେ ସବୁ ନେତାଙ୍କୁ ଚାନ୍ଦା ଦିଏ। ନିଜର ଅଭିଜ୍ଞତାରୁ ସେ ଜାଣିଛି, ବଡ଼ ବଡ଼ ନେତା ତାକୁ ଠିକା, ଲାଇସେନ୍ସ କିମ୍ବା ଏଜେନ୍ସି ଦେବା କାମରେ ହୁଏତ ସାହାଯ୍ୟ କରପାରନ୍ତି ମାତ୍ର ମଙ୍ଗଲୁ ଡେକ୍ରା, ଶତ୍ରୁଘ୍ନ ମାଝୀ ପରି କୁଜିନେତା ବେନାମୀ ପିଟିସନ୍ ପକେଇ ତା'ର ହେଉଥିବା କାମକୁ ବିଗାଡ଼ି ଦେଇପାରନ୍ତି। ସେଥିପାଇଁ ସେ ସମସ୍ତଙ୍କୁ ଖୁସି ରଖିବାକୁ ଚାହେ। ସେ ବେଶି ପାଠ ପଢ଼ିନାହିଁ, ମାତ୍ର ତା'ର ବ୍ୟବସାୟୀ ବୁଦ୍ଧି ଖୁବ୍ ପ୍ରଖର। ସେ କୁହେ, ବ୍ୟବସାୟର ଲାଭ ଦୁଇଟି କଥା ଉପରେ ନିର୍ଭର କରେ। କମ୍ ଦରରେ ଜିନିଷ କିଣ, ଚଢ଼ା ଦରରେ ବିକ। କମ୍ ମଜୁରିରେ ଲୋକ ନିଯୁକ୍ତ କର ଏବଂ ସେଥିରୁ ବଞ୍ଚିଥିବା ପଇସା ନେତା, ଅଫିସର ଆଉ କିରାଣିମାନଙ୍କୁ ଲାଞ୍ଚ ଦେବା କାମରେ ବିନିଯୋଗ କର।

ନାଗରାଜ ତେନ୍ତୁଳି, ଆମ୍ବ, ମହୁଲ ବିଜୟନଗରମ୍ ପଠାଏ ଏବଂ ପଣସ, ସପୁରି, ଆଖୁ ରାୟପୁର ପଠାଏ। ଝୁଣା, ଲାଖ, ଜଉ ସାଙ୍ଗକୁ କପା, ହଳଦୀ- ଏବର୍ଷ କୋଉ କୋଉ ସ୍ଥାନରେ ଭଲ ହେଇଛି ସେ ତଥ୍ୟ ତାକୁ ଜର୍ଜ ପରି ଲୋକମାନେ ଦିଅନ୍ତି। ସେ ନିଜେ ମଧ୍ୟ ବର୍ଷସାରା ବିଭିନ୍ନ ଅଞ୍ଚଳ ବୁଲେ। କୋଉଠି କୋଉ ଫସଲର ଅମଳ ବେଶି ସେ ଖବର ରଖେ। ଚାଷୀମାନଙ୍କୁ ଆଗତୁରା ବଇନା ଦେଇ ହାତରେ ରଖିଥାଏ।

ଲାଇବନର ବଗିଚା ପାଖରେ ଗାଡ଼ି ଠିଆକରି ଜର୍ଜ ଲାଇବନକୁ ଅପେକ୍ଷା କରୁଥିଲା। ପୋଡ଼ାଗଡ଼ର ବାରଟା ବଗିଚା ଭିତରୁ ଲାଇବନର ବଗିଚାରେ ଏ ବର୍ଷ ବେଶି ଆମ୍ବ, ପଣସ ଓ ସପୁରି ଫଳିଥିଲା। ତିନିଟା ଗଛରୁ ଆମ୍ବ ଝାଡ଼ିବାକୁ ଦି'ଘଣ୍ଟାରୁ ବେଶି ସମୟ ଲାଗିଯିବ ବୋଲି ସେ ଅନୁମାନ କରୁଥିଲା। ତା' ସାଙ୍ଗକୁ ପଣସ, ସପୁରି ତୋଳା ଅଛି। ସେ ମିନିଟ୍ରକ୍‌ରୁ ଓହ୍ଲେଇପଡ଼ି ଝାଡ଼ିଝୁଡ଼ି ହେଲା। ପୂର୍ବଦିଗକୁ ଅନେଇ ଗୋଟେ ସିଗାରେଟ୍ ଲଗେଇଲା। କଳେ ଧୂଆଁ ଉପରକୁ ଛାଡ଼ି କହିଲା, "ସୂର୍ଯ୍ୟ ଉଇଁବ ଉଇଁବ ହେଲାଣି, ଏ ଲୋକଟା ଗଲା କୁଆଡ଼େ? ମଦ ନିଶାରେ ଆଉ ଶୋଇପଡ଼ିଲା କି?"

ସେତିକିବେଳେ ଲାଇବନ ଧଇଁସଇଁ ହେଇ ଆସି ପହଞ୍ଚିଲା। ବଡ଼ି ସକାଳର ଆଲୁଅରେ ସେ ଦିଶୁଥିଲା ଗୋଟେ ଛେଳି ପରି। ମୁହଁରେ ଦାଢ଼ିଭର୍ତ୍ତି, ମୁଣ୍ଡବାଳ ଲମ୍ବିଛି, ଅଣ୍ଟା ନୋଇଁଗଲାଣି। ପିନ୍ଧିଛି ଗୋଟେ ମିଳିଛିଆ କଳା ଫତେଇ ଆଉ ନେଳି ଗାମୁଛା। ଆଖି ଯୋଡ଼ିକ ମଦ ନିଶାରେ ଟୁଳୁଟୁଳୁ। ଜର୍ଜ ତାକୁ ଦେଖି ଅତି ଆପଣାର ଲୋକ ଭଳି ତା' ପିଠି ଥାପୁଡ଼େଇ ଦେଲା ଏବଂ ଡ୍ରାଇଭରକୁ କହିଲା, "ଆରେ ବୁଲୁ, ସେ ବିଦେଶୀ ମାଲ୍‌ଟା ଏପଟେ ବଢ଼ା। ବାବୁକୁ ଦେ। ଆଜି ଆଉ ଦେଶୀରେ କାମ ଚଳିବ ନାହିଁ।" ତା'ପରେ ସେ ଗାଡ଼ିର ଡାଲାରେ ବସିଥିବା ତା'ର ଲୋକମାନଙ୍କୁ ନିର୍ଦ୍ଦେଶ ଦେଲା, "ଆରେ ବସିରହିଛ କାହିଁକି, ଆଠଟା ଆଗରୁ ଆର ଗାଁକୁ ଯିବା ପାଇଁ ପଡ଼ିବ। ଯାଅ, କାମରେ ଲାଗିପଡ଼।"

: ହଁ, ହଁ, କାମରେ ଲାଗିଯାଅ। ସେ ଆସିବା ଆଗରୁ କାମ ସାରିଦିଅ। - ହାତ ହଲେଇ ଲାଇବନ କହିଲା। ଜର୍ଜ ହାତରେ ବଡ଼ ବିଦେଶୀ ମଦ ବୋତଲଟା ଦେଖି ତା' ମନ ଏକଦମ ଖୁସି ହୋଇଯାଇଥିଲା। ମାଆ ତା'ର ଛୁଆକୁ ଆଉଁଶିଲା ପରି ସେ ମଦ ବୋତଲଟାକୁ ନେଇ ଆଉଁଶିଲା। ଜର୍ଜର ସତର୍କ ଆଖିରୁ ଏ ଦୃଶ୍ୟ ବାଦ୍ ପଡ଼ିଲା ନାହିଁ। ସେ କହିଲା, "ଇଏ ଏଠିକା ଜିନିଷ ନୁହେଁ, ପୂରା ବିଲାତର। ଆମେରିକା, ଇଂଲଣ୍ଡର ମାଲ୍। ଯା'କୁ କେବଳ ସାହାବମାନେ ପିଅନ୍ତି। ତୋ ପାଇଁ ବହୁତ କଷ୍ଟରେ ଭାଇଜାଗ୍‌ରୁ ଯୋଗାଡ଼ କରିଛି। ତୁ ମୋ ପରିଶ୍ରମ ବୁଝିପାରିବୁ ନାହିଁ। ମାସେ ଆଗରୁ ବନ୍ଦରରେ କାମ କରୁଥିବା ମୋ ସାଙ୍ଗକୁ କହି ଖାସ୍ ତୋ ପାଇଁ ଏଇଟି ଆଣି ରଖିଥିଲି।"

ଲାଇବନ ଦାନ୍ତ ଦେଖେଇ କହିଲା, "ଯା' ସାଙ୍ଗକୁ କିଛି ଚାଖଣା ଆଣିନାହଁ?"

ଜର୍ଜ ଅନେଇଲା। ଲାଇବନର ଦି'ଧାଡ଼ି ହଳଦିଆ ଦାନ୍ତ ତା' କଳାଓଠ ମଝିରେ ତାକୁ ମାଙ୍କଡ଼ର ଦାନ୍ତ ପରି ଦିଶୁଥିଲା। ଆଖି ଯୋଡ଼ିକ ଲାଲ୍ ଲାଲ୍। ସେ କହିଲା, ସଞ୍ଜବେଳକୁ ଆଣିବି। ତୁ କ'ଣ ଏ ସକାଳଟାରୁ ପିଇବା ଆରମ୍ଭ କରିଥାଆନ୍ତୁ ନା କ'ଣ ? ଯା'କୁ ଲୁଚେଇକି ରଖିବୁ। କାହାକୁ ଦେଖେଇବୁ ନାହିଁ। ତୋର ଯୋଉ ସାଙ୍ଗ, ହ୍ୟାପ ରଙ୍କୁଣାଗୁଡ଼ାକ, ବିଦେଶୀ ମାଲ୍ ଦେଖିଲାକ୍ଷଣି ଚଁ ଚଁ କରି ଶୋଷିନେବେ। ତୋ ପାଇଁ ଠୋପାଏ ବି ଛାଡ଼ିବେ ନାହିଁ। ଇଏ ତ ମଦ ନୁହେଁ, ଅମୃତ !

ଲାଇବନ ଜର୍ଜର ଇସାରା ବୁଝିଗଲା। ବୋତଲଟାକୁ ତା' କାଖ ତଳେ ଲୁଚେଇ ସପୁରିବୁଦା ଆଡ଼କୁ ପଳେଇଲା। ଜର୍ଜ ଅନେଇ ଦେଖିଲା, ତା' ଲୋକମାନେ ଗଛ ତଳେ ଜାଲ ପତେଇଲେଣି ନା ନାହିଁ। ତଳେ ଜାଲ ନ ଦେଖେଇଲେ ଆମ୍ବଗୁଡ଼ାକ ତଳେ ପଡ଼ି ନଷ୍ଟ ହୋଇଯିବ। ନେଳିଆ ଲୁଙ୍ଗି ଓ ନାଲି ବ୍ୟାନିୟନ ପିନ୍ଧିଥିବା ଲୋକଟିକୁ ସେ ପଣସ ତୋଳିବା ଲାଗି କହିଲା।

ଲାଇବନ ମଦ ବୋତଲଟିକୁ ସପୁରି ବଣ ସନ୍ଧିରେ ଲୁଚେଇ ଦେଇ ଜର୍ଜ ପାଖକୁ ଫେରିଆସିଲା। ଦି'ହାତକୁ ଝାଡ଼ିଝୁଡ଼ି ଆଗକୁ ଲମ୍ବେଇଦେଇ କହିଲା, "ଟଙ୍କା ?"

: ଆରେ, ଫେର୍ ଟଙ୍କା କ'ଣ ? କିରେ, ଏଇ ଚାରିମାସ ଭିତରେ ତୁ ଯେତିକି ଟଙ୍କାର ମଦ ପିଇଲୁଣି ତା'ର ଦାମ୍ କେତେ ହେବ ଜାଣିଛୁ ? ନା, ନା ଜାଣିଛୁ ? ଟଙ୍କା ଚାରି ହଜାରରୁ କମ୍ ହେବନାହିଁ। ଫେର୍ ଟଙ୍କା ମାଗୁଛୁ ? ତୋର ଏ ଫଳଗୁଡ଼ାକର ଦାମ୍ ଏମିତି କେତେ ହେବ କି ? - ଜର୍ଜ କହିଲା।

: ହେ, ହେ, ବାବୁ ସେମିତି କୁହ ନାହିଁ। ଚମ୍ପାକୁ ତମେ ଚିହ୍ନିନ। ମୋ ତୋଟି ଚିପିଦେବ। ଦିଅ, ଦିଅ, ଟଙ୍କା ଦିଅ। ଲାଇବନ ମିନତି ହେଲା।

: ଚମ୍ପା ? ସେ କିଏ ?

: ସେ ମୋ ମାଇପ। ନା, ଗେରସ୍ତ-ମାଇପ।

: ହଉ, ହଉ। ତୋଳା ସରୁ। ମୁଁ ଦେଖେ। ହିସାବରେ ଯଦି ତୋର କିଛି ପ୍ରାପ୍ୟ ବାହାରିବ, ତାହାହେଲେ ମୁଁ ଗଲାବେଳକୁ ନିଶ୍ଚୟ ଦେଇକି ଯିବି। ଏବେ ଯାଆ, ସପୁରିଗୁଡ଼ାକ ତୋଳି ଆଣିବୁ। ମୁଁ ଟିକେ ଏଇଠି ସକାଳ ହାୱା ଖାଏ। ଆଠଟା ଆଗରୁ ମୋତେ ନୂଆଗାଁ ଯିବାକୁ ପଡ଼ିବ। ମୋ ହାତରେ ଟାଇମ୍ ନାହିଁ।

: ହଇ, ହଇ। ଗୋଟେ ପିକା ଦଉନ? - ଜର୍ଜ ଟାଣୁଥିବା ସିଗାରେଟ୍ ଆଡ଼କୁ ଇସାରା କରି ଲାଇବନ ମାଗିଲା।

: ଦଉଛି, ଦଉଛି। ଦେଖୁଛି, ତୋର ସବୁଆଡ଼କୁ ଲୋଭ। ମଦ ନବୁ, ଟଙ୍କା ନବୁ, ଚାଖଣା ଖାଇବୁ, ସିଗାରେଟ୍ ଟାଣିବୁ- ଆରେ ଏତେ ଲୋଭ ଭଲ ନୁହେଁରେ! ଟିକିଏ ମନ ଉପରେ 'କଣ୍ଟ୍ରୋଲ' ରଖ।

ଜର୍ଜର କଥା ଲାଇବନ ଉପରେ କିଛି ପ୍ରଭାବ ପକେଇଲା ନାହିଁ। ସେ ସିଗାରେଟ୍ ଖଣ୍ଡେ ପାଇଯିବା କ୍ଷଣି, ତହିଁରେ ନିଆଁ ଲଗେଇ ସପୁରିବୁଦା ଆଡ଼କୁ ଚାଲିଗଲା।

ଆମ୍ବଗଛ ଗୁଡ଼ାକରୁ ଗୋଟେ ପରେ ଗୋଟ କଞ୍ଚା, ଦରପାଚିଲା ଆମ୍ବ ଟପ୍ ଟାପ୍ ଖସି ପଡୁଥିଲା। ଦରପାଚିଲା ଆମ୍ବର ବାସ୍ନାରେ ଖଣ୍ଡମଣ୍ଡଳ ମହକୁଥାଏ। ଫୁଲ, ଫଳ ଗଛର ଧର୍ମ ଏମିତି। ତା'ଠୁଁ ଫଳ ଝଡ଼େଇବା ବେଳେ ବି ସେ ପ୍ରତିବାଦ କରେନାହିଁ, ବରଂ ଦି'ଗୁଣା ବାସ୍ନାରେ ସେ ଜାଗା ଚହଟାଏ। ତରବରରେ ତୋଳାଳିମାନେ ଆମ୍ବ ତୋଳୁଥିବାରୁ ଗଛର ଡାଳପତ୍ର ଭାଙ୍ଗିପଡୁଥାଏ। ସିଆଡ଼କୁ ସେମାନଙ୍କର ନଜର ନାହିଁ। ଖଜାପଣସ ଗଛରୁ ପଣସ ତୋଳୁଥିବା ଲୋକଟା ଗୋଟେ ବଡ଼ ଆଙ୍କୁଡ଼ିରେ ଛୁରୀ ଲଗେଇ ପଣସ ତୋଳୁଥାଏ। ଏ ପଣସ ଖୁବ୍ ସୁଆଦିଆ। ଏହାର ଦର ଅଲଗା ବୋଲି ଜର୍ଜ ଜାଣେ।

ଚାହୁଁ ଚାହୁଁ ଲାଇବନ ଭରତିଆର ବଡ଼ ବଗିଚାଟା ଆମ୍ବ, ପଣସ ଓ ସପୁରି ଶୂନ୍ୟ ହୋଇଗଲା। ମାଟି ଉପରେ ଆମ୍ବ, ପଣସ ଓ ସପୁରି ବିଛେଇ ହୋଇ ପଡ଼ିଥିଲା। ଜର୍ଜର ଲୋକମାନେ ସେସବୁ ନେଇ ଗାଡ଼ିରେ ଲଦୁଥିଲେ। ଲାଇବନ ନିଜେ ସପୁରି ଗଛରୁ ସପୁରି ତୋଳି ସେମାନଙ୍କ ହାତକୁ ବଢ଼େଇ ଦେଉଥାଏ। ମଦର ଅଭ୍ୟାସ ତାକୁ ଏପରି ବାଇଆ କରିଥାଏ ଯେ ସେ ଭଲମନ୍ଦ କିଛି ବାରିପାରୁ ନ ଥାଏ। ଜର୍ଜ ହିସାବ କଲା, ଗଲା ଚାରି ମାସରେ ସେ ଲାଇବନକୁ ଯେତିକି ମଦ ଦେଇଛି ତା' ମୂଲ୍ୟ ଟଙ୍କା ପାଁଶହରୁ ଅଧିକ ହେବ ନାହିଁ। ଅଧିକାଂଶ ସମୟରେ ସେ ବିଦେଶୀ ବୋତଲରେ ଦେଶୀ ମଦ ଭର୍ତ୍ତି କରି ଲାଇବନ ହାତକୁ ବଢ଼େଇ ଦେଇଥାଏ। ଲାଇବନ ସେଇଥିରେ ଖୁସି। ସେ ଭାବେ ସେଗୁଡ଼ିକ ବିଦେଶୀ ମଦ। ବୋତଲେ ମଦ ସାଙ୍ଗକୁ ଚନାଚୁର ପୁଡ଼ିଆଟେ ଧରେଇଦେଲେ ଜର୍ଜର କାମ ସରିଯାଏ।

ଜର୍ଜ ଆଉଥରେ ଅଧିକାରୀସୁଲଭ ତାଗିଦା ସ୍ୱରରେ ପାଟିକଲା, "ଆରେ କାମ ସରିଲା ନା ନାହିଁ? ଏତ୍ତିକି ବକୁଟେ ବଗିଚାର କାମ ସାରିବା ଲାଗି କ'ଣ ଗୋଟେ ଓଳି ନେବ? ଆମେ ପରା ନୂଆଗାଁ ଯିବା!"

ଆମ୍ବ ଗଛରୁ ଓହ୍ଲାଉଥିବା ହଳଦିଆ ବ୍ୟାନିୟନ ପିନ୍ଧା ଲୋକଟି କହିଲା, "ବକଟେ ବୋଲି ବଗିଚା ଯାହାକୁ କହୁଛ, ସେଇଠୁ ଗାଡ଼ିଏ ଫଳ ବାହାରି ସାରିଲାଣି। ପତ୍ର ଯେତିକି ଫଳ ସେତିକି ଏଇ ଗଛଗୁଡ଼ାକରେ।"

: ଚୁପ୍, ଚୁପ୍। ନିଜ କାମ କର। ତୋ ପାଖରୁ ମୁଁ ସାର୍ଟିଫିକେଟ୍ ଚାହୁଁନାହିଁ। - ଜର୍ଜ ବଡ଼ପାଟିରେ କହିଲା। ସେ ଚାହୁଁନଥିଲା କି ନିର୍ବୋଧ ଲୋକଟାର କଥା ଲାଇବନ କାନରେ ପଡୁ। ନହେଲେ ସେ ପୁଣି ଅଧିକା ପଇସା ମାଗିବସିବ। ଅବଶ୍ୟ ଯିବାବେଳକୁ ତା' ହାତରେ ଟଙ୍କା ଶହେ କି ଦୁଇଶହ ଧରେଇ ଦେଇ ଯିବ ବୋଲି ଜର୍ଜ ନିଜଆଡୁ ସ୍ଥିର କରିଥିଲା।

ଲାଇବନ କିଆବୁଦା ତଳେ ବୋହୁଥିବା ଝରଣା ପାଖକୁ ଗଲା। ଲୁଚେଇ ରଖିଥିବା ଗୋଟେ ବଡ଼ ବୋତଲରେ ଅଧା ପାଣି ଭର୍ତ୍ତିକରି ତହିଁରେ ଜର୍ଜ ଦେଇଥିବା ବିଦେଶୀ ମଦରୁ କିଛି ମିଶେଇଲା। ସେ ଏମିତି ଭାଗମାପ କରି ମିଶାଉଥାଏ, ଯୋଉଥିରୁ ଜଣାପଡ଼ିଯାଉଥାଏ ଯେ ଏ କାମରେ ସେ ପୋଖତ। ବିଦେଶୀ ବୋତଲରେ ଠିପି ବନ୍ଦ କରି ସେ ତାକୁ ପୁଣି କିଆବୁଦା ମୂଳେ ଲୁଚେଇଦେଲା। ଝରଣା ପାଖରେ ସପୁରି ଗଛକୁ ଆଉଜି ଆର ବୋତଲରେ ଓଠ ଛୁଆଁଇଲା। ସେ ଖୁବ୍ ଖୁସି ଥିଲା।

ଖୁବ୍ ଖୁସି ଥିଲା ବି ଜର୍ଜ। ନାଗରାଜ ଆଜି ତା' ଉପରେ ପ୍ରସନ୍ନ ହେବ। ସିଏ ଯେତିକି ଆଶା କରି ନ ଥିବ ତାହାଠୁ ଅଧିକ ଫଳ ଜର୍ଜ ନେଇ ଗୋଦାମରେ ପହଞ୍ଚେଇବ। ଜର୍ଜର ହିସାବ ସହଜ। ସିଏ କିଣିଲାବେଳେ ବାଡ଼ିପିଛା ଫଳ ଫସଲର ଦର କହେ, ବିକିବା ବେଳର ଦର କିନ୍ତୁ ଅଲଗା। ସେତେବେଳେ ସପୁରିର ଦାମ୍ ହେବ ଚାରିଟାକୁ ଶହେଟଙ୍କା। ଏଭଳି ଦର ସ୍ଥିର କରି ସେ ଏ ଅଞ୍ଚଳର ପାଖାପାଖି ସତୁରିଟି ଗାଁରୁ ଫଳ, ପରିବା ଓ ଫସଲ ନେଇଥାଏ। ଆଦିବାସୀ ଲୋକମାନେ ସତର୍କ ନୁହନ୍ତି କି ସଂଗଠିତ ନୁହନ୍ତି। ତା' ସାଙ୍ଗକୁ ତାଙ୍କର ସବୁବେଳେ ଅଭାବ ଆଉ ନିଶାପାଣି ଅଭ୍ୟାସ। ସେମାନଙ୍କୁ ଯାହା ବଢ଼େଇଦେଲେ ତାହା ଚଟ୍‌କିନା ଧରିପକାନ୍ତି। ଲାଭକ୍ଷତି କଥା ମୂଳରୁ ଚିନ୍ତା କରନ୍ତି ନାହିଁ। ଥୋପ ଗିଳିବାରେ

ଆଦିବାସୀ ଯେମିତି ଉତ୍ସାହୀ, ଥୋପ ଦେଖେଇବାରେ ଜର୍ଜ ପରି ବେପାରୀ ସେତିକି ଆଗୁସାର।

ବେପାରରେ କିନ୍ତୁ ଲାଭକ୍ଷତି କଥା ଚିନ୍ତା କରିବାକୁ ପଡ଼େ- ଜର୍ଜର ମାଲିକ ନାଗରାଜ ସବୁଦିନ ତାକୁ ଏଇ କଥା ମନେ ପକାଇ ଦିଏ। ସେ କହେ, ବହୁ କଷ୍ଟ କରି ସେ ନବରଙ୍ଗପୁର ଆଉ ରାୟଗଡ଼ା ଜିଲ୍ଲା ଦିଇଟାରୁ ଫଳ-ପରିବା ସଂଗ୍ରହ ସୁଯୋଗ ପାଇଛି। ଏଥିପାଇଁ ତାକୁ କମ୍ ଲୋକଙ୍କୁ ଖୁସି କରିବାକୁ ପଡୁନାହିଁ। ଯେତେବେଳେ ଯୋଉ ନେତା ଫୋନ୍ କରନ୍ତି, ସେତେବେଳେ ତାଙ୍କ ପାଖେ ଯାଇ ପହଞ୍ଚିବାକୁ ହୁଏ। ଯୋଉଠି ଯାହା ନେଇ ପହଞ୍ଚାଇବାକୁ କହନ୍ତି ସେଇଠି ସେଇଆ ନେଇ ପହଞ୍ଚାଇବାକୁ ହୁଏ। ଟଙ୍କା, ମଦ, କର୍ମୀ, ଗାଡ଼ି ଆଉ ଗୁଣ୍ଡା - ବର୍ଷସାରା ସେମାନଙ୍କ ପାଇଁ ଯାହା ଦରକାର ହୁଏ, ତା'ର ଖର୍ଚ୍ଚ ତ ଏହି ବେପାରରୁ ଭରଣା କରିବାକୁ ପଡ଼େ।

ଜର୍ଜ ମୁଣ୍ଡ ହଲାଏ। ସତ କଥା। ନାଗରାଜ କହେ, "ତୁ ବି ଦିନେ ମୋ ପରି ମାନେ ଆଉ ଗୋଟେ ନାଗରାଜ ହେବୁ। ମନେ ରଖିବୁ, ଆପଣା ସ୍ୱାର୍ଥ ଛଡ଼ା ଆଉ କାହା ସ୍ୱାର୍ଥ ପ୍ରତି ଜମାରୁ ଧ୍ୟାନ ଦେବୁନାହିଁ। ଜୀବନର ମୂଳ ମନ୍ତ୍ର ଆପଣାର ସ୍ୱାର୍ଥ। ଅନ୍ୟମାନଙ୍କର ଦୁଃଖ, ଦୁର୍ଦ୍ଦଶା ଆଡ଼େ ମନଦେଲେ ତୁ ବ୍ୟବସାୟୀ ହୋଇପାରିବୁ ନାହିଁ। ସ୍ୱାର୍ଥ ଆଉ ଲାଭ - ଏ ଦିଇଟା ଶବ୍ଦ ଭିନ୍ନ ଅନ୍ୟ ସବୁ ଅର୍ଥହୀନ। ଏତିକି କଥା ଧ୍ୟାନରେ ରଖିଲେ ତୁ ଉପରକୁ ଉଠିବୁ। ବହୁତ ଉପରକୁ। ଶାଳ, ଶାଗୁଆନକୁ ଟପି ପାହାଡ଼ ତିଖରେ ଯାଇ ପହଞ୍ଚିବୁ।"

: କିଏ, କିଏ ? ଆମ ବାଡ଼ିରେ ସେଠି କିଏ ପଶିଛି ? ଆଁ, ମୁଁ ପରା ପଚାରୁଛି ! କିଏ ଏ ବଡ଼ି ସକାଳୁ ଆମ ବାଡ଼ିରେ ପଶି ଫଳ ଚୋରାଉଛି ? - ବଡ଼ ପାଟିକରି ଚମ୍ପାର ବଡ଼ଝିଅ ହେମ ବଗିଚାଆଡ଼େ ଆସୁଥିଲା। ତାକୁ ଦେଖି ତା' ବାପା ଲାଇବନ ସପୁରି ବଣ ପଛରେ ଯାଇ ଲୁଚିପଡ଼ିଲା। ସିଏ ଜାଣିଥିଲା, ହେମ ହାତରେ ଧରାପଡ଼ିଲେ ରକ୍ଷା ନାହିଁ। ସେ ତା' ମାଆ ପରି ଖୁବ୍ ବଦରାଗୀ।

ହେମ କୋଉଦିନ ଏତେ ସକାଳୁ ସକାଳୁ ନିଦରୁ ଉଠେନାହିଁ। ମାଆ ଘରେ ନ ଥିବାରୁ ତାକୁ କାଲି ରାତିରେ ଭଲ ନିଦ ହେଇ ନ ଥିଲା। ବଡ଼ି ସକାଳୁ ଉଠି ଦେଖିବା ବେଳକୁ ତା' ବାପା ଲାଇବନ ଘରେ ନାହିଁ। ଦୁଆରଟା ଦରଆଉଜା ହେଇଛି। ତା' ମନରେ ସନ୍ଦେହ ହେଲା।

ହେମର ପାଟି ଶୁଣି ଜର୍ଜ ବଡ଼ପାଟିରେ କହିଲା, "ହେ ଟୋକୀ, ମୁହଁ ସମ୍ଭାଳି କଥା କହ। ଏଠି କେହି ଚୋର-ତସ୍କର ନାହାନ୍ତି। ତୋ ବାପ ଫଳ ବିକୁଛି, ଆମେ ଫଳ କିଣୁଛୁ। ବୁଝିଲୁ!"

ହେମର ମୁଣ୍ଡ ଘୂରେଇଦେଲା। ସେ ଯାହା ଆଶଙ୍କା କରିଥିଲା ତାହା ସତ ହୋଇଥିଲା। ଏଇ ବଗିଚାର ଫଳତକ ତା' ମାଆର ଶେଷ ଭରସା। ତାକୁ ବିକି ସେ ଘର ଚଳାଏ। ଏବେ ସବୁଯାକ ଫଳ ନେଇ ପଳେଇବ ବେପାରୀ, ସେମାନେ ଚଳିବେ କିପରି ?

ଦୂର ଆମ୍ବଗଛରୁ ଗୋଟେ କାଉ ଚିତ୍କାର କରୁଥିଲା। ମନେ ହେଉଥିଲା ସକାଳୁ ସକାଳୁ ଆମ୍ବଗଛ ଗୁଡ଼ାକର ଡାଳ ଭଙ୍ଗାଭଙ୍ଗି ଘଟଣା ନେଇ ସେ ଯେମିତି କ୍ଷୁବ୍ଧ ଥିଲା।

ବାଇଶ ବର୍ଷୀୟା ହେମର ସର୍ବାଙ୍ଗ କ୍ରୋଧରେ ତାତିଗଲା। ସେ ଧାଇଁଯାଇ, ସିଗାରେଟ୍ ଟାଣୁଥିବା ଜର୍ଜକୁ ଧକ୍କାଟିଏ ଦେଇ କହିଲା, "ଆଗ ଆମ ବଗିଚାରୁ ବାହାର। ମୋ ମାଆ ନ ଆସିବା ଯାଏ ଆମେ ଫଳ ବିକିବୁ ନାହିଁ।"

ଜର୍ଜର ସାଢ଼େ ପାଞ୍ଚଫୁଟିଆ ମଜଭୁତ ଶରୀର। ହେମର ଏ ଧକ୍କା ତା' ଉପରେ କୌଣସି ପ୍ରଭାବ ପକେଇ ପାରିଲା ନାହିଁ। ସେ ଆଉ କଳେ ସିଗାରେଟ୍ ଧୂଆଁ ଟାଣି ଅଶ୍ଲୀଳ ଭଙ୍ଗୀରେ ହେମକୁ କହିଲା, "ଆଲୋ ଗୋଟେ କାହିଁକି, ଶହେଟା ଧକ୍କା ଦେଉନୁ! ତୋ ଦେହ ହାତ ଭାରି ନରମ ଲୋ। ଆ, ଆଉ ଦି'ଚାରିଟା ଧକ୍କା ଦେ। ଗୋଟେ ଗୋଲ୍ ତକିଆ ପରି ହେଇଛୁ ତୁ! ଭାରି ଭଲ ଲାଗୁଛି।"

ଏଥର ହେମ ବିକଳରେ ଡାକ ପକେଇଲା, "ବାବା, ବାବା। କୋଉଠି ଅଛୁ ? ଏ ଲୋକଟା ଆମ ବାଡ଼ିର ଫଳ ଚୋରିକରି ନେଉଛି। ଦଉଡ଼ି ଆ। ଦଉଡ଼ି ଆ।"

ଜର୍ଜ କହିଲା, "ଫେର୍ ଚୋରି ବୋଲି କହିଲୁ ? ଆଲୋ ଜାଣିଛୁ, ତୋ ବାପାକୁ ବର୍ଷସାରା ମଦ ଆଉ ଚାଖଣା ଦିଏ କିଏ ? ମୁଁ। ଆଜି ତାକୁ ବିଦେଶୀ ମାଲ୍ ଦେଇଛି କିଏ ? ମୁଁ। ଭଲରେ ମନ୍ଦରେ ତାକୁ ଖସ୍‌ଖାସ୍ ନୋଟ୍ ଗଣିଦିଏ କିଏ ? ମୁଁ। ବଦଳରେ ସେ ଏଇ ଆମ୍ବ, ପଣସ ଆଉ ସପୁରି କିଛି ଦେଉଛି। ଏଥିରେ ମୋର ଦୋଷ ରହିଲା କେଉଁଠି ?" ତା'ପରେ ସେ ତା' ଲୋକମାନଙ୍କୁ ଡାକ ପକେଇଲା, "ଆରେ, କାମ ସରିଲା ନା ନାହିଁ ? ଚାଲ, ଆମେ ଯିବା।"

: ନା, ତୁମେ ଆମ ଫଳ ନେଇ ଏଠୁ ଯାଇପାରିବ ନାହିଁ - ହେମ କହିଲା। ଆଗେ ହିସାବ ଦେବ, ତା'ପରେ ଜିନିଷ ନେବ।

: ଭଲ। ଖୁବ୍ ଭଲ। ଯା', ତୋ ବାପାକୁ ଡାକିଆଣେ। ଗଲା ବର୍ଷକ ଭିତରେ ମୋ'ଠୁଁ କେତେ କ'ଣ ନେଇଛି ତାର ହିସାବ ସେ ବତାଉ - ଜର୍ଜ କହିଲା।

: ବାବା! ବାବା! - ହେମ ଡାକ ପକେଇଲା।

: ଯାଉଛି ହେମ। ଏମିତି ଅତରଛିଆ ଡାକ ପକଉଛୁ କାହିଁକି?- ସପୁରି ବଣ ପଛରୁ ଉଠିପଡ଼ି ଲାଇବନ ଆସୁଥିଲା। ସେ ଏତେଗୁଡ଼ାଏ ମଦ ପିଇଦେଇଥିଲା ଯେ ତା'ର ହାତପାଦ ଠିକ୍ ଜାଗାରେ ପଡୁ ନ ଥିଲା। ହେମ ପାଖରେ ପହଞ୍ଚି ସେ କହିଲା, "କାହିଁକି ପାଟି କରୁଛୁ? ବାବୁ ଯାହା କହୁଛି ଠିକ୍ କହୁଛି। କୋଭିଡ୍ ବେଳେ ଆମକୁ ଚଳିବା ପାଇଁ ସେ ଟଙ୍କା, ଚାଉଳ ଦେଇଥିଲା। ମୁଁ ତାକୁ ଆମ ବାଡ଼ିର ଫଳ ଦେବାକୁ କହିଥିଲି। ତୁ ଅଯଥାରେ ଆସି ପାଟି କରୁଛୁ କାହିଁକି?"

ଲାଇବନ କଥା ଶୁଣି ଜର୍ଜ ନ ହସି ରହିପାରିଲା ନାହିଁ। ସେ ବାପଝିଅ ଦିହିଁଙ୍କି ଅନଉଥିଲା। ଜଣକ ଆଖିରେ ଲୋଭର ନିଆଁ, ଆଉ ଜଣକ ଆଖିରେ ଅସହାୟତାର ଲୁହ।

ହେମ କହିଲା, "ତୁ ମାଆକୁ ଏକଥା କହିଛୁ? ମିଛ। ଏସବୁ ମିଛ। ମାଆ ନ ଥିବାର ଓର ଉଣ୍ଡି ତୁ ଏସବୁ ଯାକୁ ବିକୁଛୁ। ମଦ ପାଇଁ। ଖାଲି ମଦ ପାଇଁ। ତୁ କହ, ଏସବୁ ତ ସେ ନେଇଯିବ, ଆମେ ଖାଇବା କ'ଣ? ବଞ୍ଚିବା କେମିତି? ତୁ କ'ଣ ଖାଇବୁ? ଆମେ କ'ଣ ଖାଇବୁ? କହ, କହ।" - ହେମ ତା' ବାପାକୁ ଧରି ହଲେଇଦେଲା।

: ଆରେ କାହିଁକି ଏତେ ବ୍ୟସ୍ତ ହେଉଛୁ? ଯୋଉ ଧରମୁ ଦେବତା ଜନମ ଦେଇଛି ସେଇ ଆମକୁ ଭାତ ଦେବ। ତୋ ମାଆକୁ ମୁଁ କହିଦେବି। ଯା, ଏଠୁ। - ଲାଇବନ ଚିଡ଼ିଉଠିଲା।

ଜର୍ଜର ଲୋକମାନେ ମିନିଟ୍ରକ୍‌ରେ ଆମ୍ବ, ପଣସ ଓ ସପୁରି ଲଦିସାରିଥିଲେ। ଜଣେ ଫଳଗୁଡ଼ାକ ଉପରେ ପାଲ ବାନ୍ଧି ଗାଡ଼ି ଉପରକୁ ଉଠୁଥିଲା।

ଲାଇବନ ଜର୍ଜକୁ କହିଲା, "ମୋ ଟଙ୍କା ଦେ।"

ଜର୍ଜ ଦୟା କଲା ପରି କହିଲା, "ଆରେ, ଫେର୍ ଟଙ୍କା କଥା କ'ଣ?

ଯାହା କହ, ତୁ ଟା ଭାରି ଲୋଭୀ। ଆରେ, ବର୍ଷସାରା ତୁ ମୋଠୁଁ ଯାହା ନେଇଛୁ ତା' ତୁଳନାରେ ଏ ଫଳର ମୂଲ୍ୟ ବା କେତେ ? ହଉ, ସକାଳୁ ସକାଳୁ ମାଗୁଛୁ ଯେତେବେଳେ ନେ, ଏ ଦିଇଶହ ଟଙ୍କା ନେ। କିନ୍ତୁ ଜାଣିଥା, ଏଥିରେ ମୋର ଲୋକସାନ ଛଡ଼ା ଲାଭ ନାହିଁ। ବାବୁ ଜାଣିଲେ ମୋ ଉପରେ ରିଷା ହେବ। ଏବେ ଯାଆ, ତୋର ସେ ମା' ଭୈରବୀ ଝିଅକୁ ବୁଝେଇ ଶୁଝେଇ ଘରକୁ ପଠା। ଏମିତିକା କଳିକଜିଆ କଲେ ତୋ ବାଡ଼ିରୁ କେହି ପରିବା କି ଫଳ କିଣିବେ ନାହିଁ। କଥାଟା ଭାରି ଅସୁନ୍ଦର ହେବ। ହଉ ମୁଁ ଚାଲିଲି।"

ଜର୍ଜ ସିଗାରେଟ୍ ଟୁକୁଡ଼ାଟା ଗଛମୂଳକୁ ଫିଙ୍ଗିଦେଇ ଗାଡ଼ି ପାଖକୁ ପାଦ ବଢ଼େଇଲା। ତା' ପଛପଟେ ହେମ ରକ୍ତମୁଖା କାଳୀ ପରି ଛିଡ଼ା ହେଇଥିଲା। ଭାଙ୍ଗିପଡ଼ିଥିବା ଗୋଟେ ଓଜନିଆ କଞ୍ଚା ଆମ୍ବ ଡାଳରେ ସେ ଜର୍ଜର ମୁଣ୍ଡରେ ଜୋର୍‌ରେ ପାହାରେ କଷିଦେଲା। ଜର୍ଜ 'ମାଆଲୋ' କହି ତଳେ କଚାଡ଼ି ପଡ଼ିଲା।

ଜର୍ଜର ଲୋକମାନେ ଧାଇଁ ଆସିଲେ। ଲାଇବନ ବି ଦଉଡ଼ି ଆସିଲା। ଜର୍ଜର ମୁଣ୍ଡ ଫାଟି ରକ୍ତ ବୋହୁଥିଲା। ହେମ ଆମ୍ବଡ଼ାଳଟା ଧରି ରାଗରେ ଫଁ ଫଁ ହେଉଥାଏ। ଜର୍ଜ ବିକଳରେ ଉହୁ, ଆହା ହେଉଥାଏ। ତା' ଲୋକଙ୍କ ଭିତରୁ ଜଣେ ଧାଇଁଯାଇ ଗାଡ଼ିରୁ ଗୋଟେ ଗାମୁଛା ନେଇ ଆସିଲା। ତାକୁ ଚିରି ଜର୍ଜର ମୁଣ୍ଡରେ ଗୁଡ଼େଇ ଦେଲା ସେ। ଥୋପାଥୋପା ରକ୍ତ କିନ୍ତୁ ବୋହୁଥାଏ। ଜର୍ଜ ଦାନ୍ତ ଚିପି କହିଲା- ଆବେ, ଅନେଇଛ କ'ଣ ? ଡାକ୍ତରଖାନା ଚାଲ। ତା' ଲୋକମାନେ ତାକୁ ଟେକିଟେକି ଗାଡ଼ିକି ନେଇଗଲେ। ତାକୁ ବସେଇବା କ୍ଷଣି ଗାଡ଼ି ଷ୍ଟାର୍ଟ ହେଲା।

କିଏ ଜଣେ କହୁଥାଏ, "ଏତେ ସକାଳୁ ସକାଳୁ କ'ଣ ଡାକ୍ତରଖାନାରେ କେହି ଥିବ ?"

ପଛରେ ଲାଇବନ ହାଁ କରି ଛିଡ଼ା ହୋଇଥାଏ। ଏ ଦୃଶ୍ୟ ଦେଖି ତା'ର ସବୁ ନିଶା ଛାଡ଼ି ଯାଇଥାଏ।

■

ଚତୁର୍ଥ ପରିଚ୍ଛେଦ

ଆରିସାକାନି ଯେତିକି ଯେତିକି ପାଖେଇ ଆସୁଥିଲା ଅଙ୍କୁର ମାଝୀର ପାଦଯୋଡ଼ିକ ସେତିକି ସେତିକି ଚଞ୍ଚଳ ହୋଇ ଉଠୁଥିଲା। ସେ ମନେ ମନେ ଗଣିଲା- ଦୁଇ ବର୍ଷ ଚାରି ମାସ ସତର ଦିନ ପରେ ସେ ତା' ଗାଁକୁ ଫେରୁଥିଲା। ଏହା ଭିତରେ ଥରେ ଥରେ ତା' ମନକୁ ଏଭଳି କିଛି କଥା ଆସିଥିଲା ଯାହା ଭାବିବା ଲାଗି ଏବେ ଡର ଲାଗୁଥିଲା। ରାୟପୁରରୁ ଉମରକୋଟ ଯାଏଁ ସେ ଯେ କେମିତି ବଞ୍ଚିକି ଆସିଲା ସେ କଥା ତା' ଭିତରୁ ଗୋଟିଏ। ମଝିରେ ତ କେତେଥର ସେ ଆଶା ଛାଡ଼ି ଦେଇଥିଲା, ଏ କୋଭିଡ୍ ବେମାରରୁ ସେ ବଞ୍ଚିବ ନାହିଁ।

ହଁ, ଲକ୍ଷ ଲକ୍ଷ ଲୋକ ମରିଗଲେ ଏ ଦେଶର, ସିଏ ମରି ଯାଇଥିଲେ କ'ଣ ଅବା ଗୋଟେ ବଡ଼କଥା ହୋଇଥାଆନ୍ତା ! ଠାକୁର ଠାକୁରାଣୀଙ୍କ ଦୟାରୁ ସେ ବଞ୍ଚିଗଲା ଯାହା।

ଆଗକୁ ଚଇତି ପରବ। ତାଙ୍କ ଗାଁରେ ଏ ପରବକୁ ବିହନ ବୁଣା ପରବ କହନ୍ତି। ଅଢ଼େଇ ବର୍ଷ ପରେ ସମସ୍ତେ ଏକାଠି ହେବେ, ପରବ ପାଳିବେ। ସେଇଥିପାଇଁ ଅଙ୍କୁର ଖୁସି ଥିଲା। ଘରର ସମସ୍ତଙ୍କ ପାଇଁ କିଛି କିଛି ନୂଆ ଜିନିଷ ଆଣିଛି ସେ। ଘରଲୋକ ନିଶ୍ଚୟ ଖୁସି ହେବେ।

ରାସ୍ତା ଦି'କଡ଼ର ଆମ୍ବଗଛ ସବୁ ଫଳରେ ଲଦି ହୋଇପଡ଼ିଥିଲେ। ଗୋଟେ କୋଇଲି କୋଉଠି ବସି କୁହୁ କୁହୁ ଗୀତ ଗାଉଥିଲା। ଭାରି ଉଚ୍ଚାଟ ସେ ସ୍ୱର। ଅଙ୍କୁର ମୁଣ୍ଡ ଉଠେଇ ଏପଟ ସେପଟ ଚାହିଁଲା। ଗଛଉହାଡ଼ରୁ କୋଇଲି ଦିଶିଲା ନାହିଁ।

ଘରେ ତା'ର ଆବା, ତା'ର ମାଆ (ମାଆ) ତା'ର ବଇ (ସାନଭଉଣୀ) ପୁଷିକା। ତିନି ବର୍ଷ ଆଗରୁ ପୁଷିକାର ବାହାଘର ହୋଇସାରନ୍ତାଣି, କୋଭିଡ୍ ଯୋଗୁଁ ସେ କଥା ବନ୍ଦ। ଏବର୍ଷ ନ ହେଲେ ଆରବର୍ଷ ଯେମିତି ହେଲେ ତା' ବାହାଘର ହେବ। ନ ହେଲେ ପୁଷିକା ଉଦୁଲିଆ ପଳେଇବା ବିଚିତ୍ର ନୁହେଁ। ତା'ର ଭଉଣୀ ପୁଣି ଗାଁ ଭିତରେ ସବୁଠୁ ବୁଦ୍ଧିଆ, ସବୁଠୁ ସୁନ୍ଦରୀ। ତା' ପାଇଁ ସେହିପରି ଭଲ ବରଟିଏ ନ ହେଲେ ସେ ୟା' ତା' ସାଙ୍ଗେ ତ ଭଉଣୀକୁ ବାହାଦେଇ ପାରିବ ନାହିଁ।

ପିଚୁ ରାସ୍ତାରୁ ଗାଁ ଆଡ଼କୁ ବଙ୍କେଇ ଯାଇଥିବା ସଡ଼କ ଦୁଇକଡ଼େ ଶିମିଳି, ପଳାଶ, ମହୁଲ ଆଉ ଆମ୍ବଗଛ। ଗୋଟେ ଗୋଟେ ପଳାଶ ଗଛରେ ଏତେ ଫୁଲ ଫୁଟିଥାଏ ଯେ ଫୁଲ ମେଳରୁ ପତ୍ରଟେ ଖୋଜି ପାଇବା କଷ୍ଟକର। ମହୁଲ ଆଉ ଆମ୍ବ ବାସ୍ନାରେ ଗାଁର ରାସ୍ତା ମହକି ଉଠୁଥାଏ।

ଚଇତ୍ର ଅମାବାସ୍ୟା ପର ବୁଧବାର ଠାରୁ ତିନି ଦିନ ଚାଲିବ ବିହନ ବୁଣା ପର୍ବ। ଆଗରୁ ସାଇତି ରଖିଥିବା ବିହନକୁ ପେଜୁଣୀ ଜାନି ପୂଜା କରି ଯେଉଁ ଲୋକ ଆଗ ବିହନ ବୁଣିଲେ ଭଲହେବ ବୋଲି ଦିସାରୀ ଚିହ୍ନଟ କରିଥିବ ତା' ହାତରେ ଦେବ। ସିଏ ପ୍ରଥମେ ବିହନ ବୁଣିବା ପରେ ଗାଁର ଅନ୍ୟମାନେ ବିହନ ବୁଣିବେ। ଅନୁକୂଳ ଶୁଭ ହେଲେ ବିହନବୁଣା କାମ ଶୁଭ ହେବ। ଯାହାହେଲେ ବି ଧାନର ଠାକୁରାଣୀ ହେଲେ ରାଣୀ ଲକ୍ଷ୍ମୀ। ଲକ୍ଷ୍ମୀ ଖୁସି ହେଲେ ସମସ୍ତେ ଖୁସି ହେବେ। ଅଙ୍କୁର ଜାଣିଛି ତାଙ୍କ ଗାଁରେ ଦିସାରୀ କଥା ସମସ୍ତେ ମାନନ୍ତି। ଦିସାରୀ, କେଲୁଣୀକୁ ନ ଧରିଲେ କିଛି କାମ ହେଇପାରେ ନାହିଁ। କେଲୁଣୀ ହେବା ଭାରି କଷ୍ଟ। ତା'

ଦେହରେ ଠାକୁରାଣୀ ଥାଆନ୍ତି। ଲୋକଙ୍କ ପାଇଁ ଗଛ ଚିହ୍ନଟ ଦିନ ବୋଦା ବଳି କଥା ଦିସାରୀ ଠିକ୍ କରେ। ଗଛ କାଟିବା କାମ ଆରମ୍ଭ କରେ ନାୟକ। ସିଏ ଗଛରେ ପ୍ରଥମ କୁରାଢ଼ି ଚୋଟ ଦେବାପରେ ଲୋକମାନେ ସେ ଗଛକୁ ହାଣିଥାଆନ୍ତି।

ତାଙ୍କ ବାଡ଼ିର ସଲପ ଗଛ ଦିଶିଲାଣି। କେତେ ବଡ଼ ହେଇଗଲାଣି ତାଙ୍କ ଗଛ ! ତା' ବାପା କହେ ଏଇ ଗଛଟା ତା'ର ବଡ଼ପୁଅ, ତା'ପରେ ଅଙ୍କୁର, ପୁଷିକା। ସତକଥା, ତାଙ୍କ ଘରେ ସବୁ କଥା ପାଇଁ ସଲପ ରସ ଲୋଡ଼ା। ନ ହେଲେ ମହୁଲି ମଦ। ବାହାଘର ହେଉ କି ଶୁଦ୍ଧିକ୍ରିୟା, ପିଲାର ନାମକରଣ ହେଉ କି ବାହାଘର, ସବୁବେଳେ ତ ମଦ ଦରକାର।

ମହୁଲି ମଦ ପିଇ ଥରେ ତା' ଗାଁ ମୁଖିଆର ଦେହ ଖରାପ ହୋଇଗଲା। ସେଇ କଥା ମନେ ପଡ଼ିଲା ଅଙ୍କୁରର। ମୁଖିଆ ବୁଢ଼ା ହେଇଗଲାଣି। ଆଖିକୁ ଭଲ ଦିଶୁନାହିଁ। ସେତେବେଳେ କିନ୍ତୁ ସେ ସୁସ୍ଥ ଥିଲା। ମଦ ପିଇ ବେମାର ପଡ଼ିବାରୁ ତା' ବାବା ଓ ଗାଁ ଲୋକେ ମୁଖିଆକୁ ନେଇ ସେହି ମହୁଲଗଛ ପାଖକୁ ଯାଇଥିଲେ। ଗୋଟେ ପାଣିହାଣ୍ଡିକୁ ଗଛମୂଳେ କଚାଡ଼ି ଭାଙ୍ଗିଦେଇ କହିଥିଲେ, "ଆମ ମୁଖିଆ ତୋ ମହୁଲ ଫୁଲର ମଦ ପିଇ ରୋଗରେ ପଡ଼ିଛି। ତୁ ତାକୁ ଭଲ କର। ନ ହେଲେ ଆମେ ତୋତେ ମୂଳରୁ ହାଣିଦେବୁ।" ତା'ପରେ ସେମାନେ ଗାଁକୁ ଫେରି ଆସିଥିଲେ। ତା' ବାବା କହେ, ଏ ଘଟଣାର ଚାରି ଦିନ ପରେ ମୁଖିଆ କାଲେ ସୁସ୍ଥ ହେଇ ବିଛଣାରୁ ଉଠିଥିଲା। ସେ ମହୁଲଗଛ ଏବେ ବି ଅଛି ଗାଁ ମୁଣ୍ଡରେ।

ଅଙ୍କୁର ପିନ୍ଧିଥିଲା ନୀଳ ପ୍ୟାଣ୍ଟ୍ ଓ ନାଲି ରଂଗର ଟି-ସାର୍ଟ। ଖରା ପାଇଁ ଗୋଟେ ଧଳା ଟୋପି ପିନ୍ଧିଥିଲା ମୁଣ୍ଡରେ। ଟୋପିଟା ତାଙ୍କ ସ୍ୱେଚ୍ଛାସେବୀ ସଂସ୍ଥାର। କାନ୍ଧରେ ଗୋଟେ ବ୍ୟାଗ୍।

ଅଙ୍କୁର ଉମରକୋଟର 'ଡିଭାଇନ୍ ସମାଜସେବା ଟ୍ରଷ୍ଟ'ରେ କାମ କରୁଛି। ରାୟପୁରରୁ ଫେରିବାବେଳେ ସେ ଗୁରୁତର ଅସୁସ୍ଥ ହୋଇ ରାସ୍ତାକଡ଼ରେ ପଡ଼ିଯାଇଥିଲା। ସେଇଠୁ କିଛି ଲୋକ ତାକୁ ରାସ୍ତାରୁ ଟେକିଆଣି ଏଇ ଟ୍ରଷ୍ଟର ବାରଣ୍ଡାରେ ଛାଡ଼ିଦେଇ ଚାଲିଯାଇଥିଲେ। ଈଶ୍ୱରଙ୍କ ଦୟା ଯୋଗୁଁ ସେ ବଞ୍ଚିଗଲା। ସେଇଦିନୁ ଟ୍ରଷ୍ଟ ଲାଗି ସେ କାମ କରୁଛି।

ଅଙ୍କୁର ଭାବିଲା, ହଉ। ସମସ୍ତେ ଭଲରେ ବଞ୍ଚିକି ରହନ୍ତୁ। ଆରବର୍ଷ ମେରିଆ

ପୂଜା ପରେ ଭଉଣୀର ବାହାଘର ହେଲେ ସେ କିଛି ଟଙ୍କା ଦେଇପାରିବ। ସେତକ ହୋଇଗଲେ ତା' ବାବା-ମାଆ ବି ଖୁସି ହେବେ।

ତାଙ୍କ ଘର ଆଗରେ ଦଳେ ଲୋକଙ୍କୁ ଏକାଠି ଦେଖି ଅଙ୍କୁର ଟିକିଏ ଆଶ୍ଚର୍ଯ୍ୟ ହେଲା। ଏମାନେ କ'ଣ ତାର ଗାଁକୁ ଫେରିବା କଥା ଆଗରୁ ଜାଣି ତାକୁ ଅପେକ୍ଷା କରିଛନ୍ତି ? କିନ୍ତୁ ଗାଁର ଲୋକମାନେ ସେ ଆସିବା କଥା କେମିତି ବା ଜାଣିବେ ? ସେ ଆଉଥରେ ଲୋକମାନଙ୍କୁ ଚାହିଁଲା। ତାଙ୍କ ଭିତରେ ସେ ତା' ବାବାକୁ ଦେଖିଲା ନାହିଁ।

କଥାଟା ବୁଝିବାକୁ ଅବଶ୍ୟ ଡେରି ହେଲା ନାହିଁ। ସେଇଟି ଶୁଣୁ ଶୁଣୁ ଘର ଫେରନ୍ତା ଅଙ୍କୁର ମନରୁ ସବୁ ସରାଗ ପୋଛି ହୋଇଗଲା। ଖୁସି ବଦଳରେ ତା' ଭିତରେ କ୍ରୋଧ ଭର୍ତ୍ତି ହୋଇଗଲା। ସିଏ କାନ୍ଧର ବ୍ୟାଗ୍‌ଟାକୁ ଚଟାଣରେ ପକେଇ ଦେଇ ବାହାରକୁ ବାହାରି ଆସିଲା ଏବଂ ଗାଁର ମୁରବିମାନଙ୍କୁ ହାତଯୋଡ଼ି କହିଲା, "ଜୁହାର। ତୁମେମାନେ ସବୁ ଜାଣିଲ, ସବୁ ଶୁଣିଲ। ଏଇଟା ଖୁବ୍ ଆପତ୍ତିର କଥା। ତମେମାନେ ଏ ସମସ୍ୟାର ସମାଧାନ ନ କଲେ ମୁଁ ନିଶ୍ଚୟ ଥାନାକୁ ଯିବି।"

ଘର ଭିତରେ ଗୋଟେ ଅନ୍ଧାରିଆ କୋଣରେ ବସି ଭଉଣୀ ପୁଷିକା କାନ୍ଦୁଥିଲା। ତା'ର ମାଆ ତାକୁ ଗାଳିମନ୍ଦ କରୁଥିଲା। ପୁଅକୁ ଦେଖିବା କ୍ଷଣି ସେ ଝିଅକୁ ଛାଡ଼ି ଅଗଣାକୁ ଆସିଲା। ଅଙ୍କୁରକୁ ଚିହ୍ନି ହେଉ ନ ଥିଲା। ସେ ଶୁଖିକି କଳାକାଠ ପଡ଼ିଯାଇଥିଲା।

: ଆଗେ ତୁ ଗଣ୍ଡେ ଭାତ ଖାଇଦେ ବାବୁ। ତା'ପରେ ଆମେ କଥା ହେବା। ତୋ ବାବା ସେ ଖିରସ୍ତାନୀ ଟୋକାକୁ କହିଛି, ସେ ଆଉ ପୁଷିକା ଆଡ଼େ ଅନେଇବ ନାହିଁ।

: ହଁ। ସେଇଆ କରୁ। ନ ହେଲେ ତାକୁ ମେରିଆ ପୋଢ଼ ପରି ହାଣି ଟୁକୁରା ଟୁକୁରା କରିଦେବି। ସେ ଅଙ୍କୁରର ରାଗ ଦେଖିନାଇଁ। ଅଙ୍କୁର ରାଗରେ ଜଳୁଥିଲା।

ତାଙ୍କ ଗାଁର ପାଞ୍ଚଟି ପରିବାର ଖ୍ରୀଷ୍ଟିଆନ। ସେମାନଙ୍କ ଘର ଆଗରେ କାଠର କ୍ରସ୍ ଚିହ୍ନ। ସେଇ ପଡ଼ାର ଜେମ୍‌ସ ଗଲା ଛଅ ମାସ ହେଲା ପୁଷିକାର ପିଛା ପଡ଼ିଛି। ରବିବାର ଦିନ ପୁଷିକାକୁ ସେ ଚର୍ଚ୍ଚକୁ ଡାକି ନେଇଥିଲା। କହିଥିଲା, "ମୋତେ ବାହା ହେଇଗଲେ ତୁ ଖ୍ରୀଷ୍ଟିଆନ ହେଇପାରିବୁ। ଆମେ ଭଲରେ ଚଳିବା,

ଟାଉନ୍‌କୁ ପଳେଇ ସେଇଠି କୋଠା ଘରେ ରହିବା। ସେଇଠି ପାମ୍ପଡ଼, ଧୂପକାଠି ବନେଇ ବଡ଼ଲୋକ ହେବା। ଦରକାର ପଡ଼ିଲେ ରାଜ୍ୟ ବାହାରକୁ ପଳେଇବା।"

ଜେମ୍‌ସ ୱାଡ଼େକାର ଏ କାରବାର ହୁଏତ ଅଛପା ରହିଥାନ୍ତା, ଯଦି ସେତିକିବେଳେ ପଡ଼ିଶା ଘରର ସିନ୍ଧୁ ଜାକେସିବା ସେଇ ବାଟଦେଇ ଆସି ନଥାନ୍ତା। ସିନ୍ଧୁ ନାନାକୁ ଦେଖି ଜେମ୍‌ସ ପୁଷିକାର ହାତ ଛାଡ଼ିଦେଇ ଦଉଡ଼ି ପଳେଇ ଯାଇଥିଲା। ସେଇ ଚର୍ଚ୍ଚ ପାଖରୁ ପୁଷିକାକୁ ସାଙ୍ଗରେ ଧରି ବୁଝେଇ ଶୁଝେଇ ସିନ୍ଧୁନାନା ଘରକୁ ନେଇ ଆସିଥିଲା।

ଗାଁ ଲୋକଙ୍କ ଦୃଷ୍ଟିରେ ଆରିସାକାନିର ସବୁଠୁ ସୁନ୍ଦରୀ ଝିଅ ପୁଷିକା। ରୂପ ଯେମିତି ଗୁଣ ବି ସେମିତି। ଅଙ୍କୁର ବିଚାରରେ ଚର୍ଚ୍ଚ ପାଖରେ ମୋବାଇଲ୍ ଫୋନ୍ ଦୋକାନ ଖୋଲିଥିବା ଜେମ୍‌ସ ୱାଡ଼େକା ଗୋଟେ ଦାୟିତ୍ୱହୀନ ଯୁବକ। ଦିନରାତି ମଦ ପିଏ। ତା' ପାଖକୁ ଯୋଉ ଗରାଖ ପ୍ରଥମ ଥର ଯାଏ ସେଇଟା ହୁଏ ତା'ର ଶେଷଥର। ତା' ବାପା ଚର୍ଚ୍ଚରେ କାମ କରେ, ଛୋଟମୋଟ ଠିକାଦାରୀ ମଧ୍ୟ କରେ।

ଅଙ୍କୁର ନିଜ ମାଆ ଉପରେ ରାଗିଲା। ଗୋଟେ ବୋଲି ଝିଅ। ତୁ ତା'ର ଦାୟିତ୍ୱ ବୁଝିପାରୁ ନାହୁଁ? ତାକୁ ଏକଲା କାହିଁକି ବାହାରକୁ ଛାଡ଼ିଲୁ?

ବୁଢ଼ୀ ମାଆ କାନ୍ଦିଲା। କହିଲା, ତୁ ଅଢ଼େଇ ବର୍ଷ ପରେ ଆସୁଛୁ। ଆମେ ମଲୁଣି କି ଗଲୁଣି ସେ ଖବର କିଛି ରଖିଛୁ? ତୋ ବାପା ବୁଢ଼ା। ମୋର ଶ୍ୱାସ ବେମାର। କୋଭିଡ୍ ବେଳେ କେମିତି ଥିଲୁ, କ'ଣ ଖାଉଥିଲୁ, କ'ଣ ପିଉଥିଲୁ, ତୁ କ'ଣ ଜାଣୁ? ସେତିକିବେଳେ ଜେମ୍‌ସ ଆସି ଆମକୁ ଔଷଧ ଆଉ ଡାଲିଚାଉଳ ଦେଇକି ଯାଉଥିଲା। କିନ୍ତୁ ତା' ମନରେ ଯେ ଏମିତି ପାପ ଥିବ ସେକଥା ମୁଁ କେମିତି ଜାଣିଥାନ୍ତି! ତୁ ରାଗିବା ଦରକାର ନାହିଁ। ଆମକୁ ଏଠୁ ନେଇଯାଆ। ତୁ ଯୁଆଡ଼େ ଯିବୁ ଆମେ ତୋ ସାଙ୍ଗରେ ସିଆଡ଼େ ଯିବୁ। ଏଠି ଆଉ ଆମର କ'ଣ ଅଛି? ସରକାରୀ ଚାଉଳ ଗଣ୍ଡେ ମିଳୁଛି, ସେଇଟା ଯୁଆଡ଼କୁ ଗଲେ ମିଳିବ। ଆମ ବିଲବାଡ଼ି ତ ଜାଣ ବିକ୍ରି ହେଇଯାଇଛି। ଆମେ କ'ଣ ଖାଇବୁ?

: ବିକ୍ରି ହେଇଛି? କିଏ ବିକିଲା? କିଏ କିଣିଲା? ଆଦିବାସୀ ଲୋକଙ୍କ ଜମି କେହି କିଣିପାରିବ ନାହିଁ ବୋଲି ସରକାରଙ୍କ ଆଇନ ଅଛି। ଅଙ୍କୁର କହିଲା।

: ଆଇନ ଅଛି, କିନ୍ତୁ ନାହିଁ। ରାୟଗଡ଼ାର ବେପାରୀ କୋଭିଡ୍ ବେଳେ

କିସ୍ତି କିସ୍ତି କରି କିଛି ଟଙ୍କା ଦେଇଥିଲା । ତା' ସାଙ୍ଗେ ଚୁକ୍ତି ହେଇଛି ଦୁଇ ବର୍ଷ ପର୍ଯ୍ୟନ୍ତ ଆମେ ଖାଲି ଚାଷ କରିବୁ, ଫଳ-ଫସଲ ସିଏ ନେଇଯିବ । ଦୁଇ ବର୍ଷରେ ଯାଇ ତା' ଋଣ ସୁଧ-ମୂଳ ସହ ସେ ଫେରିପାଇବ ।

: ହାୟରେ ଧର୍ମଦେବତା ! ଇଏ କି କଥା ମୁଁ ଶୁଣୁଛି ? କାହିଁକି ଏମିତି ଚୁକ୍ତି କଲ ? କିଏ ଚୁକ୍ତି କଲା ? - ପଖାଳ ଗୁଣ୍ଡାଏ ପାଟିକୁ ନେଉ ନେଉ ଅଙ୍କୁର ତା' ମାଆକୁ ପଚାରିଲା ।

: ଏ ଗାଁର ସମସ୍ତେ ସେଇ ରାୟଗଡ଼ା ବେପାରୀ ସାଙ୍ଗେ ଏକା ଚୁକ୍ତି କରିଛନ୍ତି । ଖାଲି କ'ଣ ଆମେ ଏକା ? ଯାଉନୁ, ପଚାରି ବୁଝିବୁ । ସେତେବେଳେ ତ ଚାଉଳ ଗଣ୍ଡାଏ ଦେବାକୁ କେହି ନ ଥିଲେ । ସକାଳୁ ରାତିଯାଏ ଏ ଖଣ୍ଡମଣ୍ଡଳ ଖାଁ ଖାଁ ଗୋଡ଼ଉଥିଲା, ମଶାଣି ପରି । ଆମେ କ'ଣ କରିଥାନ୍ତୁ ? ମାସ ମାସ ଧରି କେମିତି ବଞ୍ଚି ରହିଥାଆନ୍ତୁ ? ଗଛରେ ଦଉଡ଼ିଦେଇ ମରିଯାଇଥାନ୍ତୁ କିରେ ବାବୁ ? କାନ୍ଦି କାନ୍ଦି ତା' ମାଆ କହିଲା ।

: ହଉ, ହଉ । ତୁ ପାଟି କରନା, ଏଥିପାଇଁ ତ ଲୋକେ କହନ୍ତି, "କାଉକୁ ଖେନ୍ଦା ନାହିଁ, ଡମ୍ଭକୁ ପଦର ନାହିଁ କି ମାଙ୍କଡ଼କୁ ଜମି ନାହିଁ ।" ଆମେ ଯୋଉ ଡଙ୍ଗରିଆକୁ ସେଇ ଡଙ୍ଗରିଆ । ମାଟି ହାଣିବା, ଚଷିବା, ପାଣିଦେବା, ଜଗିବା- କିନ୍ତୁ ଫଳଫସଲ ନେଇଯିବ ବେପାରୀ । ହାୟରେ ଧରଣୀପେନୁ, ହାୟ, ହାୟ ! ଅଙ୍କୁର ଚରମ ହତାଶା ଓ ଅସହାୟତାରେ ବିଳାପ କରିଉଠିଲା । ତା'ର ଛାତି ଭିତରଟା ଦୁଃଖରେ କୋରି ହୋଇଯାଉଥିଲା । ତା' ମୁଣ୍ଡକୁ କୌଣସି ବୁଦ୍ଧିବାଟ ଦିଶୁ ନ ଥିଲା ।

ଜୀବନଟା ବୋଧହୁଏ ଏହିପରି । ମଣିଷ କଣ ଭାବିଥାଏ, କିନ୍ତୁ ବାସ୍ତବ ଘଟଣା କଣ ଘଟେ ? ଉମରକୋଟରୁ ଆସିବା ବାଟରେ ଅଙ୍କୁର ନାନାକଥା ଭାବିକି ଆସିଥିଲା । ମାତ୍ର ଘରେ ତା' ଲାଗି ଏମିତି ସମସ୍ୟା ଅନିସା କରି ରହିଥିବ ବୋଲି ସେ କଦାପି କଳ୍ପନା କରି ନ ଥିଲା । ସେ ତା' ଭଉଣୀର କଥା ବୁଝିବ ନା ବାପା-ମାଆଙ୍କ କଥା ବୁଝିବ ! ମାଆ ସିନା ରାଗିକି କହୁଛି ତା' ସାଙ୍ଗେ ପଳେଇବ- ସେଇଟା ମିଛ । ସେ ଜାଣିଛି ତା'ର ବାବା କି ମାଆ କେହି ଏ ଗାଁ ଘର ଛାଡ଼ି ଯାଇପାରିବେ ନାହିଁ । ନିୟମଗିରି ରଜା ଯେମିତି, ତା'ର ପ୍ରଜାଏ ବି ସେମିତି । ଯେତେଯାହା ହେଲେ ବି ସେମାନଙ୍କୁ କେହି ନିଜ ଜାଗାରୁ ହଟେଇ ପାରିବେ

ନାହିଁ। ନିୟମଗିରି ପାଖେ କାରଖାନା ବସେଇଥିବା କଂପାନି ସେତେବେଳେ କହିଥିଲା, ତମ ଠାକୁରକୁ ଏଠୁ ନେଇ ପଳେଇ ଯାଅ। ଜଣକା ପାଞ୍ଚ ଲକ୍ଷ ଟଙ୍କା ଦେବି। କୋଠାଘର ବନେଇ ଦେବି। ମାତ୍ର କେହି ଜଣେ ବି ସେକଥା ଶୁଣିଲେ ନାହିଁ। ଅଙ୍କୁର ହସିଲା। ନିୟମଗିରି ହେଲା ରାଜା। ସେ କୁଆଡ଼େ ଯିବ, କୋଉଠି ରହିବ, ଯିବ କି ନାହିଁ ସେକଥା ସେ ସ୍ଥିର କରିବ। କଂପାନି କି ସରକାର ସେଠି କିଏ ? ବେଜୁଆକୁ ସ୍ୱପ୍ନାଦେଶ ହେଲା- ନିୟମଗିରି ରଜା କହିଛି, କୁଆଡ଼େ ଯିବ ନାହିଁ। ସେଇ ରାଜାର ପ୍ରଜାଏ ତା'ର ବାବା, ମାଆ, ତା' ଗାଁ ଲୋକ। ସେମାନେ କୋଉଠିକି ଯିବେ ନାହିଁ। ହଁ, ଖୁବ୍ ହେଲେ ସେ ତା' ସାଙ୍ଗରେ ପୁଷିକାକୁ ନେଇ ଚାଲିଯାଇ ପାରିବ। ଜେମ୍‌ସର ଖରାପ ନଜରରୁ ପୁଷିକାକୁ ବଞ୍ଚେଇବାର ଏଇ ଗୋଟେ ଉପାୟ। କିନ୍ତୁ ପୁଷିକା ପଳେଇଗଲେ, ତା' ବାପା-ମାଆଙ୍କୁ ଏଠି ରୋଷେଇ କରି ଗଣ୍ଡେ ଖାଇବାକୁ ଦେବ କିଏ ? ସେମାନେ ଚଳିବେ କେମିତି ?

ସେଦିନ ଅଙ୍କୁରର ମୁଣ୍ଡ ଆଉଁଶି ଦେବାବେଳେ ତା' ମାଆ ପଚାରିଲା, ତୁ ଆଉ କୋଉଦିନ ବାହା ହେବୁ ? ଘରକୁ ତୋ ସ୍ତ୍ରୀ ଆସିଲେ ଆମ ଭଲ-ମନ୍ଦ କଥା ଟିକେ ବୁଝନ୍ତା ଅବା ! ତୋର ବୟସ ତ ପଚିଶ ହେଇଗଲାଣି।

ଅଙ୍କୁର କହିଲା, "ହାତକୁ ପଇସା ନ ଆସିବା ଯାଏଁ ମୁଁ ବାହା ହେବି ନାହିଁ। ସେଥିରେ ଅନେକ ଜଞ୍ଜାଳ। ଅପେକ୍ଷା କର।"

: ହଁ। ଅପେକ୍ଷା କରିବା ଛଡ଼ା ଆମର ଆଉ କ'ଣ ଉପାୟ ଅଛି ? ଏଇମିତି ଅପେକ୍ଷା କରୁକରୁ ବୁଢ଼ାବୁଢ଼ୀ ଦିହେଁ କୋଉଦିନ ଆଖି ବୁଜିଦେବୁ। ତା'ପରେ ତୁ ବାଜା ବଜେଇ, କାପଡ଼ାଗନ୍ଧା ଘୋଡ଼େଇ ତୋ କନିଆକୁ ନେଇ ଆସିବୁ। - ଅଙ୍କୁରର ମାଆ ବ୍ରହ୍ମାସ୍ତ୍ର ପ୍ରୟୋଗ କଲା।

ଅଙ୍କୁର କହିଲା, "ତୁ କାହିଁକି ସବୁଦିନେ ସେଇ ଅମଙ୍ଗଳିଆ କଥାଗୁଡ଼ାକ କହୁ ? ଦେଖିବୁ ଲୋ ମାଆ, ତୋତେ ମରଣଦେବତା ସହଜରେ ନେବ ନାହିଁ। ଏଇଠି ରହିଥିବୁ। ପୁଅବୋହୂଙ୍କ ଜଞ୍ଜାଳ ବୁଝିବୁ, ବୋହୂ ପାଖରୁ ଗଞ୍ଜଣା ଶୁଣିବୁ, ନାତିନାତୁଣୀ ଅଳିଅର୍ଦ୍ଦଳି ବୁଝିବୁ। ପୁଷିକାର ପୁଅ ଝିଅକୁ ଦେଖିବୁ। ତା ଘରେ ଯାଇ ନାତିନାତୁଣୀ କଥା ବୁଝିବୁ। ପୁଣି ଏଠିକି ଆସିବୁ। ଘର ବାହାରର ବାର ପାଇଟି କରି ଥକି ପଡ଼ିବୁ। ଯୋଉଦିନ ଅଣ୍ଟା ସାଂଗରେ ପିଠି ଭାଙ୍ଗିଯିବ, ତୁ ଦି' ହାତ ଟେକି କହିବୁ ହେ ନିୟମଗିରି ଦେବତା, ଏବେ ମୋତେ ନେଇଯା, ସେଇଦିନ

ସେ ତୋ କଥା ଶୁଣିବ। ତୁ ଡୁମା ହେଇ ଗାଆଁମୁଣ୍ଡରେ ରହିବୁ। ତା' ଆଗରୁ ନୁହେଁ। ହେଲା ?"

ପୁଅର କଥା ଶୁଣି ମାଆ ହସିଲା। ଗରିବ ଘରେ ଏଇ ସୁଖଦୁଃଖର ଗପସପ ପଦେ ଅଧେ ତ ଜୀବନ। ଖୁସି ହେବା ପାଇଁ ଅଧିକ ବା ଆଉ କ'ଣ ଦରକାର ? ଜମିର ଫସଲ ବେପାରୀ ନେଉ, ଫଳଫୁଲ ନେଉ ଠିକାଦାର - କିଛି ଚିନ୍ତା ନାହିଁ। ଯିଏ ଜନମ ଦେଇଛି ସିଏ ଜୀବନର ଦୁଃଖ ବୁଝିବ। ଏଇ ମାଟି, ପାଣି, ପବନ, ଏଇ ଆକାଶ, ଗଛଲତା, ଏଇ ଚନ୍ଦ୍ର-ସୂର୍ଯ୍ୟ-ତାରା, ଏଇ ଚଢ଼େଇ, ଗାଈ, ଘୁଷୁରି, ବତକ, ଏଇ ତେନ୍ତୁଳି, ସଳପ ଆଉ କନ୍ଦମୂଳ - ଏସବୁ ଅଛନ୍ତି ତା'ର ଦୁଃଖ ବୁଝିବେ- କନ୍ଧ ଭାବେ।

ଅଙ୍କୁର ତା' ମାଆକୁ ପଚାରିଲା, "ଆଗଭଳି ଆଉ କାପଡ଼ାଗନ୍ଦା ଆମର ଏଠି ମିଳୁନାହିଁ। ଏ ଟୋକୀଗୁଡ଼ାକ ଅଳସୁଆ ହେଇଗଲେଣି ଲୋ ମାଆ। ସରକାରୀ ଚାଉଳ ଖାଇ ଖାଇ ଗଣ୍ଡି ମୋଟେଇ ଗଲାଣି, ସେମାନେ ଆଉ ଛୁଞ୍ଚିସୂତା କାମ କରିବେ କ'ଣ ?"

ଅଙ୍କୁରର ମାଆ ହସି ହସି କହିଲା, "କିରେ କାହିଁକି ? କାହାକୁ କାପଡ଼ାଗନ୍ଦା ଘୋଡ଼େଇ ଘରକୁ ଆଣିବୁ ବୋଲି କଥା ଦେଇଛୁ କିରେ ? ନା କାହାକୁ ଉଦୁଲିଆ ନେଇ ଆସିବୁ ?"

ଅଙ୍କୁର ହସିଲା। କହିଲା, "ହେ, ସେମିତିକା କଥା ମୋତେ କହନା। ଯାହାର ଯୋଉ କାମ ସିଏ ସେଇ କାମ କରିବ। ମୁଁ କାହିଁକି ତୋ କାମ କରିବାକୁ ଯିବି ?"

ତା' ମାଆ କହିଲା, "ଆଗେ ପୁଷିକାକୁ ଘରୁ ଉଠେଇଲେ ସିନା ତୋ କଥା ବୁଝିବି ! ନ ହେଲେ ଗାଁ ଲୋକେ କ'ଣ କହିବେ ?"

: ତାକୁ କହ, ସେ ଘରେ ରହି ତୋତେ କାମରେ ସାହାଯ୍ୟ କରୁ। ନଇଲେ କାପଡ଼ାଗନ୍ଦା ବୁଣୁ। ସେଥିରେ ତା'ର ଲାଭ ହେବ, କାମଟା ବି ଶିଖିଯିବ। ଇଆଡ଼େ ସିଆଡ଼େ ବୁଲିଯିବା ଦରକାର ନାହିଁ। ବେଳ ବଡ଼ ଖରାପ।

: ଆରେ, ସିଏ କ'ଣ କୁଆଡ଼େ ଯାଏ ? ଚାଉଳ ନେବାକୁ ଜଗନ୍ନାଥେ ଆସିଥିଲେ। ଗାଡ଼ିମଟର ହାଉଯାଉ ହେଉଥିଲା। ତା' ସାଙ୍ଗମାନେ ତାକୁ ଦେଖିବା ଲାଗି ଡାକି ନେଇଥିଲେ।

: ଏସବୁ ଭୋଟ୍ ପାଇଁ ଲୋ ମାଆ। ଦିଲ୍ଲୀରେ ଶ୍ରୀରାମଙ୍କ ମନ୍ଦିର କଥା ଚର୍ଚ୍ଚା ହେବାରୁ ଏଠି ସରକାରୀ ଦଳ ଜଗନ୍ନାଥଙ୍କ ମୂର୍ତ୍ତିଟେ ଗାଡ଼ି ଡାଲାରେ ବସେଇ ଗାଁ ଗାଁ ବୁଲେଇଲା। ଯୋଉ ଠାକୁରଙ୍କର ହଜାର ହଜାର ମାଣ ଜମିର ଫସଲ ଚୋର ଖାଉଛନ୍ତି, ତାଙ୍କର କ'ଣ ଅନ୍ନ ପାଇଁ ଚାଉଳ ନାହିଁ ଯେ ସେ ରାଜ୍ୟସାରା ବୁଲି ଗରିବ, ମଜୁରିଆ, ଥିଲାବାଲା, ନ ଥିଲାବାଲା, ଆଦିବାସୀ, ହରିଜନ, ବ୍ରାହ୍ମଣ, ବ୍ୟବସାୟୀ ଘରର ବାରମିଶା ଚାଉଳ ନେଇ ଖାଇବେ! ଜଗନ୍ନାଥଙ୍କର ଚାଉଳ ଲୋଡ଼ା ନାହିଁ, ନେତାମାନଙ୍କର ଲୋଡ଼ା ଭୋଟ୍। ସେଇଥିପାଇଁ ଏ ଅପନ୍ତରା, ଅନାବାଦୀ, ଧୂଳିମଇଳା ରାସ୍ତାଘାଟରେ ଠାକୁରଙ୍କୁ ଘୋଷାଡୁଛନ୍ତି। ଏଥିରେ କ'ଣ ସତରେ ଭକ୍ତି ଅଛି ? ସିଏ ପରା ସାରା ଜଗତର ନାଥ। ତାଙ୍କୁ କୋଉ କଥା ଅପୂରୁବ ? ସେ କହିଲେ ଲକ୍ଷ୍ମୀ ଠାକୁରାଣୀ ଆଣି ତାଙ୍କ ଆଗରେ ବାସନା ଚାଉଳ ଗଦେଇ ଦେବେ।

: ହଇ, ହଇ, ସତକଥା କହୁଛୁରେ ବୁଆ। ଏଠି ତ ନେତାଏ ବାଜା ବଜେଇ ଶଙ୍ଖ ଫୁଙ୍କି ଲୋକଙ୍କୁ ଡାକିଲେ। ଚାଉଳ ଦେବାକୁ କହିଲେ। ଆମେ କି ଏତେ କଥା ଜାଣୁ ? ଏତେ ବଡ଼ ଠାକୁର ଆସି ଭିକାରି ପରି ଆମ ଘର ଆଗରେ ଡାକୁଛନ୍ତି; ନ ଯାଇ କ'ଣ ରହିପାରିଥାନ୍ତୁ ?

: ଯିଏ ଯାହା ନ କରିବା କଥା ସେଇଆ କରୁଛନ୍ତି, ଆମେ ଗରିବ ଲୋକ ସେମାନଙ୍କ ମାୟାରେ ବାୟା ହେବା ଭଲ ନୁହେଁ।

: ହଇ, ହଇ, ତୁ ଯା' ଟିକେ ଶୋଇପଡ଼ିବୁ।

: ମୋତେ ଆଉ ମାସ ଛଅଟା ଦେ। ମୁଁ ଟିକେ ପାଦ ଯୋଡ଼ିକ ମଜଭୁତ କରେ। ତାପରେ ପୁଷିକାର ବାହାଘର କାମ ବଢ଼େଇଦେବା।

ମନ ଭିତରେ ସାହସ ଜୁଟେଇ ପୁଷିକା ତା' ଭାଇ ଆଗକୁ ଆସିଲା। ହାତରେ ତା'ର ଦରବୁଣା ଖଣ୍ଡିଏ କାପଡ଼ାଗନ୍ଦା। କହିଲା, "ଏଇ ଦେଖୁନୁ, ମୁଁ କେମିତି କାମ ଅଧା କରିସାରିଲିଣି !"

ଭଉଣୀ ହାତରେ ଅଧାବୁଣା କାପଡ଼ାଗନ୍ଦା ଚାଦରଟି ଦେଖି ଅଙ୍କୁର ଖୁସି ହେଇଗଲା। ତାଙ୍କ ଜାତିରେ ଏଇ ଚାଦରର ମହତ୍ତ୍ୱ ସେ ଜାଣେ। ଆଗେ ତ ଘରେ ଘରେ ଏ ଚାଦର ବୁଣା ଯାଉଥିଲା। ଲୋକମାନେ ଏଥିରୁ ଭଲ ରୋଜଗାର କରୁଥିଲେ। ଧୀରେ ଧୀରେ ଧଳା ଥାନ ମିଳିବା କମିଗଲା। ଝିଅମାନେ ଥାନ ନ ପାଇଲେ ଚାଦର ବୁଣିବେ ବା କିପରି ?

ଅଙ୍କୁର ଶୁଣିଛି, ପ୍ରାୟ ପାଞ୍ଚଶହ ବର୍ଷ ତଳେ ଜୟପୁରର ରାଜା ଏଇ ଚାଦରବୁଣା କାମ ଆରମ୍ଭ କରେଇଥିଲେ। ଡଙ୍ଗରିଆ ଝିଅବୋହୂମାନେ ଏ ଚାଦର ବୁଣୁଥିଲେ, ମୁରବିମାନେ ତାକୁ କାନ୍ଧରେ ପକେଇ ରାଜଉଆସକୁ ଯାଉଥିଲେ। କ୍ରମେ ରାଜା ବି ଏଥିରେ ଆଗ୍ରହ ଦେଖେଇଲେ ଏବଂ ଫେରିଆମାନଙ୍କୁ ଚାଦର ବୁଣା କାମରେ ଲଗାଇଥିଲେ।

ଏ ଚାଦରରେ ଯୋଉ ଯୋଉ ରଙ୍ଗର ଓ ଯେଉଁ ଯେଉଁ ଡିଜାଇନ୍‌ର ଚିତ୍ର ବୁଣାଯାଏ ସେସବୁ ପଛରେ ଫେରିଆ ଜାତିର କାହାଣୀ ଅଛି। ପୂରା ଚାଦରଟା ଏ ଜାତିର ଇତିହାସ। ଏଥିରେ ବୁଣାଯାଉଥିବା ପାହାଡ଼ ଆକାରର ଚିତ୍ର ନିୟମଗିରି ରାଜାର ଚିତ୍ର। ପାହାଡ଼ ଯେମିତି ଚିତ୍ର ସେମିତି। ତା'ର ଶାଗୁଆ ରଙ୍ଗ ଚାଷବାସର ପ୍ରତୀକ। ହଳଦିଆ ସୂତା କନ୍ଧ ଅର୍ଥନୀତିର ଗୁରୁତ୍ୱପୂର୍ଣ୍ଣ ହଳଦୀ ଚାଷକୁ ବୁଝାଏ। ଏହି ତ୍ରିଭୁଜକୁ କରାଳି କହନ୍ତି। ମେରିଆପର୍ବରେ ପୋଢ଼କୁ ହାଣିବା ଲାଗି ଯେଉଁ ଧାରୁଆ ଟାଙ୍ଗିଆ ବ୍ୟବହାର କରାଯାଏ ଇଏ ସେହି ଅସ୍ତ୍ରର ପ୍ରତୀକ। ଏହି ଚାଦରରେ ଶକ୍ତି ଓ ସାହସର ଚିତ୍ର ବୁଣାଯାଇଥାଏ।

କାପଡ଼ାଗନ୍ଧା ବୁଣାର ପରଂପରାକୁ ଫେରିଆ କନ୍ଧ ସମାଜରେ ପ୍ରଚଳିତ ଗୋଟିଏ କାହାଣୀ ବହୁକାଳ ବଞ୍ଚେଇ ରଖିଥିଲା। ସବୁ ଫେରିଆ ଝିଅ ତା' ଜୀବନରେ ଅନ୍ତତଃ ଗୋଟିଏ ଚାଦର ବୁଣିବା ନିୟମ ଥିଲା। ସେଇଟି ସେ ତା'ର ଭବିଷ୍ୟତର ଭାଉଜ ପାଇଁ ବୁଣେ। ଯେତେବେଳେ ତା'ର ଭାଇ ବାହା ହେବ, ନୂଆ ଭାଉଜକୁ ଧରି ଆସିବ ତାଙ୍କ ଘରକୁ; ସେତିକିବେଳେ ନଣନ୍ଦ ଏଇ ଚାଦରକୁ ତା' ଭାଉଜ ମୁଣ୍ଡରେ ଘୋଡ଼େଇ ଦେବ। ନ ହେଲେ ଗାଁର ଡାହାଣା ଟୋକାମାନେ ତା' ଭାଉଜ ଉପରେ ଖରାପ ଦୃଷ୍ଟି ପକେଇବେ। ଏଇ ଚାଦର ସବୁପ୍ରକାର ଅଶୁଭ ଦୃଷ୍ଟିରୁ ତା' ଭାଉଜକୁ ବଞ୍ଚେଇ ରଖିବାକୁ ସମର୍ଥ। ନଣନ୍ଦଟି ଯେତେବେଳେ ଚାଦରଟି ବୁଣୁଥାଏ ସେତେବେଳେ ସିଏ ତା' ମନ ଭିତରେ ଆଶା ରଖିଥାଏ ଯେ ଆଉ କୋଉ ଦୂରଗାଁରେ ଗୋଟେ ଝିଅ ତା' ପାଇଁ ମଧ୍ୟ ଏମିତିକା ଚାଦରଟେ ବୁଣୁଥିବ। ସିଏ ଯଦି ସେଇ ଝିଅର ଭାଇକୁ ବାହା ହୋଇଯାଏ ତାହାହେଲେ ଏମିତି ଚାଦର ଘୋଡ଼ିହୋଇ ତାଙ୍କ ଗାଁକୁ ଯିବ। ଏହିପରି କଥା ଚିନ୍ତା କରୁ କରୁ ସେ ଭବିଷ୍ୟତର ସ୍ୱପ୍ନରେ ବୁଡ଼ିଯାଏ।

ଅଙ୍କୁରର ମାଆ କହେ, ଫେରିଆ ଝିଅଗୁଡ଼ାକ ଭାରି ମନେଇ। ଯେତେ

ପଇସା ଯାଚିଲେ ବି ତରତରରେ କାମଟିଏ ସାରନ୍ତି ନାହିଁ। ଆଜି ଟିକିଏ, କାଲି ଟିକିଏ କରି ଖଣ୍ଡେ ଚାଦର ସାରିବାକୁ ଛ' ମାସ ଲଗେଇ ଦିଅନ୍ତି। କେତେବେଳେ ହିଡ଼ ଉପରେ ବସି ବୁଣନ୍ତି ତ କେତେବେଳେ ପିଣ୍ଡା ଉପରେ, ପୁଣି କେତେବେଳେ ହାଣ୍ଡିଶାଳରେ ଚୁଲି ପାଖରେ ବସି ଜାଳ ମୁହାଁଇ ଦେଉ ଦେଉ ନିଜର ଚାଦର ବୁଣୁଥାଆନ୍ତି। ମୁଣ୍ଡରେ ଲାଗିକି ଥାଏ ଛୋଟିଆ କଟାରି, ସେଇଥିରେ ସେମାନେ ସୂତା କାଟନ୍ତି।

ଅଙ୍କୁର ତା' ଭଉଣୀକୁ କହିଲା, "ଖଣ୍ଡିଏ ଚାଦର ବୁଣିଲେ କ'ଣ ହେବ ? ଚାରି-ପାଞ୍ଚଖଣ୍ଡ ବୁଣିକି ରଖ। କାମରେ ଆସିବ।"

ପୁଷିକା କିଛି ନ କହି ଚାଲିଗଲା। ଗୋଟିଏ ଚାଦର ବୁଣିବା ଲାଗି କେତେ କଷ୍ଟରେ ସେ ଥାନ ଖଣ୍ଡେ ଯୋଗାଡ଼ କରିଛି, ପାଞ୍ଚଟା ପାଇଁ ସେ ଥାନ କୋଉଠୁ ଆଣିବ ?

ଅଙ୍କୁର ଶୋଇବା ଲାଗି ଉଠି ଚାଲିଗଲା।

ପଞ୍ଚମ ପରିଚ୍ଛେଦ

ସକାଳୁ ଅଙ୍କୁର ଉଠିବା ବେଳକୁ କୁକୁଡ଼ା ରାବିଲାଣି। ଘର ଆଗ କାଠ ଖୁଣ୍ଟର ଠଣାରେ ଥାଏ ତା'ର ବ୍ରସ୍, ଟୁଥ୍‌ପେଷ୍ଟ, ଜିଭଛେଲା ଆଉ ପାନିଆ। ଅଙ୍କୁର ତା' ବ୍ରସ୍‌ରେ ଦାନ୍ତ ଘଷୁ ଘଷୁ ଗାଁ ଦାଣ୍ଡରେ ଘେରାଏ ବୁଲି ଆସିବାକୁ ବାହାରିଗଲା।

ତା' ଗାଁର ମଝାମଝି ଗୋଟେ ଅଶ୍ୱତ୍‌ଥ ଗଛ। ସେଇଠି ଟିକିଏ ଉପରେ ଝାଙ୍କିରି ଦେବତାର ଆସ୍ଥାନ। କୋଉ କାଳୁ ଏଇଠି ଗାଁ ଦେବତା ପଥର ହେଇ ସମସ୍ତଙ୍କୁ ଶୁଭଦୃଷ୍ଟିରେ ଦେଖୁଛି। ତା' ବାବା ଝାଙ୍କିରି ଦେବତା ପାଖେ କେତେଥର କୁକୁଡ଼ା ବଳି ଦେଇଛି। ତା' ଦେହ ଖରାପ ହେଇଥିଲା ବେଳେ ମାଆ ଆସି ବେଜୁଣୀକୁ ଧରି ଏଇଠି ପୂଜା କରେ। ତା' ଗାଁର ସମସ୍ତେ ବେଜୁଣୀର କଥା ମାନି ଚଳନ୍ତି।

ଅଙ୍କୁର ଗାଁର ଲୋକମାନେ ନିୟମ ଦେବତାକୁ ମାନନ୍ତି, ମାନନ୍ତି ସୂର୍ଯ୍ୟ ଦେବତା ଆଉ ଲେଞ୍ଜୁ ଦେବତାକୁ। ଲେଞ୍ଜୁ ପେନୁ ହେଲା ଚନ୍ଦ୍ର ଦେବତା। ତାକୁ ପୂଜା କଲେ ଝିଅମାନଙ୍କୁ ଭଲ ବର ମିଳେ, ଘରସଂସାର ଜହ୍ନ ଆଲୁଅ ପରି ସୁଖଶାନ୍ତିରେ ଝଲସି ଉଠେ। ଅଙ୍କୁର ଝାଙ୍କିରି ଦେବତା ପାଖରେ ମୁଣ୍ଡ ନୁଆଁଇ ପୋଖରୀ ଆଡ଼େ ଆଗେଇ ଗଲା।

ଉମରକୋଟରୁ ଆସିବାବେଳେ ଭାବିଥିଲା ବିହନ ବୁଣା ପରବକୁ ସେ ରହିବ। କିନ୍ତୁ ଘରର ଅବସ୍ଥା ଦେଖି ତା'ର ଆଉ ଗାଁରେ ଅଟକିବାକୁ ମନ ଡାକୁ ନ ଥିଲା। ଦି ତିନି ମାସ ଛାଡ଼ି ଆସିଲେ ବରଂ ଭଲହେବ। ପୁଷିକାର ବାହାଘର ବୁଝିବା କଥାଟି ଏବେ ଜରୁରି।

ଅଙ୍କୁର ବେଶି ପାଠଶାଠ ପଢ଼ିନାହିଁ। ମାଟ୍ରିକ୍ ପରୀକ୍ଷା ଆଗରୁ ପାଠ ଛାଡ଼ିଦେଲା। ନିଜ ଉଦ୍ୟମରେ ସେ କିଛି ଇଂରାଜୀ ଶିଖିଛି। ତାହା ନ ହେଲେ ସେ ସ୍ୱେଚ୍ଛାସେବୀ ସଂସ୍ଥାରେ କାମ କରିପାରନ୍ତା ନାହିଁ। ମାଆ ତାକୁ ତା ବାହାଘର କଥା କହୁଛି। ବାହାଘର ତ ପିଲାଖେଳ ନୁହେଁ। ସେ ନିଜେ କେତେ କଷ୍ଟରେ ବଖୁରିକିଆ ଘରଟା ଭିତରେ ଚଳପ୍ରଚଳ ହେଉଛି ସିଏ ଜାଣେ। ମାଆ, ବାବା ସେଠିକି ଗଲେ ଚଳିବା ପାଇଁ ଆଉ ବଖରେ ଘର ଦରକାର। ନ ହେଲେ ଏତେଗୁଡ଼ିଏ ଲୋକ ଚଳିବେ କେମିତି ? ବାହାହେଲେ ପୁଣି ଗୋଟିଏ ପେଟ ବଢ଼ିବ। ମାଆ କହୁଥିଲା, ଅଙ୍କୁର ରାଜି ହେଲେ ପାଖ ଗାଁର ଗୋଟେ ଝିଅ ଅଛି, ତା' ଘରକୁ ଖବର ଦିଅନ୍ତା। କନ୍ଧ ସମାଜରେ ଭଲ ଝିଅ ପାଇବା କାଠିକର କାମ। ବାହାହେବା ଆଗରୁ କନିଆଁ ଘରେ ଅଙ୍କୁରକୁ କିଛି ଦିନ ଯାଇ କାମ କରିବାକୁ ପଡ଼ିବ। ସିଏ ପୁଣି ବିନା ମଜୁରିରେ ଗୋତି ଖଟିବା ପରି କାମ। ତା'ପରେ ଯାଇ ଝିଅ ଘର ରାଜି ହେବେ। ଅଙ୍କୁର ହଁ କହିଲେ ମା ଆଗେଇବ।

ଯେତେ ଯାହା ହେଲେ ବି କନ୍ଧଘର ବାହାଘରରେ ନାଚଗୀତ ହୁଏ। ଭୋଜିଭାତ ହୁଏ। ମାଉଁସ, ମଦ ନ ହେଲେ ସେଇଟା କି ବାହାଘର। ସେଥିପାଇଁ ହାତରେ କଞ୍ଚା ପଇସା ଦରକାର।

ଆଖୁ କିଆରି ପଟୁ ଅଙ୍କୁରର ସାଙ୍ଗ ଲକ୍ଷ୍ମଣ ଓ୍ୱାଡ଼େକା ଆସୁଥିଲା। ଅଙ୍କୁରକୁ ଦେଖି ମୁଣ୍ଡ କୁଣ୍ଡେଇ କୁଣ୍ଡେଇ ପଚାରିଲା, "ଆରେ ଅଙ୍କୁର, ତୁ କେତେବେଳେ ଆସିଲୁ। ତୁ ତ କ'ଣ ପୂରା ଟାଉନିଆ ପରି ଦିଶୁଛୁ। ଆଉ ଦାନ୍ତକାଠି ଦରକାର ପଡୁନି ନା ! ଆମେ ତ ଏଇ ଗାଁରେ ରହି ରହି ନଷ୍ଟ ହେଇଗଲୁ।"

ଅଙ୍କୁର ହସିଲା। କହିଲା, "ଗାଁରେ ରହିଲେ ନଷ୍ଟ ହୋଇଯାଆନ୍ତି ବୋଲି ଆଜି ଶୁଣୁଛି। କାଇଁ ଧାନ, ମାଣ୍ଡିଆ, ଆମ୍ବ କି ପଣସ ତ ଗାଁରେ ରହି ନଷ୍ଟ ହେଉନାହିଁ। ଟାଉନ୍‌ର ଲୋକେ ଓଲଟି କହନ୍ତି, ଗାଁ ଜିନିଷ ଭଲ, ଗାଁର ଲୋକେ ଭଲ।"

: ଗାଁର ଜିନିଷ ଭଲ, ସଭିଙ୍କୁ ବାସେ, କିନ୍ତୁ ଗାଁ ଲୋକଗୁଡ଼ାକ ଗନ୍ଧାନ୍ତି। କାଳିଆ କୋତରା, ଅପରିଛନିଆ ଲୋକଙ୍କୁ କିଏ ଭଲ ପାଇବ? ଟାଉନ୍‌ରେ ସବୁ ଫିଟ୍‌ଫାଟ୍, ଫିନ୍‌ଫିନ୍, ଅତର ପାଉଡ଼ର ବାସ୍ନା। ଆମ ପରି ଲୋକଙ୍କୁ କିଏ ପଚାରେ?

: ନା, ନା, ସେଇଟା ଲୋକଙ୍କ ବ୍ୟବହାର ଉପରେ ନିର୍ଭର କରେ। ହଉ, ସେ କଥା ପଛକୁ ଥାଉ। ତୁ କହିଲୁ, ଆମର ଏ ଅଞ୍ଚଳରୁ କ'ଣ କାପଡ଼ାଗନ୍ଧା ଉଠିଯିବ? ଏଇଟା ଆମ କନ୍ଧ ସମାଜର ପରିଚୟ। ପରିଚୟ ହଜିଗଲେ ଆମକୁ କିଏ ପଚାରିବ? ଗାଁ ଗାଁ ଖୋଜିଲେ ବି କୋଉଠି ଖଣ୍ଡିଏ ଥାନ ମିଳୁନାହିଁ। ତୋ ବାବା ତ ସରପଞ୍ଚ, ତାଙ୍କୁ ପଚାରୁନୁ?

: ସେଇ କଥା ତ! ଗୋଟେ ସମୟ ଥିଲା ଯେତେବେଳେ ଘରେ ଘରେ ଏ ଚାଦର ବିକି ଲୋକମାନେ ରୋଜଗାର କରୁଥିଲେ। ଯେତେବେଳେ ଚାହିଲେ ଲୋକଙ୍କ ଘରେ ଚାରି-ପାଞ୍ଚଟା ଚାଦର ବିକ୍ରି ପାଇଁ ଥିବ। ଏବେ ଆଉ ସେ ଚାଦର ନାହିଁ। ତିନି-ଚାରି ବର୍ଷ ହେଲାଣି ଏ ବୁଣାବୁଣି କାମ ବନ୍ଦ। କୋଭିଡ୍ ବେମାର ତ ସବୁ ସାରିଦେଲା।

: ଏବେ ତ କୋଭିଡ୍ ଗଲାଣି। ତୋ ବାବାକୁ କହି କିଛି ଗୋଟେ ବ୍ୟବସ୍ଥା କର। ସିଏ ଆମ ଏରିଆର ଲିଡର୍।

: କହିବି। ଶୁଣ୍, ଆମେ କ'ଣ ସେ ଜେମ୍‌ସକୁ ଏଇମିତି ଛାଡ଼ିଦେବା? ତୁ ତ କାଲିଠୁଁ ଆସିଲୁଣି। କାହିଁ, ଏ ବିଷୟରେ ତ କିଛି କହୁନାହୁଁ। ମୁଁ ଭାବିଥିଲି, ତୁ ଗାଁର ଗୋଟେ ମିଟିଂ ଡାକିଥାନ୍ତୁ।

ଅଙ୍କୁର ଚୁପ୍ ହୋଇଗଲା। ପୁଷିକାର ଅପମାନ କଥା କ'ଣ ଗାଁ ସାରା ଲୋକେ ଜାଣନ୍ତି?

ଲକ୍ଷ୍ମଣ କହିଲା, "ଏହା ପଛରେ ତାଙ୍କ ଧର୍ମକୁ ବଢ଼େଇବାର ଯୋଜନା ଅଛି। ତୁ କ'ଣ ଭାବୁଛୁ, ସିଏ ପୁଷିକାକୁ ସତରେ ଭଲ ପାଉଛି? ମିଛ। ସିଏ ପରା

ଆଉ ଗୋଟେ ଝିଅକୁ ବାହାହେବ ବୋଲି କଥା ଦେଇଛି। ଏ ଭଲ-ଫଲ କଥା ଜମା ନୁହେଁ। ଏହା ପଛରେ ଚର୍ଚ୍ଚ ଲୋକଙ୍କର ହାତ ଅଛି। ହାତ ଥାଉ ନ ଥାଉ, ସେ ଧର୍ମଛଡ଼ା ଆମ ଝିଅ ଦେହରେ ହାତଦେଇ ଖସିଯିବ ? ଆମେ ଆଉ ଏ ଗାଁରେ ମୁଣ୍ଡଟେକି ବାଟ ଚାଲିପାରିବା ତ ? ତୁ ଯଦି କହିବୁ ଆଜି ସଂଜବେଳେ ଜେମ୍‌ସର କାମ ବଢ଼େଇଦେବା। ସେଇଟା ଘୋଡ଼ା ମଦୁଆଟା ! ମଦ ପିଇବା ଲାଗି ଡାକିଦେଲେ ଦଉଡ଼ି ଆସିବ। ସେଇଠି ତା କାମ ବଢ଼େଇଦେବା। ମୁଁ ଖାଲି ତୋ ମୁହଁରୁ ଶୁଣିବାକୁ ଚାହୁଁଛି।"

ଲକ୍ଷ୍ମଣର କଥାରେ ଯୁକ୍ତି ଥିଲା। ଜେମ୍‌ସର ବାପା ଚର୍ଚ୍ଚରେ କାମ କରୁ କି କଲେକ୍ଟର ଅଫିସ୍‌ରେ, ସିଏ ପୁଷିକା ଉପରେ କାହିଁକି ନଜର ପକେଇଲା ? କାହିଁକି ସେ ଭାବିଲା ଯେ ପୁଷିକାର କେହି ନାହିଁ। ଏଭଳି ବଦମାସ୍‌କୁ ପାନେ ନ ଦେଲେ ସେ ବୁଝିବ ନାହିଁ। କିଛି ନ କହି ଛାଡ଼ିଦେଲେ ପୁଣି ହପ୍ତାଏ ଦି' ହପ୍ତା ଛାଡ଼ି ସେଇ କାମ କରିବ। ସେ ଲକ୍ଷ୍ମଣକୁ କହିଲା, "ମୋ ବାବା-ମାଆ ଭାରି ଡରୁଆ। ମୁଁ ତ ଉମରକୋଟରେ ଯାଇ ରହୁଛି। ତାଙ୍କୁ ଦେଖିବା ଲାଗି ଏଠି କେହି ନାହିଁ। ଜେମ୍‌ସ ଏଇଠି ରହୁଛି। ମୁଁ ନ ଥିଲାବେଳେ ସିଏ ଯଦି ଆମ ଘରେ ନିଆଁ ଲଗେଇଦିଏ କି ମୋ ଭଉଣୀ ଉପରେ ହମ୍‌ଲା କରେ ତାହା ହେଲେ ମୁଁ କ'ଣ କରିବି ?"

ଲକ୍ଷ୍ମଣ ତା' ନିଶ ଆଉଁଶି ବଡ଼ ପାଟିରେ କହିଲା, "ଏ ଅଞ୍ଚଳରେ କିଏ ଅଛି ଯିଏ ଲକ୍ଷ୍ମଣ ୱାଡ଼େକା ଆଗରେ ଏମିତି କାମ କରୁ ତ ! ତାକୁ ଯଦି ଠିଆ ଦି'ଫାଳ ଚିରି ନ ଦେଇଛି ମୋତେ ଦେଖିବୁ। ମିଛଟାରେ ମୋ ବାବା ଏଠି ଲିଡର ହେଇନାହିଁ। ପୁଣି ଆମ ପାର୍ଟି ଏବେ ପାୱାରରେ ଅଛି। ତୁ ଥାନା-ଫାନା କଥା ଛାଡ଼। ସେଠିକି ଯାଇ କିଛି ଲାଭ ନାହିଁ। ଖାଲି ପଇସା ସାରିବା ସାର। ଯାହା କରିବାର କଥା ଆମେ କରିବା।"

ଅଙ୍କୁର କହିଲା, "ଠିକ୍ ଅଛି। ଜେମ୍‌ସକୁ ପାନେ ଦେବାକୁ ହେବ। ମାତ୍ର ଜୀବନରେ ମାରିଦେବା କଥା ସପକ୍ଷରେ ମୁଁ ନାହିଁ। ତାକୁ ଭଲକି ଦଶପନ୍ଦର ପାହାର ଦେଲେ ଟୋକା ଥଣ୍ଡା ହେଇଯିବ। ତୁ ଚିନ୍ତା କର୍‌ନା। ମୁଁ ତୋତେ ମଦ ଯୋଗାଇବି। ଯେତେ ପିଇବାର ପିଇ। ତୁ ତାକୁ ସଂଜବେଳକୁ ନଈକୂଳକୁ ଡାକ୍।"

ଲକ୍ଷ୍ମଣ କହିଲା, "ହଁ ଏଇଟା ଗୋଟେ ବାଘଛୁଆ ପରି କଥା କହିଲୁ। ହଉ

ତୁ ଯା'। ଯାହା କରିବା କଥା ମୁଁ କରୁଛି। ତୁ ସଂଜବେଳକୁ ରେଡି ଥିବୁ। ମୁଁ ତାକୁ ଜଖମ କରି ଛାଡ଼ିବି, ଖତମ୍ କରିବି ନାହିଁ। ଚାଲିଲି।"

ଉତ୍ସାହର ସହିତ ଅଙ୍କୁର ଗାଧୋଇବାକୁ ଗଲା। ତା' ମୁଣ୍ଡରେ ସଂଜବେଳର ଯୋଜନା କଥା ଖେଳି ବୁଲୁଥିଲା। ବାସ୍ତବରେ ପୁଷିକା ପ୍ରତି ଜେମ୍ସର ଖରାପ ବ୍ୟବହାରକୁ ସେ ଆଦୌ କ୍ଷମା କରିପାରୁ ନ ଥିଲା। ସେମାନେ ଜେମ୍ସଠାରୁ ଗରିବ ହୋଇପାରନ୍ତି, ମାତ୍ର ସେମାନଙ୍କର ଇଜ୍ଜତ, ମହତ୍ ଅଛି। ଜେମ୍ସର ଜେଜେ ପରି ତା' ଜେଜେ ପଇସା ପାଇଁ ତ ଧର୍ମ ବଦଳେଇ ନାହିଁ।

ଅଙ୍କୁର ପୋଖରୀ ଭିତରେ ପଶି ମୁଣ୍ଡ ବୁଡ଼େଇଲା। ଥଣ୍ଡାପାଣି ବାଜିବାରୁ ମୁଣ୍ଡ ଟିକେ ଥଣ୍ଡା ଲାଗିଲା।

ଅଙ୍କୁର ଗାଁରେ ପାଞ୍ଚଟି ପରିବାର ଖ୍ରୀଷ୍ଟିଆନ ଥିଲେ ବି ଦୂରଛଡ଼ା ଗାଁମାନଙ୍କରେ ଅନେକ ଖ୍ରୀଷ୍ଟିଆନ ଘର। ସେମାନଙ୍କ ଭିତରେ ଏକତା ଅଛି। ଆଦିବାସୀମାନଙ୍କର ଅଭାବ, ଅସୁବିଧା, ରୋଗବଇରାଗ ଏବଂ ଅନ୍ଧବିଶ୍ୱାସ ଯୋଗୁଁ ଏ ଜିଲ୍ଲାରେ ଖ୍ରୀଷ୍ଟିଆନ ସଂଖ୍ୟା ବଢୁଛି ବୋଲି ଲୋକେ କହନ୍ତି। ନିୟମଗିରି ଦେବତା ଯୋଉ ରୋଗବେମାର ଭଲ କରିପାରିଲା ନାହିଁ, ତାକୁ ଯୀଶୁ ଦେବତା ଭଲ କରିଦେଲେ କହି ସେମାନେ ଲୋକଙ୍କୁ ଭୁଲାନ୍ତି ବୋଲି ଅଙ୍କୁର ଶୁଣିଛି।

ଅଙ୍କୁରର ବାବା କହେ, ଆଗରୁ ଏ ଅଞ୍ଚଳରେ ଜଣେ କେହି ଖ୍ରୀଷ୍ଟିଆନ ନ ଥିଲେ। ଦେଶ ସ୍ୱାଧୀନ ହେବା ପର୍ଯ୍ୟନ୍ତ ରାୟଗଡ଼ା, ଗୁଣୁପୁରରେ ବେଶି ହେଲେ ଶହେଟି ଲୋକ ଖ୍ରୀଷ୍ଟିଆନ ହେଇଥିଲେ। ଏବେ ତ ଚାରିଆଡ଼େ ଚର୍ଚ୍ଚ, ଚାରିଆଡ଼େ ଖ୍ରୀଷ୍ଟାନ୍। ଦାରିଦ୍ର୍ୟ, ଅଜ୍ଞତା, କୁସଂସ୍କାର ଓ ପ୍ରତିମା ପୂଜା ବିରୋଧରେ ମିଶନାରୀମାନେ ଆସି ପ୍ରଚାର କଲେ। ଗାଁ ଗାଁ ବୁଲି ଲୋକଙ୍କୁ ବୁଝେଇଲେ- ଏ ବଳି-ଫଳିରେ କିଛି ହେବ ନାହିଁ। ପାଠ ପଢ଼, ଦେହକୁ ଜଗ ଏବଂ ଯୀଶୁଙ୍କ ଶରଣକୁ ଆସ। ଧୀରେ ଧୀରେ ଲୋକଙ୍କ ମନ ବୁଝିଲା। ଯୋଉ ଛୁଆର ରୋଗ ଭଲ ହେଇଗଲା ତା' ମାଆ ଯୀଶୁଙ୍କର ଗୁଣ ଗାଇଲା। ମିସନାରୀମାନେ ମଝିରେ ମଝିରେ ହାଟ, ବଜାର, ମେଳା ମଉଛବ ଓ ଇସ୍କୁଲ ଯାଇ ନିଜର ଧର୍ମକଥା ବୁଝେଇଲେ। ସେମାନେ ପର୍ବପର୍ବାଣି ଦେଖି ବଣଜଙ୍ଗଲ ଭିତରେ ଥିବା ପଡ଼ାଗୁଡ଼ିକୁ ମଧ୍ୟ ଗଲେ ଓ ଲୋକଙ୍କୁ ଡାକି ନାନା କଥା କହିଲେ। ଲୋକଙ୍କୁ ଟଙ୍କା ଦେଲେ, ଔଷଧ ଦେଲେ, ଭଲ ଗରମ ପୋଷାକ ଦେଲେ ଓ ସେମାନଙ୍କର ମନ କିଣିଲେ।

ଏବେ ଚାରିଆଡ଼େ ଚର୍ଚ୍ଚ, ଚାରିଆଡ଼େ ଉପାସନା ପୀଠ। ସେମାନେ ବିଭିନ୍ନ ଜାଗାରେ ଡାକ୍ତରଖାନା ବି ଖୋଲିଛନ୍ତି। ଭଲରେ ବଞ୍ଚିବା ପାଇଁ ଗରିବ ଲୋକ ଖ୍ରୀଷ୍ଟିଆନ ହେଇଯାଉଛନ୍ତି। ଚର୍ଚ୍ଚ ତାଙ୍କର ସବୁ ଦାୟିତ୍ୱ ବୁଝୁଛି। ଖ୍ରୀଷ୍ଟିଆନମାନେ ଭଲ ପୋଷାକ କିଣୁଛନ୍ତି, ଗାଡ଼ି ଚଢୁଛନ୍ତି, ନାନା ଆଡ଼େ ବୁଲୁଛନ୍ତି। ମାତ୍ର ଡଙ୍ଗରିଆ କନ୍ଧ ସଲପ ପିଇ ଘର ଆଗରେ ବସି ସମୟ କାଟୁଛି। ପର୍ବପର୍ବାଣି ଦିନ କି ହାଟ ପାଳି ଛାଡ଼ିଦେଲେ ସେ କୁଆଡ଼େ ଯାଏନାହିଁ। ଜହ୍ନ ଉଇଁଲେ କି ଫସଲ ପାଚିଲେ ଧାଙ୍ଗଡ଼ା ଧାଙ୍ଗଡ଼ୀ ନାଚନ୍ତି। ବେଳେ ବେଳେ ନାଚି ନାଚି ରାତି ପୁହାଇ ଦିଅନ୍ତି। ସକାଳକୁ ଜହ୍ନ ଫେରିଯାଏ। ବେପାରୀମାନେ ମଦ ଆଉ ମାଉଁସ ଦେଇ ଅମଳ ହେଉ ନ ହେଉଣୁ ଫସଲ କିଣିନିଅନ୍ତି। ମହୁଲ ଗଛର ଫୁଲ ସୁଦ୍ଧା ବିକ୍ରି ହେଇଯାଏ। ସଲପ ରସରୁ ଗିଲାସେ ପିଇ ଦେଇ କନ୍ଧ କହେ "ହେଃ, ଫସଲ ଗଲେ ଯାଉ, ଜହ୍ନ ଗଲେ ଯାଉ। ମୋର ଚଉରାଅଶୀ ଦେବତା ଅଛନ୍ତି, ସିଏ ସବୁ କଥା ଜାଣନ୍ତି, ବୁଝିବେ।"

ଅଙ୍କୁର ଘରକୁ ଆସି ତା' ମାଆକୁ କହିଲା, ସେ ଆଜି ଉମରକୋଟ ଫେରିବ ନାହିଁ, କାଲିକି ଫେରିବ। ଆଜି ସଂଜବେଳେ ଗାଁରେ ଗୋଟେ କାମ ଅଛି।

ଏକଥା ଶୁଣି ତା ମାଆ ଖୁସିହେଲା। ଝିଅକୁ ନେଇ ଗଣ୍ଡଗୋଳ ସୃଷ୍ଟି ହେଇଥିବାରୁ ସେ ଅଙ୍କୁର ସାଙ୍ଗେ ଭଲକରି ଦି ପଦ କଥା ହୋଇପାରିନଥିଲା। ପୁଅ ଥରେ ଆଖି ଆଗରୁ ଗଲେ ପୁଣି ଯାଇ କୋଉଦିନ ଆସିବ କିଏ ଜାଣେ? ସେ କହିଲା, 'ଭଲ ହେଲା। କାଲିକି ତୋ ପାଇଁ ମାଛ ତରକାରି ରାନ୍ଧିଦେବି। ତୁ ଭଲକରି ଖିଆପିଆ କରୁନାହୁଁ କିରେ? ଶୁଖିକି କିମିତି କଳାକାଠ ପଡ଼ି ଗଲୁଣି ଦେଖୁଛୁ ତ! ନା କାହାର ଦୃଷ୍ଟି ପଡ଼ିଛି ବା ମୋ ଛୁଆ ଉପରେ। କାଲି ତୋତେ ନେଇ ବେଜୁଣୀ ପାଖରୁ ଦେଖାଇ ଆଣିବି। ଠାକୁରାଣୀ ବିଦେଶରେ ତୋ କଥା ବୁଝୁରେ ବାବା। ମୁଁ ବାବା ଆଉ କଣ କରିପାରିବି?'

ଅଙ୍କୁର କହିଲା, ମୁଁ ମୋଟା ହେଇ ବଳଦ ପରି ଦିଶିଲେ ବି ତୁ କହିବୁ ମୋର ହାଡ଼ ଗଣି ହେଉଛି। ଟାଉନ୍‌ରେ ଆଜିକାଲି କେହି ଆଉ ମୋଟା ହେବାକୁ ଚାହୁଁନାହାନ୍ତି। ଯିଏ ଯେତେ ପତଳା ହେବ ସେତେ ଭଲ।

ତା ମାଆକୁ ପୁଅର କଥା ଭଲ ଲାଗିଲାନାହିଁ। କହିଲା, "ସେଗୁଡ଼ା ମିଛ। ପୁରୁଷ ପୁଅ ମଜଭୁତିଆ ନହେଲେ ଖଟିବ କେମିତି? ହଉ, ଚାଲ, ଖାଇବୁ।"

ଷଷ୍ଠ ପରିଚ୍ଛେଦ

ଡାଲିମ୍ବ ହେମକୁ ଡାକିଲା, "ଆତା (ଅପା) ଆସୁନୁ। କାହାକୁ ଅନେଇ ସେଇଠି ଘଡ଼ିଏ ହେଲା ଠିଆ ହେଇଛୁ ? ମାଆ ଖୋଜିବଣି। ଝଅଟି ଆ।" ହେମକୁ ଡାଲିମ୍ବର କଥା ଶୁଭିଲା ନାହିଁ। ସେ ତଥାପି ଅଙ୍କୁର ମାଝୀର ମୁହଁକୁ ଚାହିଁ ଠିଆ ହୋଇଥିଲା। ସିଏ ବୁଝିପାରୁନଥିଲା ଯେ ଏଇ ଶ୍ୟାମଳ ଡେଙ୍ଗା ଟୋକାଟି ମୁହଁରେ କ'ଣ ଥିଲା ଯାହା ତାକୁ ଏତେ ସୁନ୍ଦର ଦିଶୁଥିଲା। ଖାଲି କ'ଣ ମୁହଁ, ତା' ଆଖି ଯୋଡ଼ିକରେ ତ ଯେମିତି ଲହଡ଼ି ଖେଳୁଥିଲା ସିଂଘାରୀ ନଈ। ଓଠରେ ପୁଣି କି ହସ !

ରିଲିଫ କ୍ୟାମ୍ପକୁ ଆସିବା ବାଟରେ ହେମ ଦେଖିଥିଲା, ଫଳ ବେପାରୀ ଜର୍ଜ ଗୋଟେ ଟ୍ରେକରରେ ବସି ବଜାର ଆଡ଼େ ଯାଉଥିଲା। ଡ୍ରାଇଭର ଗାଡ଼ି ଚଳଉଥିଲା ଓ ଜର୍ଜ ଇଆଡ଼େ ସିଆଡ଼େ ଅନେଇ କାହାକୁ ଯେମିତି ଖୋଜୁଥିଲା। ଯୋଉଦିନୁ ସିଏ ଜର୍ଜର ମୁଣ୍ଡକୁ

ବାଡ଼େଇ ତାକୁ ଜଖମ କରିଲାଣି, ସେଇଦିନୁ କାଳେ ଘାଇଲା ବାଘ ପରି ଜର୍ଜ ରାମ୍ପି ବିଦାରି ହେଉଛି। ମାଆ କହୁଥିଲା ବଜାରରେ ବେପାରୀମାନଙ୍କର ଗୋଟେ ସଭା ହେଇଥିଲା। ସେଇ ସଭାକୁ ଜର୍ଜ ତା' ବାବାକୁ ଡକେଇ ପଠେଇଥିଲା। ସେଇଠି କ'ଣ କ'ଣ ଆଲୋଚନା ହେଲା ମାଆ ତାକୁ ସବୁ କହିନାହିଁ। କିନ୍ତୁ ମାଆ କହିଥିଲା, ତୁ ସେ ଲୋକକୁ ଏତେ ଜୋର୍‌ରେ ବାଡ଼େଇବା ଠିକ୍ ହେଇନାହିଁ। ସେ ମରିଯାଇଥିଲେ ପୁଲିସ ଆସି ଆମ ସମସ୍ତଙ୍କୁ ବାନ୍ଧି ନେଇଥାନ୍ତା। ତା'ପରେ ଆମେ କ'ଣ କରିଥାନ୍ତେ!

ଏଁ! ଅଙ୍କୁର ବି ତାକୁ ଅନେଇଛି ନା କ'ଣ? ହେମକୁ ହସ ମାଡ଼ିଲା। କି ଡାଆଣା ଟୋକାଟା ବା ଇଏ! ତାକୁ ଆଖିରେ ଆଖିରେ କଞ୍ଚା ଖାଇଦେବ ନା କ'ଣ?

: କିଲୋ କାହାକୁ ଅନେଇ ଏମିତି ହସୁଛୁ? ଆଜି ଘରକୁ ଯିବୁନାହିଁ କି?- ଆଉଥରେ ସାନଭଉଣୀ ଡାଳିମ୍ବ ହେମର ହାତ ଭିଡ଼ିଦେଇ ପଚାରୁଥିଲା। କୋଭିଡ୍ ବେମାର ହଟିଲା ପରେ ମଝିରେ ମଝିରେ ସରକାରୀ ଓ ଘରୋଇ ସଂସ୍ଥାଗୁଡ଼ିକ ଆସି ଲୋକଙ୍କୁ ରିଲିଫ ଯୋଗାଉଛନ୍ତି। ରେଜିଷ୍ଟରରେ ନାଁ ଗାଁ ଲେଖି ଚାଉଳ, ଚିନି, ବିସ୍କୁଟ, ମୁହଁରେ ବାନ୍ଧିବା ଲାଗି ତୁଣ୍ଡି ପରି ନାନା ଜିନିଷ ବାଣ୍ଟୁଛନ୍ତି। ଉମରକୋଟର 'ଡିଭାଇନ୍ ସମାଜସେବା ଟ୍ରଷ୍ଟ' ଆଜି ଔଷଧ, ମୁହଁରେ ବାନ୍ଧିବା ତୁଣ୍ଡି, ହାତ ସଫା ପାଇଁ ପାଣି ସାବୁନ, ଖାଇବା ଜିନିଷ ଓ ବାମ୍ଫନେବା ଜଗ୍ ବାଣ୍ଟୁଥିଲା। ଅଙ୍କୁର ମାଝୀ ଏହି ସଂସ୍ଥାରେ କାମ କରେ। ତା' ନାଆଁ ବି କିପରି ହେମ ଜାଣିଥାନ୍ତା? ସେଇ ନିଜେ ଘଡ଼ିକି ଘଡ଼ି କୁହାଟ ଛାଡ଼ି କହୁଥିଲା- "କେହି ବ୍ୟସ୍ତ ହେବା ଦରକାର ନାହିଁ। ବହୁତ ଜିନିଷ ଅଛି, ସମସ୍ତେ ପାଇବ। ଇଏ ଅଙ୍କୁର ମାଝୀର ଜବାବ। ସମସ୍ତେ ଶାନ୍ତି ଶୃଙ୍ଖଳା ରକ୍ଷାକର।"

: ଅଙ୍କୁର ମାଝୀ!

ହୁଁ! ମନ୍ତ୍ରୀ ନା ରାଜା ଯେ ଘଡ଼ିକି ଘଡ଼ି ନିଜ ନାଆଁ ନିଜେ ରଟୁଥିଲା। କ'ଣ କେଜାଣି ନିଜକୁ ଭାବୁଥିଲା ଅଙ୍କୁର ମାଝୀ? ସମସ୍ତଙ୍କ ପରି ହେମ ବି ଯାଇ ତା ଆଗରେ ହାତ ବଢ଼େଇଥିଲା। ତା'ର ଠିକ୍ ଆଗରେ ଛିଡ଼ା ହେଇଥିବା ବୁଢ଼ୀଟା ଖୁଁ ଖୁଁ ହୋଇ ଅନବରତ କାଶୁଥିଲା। ଅଙ୍କୁର ମାଝୀ ବୁଢ଼ୀ ହାତକୁ ଔଷଧ, ବିସ୍କୁଟ୍ ଥିବା ପଲିଥିନ୍ ମୁଣାଟା ଦେଇସାରିବା ପରେ କହିଥିଲା, "ମାଉସୀ ରହ, ତୋତେ ଆଉ ଗୋଟେ ବଢ଼ିଆ ଜିନିଷ ଦଉଛି। ସେଥିରେ ପାଣି ଭର୍ତ୍ତି କରି ତା' ବାମ୍ଫ ନିଃଶ୍ୱାସରେ

ନେଲେ ଭଲ କାମ ଦେବ। କାଶ ଭଲ ହେବ। ବାମ୍ପ ସାଙ୍ଗଙ୍କୁ ଔଷଧ ଖାଇବୁ।" ଏହାପରେ ଅଙ୍କୁର ବୁଢ଼ୀକୁ ଗୋଟେ ଜଗ୍ ପରି ଦିଶୁଥିବା ଷ୍ଟିଲ୍ ଜିନିଷ ଦେଲା। ତା' ସାଙ୍ଗଙ୍କୁ କାଶ ଔଷଧ।

ହେମ ଜାଣିନାହିଁ, ତା' ମୁଣ୍ଡକୁ କେମିତି ଏ ଦୁଷ୍ଟ ବୁଦ୍ଧି ଆସିଲା। ସିଏ ବି ବୁଢ଼ୀ ପଛରେ ଠିଆହୋଇ ମିଛଟାରେ କାଶିଥିଲା। ଅଙ୍କୁର ଜାଣିପାରି ତାକୁ ଅନେଇ ହସିଥିଲା। ତାକୁ ପଚାରି ନାଁ, ଗାଁ ଟିପିବା ପରେ କହିଥିଲା, "ତୁମକୁ ବୋଧେ ଏଇଠି କାଶ ଆରମ୍ଭ ହେଲା। ହଉ, ତୁମେ ବି ଗୋଟେ ଷ୍ଟୀମର ନେଇଯାଆ- ଏଇଟା ତୁମକୁ ମୁଁ ସ୍ପେଶାଲ୍ ଉପହାର ଦେଲି। ଏ ଜିନିଷ ଆଉ କାହାକୁ ଦେଇନାହିଁ।" ଚାହୁଁ ଚାହୁଁ ହେମ ହାତକୁ ଅଙ୍କୁର ଗୋଟେ ବଡ଼ ପ୍ୟାକେଟ୍ ବଢ଼େଇ ଦେଇଥିଲା।

ହେମ ଫେରିଆସୁଥିଲା।

ଅଙ୍କୁର କହିଲା, "ତାକୁ ଚୁଲିରେ ବସେଇବ ନାହିଁ। ଏଇଟା ମଗ୍ ନୁହେଁ ଷ୍ଟିମର୍। ଯୋଉଠି ଇଲେକ୍ଟ୍ରିକ୍ କନେକ୍ସନ୍ ଥିବ ସେଇଠି ଇଏ କାମ ଦେବ। ତମ ଘରେ ତ ବିଜୁଳି କନେକ୍ସନ୍ ଥିବ!"

: ଆଉ କ'ଣ ଆମେ ଅନ୍ଧାରରେ ଭାଲୁ ପରି ରହୁଛୁ! ହେମ ହସି ହସି ଉତ୍ତର ଦେଇଥିଲା।

ଅଙ୍କୁର ଟିକେ ଅପ୍ରସ୍ତୁତ ହେଇଯାଇଥିଲା। କାନ୍ଧରେ ପକେଇଥିବା ଡଙ୍ଗରିଆ ଚାଦରଟିକୁ ସଜାଡ଼ି ଦେଇ କହିଥିଲା, "ତୁମେ ଭାଲୁ କି ହରିଣ ନିଜେ ଜାଣିଥିବ। ଅଙ୍କୁର ମାଝୀର କାମ ହେଲା ଠିକ୍ ଠିକ୍ କଥା କହିଦେବା। ପ୍ଲାଷ୍ଟିକ୍ ଜିନିଷଟାକୁ ନେଇ ଯଦି ଚୁଲାରେ ବସେଇ ଦେବ ତାହାହେଲେ ସେଇଟା ପୋଡ଼ିଯିବ। ମୋର କହିବା କ'ଣ ଭୁଲ୍ ହେଲା ?"

ହେମ ଆଖି ତଳକୁ କରି ଦେଇଥିଲା। ଆହାରେ! କି ଅଭିମାନ! ସେଇଠୁ ବୁଝେଇବା ପରି ଅଙ୍କୁରକୁ କହିଥିଲା, "ନା, ତମେ ସତ କଥା କହିଲ। ଆମ ଘରେ ବିଜୁଳି ଥାଇ ନଥିଲା ପରି। ପଡ଼ିଶା ସାବେରି ଘରେ ସବୁବେଳେ ଲାଇନ୍ ଥାଏ। ସେଇଠି ଏ ମେସିନ୍ ଲଗେଇ ମୋ ମାଆକୁ ବାମ୍ପ ନେବାକୁ କହିବି। ହଉ, ମୁଁ ଯାଏ। ମୋର ଯେ ଘରେ କେତେ କାମ! ହେମ ଧାଡ଼ି ଛାଡ଼ି ଆସୁଥିଲା! ପଛରୁ ଅଙ୍କୁର ଡାକିଲା, "ହେ, ତୁମ ସାଂଗରେ ପୁଣି କେବେ ଦେଖାହେବ ? ତୁମ ନାଁ ହେମଲତା ଭତରା, ନୁହେଁ ?"

: ହଁ। କାହିଁକି ? - ହେମ ହସିଦେଇ ଉତ୍ତର ଦେଲା।

: ନା, ଆମେ କିଛି ଦିନ ପରେ ଆଉଥରେ ଏଠିକି ଆସିପାରୁ। ପୋଡ଼ାଗଡ଼ ସ୍କୁଲ୍ ହତାରେ ଆମର କ୍ୟାମ୍ପ୍ ବସିବ।

: ହଁ, ମୋର ଗରଜ ପଡ଼ିଥିଲା ତମ କ୍ୟାମ୍ପ୍‌କୁ ଆସିବାକୁ ? ଯାଉଛି। ଆମ ଦେହପା ସବୁ ଭଲ ହେଇଗଲାଣି- କହି ହେମ ଅଙ୍କୁର ପାଖରୁ ଚାଲି ଆସିଥିଲା। ଏ ଘଟଣା ପ୍ରାୟ ଘଣ୍ଟାକ ତଳର। ସେତିକିବେଳୁ ସେ ଆସି ଘରକୁ ଯାଇନାହିଁ, ଆମ୍ବଗଛ ଉହାଡ଼ରେ ଠିଆହୋଇ ଅଙ୍କୁରକୁ ଅନେଇ ରହିଛି। ଅଙ୍କୁର ଜଣ ଜଣକୁ ପଲିଥିନ୍ ପ୍ୟାକେଟ୍‌ରେ ଜିନିଷ ବାଣ୍ଟୁଥିଲା। ଲୋକ ଭିଡ଼ ପତଳା ହୋଇ ଆସିଲାଣି। ସୂର୍ଯ୍ୟ ଆଲୁଅ ବି ମହଳଣ ପଡ଼ି ଆସିଲାଣି।

ଡାଳିମ୍ବ ହେମର ଲୁଗାକାନିକୁ ଜୋର୍‌ରେ ଭିଡ଼ିଦେଇ କହିଲା, "ତୁ ସେଇ ଟୋକାକୁ ଅନେଇ ଏଇଠି ଠିଆ ହେଇଥା, ମାଆ ସିଆଡ଼େ ବ୍ୟସ୍ତ ହବଣି, ମୁଁ ଯାଉଛି।"

ହେମ କହିଲା, "ଚାଲୁନୁ। ମୁଁ ତ କେତେବେଳୁ କହୁଛି, ଚାଲ୍। ତୁ ଓଲଟି ଖୁଣ୍ଟ ପରି ଠିଆହେଇଛୁ।"

ଡାଳିମ୍ବ ହସିଲା। କହିଲା, "ସେଇ ଟୋକାଟା ତା' ବେକରେ ଯୋଉ ଚାଦର ପକେଇଛି, ସେଇଟା ବଢ଼ିଆ ଦିଶୁଛି। ଡଙ୍ଗରିଆ ଚାଦର ନା ? ମୋତେ ସେମିତି ଗୋଟେ କିଏ ଦିଅନ୍ତା କି ?"

: ଗଲୁନୁ, ତାକୁ ମାଗିଥାଆନ୍ତୁ। - ହେମ ହସି ହସି କହିଲା।

: ମାଗିବି ମାଗିବି। ଆଗେ ତୋର ମାଗିବା ସରୁ।

ଦି' ଭଉଣୀ ପରସ୍ପରକୁ ଅନେଇ ହସିଲେ।

ହେମ ଜାଣିପାରୁଥିଲା ଯେ ସେ ଉପରବେଳା ଘରୁ ଏଠିକି ଆସିବାବେଳେ ଯେମିତି ସହଜ ଅନୁଭବ କରୁଥିଲା ଏବେ ସେମିତି ସହଜ ଅନୁଭବ କରୁନାହିଁ। କେମିତି ତା' ଛାତି ଭିତରେ କୋଉଠି କଣ୍ଟାଟିଏ ଗଳିଯାଇଛି। ସେ କଣ୍ଟାଟିକୁ ସିଏ ନିଜେ କାଢ଼ିପାରିବ ନାହିଁ। ତାକୁ ଯିଏ କାଢ଼ିପାରନ୍ତା, ସିଏ ପଛରେ ରହିଗଲା। କାହିଁକି କେଜାଣି, ଆଜି ହେମ ତା' ଛାତି ଭିତରେ ଗୋଟେ ନୂଆ ପ୍ରକାର କଥା ଅନୁଭବ କରୁଥିଲା। ଖାଲି ଖାଲି ପଣ। କେଇଟି ମୁହୂର୍ତ୍ତରେ କ'ଣ ଏମିତି କିଏ କାହାକୁ ଏତେ ଭଲ ଲାଗିପାରେ ?

ଏବେ ତା'ର ଜର୍ଜର ଡରାଣ କଥା ମନେପଡୁନଥିଲା। ତାକୁ ଯେ ସେ 'ଟେକିନେବ' ବୋଲି ବଜାରଛକରେ ଧମକ ଦେଇଥିଲା, ସେ କଥା ମଧ୍ୟ ତା' ମନକୁ ଆସୁନଥିଲା। ସେ ଭାବୁଥିଲା, ସେ ଯାହା କରିଥିଲା, ଠିକ୍ କରିଥିଲା। ସେମାନେ ଗରିବ ହେଇପାରନ୍ତି, କିନ୍ତୁ କାହାର କିଣା ଚାକର ନୁହନ୍ତି। ତାଙ୍କ ଭାତ ଥାଳି ଆସି ଯିଏ ଛଡ଼େଇବ, ତାକୁ ହେମ ପିଟିପିଟି ଏମିତି ଦରମଲା କରିଦେବ।

ଡାଳିମ୍ବ କହିଲା, "ସେ ଟୋକା ସାଙ୍ଗରେ ଏତେ ସମୟ କ'ଣ କଥାଭାଷା ହେଉଥିଲୁ ବା ! ଟିକେ କହ, ମୁଁ ବି ଶୁଣେ।"

: ଆଲୋ, କେତେବେଳେ କ'ଣ କଥାଭାଷା ହେଲି ? ସେଠି ପରା ଆଗରେ ପଛରେ ଲୋକ ହାଉଯାଉ ହଉଥିଲେ। ଓହୋ- ମାଗଣା ଜିନିଷ ନେବାପାଇଁ ଆମ ଲୋକଙ୍କର କି ଯେ ଆଗ୍ରହ ?

: ହଉ, କଥା ବୁଲାନା। ସେ କ'ଣ କହିଲା, ମୋତେ ଟିକେ କହ।

: ସେ ପଚାରୁଥିଲା, "ତୁମ ସାନଭଉଣୀକୁ ମୋ ସାଙ୍ଗରେ ବାହା ଦେବ ?" - ହେମ ମୁହଁ ହଲେଇ ଉତ୍ତର ଦେଲା।

: ଧେତ୍, ମିଛେଇ କୋଉଠିକାର ! ତୁ ତ ଆଗରେ ବନ୍ଧ ହେଇ ମୋ ବାହାଘର ଅଟକେଇଛୁ। ମୁଁ କିମିତି ଆଗରୁ ବାହାହେବି ବା ! - ଡାଳିମ୍ବ ଥଟ୍ଟା କଲାପରି ହେମକୁ ଜବାବ ଦେଲା।

- ଓହୋ ଲୋ, ମୋର ବାହାବିକଳୀ ଭଉଣୀ। ହଉ, ହଉ। ଆରଥରକୁ ଦେଖାହେଲେ ମୁଁ କହିଦେବି, ମୁଁ ପଛେ ପଛକୁ ରହୁଛି, ଆଗେ ଡାଳିମ୍ବକୁ ବୋହୂ କରି ନେଇଯାଅ।

ଦି' ଝିଅଙ୍କ ଆସିବା ବାଟକୁ ଅପେକ୍ଷା କରି ଅଗଣାରେ ବସିଥିଲା ଚମ୍ପା ଭତରା। ଯୋଉଦିନୁ ଉମରକୋଟ ବେପାରୀର ଲୋକକୁ ହେମ ପିଟିବା ଘଟଣା ଘଟିଲାଣି ସେହିଦିନୁ ସେ ଘୋର ଚିନ୍ତାରେ। ଲାଇବନର ହୋଲ୍ ନାହିଁ କି ଡୋଲ୍ ନାହିଁ। ନିଶାପାଣି ମୁନ୍ଦେ ପେଟରେ ପଡ଼ିଗଲେ ତା'ର ସବୁ ଦୁଃଖ ସରିଲା। କିନ୍ତୁ ସିଏ ତ ମାଆ ! ସିଏ କେମିତି ନିଶ୍ଚିନ୍ତ ରହିପାରିବ ? ପୁଣି ନାଗରାଜ ବେପାରୀ କ'ଣ ଛୋଟିଆ ଲୋକ ! ଏ ଖଣ୍ଡମଣ୍ଡଳରେ ତା'ର ରାଜୁତି ଚାଲେ। କୋଉ କାଳରୁ ତ ତା' ପରି ବେପାରୀ ଏ ଅଞ୍ଚଳରେ ଏହି ବ୍ୟବସ୍ଥା ଚଳେଇ ଆସୁଛନ୍ତି। ତାଙ୍କ ପରି ଗରିବଗୁରୁବା ସେମାନଙ୍କର ଥୋପ ଗିଳି, ବରଷକର ଫସଲ, ଫଳ,

ଫୁଲ ମାତ୍ର କେଇଟି ଟଙ୍କା ବଦଳରେ ତାଙ୍କୁ ଟେକି ଦେଉଛନ୍ତି। ଇଏ ଆଜିର ନୂଆ ବ୍ୟବସ୍ଥା ନୁହେଁ।

ବଜାର ଛକରେ ନାଗରାଜର ଲୋକ ଜର୍ଜର କଥା ସମସ୍ତେ ଶୁଣିଛନ୍ତି। ସେ କହିଛି, "ବର୍ଷ ବର୍ଷର ଯୋଉ ବ୍ୟବସ୍ଥା ତାକୁ ଜଣେ ଦି'ଜଣ ବନ୍ଦ କରିପାରିବେ ନାହିଁ। ଯୋଉ ଝିଅ ମୋତେ ବାଡ଼େଇପିଟି ଡାକ୍ତରଖାନାରେ ପକେଇଛି, ତା' ପ୍ରତି ତା' ସାହିଭାଇ ଲୋକେ କି ଶାସ୍ତି ବିଧାନ କରୁଛନ୍ତି ସେଇଟା ଦେଖିବାଲାଗି ଅପେକ୍ଷା କରିବି। ଯଦି ସେମାନେ କିଛି ଠିକଣା ବିଚାର ନ କରିବେ ତାହାହେଲେ ମୋର ଯାହା ମନ ସେଇଆ କରିବି। ମାଇକିନାଙ୍କ ପରି ଚୁଡ଼ି ପିନ୍ଧି ଘର ଭିତରେ ବସିବା ଲୋକ ମୁଁ ନୁହେଁ। ମୋ ମୁଣ୍ଡର ଯୋଉ ଜାଗାରେ ପାହାର ବସିଛି, ଯଦି ଇଞ୍ଚେ ବାଁ ପଟକୁ ସେଇଟା ବସିଥାଆନ୍ତା ତାହାହେଲେ ମୁଁ ମରିଯାଇଥାନ୍ତି। ଫଳ କେଇ ଝୁଡ଼ି ଲାଗି ଯୋଉ ଲୋକ ମଣିଷ ମାରିବାକୁ ପଛଉ ନାହିଁ, ବାସ୍ତବରେ ସେ ଗୋଟେ ଅପରାଧୀ। ହୁଏତ ସେ ଟୋକୀର ମାଓ କି ନକ୍ସଲଙ୍କ ସାଙ୍ଗେ ସଂପର୍କ ଥିବ। ତାହା ନହେଲେ, ଏ ଅଞ୍ଚଳର କୌଣସି ଲୋକ ଯେତେବେଳେ ବର୍ଷ ବର୍ଷରୁ ଚାଲିଆସିଥିବା ବ୍ୟବସ୍ଥାକୁ ବିରୋଧ କରୁନାହାନ୍ତି, ସେଇ ଟୋକୀ କାହିଁକି ବିରୋଧ କରିଥାଆନ୍ତା ? ତାହାଛଡ଼ା ମୁଁ ତ କାହା କ୍ଷେତରେ କି ବାଡ଼ିରେ ପଶି କାହା ଜିନିଷ ଜୋର୍ ଜବରଦସ୍ତ ନେଇ ପଳାଉନାହିଁ। ହକ୍ ଟଙ୍କା ଦେଉଛି, ଜିନିଷ କିଣୁଛି। ଆମେ ବ୍ୟବସାୟୀ ଲୋକ। ଶସ୍ତାରେ କିଣି ଚଢ଼ା ଦରରେ ନ ବିକିଲେ ଆମର ଲାଭ ହେବ କେମିତି ? ଗୋଟେ ପରିବାର ଲାଗି ସମୁଦାୟ ବ୍ୟବସ୍ଥା ଧ୍ୱଂସ ହେଇଗଲେ ହଜାର ହଜାର ଲୋକ କଷ୍ଟ ପାଇବେ। ଏ ଲୋକଙ୍କ ଦୁଃଖବେଳେ ତାଙ୍କ ପିଠିରେ ପଡ଼ିବାଲାଗି କିଏ ଆସେ କି ? ନା ସରକାର ନା ଏନ୍.ଜି.ଓ ନା ମାଓବାଦୀ ନା ନକ୍ସଲ ? କେହି ଆସନ୍ତି ନାହିଁ। ସବୁବେଳେ ମୋ ବାବୁ ନାଗରାଜ ହିଁ ଆସନ୍ତି। କାହାର ଝିଅ ବାହାଘର, କାହାର ସ୍ତ୍ରୀ ବେମାର, କାହାର ପୁଅ ଆକ୍‌ସିଡେଣ୍ଟରେ ପଡ଼ିଛି– ସବୁକଥା ପାଇଁ ସିଏ ତାଙ୍କ ଦୁଆର ଓ ପକେଟ୍ ଉଭୟ ଖୋଲା ରଖିଥାନ୍ତି। ତାଙ୍କରି ଭଳି ଲୋକର ମ୍ୟାନେଜରକୁ ପିଟିପିଟି ଦରମଲା କରିଦିଆଗଲା, କେହି ପାଟି ଫିଟେଇଲେ ନାହିଁ। ଏଇଟା ଘୋର ଅନ୍ୟାୟ।"

ଜର୍ଜ କୁଆଡ଼େ ଆହୁରି ଅନେକ ନାକରା କଥା କହିଥିଲା। ଏସବୁରୁ ସିଏ ଗୋଟିଏ ବିଷୟ ଜାଣିଲା, ତା' ପିଲାମାନଙ୍କ ଉପରେ ବିପଦ ଅଛି।

ଘରଡିଙ୍କି କୁମ୍ଭୀର। ଲାଇବନ ଯୋଗୁଁ ଏତେସବୁ ପାଲା। କ୍ଷେତର ଫସଲ, ବାଡ଼ିର ଫଳ ତ ଯିବ, ତା' ଝିଅଙ୍କୁ ନାଗରାଜ ପୁଲିସ ଲଗେଇ ବାନ୍ଧିବ ନହେଲେ ଗୁଣ୍ଡା ଲଗେଇ ଉଠେଇନେବ। ଏହି ଦୁଶ୍ଚିନ୍ତା ଚମ୍ପାକୁ ଭିତରେ ଭିତରେ ଖାଇ ଯାଉଥିଲା।

ଦୂରରୁ ଦି' ଝିଅଙ୍କୁ ଆସୁଥିବାର ଦେଖି ଚମ୍ପା ଟିକିଏ ନିଶ୍ଚିନ୍ତ ହେଲା! ଦିପହରର ଖିଆ ସାରି ଦିହେଁ ରିଲିଫ ପାଇଁ ଯାଇଥିଲେ, ଏବେ ଆସୁଛନ୍ତି।

ସେ ବଡ଼ ପାଟିରେ କହିଲା, "ଏତେବେଳେ ଯାଇ ଘରକୁ ଆସିବାକୁ ମନ ହେଲା ? ସେଇଠି ରାତିଟା ଶୋଇପଡ଼ି ସକାଳକୁ ସିନା ଆସିଥାନ୍ତ !" ହେମ କହିଲା, "କ୍ୟାମ୍ପରେ ତ ଲୋକ ହାଉଯାଉ। ଆମ ଟାଇମ୍ ଆସିଲେ ସିନା ଆମକୁ ଦେବେ। ହେଇ ଦେଖ୍, ମୁଁ ଯାହା ଆଣିଛି ସେଇଟା ଦେଖିଲେ ତୋ ମନ ଖୁସି ହେଇଯିବ।"

ହେମ ପଲିଥିନ୍ ମୁଣାର ଔଷଧ, ବିସ୍କୁଟ୍, ତୁଣ୍ଡିବନ୍ଧା କପଡ଼ା, ସାବୁନପାଣି ଦେଖାଇସାରି 'ବାମ୍ଫ' ନେବା ମେସିନ୍ ଦେଖାଇଲା। କହିଲା, "ଏଇଥିରୁ ବାମ୍ଫ ନେଲେ ଛାତି ଭିତର ସଫା ହେଇଯିବ। ଏଇଟା ଇଲେକ୍ଟ୍ରିକ୍ ମେସିନ୍।"

: ଧେତ୍। ଆମର କୋଉଠୁ ଇଲେଟ୍ରି ଆସିବ ? ଏହାର ତାର ଗୁଞ୍ଜା ହେବ କୋଉଠି ? - ଚମ୍ପା କହିଲା।

: କାହିଁକି ? ସାବେରି ଘରେ ତ ବିଜୁଳି ଅଛି, ସେଇଠୁ ଯାଇ ବାମ୍ଫ ନେଇ ଆସିବୁ। ଆସିଲାବେଳେ ଆମ ମିସିନ୍‌ଟା ଫେରେଇ ଆଣିବୁ।

ଡାଳିମ୍ବ କହିଲା, "କେତେବେଲୁ କାମ ସରନ୍ତାଣି। ଇଏ ପରା ତାକୁ ଅନେଇ ଅନେଇ ସେଇଠି ଠିଆ ହୋଇଥିଲା।"

: ଆଲୋ କିଏ ବା ସିଏ ? କାହାକୁ ଅନେଇ ଏତେବେଳ ଯାଏ ଠିଆ ହେଇଥିଲୁ ହେମ ? - ତା' ମାଆ ପଚାରିଲା।

ହେମ କିନ୍ତୁ ଅଙ୍କୁର କଥା ତା' ମାଆକୁ କହିବାକୁ ଚାହୁଁନଥିଲା। ସେ କହିଲା, "ସେଇ ବେପାରୀର ଲୋକଟା ମୁଣ୍ଡରେ ତୁଣ୍ଡି ବାନ୍ଧି ଆମକୁ ଖୋଜୁଥିଲା। ସେଇଥିପାଇଁ ଆମେ ଗୋଟେ ଗଛ ପଛରେ ଲୁଚି ରହିଥିଲୁ। କ'ଣ ଆଉ କରିଥାନ୍ତୁ ?"

ଚମ୍ପା ଭତରା ଆଁ କରି ଅନେଇଲା। କହିଲା, "ଆଁ, ତା'ର ଏତେ ସାହସ ! ମୋ ଛୁଆଙ୍କୁ ମାରିବ ବୋଲି ଖୋଜୁଛି। ହଉ, ତମେ ଦିହେଁ ଭିତରକୁ ଚାଲ। ମୁଁ କାଲି ଧରମଦାସକୁ କହିବି। ଘଟଣା ଘଟିବାର ମାସେରୁ ବେଶି ହେଲାଣି, ତଥାପି

ତା'ର ରାଗ ମରିନାହିଁ। ଆମେ ତ ତା' କଥା ମାନି ଯାହା ଆମ୍ଭ, ସପୁରି ଦେବାର କଥା ଦେଲେ। ଆଉ କ'ଣ କରିବୁ? ଗାଁ ଛାଡ଼ି ପଳେଇଯିବୁ ନା କ'ଣ?"

ଡାଳିମ୍ବ କହିଲା, "ହେମ କଥାକୁ ପୂରା ବିଶ୍ୱାସ କରନା ଲୋ ମା। ସିଏ ତ ତା' ଗାଡ଼ିରେ ବସି କୁଆଡ଼େ ପଳେଇଗଲା। ଇଏ ପରା ସେଇଠି..."

ତା' କଥା ସାରିବାକୁ ନଦେଇ ହେମ ଯୋଡ଼ିଲା, "ଏଇ ମିସିନ୍ ପାଇଁ ଅପେକ୍ଷା କରିଥିଲି। ସେମାନେ କହିଲେ, ଭିଡ଼ କମିଗଲେ ଦେବେ। ତୋଅରି କାଶ ପାଇଁ ଏଇଟା ଆଣିଛି। ବହୁତ ଦାମୀ ମିସିନ୍। ସମସ୍ତଙ୍କୁ କ'ଣ ଏଇଟା ମିଳୁଥିଲା କି?"

: ହଉ, ହଉ। ତୁମେ ଦୁଇଜଣ ଯାଅ। ମୁଁ ଯାଇ ଦେଖେ ସାବେରି ମା ଫେରିଲାଣି କି ନାହିଁ।

ଘର ପିଣ୍ଡାରେ ବସି ଆଉଥରେ ହେମ ଅଙ୍କୁର କଥା ଭାବିହେଲା! କୋଉଠି ଗୋଟେ କୋଇଲି ଉଛନ୍ନ ହେଇ ରାବୁଥିଲା। ସଂଜବୁଡ଼େ ଏହାର ପୁଣି କି ଗରଜ ପଡ଼ିଲା- ହେମ ଭାବିଲା। ତା' ଛାତି ଭିତରଟା କେମିତି କେମିତି ଲାଗୁଥିଲା। କେହି ଯେମିତି ସେଇଠି ମିଠାସୁରରେ ତା' ନାଆଁ ଧରି ଡାକୁଥିଲା। ପଚାରୁଥିଲା, "ପୁଣି କେବେ ଦେଖାହେବ?" ହେମ ହସିଦେଇ ମୁହଁ ବୁଲେଇନେଲା। ମନକୁ ମନ କହିଲା, "ଛି, ପାଞ୍ଚ ମିନିଟ୍‌ର ଦେଖାଚାହାଁକୁ ନେଇ ଏବେ ବେଶି କଳ୍ପନା ଠିକ୍ ନୁହେଁ।"

ମାତ୍ର ଯେତେ ଚେଷ୍ଟା କଲେ ବି ଅଙ୍କୁରର ମୁହଁ ହେମର ଆଖି ଆଗରୁ ଦୂରକୁ ଯାଉନଥିଲା। କୁଞ୍ଚୁକୁଞ୍ଚିଆ ବାଳ, ବଡ଼ ବଡ଼ ଆଖି, ବେକରେ ଓଙ୍ଗରିଆ ଚାଦର, ନୀଳ ଜିନ୍ ପ୍ୟାଣ୍ଟ, ଛପାଥିବା ବ୍ୟାନିୟନ୍ - କେତେ ଡେଙ୍ଗା ଅଙ୍କୁର ମାଝୀ! ସତେ କି ଗୋଟେ ଶାଳଗଛ। ଏମିତି ଲୋକଟାକୁ ପାଇଲେ ସେ ଆଗେ ଘଡ଼ିଏ ତାକୁ ଦି'ହାତରେ କୁଣ୍ଢେଇ ଗେଲ କରନ୍ତା!

ହେମକୁ ହସ ମାଡ଼ିଲା।

ଡାଳିମ୍ବ କହିଲା, "ତୁ ସରିଗଲୁ ଲୋ ଅପା! ସେପଟେ ବେପାରୀ ତୋତେ ଖୋଜୁଛି, ଏପଟେ ତୁ ଅଙ୍କୁର ଭିତରେ ହଜିଗଲୁଣି। ଗୋଟେ ପଟେ ଭୟ ଆଉ ଗୋଟେ ପଟେ ପ୍ରେମ। ଆଉ କ'ଣ ସବୁ ତାକୁ ପଚାରୁଥିଲୁ? ପୁଣି କୋଉଦିନ ସେ ଆସିବ?"

: ମୁଁ କି ଜାଣେ ? ତୁ ପଚାରିଲୁନି ? - ହେମ କହିଲା ।

: କାହିଁକି ବା ? ମୋର କ'ଣ ଯାଏ ? କିଏ ଆସିଲା କି ନଆସିଲା ସେଥିରେ ମୋର କ'ଣ କାମ ? - ଡାଳିମ୍ବ କହିଲା ।

ହେମକୁ ଡାଳିମ୍ବର ଫିଙ୍ଗାଫୋପଡ଼ା କଥା ଭଲ ଲାଗିଲା ନାହିଁ । କାହିଁକି କେଜାଣି ତା' ଛାତିଟା ଖାଲି ଧଡ଼ପଡ଼ ହେଉଥିଲା । ହାତପାଦ ଝାଳେଇ ଯାଉଥିଲା । ଆଖି ଆଗରୁ ଅଙ୍କୁରର ଚେହେରାଟା ଜମା ହଟୁନଥିଲା । ଆଗରୁ ତ କେବେ ତା'ର ଏମିତି ଅନୁଭବ ହେଇନଥିଲା । ଆଜି ତାକୁ ଏମିତି କାହିଁକି ଲାଗୁଛି ? ସେ ଉଠିପଡ଼ି ତୋଟା ଆଡ଼କୁ ଗଲା । ସଂଜ ଅନ୍ଧାର ଘେରି ଆସିଲାଣି । ଗୋଟେ ଗଛକୁ ଆଉଜି ସେ ସେଇଆଡ଼କୁ ଅନେଇଲା, ଯୋଉଆଡ଼େ ଆଜି ରିଲିଫ କ୍ୟାମ୍ପ୍ ପଡ଼ିଥିଲା । ଏତେବେଳକୁ ଅଙ୍କୁର ଓ ତା' ସାଙ୍ଗମାନେ ଉମରକୋଟ ଫେରିଯିବେଣି । ଅଙ୍କୁର ବି ପହଞ୍ଚିଯିବଣି ତା' ବସାରେ । ସିଏ ସିନା ଏଠି ଠିଆ ହୋଇ ତା' କଥା ଭାବୁଛି, କିନ୍ତୁ ଅଙ୍କୁର କ'ଣ ତା' କଥା ଭାବୁଥିବ ? ମନେ ରଖିଥିବ କି ତା' କଥା ? ଜମା ନୁହେଁ । ସବୁଦିନ ଗାଡ଼ିରେ ବସି ସେ କେତେ କେତେ ଜାଗା ବୁଲୁଛି । କେତେ କେତେ ଝିଅ ଦେଖୁଥିବ । ତା'ଠୁଁ କେତେ ସୁନ୍ଦରୀ ହେଇଥିବେ ସେମାନେ । ସିଏ କାହିଁକି ହେମ କଥା ମନେ ରଖିବ ? ନା, ନା, ପବନ ସାଙ୍ଗେ ମିତ ବସିବା ଯାହା, ପରଦେଶୀକୁ ମନଦେବା ସେଇଆ । ଏଥିରେ ଖାଲି ଦୁଃଖ, ଦୀର୍ଘଶ୍ୱାସ ଆଉ ଲୁହ । ଏମିତି ତା'ର ଦୁଃଖ ଆଉ ଲୁହ କୋଉ କମ୍ ଅଛି ଯେ ସେ ପୁଣି ସେଥିରେ ଆଉ ଗୋଟେ କାରଣ ଆଣି ମିଶେଇବ ।

ମନ ଭିତରୁ କିଏ ଯେପରି ତାକୁ କହୁଥିଲା, ଭୁଲିଯା, ଭୁଲିଯା । ଏମିତି କଥାକୁ ମନେରଖିବାର କିଛି ଅର୍ଥ ନାହିଁ । କିନ୍ତୁ ମନ କ'ଣ କାହାର ମନା ମାନେ ?

■

ସପ୍ତମ ପରିଚ୍ଛେଦ

ଉମରକୋଟ ଫେରିବା ରାସ୍ତାରେ ଅଙ୍କୁର ମାଝୀ ତା' ଗାଁ କଥା ଭାବୁଥିଲା। ଲକ୍ଷ୍ମଣ ସାଙ୍ଗରେ ମିଶି ଜେମ୍‌ସ ୱାଡ଼େକାକୁ ସେ ଭଲକରି ଦିପଦ ଶୁଣାଇ ଦେଇଆସିଥିଲା। ତାକୁ ସଫା ସଫା କହିଦେଇଥିଲା ଯେ ଆଉଥରେ ବଦ୍‌ମାସୀ କଲେ ମନୋହରପୁର ଷ୍ଟେନ୍‌ସ ମର୍ଡର ପରି ଭୟଙ୍କର ଘଟଣା ଏଠି ଘଟିବ। ବୁଝି ହୁସିଆର। ଘର ଭିତରେ ଶୋଇଥିଲାବେଳେ ନିଆଁ ଲାଗିଯିବ। ସମସ୍ତେ ତା ଭିତରେ ଜଳିପୋଡ଼ି ମରିବ। ଯେତିକିର ଲୋକ ସେତିକିରେ ରୁହ। ତୁମେ ତୁମ ଚର୍ଚ୍ଚକୁ ନେଇ ରହିଛ, ରୁହ। ଆଦିବାସୀଙ୍କ ମାନଇଜ୍ଜତ ସାଙ୍ଗରେ ଖେଳିଲେ ହାତ କଟିଯିବ। କହିଦେଉଛି, ଆଉଥରେ ଭୁଲ୍‌ରେ ପୁଷିକା ଆଡ଼େ ଅନେଇବୁ ନାହିଁ।

ଜେମ୍‌ସ ୱାଡ଼େକା ଏଣୁତେଣୁ କହି ଖସିଯିବାକୁ ବସିଥିଲା। ଲକ୍ଷ୍ମଣ କୋଉଠି ରଖିଥିଲା କେଜାଣି ଗୋଟେ

ଭୁଜାଲି କାଢ଼ିଆଣି ଜେମ୍ସ ବେକ ପାଖେ ଲଗେଇ ଧମକ ଦେଇଥିଲା- ମୋ ପାଖେ ତୋର ସବୁ କାରନାମାର ଚିଠା ଅଛି। ତୋ ବାପ ଚର୍ଚ୍ଚରେ ରହୁଛି, ତୁ ବି ଯାଇ ସେଇଠି ରହ। ପାଣିପାଗ ବଦଳିଯାଇଛି। ଏବେ ଆଉ ସେ ହେନ୍, ପେନ୍, ଲେଡ଼ି, ପେଡ଼ି ଧନ୍ଦା ଏଠି ଚାଲିବ ନାହିଁ। ପାରାସିଟାମଲ ବଟିକା ଗୁଣ୍ଡକୁ ଭୋଗ ଭିତରେ ରଖି କଳାଜ୍ୱରକୁ ଯୀଶୁ ଭଲ କରିଦେଲେ କହି ତୁମେମାନେ ଆମକୁ ଭୁତେଇ ପାରିବ ନାହିଁ। ଆମେ ସବୁ କଥା ବୁଝିସାରିଲୁଣି।

: ସେକଥା ଆମେ କୋଉଦିନ କହିଲୁ ? ସବୁ ହିନ୍ଦୁ ତୁମ ପରି ହୋଇଥିଲେ ଆଜି ଏ ଦେଶରେ ଖ୍ରୀଷ୍ଟିଆନଙ୍କ ସଂଖ୍ୟା ଏତେ ବଢ଼ିଯାଇନଥାନ୍ତା। ଦକ୍ଷିଣରେ କେରଳ, ଆନ୍ଧ୍ର, ତାମିଲନାଡୁ କହ କି ଉତ୍ତର ପୂର୍ବରେ ମଣିପୁର, ନାଗାଲାଣ୍ଡ, ସିକ୍କିମ୍ ସବୁଠି ତ ଖ୍ରୀଷ୍ଟିଆନ ଭର୍ତ୍ତି। - ଜେମ୍ସ ଓ୍ୱାଡ଼େକା ଜବାବ ଦେଇଥିଲା।

: ତା' ବୋଲି କ'ଣ ଚର୍ଚ୍ଚ ଆଗଦେଇ ଯୋଉ ଝିଅବୋହୂ ଯିବେ ତାଙ୍କ ହାତ ଧରି ତୁ ଘୋଷାରିବୁ ? ବେଶି ଯୀଶୁପ୍ରେମ ଦେଖଉଛୁ ? ଏ ଭୁଜାଲିକୁ ଦେଖୁଛୁ ତ ? ଏପଟେ ଭର୍ତ୍ତି କଲେ ସେପଟେ ଅନ୍ତବୁଜୁଳା ସହ ବାହାରିଯିବ। ମୋ ବାପା ଲିଡର। ତୁ ଯେତେ ଯାହା କଲେ ବି ମୋର କିଛି କରିପାରିବୁ ନାହିଁ। ଆଜି କେବଳ ଦିଇଟା ତଣ୍ଟିଆ ଦେଇ ଛାଡ଼ିଦେଲି। ଆଉଥରେ ତୋ ନାଆଁରେ କିଛି ଶୁଣିଲେ ତୋଟି କଣା କରି ନଇରେ ଶବ ପକେଇଦେବି। ସେତେବେଳେ ତୋ ଯୀଶୁ କି ତୋ ବୋପା କେହି ଆସି ତୋ ପିଠିରେ ପଡ଼ିବେ ନାହିଁ। - ଲକ୍ଷ୍ମଣ ଧମକେଇଥିଲା।

ଲକ୍ଷ୍ମଣ ଓ୍ୱାଡ଼େକାର କଥା ଶୁଣି ଜେମ୍ସ ଭୀଷଣ ଡରିଯାଇଥିଲା। ଲକ୍ଷ୍ମଣର ମଦପିଆ ଲାଲ ଲାଲ ଆଖି ଓ ଧାରୁଆ ଭୁଜାଲି ତାକୁ ଡରେଇବା ପାଇଁ ଯଥେଷ୍ଟ ଥିଲା।

ସେ ଡରି ଡରି ସେଠୁ ପଳେଇଥିଲା।

ସେ ଗଲାପରେ ଅଙ୍କୁର ଲକ୍ଷ୍ମଣକୁ ପଚାରିଥିଲା, "ଯଦି ଇଏ ଯାଇ ଥାନାରେ ଆମ ନାଆଁରେ କିଛି କହେ, କ'ଣ ହେବ ? ଆମେ ପୁଣି ଅସୁବିଧାରେ ପଡ଼ିବା। ତା ବାପାର ପଇସା ଅଛି। ଆମ ହାତ ଖାଲି।"

: ସେକଥା ମୁଁ ସମ୍ଭାଳିବି। ଦେଖ, ଆମ ଆଦିବାସୀ ହିନ୍ଦୁମାନଙ୍କ ଭିତରେ ଜାତିପ୍ରଥା ବଡ଼ ସମସ୍ୟା ସୃଷ୍ଟି କରୁଛି। ଛୋଟ, ବଡ଼, ମଝିଆଁ। ତା' ସାଙ୍ଗକୁ ଯିଏ

ଥରେ ଏ ଧର୍ମରୁ ଗଲା ସିଏ ସବୁଦିନ ଲାଗି ଗଲା । ଅନ୍ୟ ଧର୍ମରୁ ଆମ ଧର୍ମକୁ କେହି ଆସିପାରିବ ନାହିଁ । ତେଣେ ଅନ୍ୟଧର୍ମବାଲାଏ ସବୁଦିନ ଆମ ଲୋକଙ୍କୁ ଟାଣି ନେଉଛନ୍ତି । ଏଥିରେ ହିନ୍ଦୁଙ୍କ ସଂଖ୍ୟା ବଢ଼ିବ କେମିତି ? ଏ ବ୍ୟବସ୍ଥା ବଦଳିବା ଦରକାର । ଅନ୍ୟ ଧର୍ମର ଲୋକ ଯଦି ଚାହିବ ସିଏ ଆମ ଧର୍ମକୁ ଆସିଲେ କ୍ଷତି କଣ ? ହଉ, ଛାଡ଼୍ । ତୁ ଖାଲି ମୋ ବୋତଲ ଖର୍ଚ୍ଚ ଭରଣା କରୁଥା । ଦେଖିବୁ, ଆଉ ସବୁ ମୁଁ ସମ୍ଭାଳି ନେବି । ଆଉ ଶୁଣ୍, ଶୀଘ୍ର ତୋ ଭଉଣୀର ବାହାଘର କରିଦେ । ନା ରହିବ ସମସ୍ୟା ନା ରହିବ ମୁଣ୍ଡବ୍ୟଥା । ତୁ ଚାହିଲେ ପ୍ରାର୍ଥୀ ମିଳିଯିବ ।

ଅଙ୍କୁର କହିଥିଲା, "ସେଇଟା ଠିକ୍ ଯେ, କିନ୍ତୁ କୋଭିଡ୍ ଯୋଗୁଁ ମୋ ପକେଟ୍ ଶୂନ୍ୟ । ଆଗରୁ ଚାଦର ବୁଣି ଆମ ପରିବାର ଚଳିଯାଉଥିଲା । ଏବେ ଥାନ ଖଣ୍ଡେ ମିଳୁନାହିଁ । ଚାଦର ବୁଣିବୁ କେମିତି ? ମୋତେ ତ ଲାଗୁଛି ଏସବୁ ବଡ଼ବଡ଼ିଆଙ୍କ କାରସାଦି । କୋଉ ମିଲ୍‌ରେ କି ଆଉ କୋଉଠି ଏଣୁତେଣୁ ଚାଦର ବୁଣି ଡଙ୍ଗରିଆ ଚାଦର ନାଆଁରେ ଚଳଉଥିବେ । ନହେଲେ ହଠାତ୍ କେମିତି ଆମ ଅଞ୍ଚଳରୁ ଏ ଚାଦରବୁଣା କାମ ଏକାବେଳକେ ଉଠିଯାଆନ୍ତା ? ତା'ଛଡ଼ା, ମୁଁ ଏବେ ଏବେ ଗୋଟେ ନୂଆ କାମରେ ପଶିଛି । ହାତରେ କିଛି ଟଙ୍କା ହେଇଗଲେ ଆଗେ ପୁଷ୍ପିକା ବାହାଘରଟା ଉଠେଇଦେବି । ସେଇ ସମୟ ପର୍ଯ୍ୟନ୍ତ ଅପେକ୍ଷା କରିବା ଛଡ଼ା ଆଉ କ'ଣ ବା ଉପାୟ ଅଛି ?"

ଲକ୍ଷ୍ମଣ ତା' ପିଠି ଥାପୁଡ଼େଇ ତାକୁ ସାହସ ଦେଇଥିଲେ ବି ତା' ପାଖରୁ ପାଞ୍ଚଶହ ଟଙ୍କା ନେବାକୁ ଭୁଲିନଥିଲା ।

ଅଙ୍କୁରକୁ ଡ୍ରାଇଭର ରାମ ପଚାରିଲା, "ପୁଣି କେବେ ପୋଡ଼ାଗଡ଼ ଆସିବା ?"

: ଅଫିସ୍ ଗଲେ ଜଣାପଡ଼ିବ ।

: ଓ-ହୋ । - ଡ୍ରାଇଭର ହସିଦେଇ କହିଲା ।

ଅଙ୍କୁର ପଚାରିଲା, "ମୋତେ ଯୋଉ କଥା କହିଥିଲ ଭୁଲିଗଲ କି ? ମୁଁ କ'ଣ ତୁମ ପରି ଡ୍ରାଇଭର ହୋଇପାରିବି ନାହିଁ ? ତମେ ଯେ ମୋର ଗୁରୁ ।"

ଡ୍ରାଇଭର ରାମ ନାଇଡୁ ହସିଲା । କହିଲା, "ହଉ, ହଉ, ଏତେ ତେଲ ଲଗାନା । ଏଇ ରବିବାର ସକାଳୁ ତୋର ଗାଡ଼ି ଶିଖା ଆରମ୍ଭ ହେବ । ତୁ ଗାଡ଼ି ଶିଖିଲେ ମୋର ଲାଭ । କେତେବେଳେ କେମିତି ଟିକେ ସାହାଯ୍ୟରେ ଆସିବୁ ।

ତା'ଛଡ଼ା ଡ୍ରାଇଭିଂ ଶିଖିଲା ପରେ ତୁ ତୋ ଘରସଂସାର କରିବୁ। ତୋ ସ୍ତ୍ରୀକୁ ତ କହିବୁ, ରାମ ନାଇଡୁ ତୋତେ ଡ୍ରାଇଭିଂ ଶିଖେଇଥିଲା।"

ଅଙ୍କୁରକୁ ଲାଜ ମାଡ଼ିଲା। କହିଲା, "ହେ, ଦେଖୁଛ କାଠ, ପୋଛୁଚ ଚନ୍ଦନ। କହିଲା କ'ଣ ନା - ଘର ସଂସାର।" ଏକଥା କହିଲା ସିନା, ଘର ସଂସାର କଥା ଶୁଣିଲା କ୍ଷଣି ପୋଡ଼ାଗଡ଼ରେ ଦେଖିଥିବା ହେମର ମୁହଁଟି ତା' ଆଖି ଆଗରେ ନାଚିଗଲା। ବଡ଼ ବଡ଼ ଆଖି, ଗୋଲ ମୁହଁ, ଉଚ୍ଚା ଛାତି, ଲମ୍ବା ବେଣୀ, ଓଠ ଉପରେ କଳାଜାଇ। ବାଁ ପଟ ଗାଲରେ ଛୋଟ ଭଉଁରି। ତା' ହସ କେଡ଼େ ମିଠା!

ଆଗରୁ କ'ଣ ଝିଅପିଲା ଦେଖିନାହିଁ ଅଙ୍କୁର? ଶହ ଶହ ଝିଅଙ୍କୁ ଦେଖିଛି। କିନ୍ତୁ ହେମ ପରି ସେମାନେ କେହି ନୁହନ୍ତି। ହେମର ଆଖିରେ ଚୁମ୍ବକ ଅଛି। କଥାରେ ମହୁ ଅଛି। ଆଉଥରେ ତା' ସାଙ୍ଗେ ଦେଖାହେବାର ସୌଭାଗ୍ୟ କେବେ ମିଳିବ? ସିଏ ବି କ'ଣ ଅଙ୍କୁରକୁ ମନେରଖିଥିବ? ଅଙ୍କୁର ପାଖରେ ବା ମନେ ରହିଲା ଭଳି କ'ଣ ଅଛି! ଦରିଦ୍ର ଘରେ ଜନ୍ମ, ଛୋଟିଆ ଅସ୍ଥାୟୀ ଚାକିରି, ସ୍ୱପ୍ନହୀନ ଭବିଷ୍ୟତ। ଏଭଳି ଗୋଟେ ଲୋକକୁ କାହିଁକି ହେମ ପରି ସୁନ୍ଦରୀ ଝିଅ ମନେରଖିବ - ଅଙ୍କୁର ଭାବୁଥିଲା।

ତା' ଛାତିଭିତରୁ ଗୋଟେ ଗରମ ନିଃଶ୍ୱାସ ବାହାରି ଆସିଲା। ନା, ନା, ସେ ଝିଅ ଭାରି ଭଲ। ତା'ର ଆଖି, ନାକ, ମୁହଁ ସବୁ କହୁଥିଲା- ସେ ଭଲ ଝିଅ। ଭଲ ଝିଅମାନେ କ'ଣ ଖାଲି ଟଙ୍କା ପଇସା ଖୋଜନ୍ତି? ସେମାନେ ଭଲ ମଣିଷ ଚାହାନ୍ତି।

ଅଙ୍କୁର ଗାଡ଼ିର ସିଟ୍ ଉପରେ ପିଠି ଆଉଜେଇ ଆଖି ବନ୍ଦ କରିଦେଲା। ସେଇ ଅନ୍ଧାର ଭିତରେ ଚନ୍ଦ୍ର ପରି ହେମର ମୁହଁ ଉଜ୍ଜ୍ୱଳି ଉଠିଲା। ହେମ ହସି ହସି କହୁଥିଲା, "ମୋ ମାଆର ଖାଲି କାଶ ଆଉ କାଶ। ଆମକୁ ଗୋଟେ ମେସିନ ଦେଉନ?" ଅଙ୍କୁରକୁ ତା' ସ୍ୱର ଶୁଣିବାକୁ ଭଲ ଲାଗୁଥିଲା। ଝିଅ ନୁହେଁ ତ ଗୋଟେ ସାନ ଠାକୁରାଣୀ। ତା' ହୃଦୟର ଠାକୁରାଣୀ।

କଥାଟା ଭାବିଦେଇ ଅଙ୍କୁର ସ୍ଥିରକଲା, ତିନି ଚାରିଦିନ ପରେ ସେ ପୋଡ଼ାଗଡ଼ ଆସିବ। ଦେଖିବ, କାଳେ ଯଦି ହେମ ସାଙ୍ଗରେ ଭେଟ ହେଇଯାଏ। ହେମର ଅଜାଣତରେ ସେ ନିଜ ମୋବାଇଲ ଫୋନ୍‌ରେ ତା'ର ଫଟୋ ଉଠେଇ ଆଣିଛି। ପୋଡ଼ାଗଡ଼ ଛୋଟିଆ ଜାଗାଟା, ସେଠି ହେମକୁ ଖୋଜି ପାଇବା ତା ପକ୍ଷେ କଷ୍ଟ ହେବ ନାହିଁ। ଯୋଜନାଟି ସ୍ଥିର କରିଦେଇ ମନେ ମନେ ଖୁସି ହେଇଗଲା ଅଙ୍କୁର।

ଡ୍ରାଇଭର ରାମ ନାଇଡୁ କହିଲା, "ଯା, ତୋ ବସା ଆସିଗଲା।"

: ବସା ! ହଁ। - ଅଙ୍କୁର ଗାଡ଼ିରୁ ଓହ୍ଲେଇଗଲା।

ଆଗରେ ଗୋଟେ ଆଜବେଷ୍ଟସ ଢଙ୍କା ବଖୁରିକିଆର ଘର। ସେଇଟି ଅଙ୍କୁରର ବସା। ତା' ଆରପଟକୁ ଗୋଟେ କାଠଗୋଲା। ପାଖରେ ଡ୍ରେନ୍। ସବୁବେଳେ ଏ ଜାଗାଟା ଗନ୍ଧଉଥାଏ।

ଅଙ୍କୁର ଧଡ଼ା କବାଟ ଠେଲି ଭିତରକୁ ଗଲା। ଘରର ଚାବି ଖୋଲିଲା। ଏବେ ସେ କିଛି ଗୋଟେ ଭଜାଭଜି କରି ପଖାଳ ଗଣ୍ଡେ ଖାଇବ ଓ ଖଟିଆରେ ଗଡ଼ିପଡ଼ିବ।

ଦିନସାରା ଜିନିଷ ବୁହାବୋହି ଏବଂ ଉଠାପକାରେ ଅଙ୍କୁରର ଦେହ ହାତ ଦରଜ ଲାଗୁଥିଲା।

ସେ ପୁଣି ଭାବିଲା, ଏଇ ଚାକିରିରେ ସେ କଦାପି ବେଶି ବାଟ ଯାଇପାରିବ ନାହିଁ। ରାମ ନାଇଡୁ ଯଦି ତାକୁ ଗାଡ଼ିଚଲା ଶିଖେଇଦିଅନ୍ତା, ତାହାହେଲେ ଗୋଟେ ଲାଇସେନ୍‌ସ ବାହାର କରି ସେ କାହାର ଗୋଟେ ଗାଡ଼ି ଚଲାନ୍ତା। ସେ ଶୁଣିଥିଲା, ରାୟପୁରର ହାଇୱା ଡ୍ରାଇଭର ମାସକୁ ତିରିଶ ହଜାର ଟଙ୍କା ଦରମା ପାଆନ୍ତି, ଲାଇନ୍ ଟ୍ରକ୍ ଡ୍ରାଇଭରଙ୍କ ରୋଜଗାର ତ ମାସକୁ ଚାଳିଶ ହଜାରରୁ କମ୍ ହୁଏ ନାହିଁ।

ଛାଡ଼, ଏତେଗୁଡ଼ା ସ୍ୱପ୍ନ ଏକା ଦିନରେ ଦେଖିବା ଭଲ ନୁହେଁ। ମା ଭୈରବୀ କୋପ କରିବ।

ଅଙ୍କୁର ହାତଯୋଡ଼ି ଠାକୁରାଣୀ ଉଦ୍ଦେଶ୍ୟରେ ମୁଣ୍ଡିଆ ମାରିଲା।

■

ଅଷ୍ଟମ ପରିଚ୍ଛେଦ

ଜେମ୍ସ ୱାଡ଼େକା ତା' ହାତ ଧରି ଭିଡ଼ି ନେଉଥିବା ଘଟଣା ଗାଁରେ ଚର୍ଚ୍ଚା ହେବା ପରଠାରୁ ପୁଷିକା ପ୍ରାୟ ଘର ଭିତରେ ରହୁଥିଲା। ତାକୁ ତା' ବାପା ମାଆ ଗୋଡ଼େ ଗୋଡ଼େ ଜଗି ରହୁଥିଲେ। ତାଙ୍କ ଗାଁରେ ଟିକିଏ ଟିକିଏ କଥାରେ ଗଣ୍ଡଗୋଳ ଲାଗିଯାଏ। ବେଶି ଲାଗେ ଧର୍ମକୁ ନେଇ। ଖ୍ରୀଷ୍ଟିଆନ-ହିନ୍ଦୁ ବିବାଦ ଏ ଗାଁରେ ନିତିଦିନିଆ କଥା। କାଳେ ତା' କଥାକୁ ନେଇ ଆଉ ଗୋଟେ ଗଣ୍ଡଗୋଳ ମୁଣ୍ଡ ଟେକିବ ସେଇଥିଲାଗି ପୁଷିକାର ବାପା ଚିନ୍ତିତ ଥିଲା।

କିନ୍ତୁ ଘରଟା ଭିତରେ ବସି ବସି କ'ଣ କରିବ ପୁଷିକା ? ତା'ର ତ ସାରା ଡଙ୍ଗର ଖେଦିଯିବାକୁ ମନ। ସେ ପାହାଡ଼ ଚଢ଼ନ୍ତା, ଝରଣାରେ ବୁଡ଼ନ୍ତା, ତୋଟାମାଳରେ ନାଚନ୍ତା ପୁଣି ସଲପ ଟିକିଏ ଚାଖି ଜହ୍ନକୁ ଅନେଇ ଗୀତ ଗାଆନ୍ତା। ଅନ୍ଧାରିଆ ଘରଟା ଭିତରେ କ'ଣ ତା' ପରି ଚଢ଼େଇ କି ପ୍ରଜାପତି ଥୟ ଧରି ବସିପାରିବ ?

ପୁଷିକାର ମନେପଡ଼ିଲା, ତା' ଭାଇ ତାକୁ କାପଡ଼ାଗନ୍ଦା ବୁଣିବା ଲାଗି କହିଯାଇଥିଲା। ଉମରକୋଟରେ ଏ ଚାଦରର ଚାହିଦା ବେଶି। ଡଙ୍ଗରିଆ ଶାଲ୍ ନାମରେ ଗୋଟାକ ତିନିହଜାର ଟଙ୍କାରେ କୁଆଡ଼େ ସେଗୁଡ଼ା ବିକ୍ରି ହେଇଯାଉଛି। ତିନିହଜାର ଟଙ୍କା, ବାପ୍‌ରେ ! ଆଗରୁ ତ ଏ ଚାଦର ଗୋଟାକ ଲାଗି କେହି ଟଙ୍କା ପାଞ୍ଚଶହ ବି ଦେଉନଥିଲେ। ପୁଷିକା ମନେ ମନେ ଖୁସି ହେଇଗଲା। ତା' ସାଙ୍ଗମାନଙ୍କ ମେଳରେ ସିଏ ହିଁ ସବୁଠାରୁ ଶୀଘ୍ର ଶୀଘ୍ର ଚାଦର ବୁଣିପାରେ। ଅନ୍ୟ କେହି ତା' ପରି ଏତେ ଚଞ୍ଚଳ ନୁହନ୍ତି। ଝିଅ ତ ଅଛନ୍ତି, ଗୋଟେ ଗୋଟେ ଚାଦର ବୁଣିବାଲାଗି ଛଅମାସ ନେଇଯାଆନ୍ତି। ନିର୍ଘାତ ଅଳସେଇ ଗୁଡ଼ାକ ! କିନ୍ତୁ ପୁଷିକା ତାଙ୍କ ପରି ମଠେଇ ନୁହେଁ। ସିଏ ଚାଦର ଧରି ବସିଲା ମାନେ ବସିଲା। ସେ କାମ ନ ସାରିଲାଯାଏଁ ଆଉ କିଛି କାମରେ ସେ ହାତ ଦେବ ନାହିଁ। କାଲି ସେ ତା' ବାବାକୁ କହିଛି, "ଯେମିତି ହେଉ, ମୋତେ ଚାରି ପାଞ୍ଚ ଖଣ୍ଡ ଥାନ ଆଣିଦିଅ। ମୁଁ ଚାଦର ବୁଣି ଭାଇପାଖକୁ ପଠେଇବି। ଗୋଟାକୁ ତିନିହଜାର ଟଙ୍କା ମିଳିଲେ ପାଂଚଟାକୁ ବହୁତ ପଇସା ମିଳିବ। ଆମର ଅଭାବ ହଟିଯିବ।"

ତା' ବାବା କହିଲା, "ହଇ, ହଇ, କି ବେଳ ହେଲା ? ଆମେ କ'ଣ ଆଗେ ବେପାର ଲାଗି ଚାଦର ବୁଣୁଥିଲେ ? ନିଜ ପାଇଁ ବୁଣୁଥିଲେ। ହଉ ଆଣିଦେବି। ତୁଇ ଏତେ ଚିନ୍ତା କର୍‌ନା। ଥାନ ଯୋଗାଡ଼ ହୋଇଯିବ।"

ପୁଷିକା ଜାଣେ ତାଙ୍କ ଗାଁ କାପଡ଼ାଗନ୍ଦା ପାଇଁ ଦିନେ ପ୍ରସିଦ୍ଧ ଥିଲା। ଘରେ ଘରେ ଝିଅ ବୋହୂ ଏ ଚାଦର ବୁଣୁଥିଲେ। ଆଜି ଆଉ ସେଦିନ ନାହିଁ। ପ୍ରଥମେ ପ୍ରଥମେ ଲୋକେ ମାଗଣା ଚାଉଳ, ମାଗଣା ଗହମ ଯୋଗୁଁ ଚାଦରବୁଣା କାମ ଛାଡ଼ିଥିଲେ। ଏବେ ସେ କାମ ଖୋଜିବା ବେଳକୁ ଆଉ ଥାନ ମିଳୁନାହିଁ। ମଣିଷଙ୍କ ସ୍ୱଭାବ ଏମିତି। ପାଖରେ ଥିବା ଦରବର ମହତ୍ୱ ବୁଝନ୍ତି ନାହିଁ। ତାକୁ ମାମୁଲି ଭାବି ଗୋଡ଼ରେ ଆଡ଼େଇ ଦିଅନ୍ତି। ସେଇ ଜିନିଷ ଯେତେବେଳେ ଅପୂରୁବ ହେଇଯାଏ ତାହାପାଇଁ ପୁଣି ସେମାନେ ହାଇଁପାଇଁ ହୁଅନ୍ତି। ଏବେ ଦଶଖଣ୍ଡ ଗାଁ ବୁଲିଆସିଲେ ସୁଦ୍ଧା ଖଣ୍ଡିଏ ଚାଦର ମିଳୁନାହିଁ। ସରକାରୀ ବାବୁମାନେ ଗାଁ ଗାଁ ବୁଲି କହୁଛନ୍ତି, ଚାଦର ବୁଣ, ଚାଦର ବୁଣ। ସେଥିରେ ଡଙ୍ଗରିଆ ଜାତିର ଗପ, ଗୀତ ଅଛି, ତାହା ତୁମର ପରିଚୟ, ତାକୁ ଛାଡ଼ିଦିଅନାହିଁ। ତାକୁ ଛାଡ଼ିଦେଲେ ତୁମର ପରିଚୟ ହଜିଯିବ। ମଣିଷର ପରିଚୟଟା ବଡ଼ କଥା।

ପୁଷିକା ମଧ୍ୟ ଜାଣେ, ଏଇ ଚାରି ହାତଲମ୍ବା ଆଉ ଦି' ହାତ ଓସାରର ଚାଦର ଦେହରେ ଡଙ୍ଗରିଆ ଜାତିର ଜୀବନ ଚିତ୍ର ଅଛି। ତା'ର ପାହାଡ଼, କ୍ଷେତ, ହଳଦୀ କିଆରି, ଗଛଲତା ସବୁର ଚିତ୍ର ସେଥିରେ ଅଛି। ଚାରି ରଂଗର ସୂତା କାମରେ ଡଙ୍ଗରିଆ ଚାଦର ଉଜ୍ଜ୍ୱଳି ଉଠେ। ଚାଦର ଖଣ୍ଡକ ବୁଣା ସରିଲେ ପୁଷିକାର ଛାତି ଗଉରବରେ ଫୁଲିଉଠେ। ଥରେ ତାକୁ ଗଳାରେ ପକେଇ ପୁଣି କାଢ଼ିଦିଏ। ଭାଙ୍ଗିଭୁଙ୍ଗି ଥୋଇଦିଏ ତା'ର ପେଟରା ଭିତରେ।

ଚାଦର କଥା ମନେ ପଡ଼ିଲାରୁ ପୁଷିକାର ରମାନାଥ ବାଗ୍‌ର କଥା ମନେପଡ଼ିଲା। ସେ ଗୋଟେ ସରକାରୀ ବାବୁ। ଚାଟିକଣାରେ ରହେ। ଥରେ ଗାଁ ମୁଣ୍ଡ ସଭାରେ ଏହି ଚାଦରର କଥା କହି, ଏହା ଭିତରେ କିପରି ଠାକୁର ଠାକୁରାଣୀ ଅଛନ୍ତି ସେ କଥା ଗାଁ ଲୋକଙ୍କୁ ବୁଝେଇଥିଲା। ଏଇ ଚାଦର ଭିତରେ ଡଙ୍ଗରିଆର ଦେବତାମାନେ କୁଆଡ଼େ ଥାନ ପାଇଥାନ୍ତି। ଏଥିରେ କାନକା, କେରି, ସନ୍ଧି- ସବୁ କଥା ଅଛି। ନିୟମ ରଜାର ଆଖି, ଭୂମିବଣ୍ଟରା, ବିନା ବିଭେଦରେ ବଞ୍ଚିବାର କଳା- ସବୁ ଏହି ଚାଦର ଭିତରେ ବୁଣାଯାଇଥାଏ। ତାଙ୍କ ଗାଁର ଧାଙ୍ଗଡ଼ା ଧାଙ୍ଗଡ଼ୀମାନେ ଆଗରୁ ଚାଦର ଘୋଡୁଥିଲେ। ପଇସାଲାଗି ବିକିଦେଲେ ନିଜ ନିଜ ଚାଦର। ଏବେ ଖୋଜିଲେ ବା ଆଉ ମିଳିବ କୁଆଡୁ? ଆଗରୁ ମନପସନ୍ଦର ଧାଙ୍ଗଡ଼ୀ ବାଛିବା ବେଳେ ଧାଙ୍ଗଡ଼ା ତା' ଗଳାର ଚାଦର ନେଇ ଧାଙ୍ଗଡ଼ୀ ଗଳାରେ ଗୁଡ଼େଇ ଦେଉଥିଲା। ସେଇଥିରୁ ଜଣାପଡୁଥିଲା ଯେ ସେ ଧାଙ୍ଗଡ଼ା ଧାଙ୍ଗଡ଼ୀକୁ ଭଲପାଉଛି। ତାକୁ ହିଁ ସେ ବାହା ହେବ। ଯଦି ଧାଙ୍ଗଡ଼ୀ ସେ ଚାଦର ନିଜ ପାଖରେ ରଖିଲା ତ ଭଲ। ଜାଣିବ, ସିଏ ରାଜି। ଯଦି ସେ ଗଳାରୁ ଚାଦର କାଢ଼ି ଫେରେଇଦେଲା ତାହାହେଲେ ଜଣାପଡ଼େ, ସେ ଏ ପ୍ରସ୍ତାବରେ ରାଜି ନୁହେଁ। ଏଥିରେ ଧାଙ୍ଗଡ଼ାର ମନ ଦୁଃଖ ହେଲେ ବି ସେ ଆଉ ସେଇଠି ଅଡ଼ିବସେ ନାହିଁ। ନିଜ ଚାଦରଟା ଧରି ପୁଣି ନୂଆ ଧାଙ୍ଗଡ଼ୀ ଖୋଜିବାଲାଗି ବାହାରି ପଡ଼େ। ତାଙ୍କ ଗାଁରେ ଜୋର୍‌ଜବରଦସ୍ତି ନାହିଁ।

ପୁଷିକା ମନକୁ ଗୋଟେ କଥା ଆସିଲା। ତା' ଭାଇ ଏକାଥରକେ ପାଞ୍ଚଟା ଚାଦର ମାଗିବାର ଅର୍ଥ କ'ଣ? କ'ଣ ପାଞ୍ଚଟା ଧାଙ୍ଗଡ଼ୀଙ୍କୁ ସେ ବାହାହେବ ନା କ'ଣ? କଥାଟି ଭାବି ସେ ହସି ପକାଇଲା। କେତେଦିନ ପରେ ପୁଷିକା ଆଜି

ମନଖୋଲି ହସିଲା। ହଉ, ଭାଇ ବାହାଘର ହେଇଗଲେ ତାଙ୍କ ଘରକୁ ଭାଉଜ ଆସିବ। ତା' ବୁଢ଼ା ବାବା ମାଆଙ୍କ କଥା ବୁଝିବ। ଭାଇର ବାହାଘର ସରିଲା ପରେ ସେ ତା କଥା ଭାବିବ।

ପୁଣିଥରେ ହସ ମାଡ଼ିଲା ପୁଷ୍ପିକାକୁ। ମନକୁ ମନ ସ୍ଥିର କଲା, ଯଦି ସତକୁ ସତ ତାକୁ ଥାନ ମିଳିବ, ତାହାହେଲେ ସେ ଛଅଟା ଚାଦର ବୁଣିବ। ସେଥିପାଇଁ ଯେତେ ପରିଶ୍ରମ କରିବାକୁ ପଡୁ ପଛକେ କରିବ। ରାତିଦିନ ଲାଗି ବୁଣିବ। ପାଞ୍ଚଟା ଭାଇକୁ ଦେବ, ଗୋଟେ ରଖିବ ନିଜ ପାଇଁ। ଜେମ୍ସ ପାଇଁ !

ହେଃ, ସେ କୋଉ ଦୂର ମହୁଲ ଗଛର ଫୁଲ କି ସଲପ ବାହୁଙ୍ଗାର ରସ। ଏଇଦିନୁ କାହିଁକି ସେ କଥା ଚିନ୍ତା କରୁଛି ପୁଷ୍ପିକା ?

ଆଉ ଥରେ ଜେମ୍ସ ତା'ର ହାତ ଭିଡ଼ିଭିଡ଼ି ନେବା ବେଳର କଥା ମନେପଡ଼ିଲା। ସତରେ କ'ଣ ଜେମ୍ସ ତା' ହାତକୁ ଜୋର୍‌ରେ ଧରି ଭିଡ଼ିଥିଲା। କାଇଁ, ସେମିତି ତ ତା'ର ମନେ ହୁଏନାହିଁ।

ସବୁ ଧର୍ମର ଦୋଷ। ଜେମ୍ସ ଖ୍ରୀଷ୍ଟିଆନ, ପୁଷ୍ପିକା ଆଦିବାସୀ। ଦିହେଁ ଚାହିଲେ ବି ପରସ୍ପରକୁ ବାହା ହେଇପାରିବେ ନାହିଁ। ସେଥିପାଇଁ ତା ଘରଲୋକ ଜେମ୍ସ ଉପରେ ରାଗୁଛନ୍ତି। ଲକ୍ଷ୍ମଣ ଗାଁବାଲାକୁ ଉସୁକଉଛି।

ପୁଷ୍ପିକା ଜାଣିଥିଲା, ଜେମ୍ସ ବିରୋଧରେ ଲକ୍ଷ୍ମଣର ସବୁ ଅଭିଯୋଗ ମନଗଢ଼ା। ସେଇ ନିଜେ ବରଂ ତାକୁ ଗିଳିଦେଲା ପରି ସବୁବେଳେ ଅନାଏ। ତାର ନଜର ଖରାପ। କିନ୍ତୁ ଜେମ୍ସ ତାକୁ ଭଲପାଏ। ତାକୁ ଖରାପ ନଜରରେ ଅନାଏ ନାହିଁ।

କଥାଟି ଭାବିଦେଇ ପୁଷ୍ପିକା ଛାତିକୁ ନେଣ୍ଡାଏ ଛେପ ପକେଇଲା।

କାଳେ କିଏ ତା' ମନର କଥା ଶୁଣିଦେଲା କି ? ନା, ନା। ସେ କିଛି କହିନାହିଁ, କିଛି ଭାବି ନାହିଁ।

ପୁଷ୍ପିକାର ଗଣ୍ଡଗୋଳକୁ ଡର, ହଣାକଟାକୁ ଡର, ରକ୍ତକୁ ଡର, ନାଲି ଆଖିକୁ ଡର। ସେଥିପାଇଁ ସେ କେବେ କୌଣସିଦିନ ମେରିଆ ପୂଜା ଜାଗାକୁ ଯାଏନାହିଁ। ପଶୁପକ୍ଷୀ ତ ଦୂରର କଥା, ଅସରପାଟିକୁ ମାରିବା ଲାଗି ସୁଦ୍ଧା ପୁଷ୍ପିକାର ହାତ ଯାଏ ନାହିଁ।

ଘର ଭିତରକୁ ତା’ ବାବା ଆସୁଥିଲା। “ପୁଷିକା, ଆଲୋ ପୁଷିକା, କୁଆଡ଼େ ଗଲୁ ?”

: ଏଇଠି ବାବା ! - ପୁଷିକା ଉତ୍ତର ଦେଲା।

: ଗୁଟେ ଭଲ୍ ଖବର। କୋଭିଡ୍ ବେମାର ସରିଲାରୁ ସରକାର ଏବେ ଲୋକଙ୍କୁ କାମ୍ ଦେବ। ଥାନ୍ ଆଣି ଦବ ବୁଣିବାର ଲାଗି। ତୁଇ କାପଡ଼ାଗନ୍ଦା ବୁଣିବାର ଲାଗେ ଥାନ୍ ପାଇବୁ।

: ଇଏ ତ ବଢ଼ିଆ ଖବର। ମୋର ଛଅଟା ଥାନ ଦରକାର। - ପୁଷିକା କହିଲା।

: ନାଇଁ, ନାଇଁ ସରକାର କହିଛନ୍, ଗୁଟେର ପରେ ଗୁଟେ ଥାନ୍ ଦେବ। ଚାରି ରଂଗର ସୂତା ଯୋଗାଇ ଦେବ। ସବିକେ ଦେବାର ଅଛି ନା ? ଯିଏ ଯେତେ ଜଲ୍‌ଦି ବୁଣିବ, ସିଏ ସେତେ ଜଲ୍‌ଦି ଥାନ, ସୂତା ପାଇବ।

: ହଇ, ହଇ। ମୁଇଁ ଜଲ୍‌ଦି ବୁଣିଦେମି। ଥାନ ମିଳିବା ଖବର ଶୁଣି ପୁଷିକା ଖୁସି ହେଇଥିଲା। ତାର ବଡ଼ ଚିନ୍ତାଟିଏ ଅବା ହଟିଯାଇଥିଲା !

ପୁଷିକାର ବାପା କହିଲା, “ସରକାରୀ ବାବୁ କହୁଛନ, ରାଜଧାନୀରେ ବହୁତ ବଡ଼ ସଭା ହେବ। ପର୍ବାସୀ ସମ୍ମେଳନ ହେବ। ବିଦେଶରୁ ହଜାରେ ବଡ଼ ବଡ଼ ବାବୁ ଆସିବେ। ଆମର ମୁଖ୍ୟମନ୍ତ୍ରୀ ସଭିକେ ଗୁଟେ ଗୁଟେ କାପଡ଼ାଗନ୍ଦା ଉପହାର ଦେବେ। ହଜାରେ କାପଡ଼ାଗନ୍ଦା ଦରକାର। ସେଥିପାଇଁ ଗାଁ ଗାଁରେ ଥାନ ବାଣ୍ଟିବେ ସରକାରୀ ବାବୁ। ତିନିମାସ ଭିତରେ କାମ ଶେଷହେବ। ବୁଣାଳିଙ୍କୁ ମଜୁରି ବି ମିଳିବ ଭଲ। ଦଶଟା ସବୁଠୁ ବଢ଼ିଆ ଚାଦରକୁ ମୁଖ୍ୟମନ୍ତ୍ରୀ ପୁରସ୍କାର ଦେବେ। ତାକୁ ଡାକିବେ କ୍ୟାପିଟାଲ୍। ତା’ଠୁଁ ନିରସା ଦଶଜଣଙ୍କୁ ଆମର ଏଠିକା କଲେକ୍ଟର ଦେବ ପୁରସ୍କାର। ସେମାନଙ୍କୁ ବି ଡକାଯିବ ଆଦିବାସୀ ମେଳା ମଉଛବକୁ।”

ପୁଷିକା ଭାବିଲା, ସରକାରଙ୍କ ସବୁ ଯୋଜନା ଏମିତି। ବତି ଲିଭିଲା ପରେ ତେଲ ଢାଳିବା ପରିକା କଥା। ଆଗରୁ ଏଇ ବେବସ୍ଥା କରିଥିଲେ କାପଡ଼ାଗନ୍ଦା ଚାଦର କାମ ଏ ଅଞ୍ଚଳରୁ ସଂପୂର୍ଣ୍ଣ ବୁଡ଼ିଯାଇଥାନ୍ତା କାହିଁକି ? ଲୋକେ ଚାଦର ବୁଣୁଥାନ୍ତେ, ସରକାର କିଣିନେଇ ବିକୁଥାନ୍ତେ କି ବାଣ୍ଟୁଥାଆନ୍ତେ। ଦଶବର୍ଷରୁ ବେଶି ହେଇଗଲାଣି, ଏ ଅଞ୍ଚଳରୁ ଚାଦର ବୁଣା କାମ ଉଠିଗଲାଣି। ଯୋଉ ଗାଁରେ ଖଣ୍ଡେ

ବିଖଣ୍ଡ ଚାଦର ବୁଣା ହଉଥିଲା, କୋଭିଡ୍ ଯୋଗୁଁ ସେତକ ବି ବନ୍ଦ ହେଇଗଲା। ଚାଦର ବୁଣୁଥିବା ହାତ ଏବେ ଇଟା ଉଠଉଛି, ନହେଲେ ମାଟି ବୋହୁଛି। ଏବେ ମୁଖ୍ୟମନ୍ତ୍ରୀଙ୍କ ମନେ ପଡ଼ିଗଲେ କ'ଣ ସାଂଗେ ସାଂଗେ ଲୋକେ ଚାଦରବୁଣା ଶିଖିଯିବେ ?

ଦେଶରୁ ବହୁତ ଆଦିବାସୀ ଜିନିଷ ହଜିଗଲାଣି, କାପଡ଼ାଗନ୍ଦା ବି ହଜିଯିବ। ତାକୁ ସରକାର ନେଇ ତାଙ୍କ ମ୍ୟୁଜିୟମରେ ରଖି ଦେଖେଇବେ। କହିବେ, ଏମିତି ଚାଦର ଦିନେ ବୁଣା ହେଉଥିଲା ରାୟଗଡ଼ାରେ। ଡଙ୍ଗରିଆ କନ୍ଧମାନେ ଏ ଚାଦର ବୁଣୁଥିଲେ। ସେଇ ଡିଜାଇନ୍ ନେଇ କୋଉ ମିଲ୍‌ବାଲା ଚାଦର ତିଆରି କରି ବିକିବେ। - ପୁଷିକା ମନକୁ ମନ ଭାବିଲା।

ସେ ଘର ଅଗଣାକୁ ଆସି ଆକାଶକୁ ଅନେଇଲା।

ଜ୍ୟେଷ୍ଠ ଯାଇ ଆଷାଢ଼ ଆସିଥିଲା।

ନିୟମଗିରି ପାହାଡ଼ ଉପରେ ମେଘ ବସା ବାନ୍ଧିଥିଲା। ମଝିରେ ମଝିରେ ସେଥିରୁ କିଛି ବର୍ଷି ଯାଉଥିଲା।

ଗଛପତ୍ର ସବୁ ସେଇ ବର୍ଷାପାଣିରେ ଧୁଆଧୋଇ ହେଇ ସଫା ଶାଗୁଆ ଦିଶୁଥିଲେ। ନୂଆ ଘାସ ଉଠୁଥିଲା ହିଡ଼ କଡ଼ରେ, ମନ ଭିତରେ ନୂଆ ଆଶା କଅଁଳିଲା ପରି। ଆଉ କିଛିଦିନ ପରେ ଆସିବ ଲଗାଣ ବର୍ଷା, ଝୋ-ଝୋ ବର୍ଷା। ଦିନ ଦିଶିବ ରାତି ପରି। ମାଟି ଖୋଜିବ ଆଦର, ବଢ଼ିଆଳ ଦେହ ଉତ୍ତାପ ଖୋଜିବା ପରି।

ତା' ଆଗରୁ ଥାନ ସୂତା ପାଇଗଲେ ପୁଷିକା ଚାଦର ବୁଣିବା କାମରେ ଲାଗିଯାଆନ୍ତା।

ତାଙ୍କ ଘର ଆଗଦେଇ କିଏ ଗୋଟେ ମୋଟର ସାଇକେଲ୍ ଫଟ୍‌ଫଟ୍ କରି ଚାଲିଗଲା। ପୁଷିକା ଦରଜାବାଟେ ଅନେଇଲା ଓ ତା'ପରେ କଇଁଛ ପରି ମୁଣ୍ଡଟାକୁ ପଛକୁ ଘୁଞ୍ଚେଇ ଆଣିଲା। ପାଟିରୁ ବାହାରି ପଡ଼ିଲା- ମଦୁଆ ଲକ୍ଷ୍ମଣ।

ତା'ପରେ ସେ ସଚେତନ ହୋଇଗଲା।

ଲକ୍ଷ୍ମଣର ବାପା ଏ ଗାଁର ନେତା। ତା'ର ବହୁତ ପଇସା। ଦିବର୍ଷ ତଳ ମେରିଆ ପୂଜାରେ ଲକ୍ଷ୍ମଣର ବାପ ହେଇଥିଲା ମୁରବି। ହେ! ପୁଷିକା ମେରିଆ ବଳି କି ପୂଜା କଥା ଭାବିପାରେନା। ଗୋଟେ ଅସହାୟ ପଶୁକୁ ହାଣି କିଲିବିଲା

କରିବା କନ୍ଧଙ୍କର ଅଦ୍ଭୁତ ପରଂପରା ! କିନ୍ତୁ ପୁଷିକା ଭାବୁ କି ନଭାବୁ ସେଇଟା ଡଙ୍ଗରିଆ କନ୍ଧଙ୍କର ବଡ଼ ପର୍ବ। ଧରଣୀପେନୁ ମେରିଆ ବଳି ନ ପାଇଲେ ରିସା ହେଇଯିବ। ଆଉ ଫସଲ ଉପୁଜିବ ନାହିଁ। ହଳଦୀ ଚାଷ ଉଠିବ ନାହିଁ।

କଥାରେ ଅଛି- ଯୋଉ କଥାଟା ଭାବିବାଲାଗି ଚାହୁଁନଥିବ ସେଇ କଥା ବରାବର ଆସି ମନେପଡ଼ିବ। ପୁଷିକାର ଏମିତି ଦିଇଟା କଥା ଅଛି। ସେ ସେକଥା ଦିଇଟା ବିଷୟରେ ଭାବିବା ଲାଗି ଚାହେ ନାହିଁ। ଗୋଟେ ହେଲା ଲକ୍ଷ୍ମଣ ୱାଡ଼େକାର କଥା ଓ ତା' ଭାଇର ଧମକ। ତା' ଭାଇ କହିଛି, ଆଉ ଥରେ ଯଦି ଜେମ୍‌ସ ପୁଷିକା ଆଡ଼କୁ ଅନାଇବ, ତାହାହେଲେ ତାକୁ ମେରିଆ ପୋଢ଼ ପରି ସେ ବଳି ଦେଇଦେବ। ମେରିଆ ସମୟରେ କନ୍ଧ ମଣିଷଙ୍କ ଯୋଉ ଉଗ୍ରମୂର୍ତ୍ତି ସେଇଟା ଜମା ଆଖିଆଗକୁ ଆଣିବାଲାଗି ଚାହେନାହିଁ ପୁଷିକା। ଆଗରୁ ତ ଧରଣୀପେନୁ ମଣିଷବଳି ଲୋଡୁଥିଲା। ଏବେ ପୋଢ଼ ବଳି ନେଉଛି। ଜାନି ଆଉ ମଣ୍ଡଳ ବସି ମେରିଆ ଦିନ ସ୍ଥିର କରନ୍ତି। ପୂଜାର ମାସକ ଆଗରୁ ହୃଷ୍ଟପୁଷ୍ଟ ପୋଢ଼ ଅଣାଯାଏ। ତାକୁ ତେଲ ହଳଦି ଓ ସିନ୍ଦୂର ଲଗେଇ ପୂଜା କରାଯାଏ, ପେଟପୂରା ଆହାର ଦିଆଯାଏ। ବଳି ଆଗଦିନ ନାଚଗୀତ ହୁଏ। ପୋଢ଼ ଚାରିପଟେ କନ୍ଧ ଟୋକାଏ ନାଚନ୍ତି। ସଲପ ମଦର ନିଶାରେ ଗୋଡ଼ ଟଳୁଥିବ, ଏଣେ ବାଜୁଥିବ ଟମକ ଓ ଢୋଲ। ଏମିତି ଉନ୍ମାଦ ପରି ନାଚୁଥିବାବେଳେ ଯୋଉ ଲୋକ ପୂଜା ଦେଉଥିବ ତା'ର ମାମୁ ଆସି ପ୍ରଥମେ ପୋଢ଼ ଦେହରେ ଟାଙ୍ଗିଆଚୋଟ ମାରିବ। ଚାହୁଁ ଚାହୁଁ ଶହଶହ ଟାଙ୍ଗିଆ ପଡ଼ିବ ପୋଢ଼ ଉପରେ। ସେ ପ୍ରାଣ ବିକଳରେ ଦୌଡ଼େ, ମାତ୍ର କନ୍ଧଙ୍କ ଟାଙ୍ଗିଆ ଚୋଟରୁ ସେ ବଞ୍ଚିପାରେ ନାହିଁ। ସେମାନେ ତାକୁ କିଲିବିଲା କରି ମାରିଦିଅନ୍ତି। ତା'ର ଦେହର ମାଂସ ଓ ରକ୍ତ ଚାରିଆଡ଼େ ଛିଟିକି ପଡ଼େ। ସେଇ ରକ୍ତ ପିଇ କାଳେ ଧରଣୀପେନୁ ଖୁସି ହୁଏ। ଶାନ୍ତ ହୁଏ ସିଏ।

ମେରିଆ ଦିନ ଡଙ୍ଗରିଆଙ୍କ ଉଗ୍ରମୂର୍ତ୍ତି ସାଂଗେ, ଫସଲ ପାଚିବା ଦିନ ଡଙ୍ଗରରେ ଜହ୍ନକୁ ଅନେଇ ନାଚୁଥିବା ଡଙ୍ଗରିଆର କୋମଳ ମୂର୍ତ୍ତିକୁ ଜମା ମିଳେଇ ପାରେନାହିଁ ପୁଷିକା। ଏଇ ମଣିଷ ଭିତରେ କେତେ କ୍ରୋଧ ପୁଣି କେତେ ପ୍ରେମ। ପୁଷ ପୂନେଇଁ ରାତି ତ କେବଳ ନାଚ, ଗୀତରେ ପାହିଯାଏ। ରାତି ସରେ, ତାତି ଓହ୍ଲାଏ ନାହିଁ। ଗୀତ ସରେ, ନିଶା ମରେ ନାହିଁ।

ଡଙ୍ଗରିଆ କନ୍ଧଙ୍କର ଶହେ ପରବ। କେତେ ପରବ ହଜିଗଲାଣି, ଆଉ କେତେ ଅଛି। ସେ ଶୁଣିଛି ଆଗରୁ ଟୋକୀମରା ପର୍ବରେ କୁଆଡ଼େ ସତକୁ ସତ ଟୋକୀଟିଏକୁ ବଳି ଦିଆଯାଉଥିଲା। ଏବେ ଟୋକୀ ଜାଗାରେ ଛେଳି ନହେଲେ ମେଣ୍ଢାରେ କାମ ଚଳେଇ ଦିଆଯାଉଛି।

ପୁଣିଥରେ ଜେମ୍‌ସର କଥା ପୁଷିକାର ମନେପଡ଼ିଲା। ଖ୍ରୀଷ୍ଟିଆନ ହେଇ ନଥିଲେ, ସେଦିନ ଯେମିତି ଜେମ୍‌ସ ତା' ହାତଧରି ଭିଡୁଥିଲା ସେଇଟାକୁ ଲୋକେ ଝିକ୍କା ବୋଲି କହିଥାନ୍ତେ। ଯୋଉ ଧାଙ୍ଗଡ଼ା ଅଣ୍ଟିରେ ପଇସା ନଥିବ ସିଏ ଏମିତି ଝିକ୍କା କନିଆଁ ନେଇ ପଳାଏ। ପଛକୁ ଯାହା ଖର୍ଚ୍ଚପାଣି ଦେବାର କଥା ଦେବାକୁ ପଡୁ ପଛକେ। ପୁଷିକା ଭାବିଲା ଏଇ ଧର୍ମ ଜିନିଷଟା କ'ଣ ? ସିଏ କାହିଁକି ସବୁ କଥା ଭିତରକୁ ପଶିଆସେ ? ମଣିଷ ତ ଦି' ପ୍ରକାର- ଧାଙ୍ଗଡ଼ା, ଧାଙ୍ଗଡ଼ୀ, ବାସ୍ ! ନା, ନା। ଆଗେ ବଡ଼ନାନାର ବାହାଘର କାମ ସରୁ। ତା' ଆଗରୁ ସେ ଏମିତି କିଛି ବି କାମ କରିବ ନାହିଁ, ଯାହା ପାଇଁ ଘରେ କଳି ହେବ, ଗାଁରେ ନିଆଁ ଲାଗିବ। ସମସ୍ତଙ୍କ କଥା ବୁଝୁଥିବା ଝାଙ୍କିରୀ ଦେବତା ତା' କଥା କ'ଣ ବୁଝିବ ନାହିଁ ? ନିଶ୍ଚେ ବୁଝିବ। କଥାଟା ଭାବିନେଇ ପୁଣି ତା ମାଆର କଥା ମନେପକାଇଲା ପୁଷିକା। ମାଆ କହୁଥିଲା, ପାଖାପାଖି ବୟସର ଭାଇଭଉଣୀ ଘରେ ଥିଲେ ଆଗେ ଭଉଣୀର ବାହାଘର କରିବା ବିଧି। ପୁରୁଷ ପୁଅର ବୟସ କଥା କେହି ଧରିବେ ନାହିଁ, କିନ୍ତୁ ତିର୍ଲା ଝିଅର ବୟସ କଥା ସମସ୍ତେ ଧରିବେ। ଗାଁଲୋକେ କହିବେ, ଏ ଧାଙ୍ଗଡ଼ୀର ବାପମାଆ କି ପ୍ରକାର ଲୋକ ଯେ, ଝୁଅଟାକୁ ଘରେ ବୁଢ଼ୀ ହେବା ପର୍ଯ୍ୟନ୍ତ ବସେଇ ରଖିଥିଲେ। ଗାଁ ଲୋକଙ୍କ ଅଭ୍ୟାସ ତ ସତରେ ଖରାପ। ସଜ ମାଉଁସରେ ପୋକ ପକେଇଦେବେ। ମୁରୁକି ମୁରୁକି ହସି ପୋଖରୀ କି ଝରଣା ପାଖରେ କୁହାକୁହି ହେବେ, ସେ ଧାଙ୍ଗଡ଼ୀର କିଛି ଗୋଟେ ଦୋଷ ଥିବ ନା ! ନହେଲେ ତା ବାପମାଆ କାହିଁକି ତାକୁ ବାହା ନଦେଇ ଏତେ ଦିନଯାଏ ଘରେ ବସେଇ ଥାଆନ୍ତେ ! ବୟସ ଗଡ଼ିଯାଉଥିବା ଝିଅର ବାହାଘର ପ୍ରସଙ୍ଗ ସାରା ଗାଁର ଆଲୋଚନାର ପ୍ରସଙ୍ଗ ହେଇଯାଏ। ସତେକି ସେଇ କଥାଟା ଆଲୋଚନା କରିବାଠାରୁ ଆଉ ଜରୁରି କଥା କିଛି ନାହିଁ। ହଁ, ଯିଏ ଯାହା କହୁଛି କହୁଥାଉ। ସିଏ ସେଗୁଡ଼ା ଶୁଣିବ ନାହିଁ। ତା ଭାଇ ଯାହା ଠିକ୍ ବିଚାରି କରିବ ସେଥିରେ

ସିଏ ରାଜି। ଭାଇର ବାହାଘର ଆଗେ ସରିଗଲେ ବରଂ ଭଲ। ଜେମ୍‌ସ ତ କହିଛି, ତା ପାଇଁ ସେ ପଚାଶ ବର୍ଷ ଅପେକ୍ଷା କରିବ। ପଚାଶ ବର୍ଷ !

ପୁଷିକା ଉଠିଲା। ଆକାଶକୁ ଅନେଇଲା। କଳାମେଘ ତଳେ ଦିଇଟା ବଗ ସାଙ୍ଗ ହୋଇ ଉଡ଼ିଯାଉଥିଲେ। ସେ ବଗ ଯୋଡ଼ିକୁ ଅନେଇ କହିଲା, ତମ ଦିହିଙ୍କ ପାଇଁ ବି ଦିଇଟା ସୁନ୍ଦର ଚାଦର ବୁଣିଦେବି, ବୁଝିଲ !

■

ନବମ ପରିଚ୍ଛେଦ

ନାଗରାଜ ତା' ଅଫିସ୍‌ରେ ବସି କଫି ପିଉଥିବା ବେଳେ କବାଟ ଖୋଲି ଜର୍ଜ ପଶିଲା ଏବଂ ଗାଡ଼ି ଚାବିକୁ ଟେବୁଲ ଉପରେ ରଖି କହିଲା, "ମୁଁ ଯାଉଛି ବାବୁ!"

: କିରେ କୁଆଡ଼େ ? ଆଶ୍ଚର୍ଯ୍ୟ ହୋଇ ନାଗରାଜ ପଚାରିଲା।

: ମୋ ଗାଁକୁ। ନହେଲେ ଯୁଆଡ଼େ ଆଖି ପାଇବ ଆଉ ପାଦ ନେବ। ଏଠି ଏତେ ମାଡ଼ଗାଳି, ଅପମାନ ସହି ମୁଁ ପଡ଼ିରହିପାରିବି ନାହିଁ।

ନାଗରାଜ ଏକାକୀ ବସିଥିଲା। ସେ ଚିନ୍ତା କରୁଥିଲା, ଏ ବର୍ଷା ପାଗରେ କେମିତି ମାଲ୍‌ଗୁଡ଼ା ରାୟପୁର ପଠେଇବ। ସେଥିପାଇଁ ସେ ଜର୍ଜକୁ ରାୟପୁର ପଠେଇବା କଥା ଭାବୁଥିଲା। ଅଥଚ ଜର୍ଜ ଆସି ଏକଥା କହିଲାଣି। ସିଏ ଗଳା ନରମ କରି କହିଲା, "କ'ଣ ହେଇଛି, କହ। ତୁ ପରା ମୋର ଡାହାଣ ହାତ। ଦିନେ ତୁ ଏ ସଂସ୍ଥାର

ମାଲିକ ହେବୁ। ଏମିତି ରାଗିଗଲେ ଚଳିବ? କହିଲୁ, ଡାହାଣ ହାତ କଟିଗଲେ କ'ଣ ମଣିଷ ଆଗ ପରି କାମ କରିପାରିବ?"

ଜର୍ଜ କହିଲା, "ଗୋଟେ ଦି'ଅଣାର ଟୋକୀ ମୋ ଲୋକଙ୍କ ଆଗରେ ମୋତେ ପିଟି ଡାକ୍ତରଖାନା ପଠେଇଦେଲା। ମୁଣ୍ଡର ଆଉ ଟିକେ ତଳକୁ ବାଜିଥିଲେ ମୁଁ ମରିଯାଇଥାନ୍ତି। ଆପଣ ତାକୁ ନ ବନ୍ଧେଇ ଖାଲି ସରପଞ୍ଚ ଜରିଆରେ ଦି'ପଦ କହି ରହିଗଲେ। ଏଇ କ'ଣ ଆପଣଙ୍କର ନ୍ୟାୟ? ଆପଣଙ୍କୁ ପିଟିବା ଦୂରର କଥା କେହି ଯଦି ଆଙ୍ଗୁଳି ଦେଖେଇଥାନ୍ତା ତାହାହେଲେ ମୁଁ ସେଇଠି ତା'ର ସେ ଆଙ୍ଗୁଳି କାଟିଦେଇଥାନ୍ତି!"

ନାଗରାଜ କଥାଟା ବୁଝିପାରିଲା। ବାସ୍ତବିକ ଜର୍ଜ ଯାହା କହୁଥିଲା ତାହା ଭୁଲ୍ ନୁହେଁ। ଜର୍ଜ ତା'ର ଏକାନ୍ତ ଅନୁଗତ। ତା' ପାଇଁ ଜର୍ଜ ଜୀବନ ଦେଇପାରେ। ତେବେ ସିଏ ଭାବିଥିଲେ, ମାଡ଼ ଖାଇଥିବା କଥାଟାକୁ ଜର୍ଜ ଏହା ଭିତରେ ଭୁଲିଯାଇଥିବ। ସରପଞ୍ଚ କୈଳାସ ବେହେରା ମାର୍ଫତରେ ସେ ଏ କଥା ଯାଇ କହିଆସିଥିଲା। ଜର୍ଜ ବି ଯାଇ ତା' କଥା ସେଠିକାର ଜଣାଶୁଣା ଲୋକଙ୍କୁ କହିଆସିଥିଲା। କଥାଟାକୁ ଥାନା କି ଫାଣ୍ଡିଯାଏ ନେବାକୁ ଚାହୁଁନଥିଲା ନାଗରାଜ। କାରଣ ସେଥିରେ ନାନା ସମସ୍ୟା ଆସନ୍ତା।

ନାଗରାଜ କହିଲା, "ଶୁଣ୍ ଜର୍ଜ, ତୁ ତ ନିଜେ ଯାଇ ପୋଡ଼ାଗଡ଼ରେ ତା' ବାବାକୁ ଧମକ ଦେଇ ଆସିଛୁ। ମୁଁ ଜାଣିଜାଣି କଥାଟାକୁ ପୁଲିସ ପାଖକୁ ନେଇନଥିଲି। କାରଣ ତୁ ସେ ଟୋକୀର ବାପକୁ ଟଙ୍କା ପଇସା ଦେଇଥିଲେ ବି ତା'ର କିଛି ରେକର୍ଡ ଆମ ପାଖେ ନାହିଁ। ପୁଲିସ ସେ ପ୍ରସଙ୍ଗ ଉଠେଇ ଥାଆନ୍ତା। ଏହାଛଡ଼ା ତୁ ଜାଣିଛୁ, ଆମ କାରବାରରେ ଆମେ ଯେତେ ପୁଲିସ କି ନେତାଙ୍କଠାରୁ ଦୂରରେ ରହିପାରିବା ସେତେ ଭଲ। ଆଇନକାନୁନ ସବୁବେଳେ ଆଦିବାସୀମାନଙ୍କ ସପକ୍ଷରେ। ସେମାନଙ୍କ ଫଳ ଫସଲ କିଣା କାରବାରରେ ଆମେ ପୁଲିସ କି ନେତାଙ୍କର ସହଯୋଗ ପାଇବା ନାହିଁ। ଏହାର ଅର୍ଥ ନୁହେଁ ଯେ ଆମେ କିଛି କରିପାରିବା ନାହିଁ। ହଉ, ମୁଁ ସେ ଟୋକୀ ଓ ତା' ବାପକୁ ଭଲକରି ପାନେ ଦେବାର ବ୍ୟବସ୍ଥା କରୁଛି। ତୁ ଯା।"

ନାଗରାଜ ମୁହଁରୁ ଏକଥା ଶୁଣି ଜର୍ଜ ଖୁସିହେଲା। ସେ ସିନା ଏମିତି ଭୁରୁଡ଼ି କାଢ଼ି ଚାକିରି ଛାଡ଼ିଦେବ ବୋଲି ଧମକ ଦେଇଥିଲା, ମାତ୍ର ସେ କଥାରେ କିଛି

ସତ୍ୟତା ନଥିଲା । ଏମିତିକା ଚାକିରି ହାତଛଡ଼ା କଲେ ସିଏ ଆଉ କ'ଣ କୋଉଠି ପାଇବ ? ଏଠି ସେ କର୍ମଚାରୀ ନୁହେଁ, ବରଂ ଅଧା ମାଲିକ । ସମସ୍ତେ ତାକୁ ଗୁରୁତ୍ୱ ଦିଅନ୍ତି । ତେବେ ସେ ଟୋକୀଟାକୁ ଏମିତି ଛାଡ଼ିଦେବା କଥାଟା ତା' ଦେହରେ ଯାଉନଥିଲା । ଘଟଣାକୁ ଚାରିମାସ ହେଇଗଲାଣି । ଏତଲା ନ ହେଲା ନାହିଁ, ନାଗରାଜ ପୁଲିସକୁ ଗୋଟେ ଫୋନ୍ କରିଦେଇଥିଲେ ପୁଲିସ କିଛି ଗୋଟାଏ ମିଛ ମାମଲାରେ ଟୋକୀର ଘରଲୋକଙ୍କୁ ଫସେଇ ବାନ୍ଧିସାରନ୍ତାଣି ।

ଜର୍ଜ ନାଗରାଜକୁ କହିଲା, ସେମାନଙ୍କୁ ଠିକଣା ଜବାବ ନଦେଲେ ସେମାନେ ମୁଣ୍ଡରେ ଚଢ଼ିବେ । ଆଜି ଜଣେ ଆମକୁ ଜିନିଷ ବିକିବାକୁ ମନା କଲା, କାଲି ଆଉ ଦି'ଜଣ ମନା କରିବେ । ଏହାଦ୍ୱାରା ଆମ ବେପାରରେ କେମିତି ଲୋକସାନ୍ ହେବ, ଆପଣ ବୁଝିପାରୁଥିବେ । ଏକ୍‌ରେ ଆମର କ୍ଷତି ହେବ, ଦୁଇରେ ସେ ଟୋକୀ ସାହସ ପାଇଯିବ । ବର୍ଷେ ଦି'ବର୍ଷ ପରେ ଆମେ ଆଉ ସେ ଅଞ୍ଚଳରେ ବେପାର କରିପାରିବା ତ ?

: ଆରେ, ଆରେ, ସତ କଥା କହିଛୁ । ମୁଁ ତ ଏ ଦିଗ ପ୍ରତି ଜମା ଧ୍ୟାନ ଦେଇନଥିଲି । ସେ ଟୋକୀଟାକୁ କେହି ମାଓବାଦୀ ଶିଖେଇଥିଲେ କିରେ ! ଆଜିକାଲି କାହାକୁ ବା ମଣିଷ ଚିହ୍ନିବ ? ଯାହା ଦେହରେ ହାତ ମାଇଲେ ସିଏ ଗୋଟେ ବାରୁଦ ଗଦା । ନା, ନା - ଏ ମାମଲାରେ କିଛି ଗୋଟେ କରିବାକୁ ପଡ଼ିବ । ହଉ, ତୁ ଚିନ୍ତା କରନା । ସେଠିକା ସବ୍-ଇନିସ୍‌ପେକ୍ଟରଟି ମହାଖାଉ । ମାସକୁ ମାସ ବଟି ନେଉଛି । କିଛି ଗୋଟେ କାମ କରୁ । ତୁ ଯା । ମୁଁ ସେକଥା ବୁଝିବି ।

ଏଥର ଜର୍ଜ ଖୁବ୍ ଖୁସି ହେଲା । ସେ ଜାଣିଗଲା ଯେ ନାଗରାଜ ରାଗରୁ ସେ ଟୋକୀ ଆଉ ଖସିପାରିବ ନାହିଁ । ତାହାଛଡ଼ା ନାଗରାଜ ସବୁ ସମ୍ଭାଳିପାରେ, ବେପାରର ଲୋକସାନ ହେବା ଭଳି କିଛି ଘଟଣା ଘଟିଲେ ସେ ଆଉ ସମ୍ଭଳା ପଡ଼ିବ ନାହିଁ । ଟଙ୍କା ଶହେଟା କ୍ଷତି ହେଇଗଲେ ତ ସେ ନାଗସାପ ପରି ଫଁ ଫଁ ହେବ, ଏଠିତ ହଜାର ହଜାର ଟଙ୍କାର କଥା ।

ଜର୍ଜ ଏକଥା ମଧ୍ୟ ଜାଣିଥିଲା, ନାଗରାଜର ବେପାର ତିଷ୍ଠିଥିଲା ଆଦିବାସୀଙ୍କ ବାଡ଼ିର ଫଳ, ବିଲର ଫସଲ ଆଉ ସରକାରୀ ଗଛର ଫଳ ଉପରେ । ଏସବୁ ମାଗଣାରେ, କୋଉଠି ଶାଗମାଛ ମୂଲରେ ସେ ସଂଗ୍ରହ କରାଇ ଆଣି ଚଢ଼ାଦରରେ

ବିକୁଥିଲା । ଆଦିବାସୀ ଲୋକ ଲାଭକ୍ଷତି କଥା ବୁଝନ୍ତି ନାହିଁ; ତା' ସାଙ୍ଗକୁ ଘରେ ସବୁଦିନେ ଅଭାବ, ପୁଣି ପୁରୁଷଗୁଡ଼ାକ ମଦ ପାଇଁ ଡହଳବିକଳ । ସେତିକି କଥା ବୁଝିଦେଲେ ସେମାନେ ତାଙ୍କର ସର୍ବସ୍ୱ ଆଣି ତୁମକୁ ଟେକିଦେବେ । ନାଗରାଜର ଅଚଳାଚଳ ସଂପତ୍ତି ସେଇମାନଙ୍କ ଫଳ, ଫସଲ ଓ ଶ୍ରମ ବିନିମୟରେ ଠୁଳ ହେଇଛି । କିନ୍ତୁ ତାହା ବୋଲି ଗୋଟେ ମେଞ୍ଚଡ଼ ଟୋକୀ ନାଗରାଜର ଲୋକକୁ ନାଲିଆଖି ଦେଖାଇ, ଲହୁଲୁହାଣ କରି ତଡ଼ିଦେବ! ଏଇ କଥାକୁ ତ ବରଦାସ୍ତ କରାଯାଇ ପାରିବ ନାହିଁ । ତେଣୁ ତାକୁ ଶାସ୍ତି ମିଳିବା ଉଚିତ । ଦେଖାଯାଉ, ପୁଲିସ କ'ଣ କରୁଛି । ତା' ଗୋଡ଼ ଭାଙ୍ଗୁଛି, ଘର ଭାଙ୍ଗୁଚି ନା ଆଉ କୋଉ ଦଫାରେ ଦି' ଚାରିଦିନ ହାଜତ ଭିତରେ ନେଇ ଠୁଙ୍କିଦେଉଛି ।

ଜର୍ଜ ନାଗରାଜକୁ କହିଲା, "ଏଇନେ ସେ ପୋଡ଼ାଗଡ଼ ଫାଣ୍ଡିର ସବ୍‌ଇନିସ୍‌ପେକ୍ଟରକୁ ଫୋନ୍ ଲଗାନ୍ତୁ । ନହେଲେ ଆପଣ ବ୍ୟସ୍ତିଆ ଲୋକ, ଭୁଲିଯିବେ ।"

: ହଁ, ହଁ । ରହ । - କହି ନାଗରାଜ ପୋଡ଼ାଗଡ଼ ସବ୍‌ଇନିସପେକ୍ଟରକୁ ଫୋନ୍ ଲଗେଇଲା । ସେପଟୁ ଏସ୍.ଆଇ. ଫୋନ୍ ଧରିବା କ୍ଷଣି ନାଗରାଜ ସବୁକଥା ଗୋଟି ଗୋଟି କରି କହିଗଲା । ତା' ସାଙ୍ଗରେ ଯୋଡ଼ିଲା, "ଝିଅର ବାପା ଆମଠାରୁ ପାଞ୍ଚ ହଜାର ଟଙ୍କା ନେଇ ଶୁଝୁନାହିଁ । ମାଗିବାକୁ ଗଲେ ତା' ଝିଅ ମୋ ଲୋକଙ୍କୁ ଗାଳିଫଜିତ୍ କରୁଛି, ଟାଙ୍ଗିଆ ଦେଖଉଛି । ଜର୍ଜର ଯୋଉ ଅବସ୍ଥା କରିଛି ତାହା ତୁମେ ଜାଣିଛ । ସେ ଟୋକୀଟାକୁ ମିଠାକଡ଼ା ଶାସ୍ତି ଦରକାର ।"

ସବ୍‌ଇନିସପେକ୍ଟର ସାଙ୍ଗେ ନାଗରାଜର କଥାବାର୍ତ୍ତା ଶୁଣିବା ପରେ ଜର୍ଜର ରାଗ କୁଆଡ଼େ ମିଳେଇଗଲା । ସେ ଟେବୁଲ୍ ଉପରୁ ଗାଡ଼ିଚାବି ଉଠେଇ ନେଇ କହିଲା, "ମୁଁ ବସ୍‌ଷ୍ଟାଣ୍ଡ୍ ଯାଉଛି, ଆଜି ରମେଶ ମାଝୀର ଲୋକ ଆସିବ । ସେ କାମ ସାରି ରାୟପୁର ବାହାରିଯିବି ।"

: ଆରେ ହଁ । ତାକୁ ନେଇ ତୁ ହୋଟେଲରେ ପହଞ୍ଚ । ମୁଁ ଘଣ୍ଟାକ ଭିତରେ ଯାଇ ପହଞ୍ଚିବି । ଟ୍ରକ୍‌ରେ ମାଲ୍ ଲୋଡିଂ ହେଲା କି ନାହିଁ ଟିକେ ବୁଝିଦେବୁ । ଏ ବର୍ଷାଦିନଟା ବଡ଼ ହଇରାଣିଆ । କେତେ ଗୋଦାମ ଆଉ ଭଡ଼ାରେ ନେବା ?

ଜର୍ଜ ମୁଣ୍ଡ ହଲେଇଲା । ଉମରକୋଟର ସବୁ ଗୋଦାମ ନାଗରାଜର ମାଲ୍‌ରେ ଭର୍ତ୍ତି ।

ସେ ଗାଡ଼ି ପାଖକୁ ଯିବାବେଳେ ପୋଡ଼ାଗଡ଼ର ସେ ଝିଅର ସମ୍ଭାବ୍ୟ ଦୁର୍ଦ୍ଦଶା କଥା କଳ୍ପନା କରି ମନେ ମନେ ହସିଲା। ନିଜକୁ ନିଜେ ଶୁଣେଇଲା ପରି କହିଲା, "ସାପ ଲାଙ୍ଗୁଡ଼ରେ ହାତ ମାରିଛୁ, ତା' ବିଷଜ୍ୱାଳାରେ ନ ମରି ତୋର ଅନ୍ୟ ଗତି ନାହିଁ।"

ଦଶମ ପରିଚ୍ଛେଦ

ଆଷାଢ଼ ମାସ ଆସୁ ନ ଆସୁଣୁ ଏମିତି ଲଗାଣ ବର୍ଷା
ଆରମ୍ଭ ହେଇଯିବ ବୋଲି ଅଙ୍କୁର ଭାବି ନଥିଲା । ସେ
ପିଟର ପାଖରୁ ତା' ମୋଟର ସାଇକେଲ୍ ମାଗିକି
ଆଣିଥିଲା, ପୋଡ଼ାଗଡ଼ ଯାଇଥାନ୍ତା । କିନ୍ତୁ ଏ ବର୍ଷା ଯୋଗୁଁ
ଅଟକି ରହିଛି ।

ଏହା ଭିତରେ ସେ ହେମକୁ ଦି'ଥର ଭେଟି ଆସି
ସାରିଲାଣି । ଅନୁଭବ କଲାଣି, ସିଏ ହେମକୁ ଯେତିକି
ଭଲ ପାଉଛି, ହେମ ତା' ଅପେକ୍ଷା ଅଧିକ ଭଲପାଉଛି
ତାକୁ । ଅଙ୍କୁର ପାଖରେ ସବୁ କଥା ସେ ଖୋଲିକି କହିଛି ।
ଏକଥା ବି କହିଛି, ସେ ଯଦି ବାହାହେବ, ଅଙ୍କୁରକୁ
ବାହାହେବ ! ନହେଲେ ଅଭିଆଡ଼ୀ ରହିଯିବ କି ବିଷ ଖାଇ
ମରିଯିବ ।

ତା ପାଟିରୁ ବିଷ ଖାଇବା କଥା ଶୁଣି ଅଙ୍କୁର
ଚମକି ପଡ଼ିଥିଲା । ନିଜ ହାତ ପାପୁଲିରେ ହେମର ପାଟି

ବନ୍ଦ କରି କହିଥିଲା, "ତମେ ଝିଅମାନେ ସବୁବେଳେ ଏମିତି କାହିଁକି ? ଏକାଥରେ ସରଗ, ନହେଲେ ନରକ। ତା ମଝିରେ ଆଉ କିଛି ଜାଗା କଣ ତୁମକୁ ଦିଶେ ନାହିଁ। ଛି, ଆଉଥରେ ବିଷ ଖାଇବା କଥା କହିବୁ ନାହିଁ।"

ପ୍ରଥମ ଥରର ଦେଖାଚାହାଁ ପରେ ଯୋଉଦିନ ସେ ହେମକୁ ଖୋଜି ଖୋଜି ଯାଇଥିଲା ସେଦିନ ବାଟସାରା ଅଙ୍କୁର ଠାକୁର ଠାକୁରାଣୀଙ୍କୁ ଡାକି ଡାକି ଯାଇଥିଲା। ତା'ର ଭାଗ୍ୟ, ପ୍ରଥମେ ଯୋଉ ପାନ ଦୋକାନୀକୁ ହେମର ଫଟୋ ଦେଖେଇ ତା' ଘର ଠିକଣା ପଚାରିଥିଲା ସେ ସାଙ୍ଗେ ସାଙ୍ଗେ କହିଥିଲା, 'ଇଏ ପରା ଗୀତକୁଡ଼ିଆଣୀ ଚମ୍ପା ଭତରାର ଝିଅ। ସେଇ ଇସ୍କୁଲ ପଛପଟ ଗଳିରେ ଗଲେ ତାଙ୍କ ଘର ପଡ଼ିବ।'

ମୁହଁସଂଜବେଳେ ହେମ ନଳକୂଅରୁ ପାଣି ନେଇ ଫେରୁଥିଲା। ସାମ୍ନାରେ ଅଙ୍କୁରକୁ ଦେଖି ମା କାଳୀ ପରି ହାତେ ଲମ୍ବର ଜିଭ ବାହାର କରି ଥ ହୋଇ ଠିଆ ହେଇଯାଇଥିଲା।

ଏପଟେ ଅଙ୍କୁର, ସେପଟେ ହେମ।

କେତେ ସମୟ ପରେ ହେମ ଡାକିଥିଲା, "ଆ। ଆମ ଘରକୁ ଯିବା।"

ମାତ୍ର ଅଙ୍କୁର କହିଥିଲା, "ଆଜି ନୁହେଁ, ଆଉଦିନେ। ଆଜି ଖାଲି ତୋତେ ଦେଖିବି। ସେତକ ଯଥେଷ୍ଟ।"

ତା ପର ରବିବାର ଦିନ ଅଙ୍କୁର ହେମ ଘରକୁ ଯାଇଥିଲା। ହେମର ମାଆ ଭଲ ଲୋକ। କିନ୍ତୁ ତା' ସାନ ଭଉଣୀ ଡାଳିମ୍ବ କିପରି ଟିକେ ବଙ୍କାତେଢ଼ା କଥା କହିଥିଲା। ତା' କଥାରୁ ଲାଗିଥିଲା ସିଏ ହେମକୁ ଈର୍ଷା କରେ। ହେମର ବାପା ସାଙ୍ଗେ ଅଙ୍କୁରର ଦେଖା ହେଇପାରିନଥିଲା। ହେମ କହିଥିଲା, ସେ ସବୁବେଳେ ବାହାରେ ବାହାରେ ବୁଲୁଥାଏ।

ଡାଳିମ୍ବ ପଚାରିଥିଲା, "ସେଦିନ ତୁମେ ଗଳାରେ ଯୋଉ ଡଙ୍ଗରିଆ ଚାଦର ପକେଇଥିଲ ସେଇଟା କୋଉଠୁ ଆଣିଥିଲ ? ମୋତେ ସେମିତିକା ଗୋଟେ ଦେବ ?"

: ସେଇଟା କନ୍ଧ ଧାଙ୍ଗଡ଼ା ତା'ର ଧାଙ୍ଗଡ଼ୀକୁ ଦିଏ। ତୁ ଆଗେ ସ୍ଥିର କର, ତୁଇ ମୋର ଧାଙ୍ଗଡ଼ୀ ହେବୁ କି ନାହିଁ? - ଅଙ୍କୁର କହିଥିଲା।

ମୁଁ ଆତା (ଅପା) ପରି ଏତେ ବୋକୀ ନୁହଁ ମ ! ମୋତେ ଯିଏ ବାହାହେବ ସିଏ ରାଜାପୁଅ ମାର୍କା ହେଇଥିବ। ତୁମର ସେ ଚାଦରଟା ଭଲ ଦିଶୁଥିଲା ବୋଲି କହୁଥିଲି, ନ ଦେଲେ ନ ଦିଅ।

ଏହାପରେ ଅଙ୍କୁର ଏଣୁତେଣୁ ପଦେ ଦି'ପଦ କଥାବାର୍ତ୍ତା ହୋଇ ଚାଲିଆସିଥିଲା। ଆସିବାବେଳେ ହେମକୁ ଖଣ୍ଡିଏ କାଗଜରେ ନିଜ ମୋବାଇଲ୍ ନମ୍ବର ଲେଖିଦେଇ ଆସିଥିଲା। କହିଥିଲା, "ମୁଁ ଡ୍ରାଇଭିଂ ଶିଖୁଛି। ମାସ କେଇଟାରେ ହାତ ସଳଖ ହେଇଗଲେ ଆଉ ଚିନ୍ତା ନାହିଁ। ଏଠି ନହେଲେ କୋଉ ଟାଉନ ବଜାରକୁ ଚାଲିଗଲେ ଭଲ ଦରମା ମିଳିବ।"

ହେମ ସେଦିନ ଅନ୍ଧାରିଆ ଆମ୍ବଗଛ ପଛରେ ଅଙ୍କୁରକୁ ଛାତିରେ ଭିଡ଼ି ଧରିଥିଲା। ତା'ର ଆଲିଙ୍ଗନ ଭିତରେ ସ୍ୱର୍ଗସୁଖ ଅନୁଭବ କରିଥିଲା ଅଙ୍କୁର ମାଝୀ। ଗୋଟେ ଝିଅର ନରମ ଛାତିର ଆଶ୍ରୟଠାରୁ ବଳି ସୁଖକର ଅନୁଭବ ଆଉ କ'ଣ ବା ଥାଇପାରେ ତା' ପରି ଯୁବକ ପକ୍ଷେ ? ସିଏ ହେମର କପାଳ, ନାକ, ଓଠ ଓ ଗାଲରେ ଚୁମା ଦେଇ କହିଥିଲା, "ମୁଁ ଠାକୁରାଣୀଙ୍କ ନାମ ନେଇ ଶପଥ କରୁଛି, ତୋତେ ହିଁ ବାହା ହେବି। ମୋ ପାଇଁ ଅପେକ୍ଷା କରିବୁ ତ !"

: ମରଣ ପର୍ଯ୍ୟନ୍ତ। - ହେମ କହିଥିଲା।

: ମୁଁ ବି। - ଅଙ୍କୁର କହିଥିଲା।

ଜୀବନ ଏମିତି। କାହା ସାଙ୍ଗେ ବର୍ଷ ବର୍ଷର ଦେଖାଚାହାଁ ମନ ଉପରେ କିଛି ପ୍ରଭାବ ପକାଏ ନାହିଁ, କାହା ସହ କେଇଟି ମୁହୂର୍ତ୍ତର ଦେଖାଚାହାଁ ସାରା ଜୀବନକୁ ବଦଳେଇ ଦିଏ। ପରସ୍ପର ଛାତିରେ ମୁହଁ ଲଦି ହେମ ଓ ଅଙ୍କୁର ସେଦିନ ଏକଥା ଅନୁଭବ କରିଥିଲେ। ହସ ଓ ପରିହାସରୁ ଆରମ୍ଭ ହେଇଥିବା ସଂପର୍କ ଏବେ ଲୁହ ଆଉ ଦୀଘର୍ଶ୍ୱାସରେ ଆସି ପହଞ୍ଚି ଯାଇଥିଲା।

ଅଙ୍କୁର ପଚାରିଥିଲା, "ମଣିଷର ସବୁଠାରୁ ବଡ଼ ଦୁଃଖ କ'ଣ ଜାଣିଛୁ ?"

: ଅଭାବ। ଅଭାବ ମଣିଷକୁ ସ୍ୱପ୍ନ ଦେଖିବାକୁ ଦିଏନାହିଁ। - ହେମ କହିଥିଲା।

: ତୁ ପୂରା ଠିକ୍ କହିଛୁ। ତୁ କ'ଣ ବହୁତ ପାଠ ପଢ଼ିଛୁ କି ? ଅଙ୍କୁର ହେମର କଥାରେ ପ୍ରଭାବିତ ହୋଇ ପଚାରିଥିଲା।

: ନା, ପାଠ ତ ସପ୍ତମ ଯାଏ ପଢ଼ିଥିଲି। କିନ୍ତୁ ମୋ ମାଆଠୁ ଶୁଣି ଶୁଣି ବହୁତ କଥା ଜାଣିଛି। ଆଉ ତୁମେ ?

: ମୁଁ। ମୁଁ ତ ରାସ୍ତାକଡ଼ରୁ ପାଠ ଶିଖିଛି। ମାଟ୍ରିକ ପାସ୍ କଲା ପୂର୍ବରୁ ଘରଛାଡ଼ି ପଳେଇଥିଲି। ଭାବିଥିଲି ସିଆଡ଼େ ସିଆଡ଼େ ଲାଇଫ୍ ବନେଇବି। କୋଭିଡ୍ ମୋତେ ମାଟି କରିଦେଲା। ମରୁ ମରୁ ବଞ୍ଚିଗଲି।

: ହେ, ମରିବା କଥା ସଞ୍ଜବେଳେ ତୁଣ୍ଡରେ ଧରନ୍ତି ନାହିଁ। ହେମ ଅଙ୍କୁରର ଛାତି ଉପରୁ ହାତ ଉଠେଇ ଆଣି ଅଙ୍କୁରର ପାଟି ବନ୍ଦ କରିଦେଇଥିଲା। ଅଙ୍କୁର ଜୀବନରେ ଏତେ ସ୍ନେହ କାହାଠାରୁ ପାଇନଥିଲା। ତା'ର ଆନନ୍ଦ ଲୁହ ହୋଇ ବୋହିଯାଇଥିଲା।

ସେ ଆଉଥରେ ଆକାଶକୁ ଅନେଇଲା। ଏ ବର୍ଷା ଆଜି ଛାଡ଼ିବ ନାହିଁ ନା କ'ଣ? ଯିବାଆସିବା ପାଇଁ ଘଣ୍ଟାଏ ପାଖାପାଖି ଟାଇମ୍ ଲାଗିବ। କ'ଣ କରିବ ସେ?

ହେମ ସିନା ଟିକେ ଫୋନ୍ କରନ୍ତା? ତା' ପାଖେ ତ ଅଙ୍କୁରର ନମ୍ବର ଅଛି। ନା, ସିଏ କୁଆଡୁ କାହା ମୋବାଇଲ୍ ପାଇବ? କିଏ ବା କାହିଁକି ତାକୁ ତା' ମୋବାଇଲ୍ ଦେବ? ସତ କହିଥିଲା ହେମ- ଅଭାବଟା ମଣିଷର ବଡ଼ ସମସ୍ୟା। ହେମ ପାଖେ ଯଦି ଗୋଟେ ମୋବାଇଲ୍ ଥାଆନ୍ତା ତାହାହେଲେ ସେ ତା' ପାଖକୁ ଦିନରାତି ଫୋନ୍ କରି ପାରନ୍ତା।

ଅଙ୍କୁର ଭାବିଲା, ଡ୍ରାଇଭର ଚାକିରି ହେଇଗଲେ, ପ୍ରଥମ ଦରମାରେ ସେ ଗୋଟେ ମୋବାଇଲ୍ କିଣି ହେମକୁ ଦେବ।

ସେ ଆଉ କ'ଣ ଭାବୁଥିଲା, ଦେଖିଲା, ରାମ ନାଇଡୁ ତା' ଆଡ଼କୁ ଆସୁଛି। ଯୋଉଦିନୁ ଅଙ୍କୁର ରାମ ନାଇଡୁ ପାଖରୁ ଡ୍ରାଇଭିଂ ଶିଖିଲାଣି, ସେହିଦିନୁ ସେ ତାକୁ ଗୁରୁ ବୋଲି ଡାକୁଛି।

: ଏ ଅଙ୍କୁର। ଆସିଲୁ, ଗୋଟେ ଜାଗାକୁ ଯାଇ ଆସିବା। - ରାମ ନାଇଡୁ ଡାକୁଥିଲା।

ଅଙ୍କୁରର ମନଟା ଖଟା ହେଇଗଲା। ସେ ପଚାରିଲା, "କୁଆଡ଼େ? ମୁଁ ଗୋଟେ କାମରେ ବାହାରିଥିଲି।"

: ଆରେ, ଜରୁରୀ କାମ ଅଛି। ଟିକେ ହସ୍ପିଟାଲ ଯିବା, ଗୋଟେ ବ୍ଲଡ୍ ଦରକାର। ଚାଲ୍, ବାଟରେ ସବୁକଥା କହିବି।

: ମୁଁ ଆଉ ଗୋଟେ କାମରେ ପୋଡ଼ାଗଡ଼ ବାହାରିଥିଲି... ଅଙ୍କୁର ଧୀର ଗଳାରେ ଆଉ ଥରେ କହିଲା। ହେମ ସହ ତା'ର ସାକ୍ଷାତର ଯୋଜନାଟା ଏମିତି ଫସର ଫାଟିଯିବ- ଏକଥାକୁ ସେ ଗ୍ରହଣ କରିପାରୁନଥିଲା।

ରାମ ନାଇଡୁ ପଚାରିଲା, "କ'ଣ କହୁଥିଲୁ? ପୋଡ଼ାଗଡ଼ ଯାଇଥାନ୍ତୁ।

ଗୋଟେ କାମ କରିବୁ। ପଅରଦିନ ଭୋର୍‌ରୁ ମୋ ଗାଡ଼ିନେଇ ଚାଲିଯିବୁ। ସକାଳୁ ସକାଳୁ ରାସ୍ତାରେ ଭିଡ଼ଭାଡ଼ ନଥିବ। ତୁ ତ ଗାଡ଼ି ଚଳେଇ ପାରିଲୁଣି !"

: ଅନିଚ୍ଛା ସତ୍ତ୍ୱେ ଅଙ୍କୁର 'ହଁ' ଭରିଲା। ରାମ ଡାକ୍ତରଖାନା ମୁହାଁ ଗାଡ଼ି ଚଳେଇଲା। ଅଙ୍କୁର ଭାବିଲା, କିଛି ପାଇବାକୁ ହେଲେ କିଛି ଦେବାକୁ ପଡ଼େ। ରାମ ଡ୍ରାଇଭର ତାକୁ ତା' ଗାଡ଼ିର ଷ୍ଟିୟରିଂ ଛାଡ଼ିନଥିଲେ ସେ କ'ଣ କୌଣସି ଦିନ ଡ୍ରାଇଭିଂ ଶିଖିପାରିଥାନ୍ତା ! ସେଇ ରାମ ଡ୍ରାଇଭର ଯେତେବେଳେ ତା' ଆଡୁ ଗାଡ଼ିନେଇ ଯିବାଲାଗି ଅଙ୍କୁରକୁ କହିଲାଣି, ତା' ଅର୍ଥ ସେ ଗାଡ଼ିଚଳା ଶିଖିସାରିଲାଣି। ରାମ ତାକୁ ସାହାଯ୍ୟ କରିନଥିଲେ ସେ ଟଙ୍କା ଖର୍ଚ୍ଚ କରି କୋଉଠୁ ବା ଟ୍ରେନିଂ ନେଇଥାନ୍ତା ? ସେମିତି ଫାଙ୍କା ସମୟ ବି ତାକୁ ମାଲିକ କେଉଁଠି ଛାଡ଼ିଥାନ୍ତେ! ଏବେ ତାକୁ ଲାଇସେନ୍‌ସ ଲାଗି ଦରଖାସ୍ତ କରିବାକୁ ପଡ଼ିବ। ଯୋଉଦିନ ଡକରା ପଡ଼ିବ, ସେଦିନ ଯାଇ ତାକୁ ଆର୍‌.ଟି.ଓ ଅଫିସ୍‌ରେ ଗାଡ଼ି ଚଳାଇବା ପରୀକ୍ଷା ଦେବାକୁ ପଡ଼ିବ। ରାମ ଡ୍ରାଇଭର କହିଛି, ଧୁସ୍ କରି ସିଟ୍ ଉପରେ ବସି ଚାବି ମୋଡ଼ିଦେବା ମାନେ ଡ୍ରାଇଭିଂ ନୁହେଁ। ଗାଡ଼ିକୁ ଆଗେ ଚିହ୍ନିବାକୁ ପଡ଼ିବ। ଷ୍ଟାର୍ଟ କରିବା ଆଗରୁ ଦିପଟ ମିରର ଠିକ୍ ଅଛି କି ନାହିଁ, ଡ୍ରାଇଭର ସିଟ୍ ଉପର ମିରର ସଳଖ ଅଛି କି ନାହିଁ, ଗିଅର୍‌ଟା ନ୍ୟୁଟ୍ରାଲ୍‌ରେ ଅଛି ନା ନାହିଁ ତାହା ତନଖି ଦେଖିବାକୁ ପଡ଼ିବ। ଏହା ଆଗରୁ ଟାୟାର ଚାରିଟାଯାକରେ ପ୍ରେସର ଅଛି କି ନାହିଁ ଦେଖିନେବାକୁ ପଡ଼ିବ। ଗାଡ଼ିର ଷ୍ଟେପିନ ସବୁବେଳେ ଠିକ୍ ଥିବା ଦରକାର। ସେଥିରେ ପ୍ରେସର ମଧ୍ୟ ରହିଥିବା ଦରକାର। ବାଟରେ ଗାଡ଼ି ଖରାପ ହେଲେ କି ଟାୟାର ପଙ୍କ୍‌ଚର ହେଲେ ତାହା ସଜାଡ଼ିବାର ବିଦ୍ୟା ଶିଖିବାକୁ ପଡ଼ିବ। ଏକ୍ସିଲରେଟର ଦାବି ଗାଡ଼ି ଚଳାଇବା ବଡ଼କଥା ନୁହେଁ। ଗାଡ଼ିର ଯନ୍ତ୍ରପାତି ବିଷୟରେ ସବୁକଥା ଜାଣିବା ଡ୍ରାଇଭରର ପ୍ରଥମ କର୍ତ୍ତବ୍ୟ।

ରାମ ଡ୍ରାଇଭର ପଚିଶ ବର୍ଷର ଅଭିଜ୍ଞ ଗାଡ଼ିଚଳାଳି। ଆଗରୁ ସେ ହାଇଦ୍ରାବାଦରେ ଗାଡ଼ି ଚଳଉଥିଲା। ସେ କହେ, ସବୁ ରକମର ଗାଡ଼ି ଚଳାଇବାର ଅଭିଜ୍ଞତା ତା'ର ଅଛି। ଗାଡ଼ି ଚଳେଇବା ଶିଖିବା ଦିନରୁ ଅଙ୍କୁର ରାମକୁ 'ଗୁରୁ' ବୋଲି ଡାକୁଛି, ତା'ଛଡ଼ା ରାମ ଯେତେବେଳେ ଯାହା ଛୋଟବଡ଼ କାମ କହୁଛି ତାହା ମଧ୍ୟ କରିଦେଉଛି। ଠାକୁରାଣୀଙ୍କ ଆଶୀର୍ବାଦ, ରାମ ତା' ଆଡୁ ତାକୁ ଡ୍ରାଇଭିଂ ଶିଖିବାଲାଗି କହିଥିଲା। ନହେଲେ ତାକୁ କିଏ ବା ଶିଖେଇଥାଆନ୍ତା !

ଅଙ୍କୁର ଜାଣିଗଲାଣି, ସେ ସ୍ୱେଚ୍ଛାସେବୀ ସଂସ୍ଥାରେ ଯେଉଁ କାମ କରୁଛି, ସେଥିରେ ଆଉ ବେଶି ଦରମା ମିଳିବ ନାହିଁ। କୋଭିଡ୍ ପଡ଼ିଲା ବୋଲି ସରକାର କିଛି ଟଙ୍କା ଦେଇଥିଲେ, ସେଥିପାଇଁ ତାଙ୍କ ସଂସ୍ଥା ଭଲରେ ଚାଲୁଛି। ଧୀରେ ଧୀରେ ସବୁକଥା ସ୍ୱାଭାବିକ ହେଇଯିବ, ତା'ପରେ କାମ କମିଯିବ, ହୁଏତ ଅଙ୍କୁରର ଏଠି ଆଉ ପ୍ରୟୋଜନ ପଡ଼ିନପାରେ।

ମନକୁ ଦୃଢ଼ କଲା ଅଙ୍କୁର। ଯିଏ ଜନ୍ମ ଦେଇଛି ସିଏ ବଞ୍ଚିବା କଥା ବୁଝିବ। ମରିବାର ହୋଇଥିଲେ ତ ସେ ରାୟପୁରରେ ମରିଯାଇଥାନ୍ତା। ବଞ୍ଚିକି ରହିଲା କେମିତି ? ସେ ନିଶ୍ଚୟ ବଞ୍ଚିବ।

ଆଗରୁ ତା'ର ବାବାମାଆଙ୍କ ପାଇଁ ବଞ୍ଚିବାଲାଗି ମନ କହୁଥିଲା। ଏବେ ହେମ ନେଇଛି ସେ ଜାଗା। ହେମ ଯୋଗୁଁ ତା'ର ବଞ୍ଚିବା ପାଇଁ ମନ। ସେ ବଞ୍ଚିବ। ବହୁତ ଟଙ୍କା ରୋଜଗାର କରିବ। ଘର ତୋଳିବ, ମୋଟର ସାଇକେଲ୍ କିଣିବ। ସେଥିରେ ହେମକୁ ବସେଇ ସହର ସାରା ବୁଲେଇବ।

ଡାକ୍ତରଖାନା ବିଛଣାରେ ଶୋଇ ରକ୍ତ ଦେଉଥିବା ବେଳେ ଅଙ୍କୁର ଏମିତି କଥାସବୁ ଭାବିଚାଲିଥିଲା। ତାକୁ ଏମିତି ଭାବିବାକୁ, ଶୋଇ ଶୋଇ ସ୍ୱପ୍ନ ଦେଖିବାକୁ ଖୁବ୍ ଭଲ ଲାଗୁଥିଲା। ଯୋଜନା କରୁଥିଲା ପଅରଦିନ ସେ ପୋଡ଼ାଗଡ଼ ଯିବ, ହେମକୁ ଦେଖିଦେଇ ଚାଲିଆସିବ। ସକାଳୁ ଉଠି ଚାଲିଗଲେ କିଛି ଅସୁବିଧା ହେବନାହିଁ। ସେତେବେଳେ ରାସ୍ତାରେ ବେଶି ଭିଡ଼ ନଥାଏ। ଉମରକୋଟରୁ ପୋଡ଼ାଗଡ଼ ପୁଣି ଏମିତି କେତେ ବାଟ କି ? ପନ୍ଦର ଷୋଅଳ କିଲୋମିଟର ରାସ୍ତା ତ ! ରାସ୍ତା ଅବସ୍ଥା ବି ଭଲ।

■

ଏକାଦଶ ପରିଚ୍ଛେଦ

ଦିପହର ଖିଆବେଳ ଗଡ଼ିଗଲାଣି। ଫାଣ୍ଡି ବାରନ୍ଦା ବେଞ୍ଚ ଉପରେ ବସିଛନ୍ତି ଚମ୍ପା, ଲାଇବନ ଓ ହେମ। ଚମ୍ପାର ନୂଆସାହି ଯିବାର ଥିଲା। ବାକୀ ଥିବା ପାଉଣା ସେ ସେଠୁ ଆଣିଥାଆନ୍ତା। ଦଶରଥର ନାତି ହେଇଛି ବୋଲି ଗୀତ ଗାଇବାଲାଗି ସେ ଚମ୍ପାକୁ ଡାକିଥିଲା। ନୂଆସାହି କାମ ସାରି ସେ ସେଇଠିକି ଯାଇଥାଆନ୍ତା। ଛଅଘଣ୍ଟା ହେଲା ସିଏ ଏଇଠି ଆସି ବସିଛି। ଗୋଟେ କନେଷ୍ଟବଲ ଯାଇ 'ବାବୁ ଡାକୁଛନ୍ତି' ବୋଲି କହି ସେମାନଙ୍କୁ ସକାଳୁ ଡାକି ଆଣିଲା। ତା'ପରଠୁଁ ସେମାନେ ଏଇଠି।

ଚମ୍ପାକୁ ଶୋଷ ଲାଗୁଥିଲା। ଅଧକାନ୍ଥି ଉପରେ ମାଠିଆରେ ପାଣି ଥିଲା। ପାଖରେ ଡଙ୍କି। ସେ ଯାଇ ଦି' ଡଙ୍କି ପାଣି ପିଇଲା। ଫାଣ୍ଡି ଅଫିସ୍ ଭିତରୁ କନେଷ୍ଟବଲଟିଏ ବାହାରକୁ ଆସୁଥିଲା। ଚମ୍ପା ଯାଇ

ହାତଯୋଡ଼ି କହିଲା- ବାବୁ, ଆଉ କେତେ ସମୟ ଅନିସା କରିବୁ? ଆମକୁ ଥାନାବାବୁ ଡାକିଥିଲେ।

କନେଷ୍ଟବଲଟି ଚମ୍ପାକୁ ଖିଙ୍କାରି ଗୋଡ଼େଇଲା। କହିଲା, "ବାବୁ ଡାକିଥିଲେ, ତୁମେ ଆସିଛ। ସେ କ'ଣ ଏଇଠି ହାତଯୋଡ଼ି ବସିଛନ୍ତି ? ଇନ୍‌କ୍ୱାରିରେ ଯାଇଛନ୍ତି। ତମେମାନେ ଅପେକ୍ଷା କରିଥାଅ।"

: ଆଉ କେତେ ବେଳ ଲାଗିବ ? - ହେମ ଉଠିଯାଇ ପଚାରିଲା।

କନେଷ୍ଟବଲଟି ହେମକୁ ତାଳୁରୁ ତଳିପା ଯାଏ ଥରେ ଅନେଇ କହିଲା, "କହି ହେବ ନାହିଁ। ଅଧରାତି ହେଇଯାଇପାରେ।" ତା'ପରେ ସେ ପାହାଚରେ ଓହ୍ଲେଇଯାଇ ମୋଟର ସାଇକେଲ୍‌ରେ ପଳେଇଗଲା।

ଲାଇବନ ହେମ ଉପରେ ଆଉଥରେ ବିଗିଡ଼ିଲା। କହିଲା, "ସବୁ ତୋ ଯୋଗୁଁ ଘଟୁଛି। ବର୍ଷ ବର୍ଷ ହେଲା ଯୋଉ ବ୍ୟବସ୍ଥା ଚାଲିଥିଲା, ସେଇ ବ୍ୟବସ୍ଥାରେ ବେପାରୀ ଆଗୁଆ ଟଙ୍କା ଦେଇ ଅମଳ ବେଳେ ଆସି ଫଳ ଫସଲ ନେଉଥିଲା। ଏଥିରେ ଜର୍ଜର ଭୁଲ୍ ରହିଥିଲା କୋଉଠି ? ସିଏ ତ ଖାଲି ଆମଠୁଁ ନେଉନଥିଲା, ଏ ଅଂଚଳ ସାରା ଏକା ବେବସ୍ଥା। ଏଟା ବି ଭାରି ସୁବିଧା। ନହେଲେ ଲୋକଗୁଡ଼ାକ ଫଳ, ଫସଲ ମୁଣ୍ଡେଇ କୁଆଡ଼େ ଯାଆନ୍ତେ ? ବେପାରୀ ତା' ଲୋକ ଆଣି, ଗାଡ଼ି ପଠେଇ ଆମ ପାଖରୁ ଜିନିଷ ନେଇଯାଉଛି, ଟଙ୍କା ଦେଇଯାଉଛି। ଏଥିରେ ଅସୁବିଧା କୋଉଠି ? ତୁ କାହିଁକି ନାଗରାଜ ବାବୁର ଲୋକକୁ ପିଟିଲୁ ?"

: ଆ-ହା, ଏମିତି କଥା କହୁଛୁ, ଯେମିତି ସବୁ ଦୋଷ ମୋ ପିଲାଙ୍କର ! ବେପାରୀର ଦୋଷ ନାହିଁ କି ତୋର ଦୋଷ ନାହିଁ। କହ, ସେ ବେପାରୀ ତୋତେ କେତେ ଟଙ୍କା ଦେଇଥିଲା ? କୋଉଦିନ ଦେଇଥିଲା ? କାହା ହାତରେ ଦେଇଥିଲା ? ତୋତେ ବୋତଲେ ଦି' ବୋତଲ ମଦ ଦେଇ ଆମ ବଗିଚାର ସବୁ ଫଳ ସେ ନେଇଯିବ ? ଆମେ ବର୍ଷସାରା ଚଳିବୁ କେମିତି ? କହୁନୁ ? ଆରେ ତୁ ବାପ ନା କଂସେଇ ? ତୋଅରି ଅକର୍ମାପଣ ଯୋଗୁଁ ଆମେ ବାରଦୁଆର ହେଉଛୁ। ତୋ ମୁହଁକୁ ଟିକିଏ ଲାଜ ଲାଗୁନାହିଁ ? ଆଉରି ମୋ ଛୁଆକୁ ଝିଙ୍ଗାସୁଛୁ ? - ଚମ୍ପା ଉତରା ମାଡ଼ି ଆସିଲା।

ହେମ ବି ଯୋଡ଼ିଲା, "ମୋ ପାହାରଟା ସଭିଁଙ୍କୁ ଦିଶୁଛି। ସିଏ ମୋତେ ଯୋଉ ରଇଜଲା କଥାଗୁଡ଼ାକ କହିଥିଲା ତା'ର ଶାସ୍ତି କ'ଣ ? ଗରିବ ଝିଅ କ'ଣ

ସମସ୍ତଙ୍କର ପୋଇଲି ? ଦାନ୍ତ ନିକୁଟି ଅଭଦ୍ରଙ୍କ ଭଳିଆ ମୋତେ ସେ ବାରକଥା କହିବାରୁ ସିନା ମୋ ଦେହ ହାତ ଜଳିଲା । ନହେଲେ ମୁଁ କାହିଁକି ତା' ଉପରକୁ ହାତ ଉଠେଇଥାଆନ୍ତି ? ମୁଁ ତାକୁ କହିଥିଲି, ମୋ ମା' ଆସୁ । ତା' ଆଗରେ ତୁମେ ଜିନିଷ ନେବ । ତୁ ତ ଲୁଚିଥିଲୁ । 'ଆମ ଘର ଲୋକ କେହି ନାହାନ୍ତି, ତୁମେ ପରଲୋକ ଗାଡ଼ିରେ ଆସି ଆମ୍ଭ, ସପୁରି ସବୁ ଲୁଟିନେଉଛ କାହିଁକି' ବୋଲି ପଚାରିଥିଲି । କହ, ଏଥିରେ ଖରାପ କଥାଟା କ'ଣ କହିଲି ? ଯିଏ ଚୋରଙ୍କ ପରି, ରାତି ନ ପାହୁଣ୍ଣୁ, କାହାକୁ କିଛି ନକହି ପରବାଡ଼ିରେ ପଶି ଫଳ-ଫସଲ ଲୁରି ନେଇଯାଏ ସିଏ କ'ଣ ସାଧୁ ଲୋକ ? ତାକୁ ଅଟକେଇଲି । ସେ ଓଲଟି ମୋତେ ନାନା ଖରାପ କଥା କହିଲା । 'ବାପକୁ ଟଙ୍କା ଦେଇଛି' ବୋଲି ମିଛ କହିଲା । ମୁଁ ଆଉ କ'ଣ କରିଥାନ୍ତି ?"

ହେମ ବଡ଼ ପାଟିରେ ଏକଥା କହୁଥିଲା । ଜଣେ କନେଷ୍ଟବଳ ଆସି ନାଲି ଆଖି ଦେଖାଇ କହିଲା, "ଏଇଟା ତୁମ ଘର ନୁହେଁ, ଏଇଟା ସରକାରୀ ଫାଣ୍ଡି । ଚୁପ୍‌ଚାପ୍ ବସ ।"

ହେମ ଚୁପ୍ ହେଇଗଲା ।

ଚମ୍ପା ତାକୁ କହିଲା, "ତୋତେ ଭୋକ ଲାଗିବଣି । ଛତୁଆ ଟିକେ ଖାଇକି ଆସିଥିଲୁ, ଦିପହର ଗଡ଼ିଗଲାଣି । ହେ ମା ଭୈରବୀ, ମୋ ପରିବାର ଉପରେ ଇଏ କି ଦାଉ ସାଧୁଛୁ ଲୋ ମା ! ଆମେ ଗରିବ, ନିଆଶ୍ରୀ ଲୋକ । ଆମେ କାହାର କିଛି କ୍ଷତି କରିନୁ । ଆମ ଦୁଃଖ ତୁ ନ ବୁଝିଲେ ଆଉ କିଏ ବୁଝିବ ?"

: ତୁ କାହିଁକି ବ୍ୟସ୍ତ ହେଉଛୁ ? ମୋତେ ଭୋକ ଲାଗୁନାହିଁ । ତୋତେ ଯଦି ଭୋକ ଲାଗୁଛି କହ, ମୁଁ ପାଉଁରୁଟି ଆଣିଦେବି । ମୋ ପାଖେ ପଇସା ଅଛି ।

: ଯା, ମୋ ପାଇଁ ଗୁଟେ ଆଣିବୁ । - ଲାଇବନ କହିଲା । ତା' କଥା କେହି ପଚାରୁନଥିବାରୁ ସେ ମନେ ମନେ ମାଆ-ଝିଅ ଦିହିଙ୍କ ଉପରେ ରାଗିଯାଇଥିଲା ।

ଚମ୍ପା ତବତବ କରି ଚାରିଆଡ଼କୁ ଅନଉଥାଏ । ଲୋକେ ଆସୁଥାଆନ୍ତି, ଯାଉଥାଆନ୍ତି । କାହା ହାତରେ ଦଉଡ଼ି ବାନ୍ଧି ତ କାହା ହାତରେ ହାତକଡ଼ା ପକେଇ ପୁଲିସ ଆସାମୀଙ୍କୁ ଆଣୁଥାଏ । ଗୋଟେ ସ୍ତ୍ରୀଲୋକ ଖରାବେଳଟାରୁ ବାରନ୍ଦାରେ ବସି ମୁହଁରେ ଲୁଗାକାନି ଚାପି କାନ୍ଦୁଥାଏ । ତା' ପୁଅକୁ ପୁଲିସ ଉଠେଇ ଆଣିଥିଲା । ସେଥିପାଇଁ ସେ କାନ୍ଦୁଥିଲା । ଚମ୍ପାକୁ ଏ ଜାଗାଟା ଅସ୍ୱସ୍ତିକର ଲାଗୁଥିଲା । ଏଣେ

ଚିନ୍ତା ବି ଘାରୁଥିଲା- ପୁଲିସ ତାକୁ କି ଶାସ୍ତିଦେବ ! ସେ ଗରିବ ଲୋକ, କେଶ୍‌ବାସ୍ ଲଢ଼ିବା ତା' ପକ୍ଷେ କ'ଣ ଏତେ ସହଜ ? ଚାରିଚାରିଟା ପେଟକୁ ସେ କେମିତି ଦାନା ଦଉଛି ସେ କଥା ସିଏ ହିଁ ଜାଣେ। ସରକାର ସିନା ଚାଉଳ ଦେଉଛି, ଡୁଣ- ତେଲ-ଲୁଣ ପାଇଁ ତ ପୁଣି ପଇସା ଦରକାର। ଏକୁଟିଆ ଲୋକ, ଡାକରା ପାଇଲେ ସୁଦ୍ଧା ସବୁଆଡ଼େ ଗୀତ ଗାଇବାକୁ ଯାଇପାରୁନାହିଁ। ବେମାରିଆ ଦେହଟାକୁ ନେଇ ସେ ଆଉ କେତେ ଆଡ଼େ ଧାଇଁ ପାରିବ ? ଛଅମାସ ହେଲା ଅଣ୍ଟା ବେମାରି ବଢ଼ିଯାଇଛି। ଗୋଟିଏ ଜାଗାରେ ଘଡ଼ିଏ ବସିଲେ ଅଣ୍ଟା କଟକଟ ହେଇ ପୀଡ଼ା ଦେଉଛି।

ହେମ କହିଲା, "ଡାଳିମ୍ବ ଏକୁଟିଆ କ'ଣ କରୁଥିବ କିଏ ଜାଣେ ?"

ଚମ୍ପା କହିଲା, "ସେ ଶୋଇପଡ଼ିଥିବ। ତା' କଥା ଭାବ୍‌ନା।"

ସଂଜ ଛଅଟା ବେଳକୁ ଫାଣ୍ଡିବାବୁ ଆସିଲେ। ସେତେବେଳକୁ ବାପ ମାଆଝିଅ ତିନି ଜଣଙ୍କର ଅବସ୍ଥା ସଙ୍ଗିନ। ଭୋକ ଉପାସରେ ଗୋଟିଏ ଜାଗାରେ ବସି ବସି ଦରମଲା ପରି ଦିଶୁଥାନ୍ତି ତିନିହେଁ।

ଏସ୍.ଆଇ. ହସିଲା। କୁଟିଳ ହସ। କହିଲା, "ତୁମେମାନେ ବହୁତ ସମୟ ହେଲା ଆସିବଣି ! ମୁଁ ତ ଇନ୍‌କ୍ୱାରିରେ ଦୂର ଜାଗାକୁ ପଳେଇ ଯାଇଥିଲି। ହଉ, କ'ଣ କରିବା ? ଏକୁଟିଆ ଲୋକ, ଚାରିଆଡ଼ର ଆଇନ ଶୃଙ୍ଖଳା ପରିସ୍ଥିତି ମୋତେ ସବୁ ଦେଖିବାକୁ ପଡୁଛି। ଏ ଅଞ୍ଚଳର ଲୋକଗୁଡ଼ିକ ସବୁ ଗୋଟେ ଗୋଟେ ବଦମାସ୍। ଆଇନ କାନୁନ ମାନିବାଲାଗି ସେମାନେ ପ୍ରସ୍ତୁତ ନୁହନ୍ତି। ଛାଡ଼। ତୁମମାନଙ୍କୁ କହି ଲାଭ କଣ ? ତୁମେମାନେ ବା କୋଉ ସାଧୁ ଲୋକ ! ମୁ ଜାଣିଛି, ତୁମମାନଙ୍କ ନାମରେ ସଙ୍ଗିନ୍ କେସ୍।"

: ସଙ୍ଗିନ କେଶ୍। ସେଇଟା କ'ଣ ? - ଚମ୍ପା ପଚାରିଲା।

: ତୁମର ଏଇ ଝିଅ ଗୋଟେ ମାଓବାଦୀ ସାଙ୍ଗେ ମିଶୁଛି। ମାଓବାଦୀ ମାନେ ବୁଝୁଚୁ ତ ? ଦେଶର ଶତ୍ରୁ। ସେ ଟୋକାଟା ବରାବର ସକାଳେ, ସଂଜରେ ଆସି ଏହା ସାଙ୍ଗରେ ମିଶିକି ଯାଉଛି। ଉପରୁ ଖବର ଆସିଛି। ତୁମମାନଙ୍କୁ ସମସ୍ତଙ୍କୁ ଗିରଫ କରାଯିବ। - ପୁଲିସ ଏସ୍.ଆଇ ଚଢ଼ାଗଳାରେ କହିଲା।

ଚମ୍ପା ଭତରା ଜାଣ ଆକାଶରୁ ଖସିପଡ଼ିଲା। ହାତଯୋଡ଼ି କହିଲା, "ଏସବୁ ମିଛ। ମୋ ଝିଅ କେବେ କାହା ସାଙ୍ଗେ ମିଶିନାହିଁ। ସେ ଅଲକ୍ଷଣା କାମଗୁଡ଼ା ସିଏ କେବେ କରିବ ନାହିଁ। ସେ ଭାରି ଭଲପିଲା।"

: ତୁ ଗୋଟେ ଗୀତକୁଡ଼ିଆଣୀ। ଆଦିବାସୀ ପରଂପରାକୁ ଜଗିବା ଲୋକ। ଭଲ କଥା। ତୋତେ ମୁଁ କ'ଣ କହିବି ? ଏସବୁ ତଥ୍ୟ ଆମେ ତ ତୋ ସାନଝିଅ ପାଖରୁ ସଂଗ୍ରହ କରିଛୁ। ପଚାର ତୋ ଝିଅକୁ, ଅଙ୍କୁର ମାଝୀ ସାଙ୍ଗେ ତା'ର ଭାବନାବ ଅଛି ନା ନାହିଁ ?

: ଅଙ୍କୁର ମାଝୀ ? ସିଏ ତ ଭଲ ପିଲା। ସେ ଆମ ଘରକୁ ଆସେ ସତ, କିନ୍ତୁ ସେ ମାଓବାଦୀ ନୁହେଁ।

: ଚୁପ୍। କିଏ ମାଓବାଦୀ, କିଏ ନୁହେଁ ତୁ ସବୁ ଜାଣିଛୁ ? ଆଉ ଆମେ ପୁଲିସ, ଗୁଇନ୍ଦା ସବୁ ବୋକା ? ଏସ୍.ଆଇ ବିଗିଡ଼ିଗଲା।

ଚମ୍ପା ଭତରା ଭୟରେ ଚୁପ୍ ହେଇଗଲା।

ଆମେ ତା' ଗାଡ଼ିରୁ ଲିଫ୍‌ଲେଟ୍ ସିଜ୍ କରିଛୁ। ସେ ଖସିପାରିବ ନାହିଁ। ତା' ସାଙ୍ଗେ ତୁମମାନଙ୍କର ସଂପର୍କ ଥିବାରୁ ତୁମେମାନେ ବି ଖସିପାରିବ ନାହିଁ। ଏଇଟା ଅତି ଗୁରୁତର କେଶ୍। ସମସ୍ତେ ଜେଲ୍ ଯିବ।

: ବାବୁ, ଆମକୁ ତୁ ରକ୍ଷା କର୍। ଲାଇବନ ଉଠିଯାଇ ଥାନାବାବୁର ଗୋଡ଼ତଳେ ସାଷ୍ଟାଙ୍ଗ ପ୍ରଣିପାତ କରି ଚଟାଣ ଉପରେ ଶୋଇଗଲା। ଥାନାବାବୁ ତାକୁ କହିଲା, "ଦେଖୁଛି, ତୋ ଘର ଭିତରେ ତୁଇ ଗୋଟେ ବୁଝିବା ଶୁଝିବା ଲୋକ। ଶୁଣ୍। ଭାବିନେ, ଏଇଟା ଶେଷ ଚାନ୍‌ସ। ଆଉଥରେ ସେ ଟୋକା ତୁମ ଘରକୁ ଆସିଲେ ଦେଖିବ କେହି ତୁମକୁ ରକ୍ଷା କରିପାରିବ ନାହିଁ। ତେବେ ଏତିକିରେ ତ କେଶ୍ ଫଇସଲା ହେଇପାରିବ ନାହିଁ। ତୁମେ ନାଗରାଜ ବାବୁ ପାଖରୁ ପାଞ୍ଚହଜାର ଟଙ୍କା ଆଣି ଶୁଝୁନାହଁ କାହିଁକି ? ସେ ଲୋକ ପଠେଇଲେ ତୁମେ ଓଲଟି ମାରି ଗୋଡ଼ଉଛ ! ତୁମର ତ ଭାରି ସାହସ !

: ମିଛକଥା ବାବୁ। କାହା ପାଖରୁ ମୁଁ କିଛି ପଇସା ଆଣିନାହିଁ। ମୋର ପାଖେ କିଛି ନାହିଁ ବାବୁ। ଏଇ ହାତର ଖଡ୍ଡୁ ଦିଇଟା ତୋତେ ଦେଇଦେମି। - କହି ଚମ୍ପା ତା' ହାତରୁ ନିକେଲ ଖଡ୍ଡୁ ଦିପଟ ଓହ୍ଲେଇବାକୁ ଯାଉଥିଲା।

: ଥାଉ, ଥାଉ। ସେଥିରେ କିଛି ହେବନାହିଁ। ମୁଁ ସେଗୁଡ଼ା ଛୁଏଁ ନାହିଁ। ସରକାର ଆମକୁ ଆଇନର ରକ୍ଷା ପାଇଁ ଅଫିସର କରିଛି। ତୁମେମାନେ ସେ କାମରେ ବାଧା ସୃଷ୍ଟି କରୁଛ। ହେଉ, କହିସାରିଲିଣି ଯେତେବେଳେ ତୁମକୁ ଗୋଟେ ଚାନ୍‌ସ ଦେଉଛି। ଏଥିପାଇଁ ତୁମମାନଙ୍କୁ ଗୋଟେ କାମ କରିବାକୁ ପଡ଼ିବ। ପାଞ୍ଚବର୍ଷ

ଲାଗି ନାଗରାଜ ବାବୁଙ୍କୁ ତୁମେ ତୁମର କ୍ଷେତ ବାଡ଼ିର ଫଳ, ଫସଲ ସବୁ ଦେବ। ଆଉ କାହାକୁ କିଛି ବିକିପାରିବ ନାହିଁ। ସେଇଥିରୁ ସେ ତା' ପଇସା ଆଦାୟ କରିବ। ଏଥିରେ ଯଦି ରାଜି, ତାହାହେଲେ ଏଇ କାଗଜରେ ଦସ୍ତଖତ କରି କି ଟିପ ଦେଇ ଯାଅ। ନହେଲେ ମୁଁ ଅନ୍ୟ କିଛି କରିପାରିବି ନାହିଁ। ବୁଝିଲ।

ହେମ ତା' ମାଆ ମୁହଁକୁ ଚାହିଁଲା, ମାଆ ଲାଇବନର ମୁହଁକୁ। ତିନିହେଁ ତିନିଙ୍କ ମୁହଁକୁ ଅନାଅନି ହେଉଥିଲେ। ହେମ ଜାଣି ପାରୁଥିଲା, ମିଛ ଅପରାଧ ବାହାନାରେ ତାଙ୍କୁ ପୁଲିସ ଶାସ୍ତି ଦେଉଥିଲା ! ଏସବୁ ଅଭିଯୋଗ ଯେ ସବୁ ମନଗଢ଼ା ତାହା ସେ ଜାଣିଥିଲା। କିନ୍ତୁ ଅଙ୍କୁର କଥା ନେଇ ସେ ନିଶ୍ଚିତ ହୋଇପାରୁନଥିଲା। ସତରେ କ'ଣ ଅଙ୍କୁର ମାଓବାଦୀ ? ମାଓବାଦୀଙ୍କ ସାଙ୍ଗେ କ'ଣ ତା'ର ସଂପର୍କ ରହିଛି ? ତା' ମନ ଏକଥାକୁ ମାନୁନଥିଲା। ଅଙ୍କୁର କେବେ ଏ କାମ କରିପାରିବ ନାହିଁ। ତାହାର ହାତ ପାପୁଲି ତ ଝିଅପିଲାଙ୍କ ହାତ ପାପୁଲି ପରି ନରମ, ସେଥିରେ ସେ କ'ଣ ଛୁରା, ବନ୍ଧୁକ ଉଠେଇ ପାରୁଥିବ ?

ଚମ୍ପା ଭିତରା ଗୋଟେ ଦୀର୍ଘଶ୍ୱାସ ନେଲା। ସେ ଫାଣ୍ଡିବାବୁର କଥାକୁ ବିଶ୍ୱାସ କରିପାରୁନଥିଲା। ପାଞ୍ଚବର୍ଷ ପର୍ଯ୍ୟନ୍ତ ମାଗଣାରେ ଯଦି ବେପାରୀ ତା' ଫଳ ଫସଲ ସବୁ ନେଇଯିବ, ତା' ପିଲାଏ ଚଳିବେ କେମିତି ? ଖାଇବେ କ'ଣ ? ଏହାଠୁଁ ତ ଭଲ ସେ ଘରବାଡ଼ି ବିକି ଅନ୍ୟ କୁଆଡ଼େ ପଳେଇଯିବ। କିନ୍ତୁ ଏସବୁ ଭାବୁଥିଲା ସିନା, ପୁଲିସ ମୁହଁରେ କହିବା ଲାଗି ତା'ର ସାହସ ହେଉନଥିଲା।

ଲାଇବନ କହିଲା, "ହଉ ବାବୁ, ତୋର ଇଚ୍ଛା। ପାଞ୍ଚବର୍ଷ କାହିଁକି, ଦଶବର୍ଷ ଲାଗି ସେ ନେଉ, ଚିନ୍ତା ନାହିଁ। ହେଲେ ଆମକୁ ମଝିରେ ମଝିରେ କିଛି କିଛି ପଇସା ନଦେଲେ ଆମେ ଖାଇବୁ କ'ଣ ?"

: ହଉ। ସେ ବେଳ ଆସୁ ଦେଖିବା। କ'ଣ ଫଳ ଫସଲ ହେଉଛି ଦେଖିକି କହିବା। ଭଲ ଫସଲ ହେଲେ ଭଲ, ନହେଲେ ତ ତା' ମୂଳ ଉଠିବ ନାହିଁ। ସେ କୋଉଠୁ ଆଣିକି ଦେବ ? ତେବେ ଆଜିଠାରୁ ସେ ବଗିଚା କଥା ତୁମେ ଭୁଲିଯିବ। ଜାଣ, ସେଇଟା ତୁ ତା' ପାଖରେ ବନ୍ଧା ପକେଇ ଦେଇଛୁ। - ଏସ୍.ଆଇ କହିଲା।

: ହଇ। ହଇ। ତୋଅର ଇଚ୍ଛା। - ଲାଇବନ ହାତଯୋଡ଼ି କହିଲା। ଚମ୍ପା କି ହେମ କେହି ଆଉ କିଛି କହିପାରିଲେ ନାହିଁ।

ସେମାନେ ଫାଣ୍ଡିରୁ ଆସି ଘରେ ପହଞ୍ଚିବା ବେଳକୁ ସଞ୍ଜ। ଡାଳିମ୍ବ କବାଟ

ଆଉଜେଇ ଶୋଇଥିଲା। ହେମ ତାକୁ ଉଠେଇ ପଚାରିଲା, "ଅଙ୍କୁର କ'ଣ ମାଓବାଦୀ ? ତୁ ପୁଲିସକୁ ତା' ନାଆଁରେ କ'ଣ କହିଛୁ ? ଏତେ ବଡ଼ ମିଛ ତୁ କହିଲୁ କେମିତି ?"

: ମା-ଓ-ବା-ଦୀ ? ସେଇଟା କ'ଣ ? ମୁଁ ସେମିତି କଥା ତ କିଛି କାହାକୁ କହିନାହିଁ। ପୁଲିସ ମୋତେ ଅଙ୍କୁରର ଫଟୋ ଦେଖାଇ ପଚାରିଲା- ୟାକୁ ତୁ ଚିହ୍ନିଛୁ ? ମୁଁ କହିଲି, ସେ ଅପାକୁ ଦେଖା କରିବାଲାଗି ମଝିରେ ମଝିରେ ଆମ ଘରକୁ ଆସେ।

: ମାଓବାଦୀ କଥା ? - ହେମ ପୁଣି ପଚାରିଲା।

: ସେଇଟା କ'ଣ ? ମୋ ଆଖି ଛୁଉଁଛି ଲୋ, ମୁଁ ସେମିତିକା କଥା କିଛି କହିନାହିଁ। - ଡାଳିମ୍ବ ଜବାବ ଦେଲା।

ଚମ୍ପା ଡାକିଲା, "ଥାଉ ଲୋ ହେମ, ତାକୁ ଦୋଷ ଦେଇ ଲାଭ ନାହିଁ। ସବୁ ଆମ କପାଳର ଦୋଷ। ସେ ଫାଣ୍ଡିବାବୁଟା ଏକ୍ ନମ୍ବର ଲାଞ୍ଚୁଆ। ବେପାରୀ ପାଖରୁ ଟଙ୍କାନେଇ ମିଛ କେଶ୍‌ର ଧମକ ଦେଉଛି ବୋଲି କ'ଣ ତୁ ଜାଣିପାରିଲୁ ନାହିଁ ? କ'ଣ କରିବା ? ଅଙ୍କୁର ସାଙ୍ଗେ ମିଳାମିଶା ବନ୍ଦ କରିଦେ। ସେ ତା' ରାସ୍ତାରେ ଯାଉ। ନହେଲେ ତାକୁ ବି ବାନ୍ଧିନେଇ ହାଜତରେ ପୂରେଇଦେବ ପୁଲିସ। ସେ ପିଲାଟା ବା କ'ଣ କରିପାରିବ ?"

: ଯିଏ ଯାହା କରିଥିବ ସିଏ ତା'ର ଫଳ ଭୋଗିବ। - ଡାଳିମ୍ବ ମନ୍ତବ୍ୟ ଦେଲା। ହେମ ତାକୁ କଞ୍ଚାନିଦରୁ ଉଠେଇ ଦେଇଥିବାରୁ ସେ ଚିଡ଼ି ଯାଇଥିଲା।

ଡାଳିମ୍ବର କଥା ହେମର ଛାତିରେ କଣ୍ଟାଟିଏ ପରି ଗଳିଗଲା। ସାରାଦିନର ଭୋକ, ଶୋଷ, କ୍ଳାନ୍ତି ଏବଂ ପୁଲିସର ଅପମାନଜନକ ବ୍ୟବହାର ପରେ ସେ ଆଶା କରୁଥିଲା ତା' ନିଜର ଭଉଣୀ ଅନ୍ତତଃ ତାକୁ ପଦେ ସହାନୁଭୂତିର କଥା କହିବ। କାହାପାଇଁ ସେ ଫଳ ବେପାରୀର ଲୋକକୁ ପିଟିଥିଲା ? ତା' ଘରଲୋକଙ୍କ ପାଇଁ, ଯୋଉଥିରେ ତା' ଭଉଣୀ ଡାଳିମ୍ବ ବି ଅଛି। ପିଲାଟି ଦିନରୁ ସେମାନେ ଦିହେଁ ସାଙ୍ଗ ହୋଇ ବଢ଼ିଛନ୍ତି, ଖେଳିଛନ୍ତି, ସବୁକଥା ପରସ୍ପରକୁ କହିଛନ୍ତି। ଦିହିଙ୍କ ଭିତରେ ବୟସର ବ୍ୟବଧାନ କମ୍। ସେଥିପାଇଁ ହେମ ଡାଳିମ୍ବକୁ ସାନଭଉଣୀ ଅପେକ୍ଷା ସାଙ୍ଗ ବୋଲି ବେଶି ଭାବେ। ସେଇ ତାକୁ ଏମିତି ମରମକୁ ବାଧିଲା ପରି କଥା କହିପାରିଲା କେମିତି ? ଏହା ଭିତରେ ଡାଳିମ୍ବ କ'ଣ ସମସ୍ତଙ୍କ ଅଜାଣତରେ

ଅପରିଚିତ ପାଲଟି ଯାଇଛି ? ସେ ଘରଲୋକଙ୍କର ନିଜର ହୋଇ ରହିନାହିଁ ? ନା, ସେ ଈର୍ଷା କରୁଛି ତା' ବଡ଼ ଭଉଣୀକୁ ? ସେ ଚାହୁଁନାହିଁ, ଅଙ୍କୁର ଏ ଘରକୁ ଆସୁ।

ଅଙ୍କୁରର କଥା ମନେପଡ଼ି ହେମକୁ ରାଗ ମାଡୁଥିଲା, ତା' ସାଙ୍ଗରେ ଦୟା। ତା' ମନ କହୁଥିଲା, ଅଙ୍କୁର କେବେ ଏଭଳି ଖରାପ କାମ କରିନଥିବ। ଇଏ ସବୁ ସେହି ଫଳ ବେପାରୀର କୂଟକପଟ। ପଇସା ଥିଲାବାଲା ପୁଲିସ, ଓକିଲ, କଚେରି, ଡାକ୍ତର ସମସ୍ତଙ୍କୁ କିଣିପାରନ୍ତି ବୋଲି ସେ ଶୁଣିଥିଲା। ଆଜି ତାର ପ୍ରମାଣ ପାଇଲା।

ଏଇ କେତେଦିନ ହେଲା ହେମ ବହୁତ ଖୁସି ଥିଲା। ସକାଳୁ ସକାଳୁ କେବେ ଅଙ୍କୁର ଟ୍ରେକର ଚଳେଇ ପାହାଡ଼ତଳ ବଗିଚା ପାଖକୁ ଆସିଯାଉଥିଲା। ହେମ ଯାଇ ସେଇଠି ତାକୁ ଅପେକ୍ଷା କରୁଥିଲା। ଗଲାଥର ଅଙ୍କୁର ତାକୁ ଗାଡ଼ିରେ ବସେଇ ପାହାଡ଼ କଡ଼ ରାସ୍ତାରେ ଘୂରେଇ ଆଣିବାକୁ କହୁଥିଲା। ହେମ ମନାକଲା। "ତମ ହାତ ସଳଖ ହେଇନାହିଁ ବୋଲି କହୁଛ। ଏଣେ ଲାଇସେନ୍‌ସ ନାହିଁ। ମୋତେ ବୁଲେଇବା ବେଳେ ତମର କି ଗାଡ଼ିର ଯଦି କିଛି ହେଇଯାଏ ନାନା କଥା ଉଠିବ। ଥାଉ, ତମେ ଲାଇସେନ୍ସ ପାଇବା ପରେ ମୋତେ ଗାଡ଼ିରେ ବସେଇ ଘୂରେଇବ।"

ଅଙ୍କୁର ପରିହାସ କରି କହିଥିଲା, "ସେତେବେଳକୁ ତୋତେ ବାହାହେବାର ଲାଇସେନ୍‌ସ ବି ମୁଁ ହାତେଇ ସାରିଥିବି ତୋ ମାଆ ପାଖରୁ।"

ଏକଥା ମନେପଡ଼ି ଏତେ ଅପମାନ, ଯନ୍ତ୍ରଣା ଓ ଅସହାୟତା ଭିତରେ ସୁଦ୍ଧା ହେମକୁ ଟିକେ ହସ ମାଡ଼ିଲା। ସଭିଙ୍କୁ ଲୁଚେଇ ଲୁଚେଇ ସେ ହସିଲା ଓ ପୁଣି ତାକୁ ତା' ଓଠରୁ ପୋଛିଦେଲା। ଏଇ ଏତକ ତା'ର ପ୍ରେମ। ତା'ର ନିଜର। ଏଥିରେ କାହାର ଭାଗ ନାହିଁ।

ମାଆ ଡାକୁଥିଲା, "ହେମ, ଆ। ମୁଠେ ଖାଇଦେବୁ। ଭୋକରେ ତୋ ପେଟ ଜଳୁଥିବ। କ'ଣ କରିବା ? ଆମରି ତ ଭାଗ୍ୟ ! ଡାଳିମ୍ବକୁ ଡାକି ଦେ।"

ହେମ ଅଙ୍କୁର ପାଖରୁ ତା' ମନକୁ ଫେରେଇ ଆଣି ମାଆ କଥା ଚିନ୍ତା କଲା। ମାଆ ନା ଠାକୁରାଣୀ ! ରକ୍ତମାଂସର କୋଉ ନାରୀ ଏତେ କଷ୍ଟ ଓ ଅପମାନ ସହିପାରେ ? ସେ କହିଲା, "ଯାଉଛି ମା'।"

ପେଟରେ ଭୋକ ଥିଲେ ବି ହେମର ଖାଇବା ପାଇଁ ଇଚ୍ଛା ହେଉନଥିଲା।

ସାରା ଦିନର ଅପେକ୍ଷା, ଅପମାନ ଓ ଲାଞ୍ଛନା ତା ଭିତରୁ ଭୋକ, ଶୋଷ ସବୁ କୁଆଡ଼େ ନେଇ ଯାଇନଥିଲା। ସେ ବୁଝିପାରୁନଥିଲା ଯେ ଏସବୁ କି ପ୍ରକାର ନ୍ୟାୟ ! ନିଜ ବଗିଚାର ଫଳ, ଫସଲ ଉପରେ ସୁଦ୍ଧା ଚାଷୀର ଅଧିକାର ନାହିଁ ? ଗରିବ ଲୋକଙ୍କୁ ସାହା ଭରସା ଦେବା କଣ ପୁଲିସର କାମ ନୁହେଁ ? ତାହା ନକରି, ବାପମାଆ ଆଗରେ ଝିଅକୁ ଅପମାନ ଦେବା, ପିଲାଛୁଆଙ୍କ ଆଗରେ ମାଆକୁ ଗାଳିଦେବା କୋଉଁ ଦେଶର ଆଇନ !

ମନେ ମନେ ସେ ନିଜକୁ ଧିକ୍କାର କରୁଥିଲା। କାହିଁକି ସେ ଅଙ୍କୁରକୁ ଭଲପାଇବସିଲା ? ସିଏ ଅଙ୍କୁରକୁ ଭଲପାଇଲା ବୋଲି ସିନା ଅଙ୍କୁର ତା ଘରକୁ ଆସିଲା। ଅଙ୍କୁର ତା ଘରକୁ ଆସିଲା ବୋଲି ମିଛ କେଶ୍‌ରେ ପୁଲିସ ତାକୁ ସନ୍ଦେହ କଲା। ସିଏ ଆଶଙ୍କା କରୁଥିଲା, ତା ପରିବାର ପାଇଁ ପୁଲିସ ଅଙ୍କୁରକୁ ହଇରାଣ କରିବ। ସେମାନଙ୍କର ଏ ଅନ୍ୟାୟ ବିରୋଧରେ ଲଢ଼ିବା ପାଇଁ ସାମର୍ଥ୍ୟ ନାହିଁ। ତେଣୁ ସେମାନେ ନିରବରେ ଏସବୁ ସହିବେ। ତାଙ୍କରି ଆଗରେ ତାଙ୍କୁ ଆଖି ଦେଖାଇ ଉମରକୋଟ ବେପାରୀ ତାଙ୍କ ଫଳ ଫସଲ ଲୁଟିନେବ। ତାଙ୍କରି ଆଗରେ ସେମାନଙ୍କର ସପନ, ସାହସକୁ ଲୁଟିନେବ ବେପାରୀ। ହେମ ଭିତରେ ଭିତରେ ଛାଟିପିଟି ହେଉଥିଲା ଅସ୍ଥିରତାରେ।

■

ଦ୍ୱାଦଶ ପରିଚ୍ଛେଦ

ଅଶିଣ ମାସର ଅପରାହ୍ଣ। ଚାରିଆଡ଼ ସଫା ସୁତୁରା। ନଈ ଧାରରେ କାଶତଣ୍ଡୀ ଚଅଁର ବୁଲଉଥିଲା। ପବନ ସାଙ୍ଗେ ଖେଳୁଥିଲା ଥୋଡ଼ଭର୍ତ୍ତି ଧାନଗଛର ଶାଗୁଆ କେଣ୍ଡା। ଗୋଟେ ମହୁଲଗଛକୁ ଆଉଜି ହେମ ଅଙ୍କୁରକୁ ଅପେକ୍ଷା କରିଥିଲା। ଅଙ୍କୁର କହିଥିଲା, ଆଜି ଯେମିତି ହେଲେ ଆସିବ। ଆଜି ନ ଆସିଲେ ଆଉ କୋଉଦିନ ଆସିବା ଦରକାର ପଡ଼ିବ ନାହିଁ- ହେମ ଧମକ ଦେଇଥିଲା ଫୋନ୍‌ରେ।

ହେଇ, ଅଙ୍କୁର ଆସୁଛି। ନା, ଗାଡ଼ି ନୁହେଁ, କାହାର ମୋଟର ସାଇକେଲ୍ ନେଇ ଆସୁଛି। ଅଙ୍କୁରକୁ ଦେଖି ହେମର ମନ ନାଚି ଉଠିଲା। ତା ଛାତି ଭିତରଟା କେମିତି କାଦୁଅ ପରି ନରମ ହେଇଗଲା ପରି ଲାଗିଲା। ସେ ଧାଇଁ ଯାଇ ତାକୁ ଭିଡ଼ି ଧରିଲା। ଅଙ୍କୁର ବି।

ହେମ ପଚାରିଲା, "ଏତେଦିନ ଯାଏ କୁଆଡ଼େ ଥିଲୁ ? କେତେଥର ଯା' ଫୋନ୍‌ରୁ, ତା' ଫୋନ୍‌ରୁ ତୋତେ ଖବର ଦେଲି। ସତକୁ ସତ ତୁ ମାଓବାଦୀଙ୍କ ସାଂଗରେ ମିଶିଗଲୁ କି ? ତାହାହେଲେ ଯା। ଆମର ସଂପର୍କ ଏଇଠୁ ସରିଲା।"

ଅଙ୍କୁର ଗୋଟେ ପଥର ଉପରେ ବସିପଡ଼ି କହିଲା, "ରହ, ଟିକିଏ ଦମ୍ ନିଏ। ସେଦିନ ତୋ ଘରୁ ଯିବା ବାଟରେ ପୁଲିସ ମୋତେ ଅଟକେଇଥିଲା। ମୋ ଗାଡ଼ିରୁ ମିଳିଛି କହି ମୋତେ ଗୋଟେ ନାଲି ଅକ୍ଷରରେ ଲେଖା ଧଳା କାଗଜ ଖଣ୍ଡେ ଦେଖାଇ ତା' ଉପରେ ମୋଠୁଁ ଦସ୍ତଖତ ନେଲା। ମୋତେ ଗାଡ଼ିରୁ ଓହ୍ଲେଇଦେଇ ଏଣୁତେଣୁ କଥା କହିଗଲା। ଢେର୍ ସମୟ ଅଟକେଇଲା। ଶେଷକୁ ଧମକ ଦେଲା, ଆଉଥରେ ଯଦି ମୁଁ ପୋଡ଼ାଗଡ଼ ଭିତରକୁ ପାଦ ଦେଇଛି, ତାହାହେଲେ ଏଇ ଗଡ଼ ଭିତରେ ମୋତେ ସେ ପୋତିଦେବ। ବହୁତ ହାତଗୋଡ଼ ଧରି, ଆଉ ଏପଟେ ଆସିବି ନାହିଁ ବୋଲି କହିବାରୁ ସେ ମୋ ଗାଡ଼ି ଛାଡ଼ିଦେଲା। ନହେଲେ ମୁଁ ବିଷମ ସମସ୍ୟାରେ ପଡ଼ିଥାନ୍ତି। ଏହାପରେ ମୁଁ ଆଉ କ'ଣ କରିଥାନ୍ତି କହୁନୁ ? କାଲି ସଂଜବେଳେ ଖବର ପାଇଲି, ତମ ସମସ୍ତିଙ୍କ ପୁଲିସ ଫାଣ୍ଡିକୁ ଡାକି ନେଇଥିଲା।"

: ସମସ୍ତଙ୍କୁ ନୁହେଁ, ଆମ ତିନିଜଣଙ୍କୁ। ଡାଳିମ୍ବକୁ ଡାକି ନଥିଲା। ଆମକୁ ପୁଲିସ ଡାକି ପୂରାଦିନ ଫାଣ୍ଡିରେ ବସେଇଥିଲା। କହିଥିଲା, ତୋ ସାଙ୍ଗରେ ମୁଁ ଆଉ ଯେମିତି ନ ମିଶେ। ତୁ ଆମ ଘରକୁ ବରାବର ଆସୁଛୁ ବୋଲି ଡାଳିମ୍ବ ପୁଲିସକୁ କହିଥିଲା।

: ଡାଳିମ୍ବ ? ଆମ ଡାଳିମ୍ବ ? - ଅଙ୍କୁର ଆଶ୍ଚର୍ଯ୍ୟ ହୋଇ ପଚାରିଲା।

: ହଁ, ଆମ ଡାଳିମ୍ବ। ସିଏ ପୁଲିସର ଖବରୀ ହେଇଛି। ହେଲେ, ତୁ ଆଗେ କହ। ତୋ ଗାଡ଼ିକୁ ସେ କାଗଜ ଆସିଲା କେମିତି ?

: ଆଲୋ ରହ, ରହ। ସେ ଗାଡ଼ି ମୋର ନୁହେଁ କ ସେ କାଗଜ ମୋର ନୁହେଁ। ମୋତେ ତ ସନ୍ଦେହ ହେଉଛି ପୁଲିସ ନିଜେ ସେ କାଗଜ ଗାଡ଼ିର ସିଟ୍ ତଳେ ରଖି ପୁଣି ବାହାର କରିଥିବ। ଆମ ଏନ୍‌ଜିଓ ଲୋକଙ୍କ ସେବା କରେ। ଆମର କୋଉ ମାଓବାଦୀ କି ନକ୍ସଲସଂସ୍ଥା ସାଙ୍ଗେ ଲେନ୍-ଦେଣ୍ ନାହିଁ। ତୁ ମୋତେ ବିଶ୍ୱାସ କର।

: ମୁଁ ଜାଣେ। ମୁଁ ତୋତେ ବିଶ୍ୱାସ କରୁଛି। କିନ୍ତୁ କ'ଣ କରିବା ?

: ପଳେଇବା - ଥଣ୍ଡା ସ୍ୱରରେ ଅଙ୍କୁର କହିଲା ।

: କୁଆଡ଼େ ? ମାଆକୁ ଛାଡ଼ି ? - ହେମ ପଚାରିଲା ।

: ଆର ମଙ୍ଗଳବାର ମୁଁ ଡ୍ରାଇଭିଂ ଲାଇସେନ୍‌ସ ପାଇଯିବି । ସେଥିପାଇଁ ଜଣକୁ ହଜାରେ ଟଙ୍କା ଦେଇଛି । ସେ ମୋତେ ଲାଇସେନ୍‌ସ କରେଇଦେବ । ତାପରେ ଯୁଆଡ଼େ ମନ ସିଆଡ଼େ ଯିବି । ଯୋଉଠିକି ଯିବି, ସେଇଠି ଗାଡ଼ି ଚଳେଇ ପାରିବି ।

: ହେଲେ ମୋ ମାଆ ? ତାକୁ ଛାଡ଼ି ମୁଁ କେମିତି ଯାଇ ପାରିବି ? ଏଠି ତ ତା'ର କେହି ନାହିଁ । ବାପା ଥାଇ ନଥିବା ପରି, ଆଉ ଡାଳିମ୍ବ କଥା ତ ଶୁଣିଲୁ ।

ଅଙ୍କୁରର ମୁହଁ ଶୁଖିଗଲା । ସେ କହିଲା, "ମନ ହେଉଛି ସତକୁ ସତ ମାଓବାଦୀ ହେଇଯାଆନ୍ତି । ସମସ୍ତଙ୍କୁ ଗୁଳି ନାଛି ଦିଅନ୍ତି ।"

: ହେ, ସୁନାଟା ପରା । ସ୍ୱପ୍ନରେ ବି ସେମିତି ଖରାପ କଥା ଭାବିବୁ ନାହିଁ । ସେସବୁ ଭଲ ମଣିଷଙ୍କ କାମ ନୁହେଁ ଜମା- ହେମ ଅଙ୍କୁରକୁ ଜଡ଼େଇ ଧରି କହିଲା ।

: ତାହାହେଲେ ମୋ କଥା ମୋ ଉପରେ ଛାଡ଼ିଦେ । ଖାଲି ଗୋଟିଏ କଥା ଶୁଣିରଖ୍ । ତୋ ଛଡ଼ା ମୋର ଆଉ କେହି ନାହିଁ । ମୁଁ ଯୁଆଡ଼େ ଯାଏ ଯୋଉଠି ରହେ, ସଦାବେଳେ ତୋଅରି କଥା ଭାବୁଥିବି । ଯୋଉଦିନ ମୋ ପାଦଟିକେ ମଜଭୁତ ହେବ, ପାଖରେ ଦି ପଇସା ହେଇଯିବ, ସେଦିନ ତୋତେ ଆସି ସାଙ୍ଗରେ ନେଇଯିବି । ସେଦିନ ଆଉ ତୁ ମନା କରିବୁନି । ମନା କଲେ ବି ମୁଁ ଶୁଣିବିନି ।

ଅଙ୍କୁର ବୁଲିପଡ଼ି ତା' ମୋଟର ସାଇକେଲ୍ ପାଖକୁ ଯାଉଥିଲା । ହେମ ତାକୁ ଭିଡ଼ିଧରି କହିଲା, "ରହ । ଆଉ ଟିକେ ମୋ ପାଖରେ ଛିଡ଼ା ହଅ । କିଏ ଜାଣେ ପୁଣି କୋଉଦିନ ତୁ ଆସିବୁ । ଏମିତିକା ସମୟ କ'ଣ ଆଉ ଆସିବ ? ଆମର ଆଉ ଦେଖାହେବ କି ନାହିଁ, କିଏ ଜାଣେ ? ସତରେ ତୁ ଆସି ମୋତେ ଏଠୁ ନେଇଯିବୁ ? ହଉ, ସବୁ ତ ମୋଅରି ଦୋଷ । ସମସ୍ତଙ୍କ ବାଡ଼ିରୁ ବେପାରୀ ଯେମିତି ଫଳ-ଫସଲ ଜୁରିକି ନେଇଯାଉଛନ୍ତି, ଆମ ବାଡ଼ିରୁ ବି ସେମିତି ନେଇଯାଇଥାଆନ୍ତା । ମୁଁ ସିନା ଜର୍ଜକୁ ପିଟିବାରୁ କଥା ଏତେବାଟଯାଏ ଗଲା ! ଏଣେ ହାତରୁ ବାଡ଼ି ବଗିଚା ଗଲା, ତେଣେ ତୋ ଉପରେ ପୁଲିସର ନଜର । ଜାଣ୍, ମୋର ସର୍ବନାଶ ହେଇଗଲା ।" ହେମ କାନ୍ଦି ପକାଇଲା ।

ଅଙ୍କୁର ହେମର ଆଖିରୁ ଲୁହ ପୋଛିଦେଇ କହିଲା, "ସେମିତି ଭାବ୍ ନାହିଁ। ତୁ ଯାହା କରିଛୁ ଠିକ୍ କରିଛୁ। ଅନ୍ୟାୟକୁ ସହିଯିବା କ'ଣ ଭଲ କଥା ? ଦେଖିବୁ, ଏଇ କଥା ପାଇଁ ଦିନେ ତୁ ଗର୍ବ କରିବୁ। ବାକୀ ରହିଲା ମୋ କଥା। ବିଶ୍ୱାସ କର- ମୁଁ ଏସବୁ କିଛି ଜାଣେନାହିଁ। ଆମେ ଗରିବ ବୋଲି ପୁଲିସ-ବେପାରୀ ମିଶି ଆମକୁ ଶାସ୍ତି ଦଉଛନ୍ତି। ମାଓବାଦୀ କିଏ, ମୁଁ କିଏ ? ଏସବୁ ମିଛ। ସବୁଦିନ ଏମିତି ଚାଲିବ ନାହିଁ। ଦେଖିବୁ, ଠାକୁର ସବୁ ସଜାଡ଼ିଦେବେ।"

: ସତରେ କ'ଣ ତୁ ଉମରକୋଟରୁ ଆଉ କୁଆଡ଼େ ପଳେଇବୁ ? କୁଆଡ଼େ ଯିବୁ ? ଏଇଠି ପାଖରେ ଥିଲୁ କେତେ ଭଲ ହେଉଥିଲା। ମଝିରେ ମଝିରେ ଦେଖିପାରୁଥିଲୁ। ଆଉ କୁଆଡ଼େ ଚାଲିଗଲେ ସେତକ ବି ସମ୍ଭବ ହେବ ନାହିଁ। କେମିତି ବଞ୍ଚିବି ମୁଁ ? ଦୂରକୁ ଯାଇ ତୁ କୋଉଠି ରହିବୁ ? କେମିତି ଏକଲା ଚଳିବୁ ?

ଅଙ୍କୁର ତା' ନିଜ ଘରର ଦୁସ୍ଥିତି କଥା ହେମକୁ କହି ତାକୁ ଆହୁରି ଦୁଃଖୀ କରିବାକୁ ଚାହୁଁନଥିଲା। ସେ କହିବାକୁ ଚାହୁଁନଥିଲା ଯେ ତା'ର ବାପା ମା' କେମିତି ଟଙ୍କା ହଜାରେଟି ପାଇଁ ଦି'ବର୍ଷ ଲାଗି ତାଙ୍କ ବାଡ଼ିର ଫସଲକୁ ବେପାରୀ ପାଖେ ବନ୍ଧା ପକେଇ ଦେଇଛନ୍ତି। ସବୁଠି ଏକା କଥା। ତିରୋଟ ବେଳେ ଟଙ୍କା ମୁଣା ଧରି ବେପାରୀଙ୍କ ଲୋକ ଆସନ୍ତି, କାହାକୁ ଟଙ୍କା, କାହାକୁ ମଦ, କାହାକୁ ଲୁଗା ଖଣ୍ଡେ କି ଶାଢ଼ୀ ଖଣ୍ଡେ ଦେଇ କଥାବାର୍ତ୍ତା କରିନିଅନ୍ତି – ଏ ବର୍ଷର ଫସଲତକ ମୋତେ ଦେବୁ, ଆଉ କାହାକୁ ଦେବୁ ନାହିଁ। ସେଇଆ ହୁଏ। ହଳଦି ହେଉ କି ସପୁରି, ତେନ୍ତୁଳି ହେଉ କି ଆମ୍ବ, ବେପାରୀର ଲୋକ ଆସି ନେଇଯାନ୍ତି। ସବୁଠି ବେପାରୀଙ୍କ ଜାଲ। ବୁଢ଼ିଆଣୀ ପରି ଜାଲ ବିଛେଇ ବେପାରୀ ଅପେକ୍ଷା କରିଥାଏ, କେମିତି ଶିକାର ଆପେ ଆପେ ଆସି ତା' ଜାଲରେ ପଡୁଛି। ବେଙ୍କ୍, ସମବାୟ ସମିତି, ସରକାରୀ ଯୋଜନା ଏସବୁ ଯୋଜନ ଯୋଜନ ଦୂରରେ। ଅଙ୍କୁର ଏକଥା କହିଲା ନାହିଁ ଯେ ଖାସ୍ ଏଇ କାରଣ ପାଇଁ ତା' ଗାଁର କେତେ ଲୋକ ଖିରସ୍ତାନୀ ହେଇଯାଇଛନ୍ତି। ଭଲରେ ରହିବେ, ଦି' ପଇସା ଉପାର୍ଜନ କରିବେ- ଏଇ ଲୋଭ ଦେଖେଇ ଚତୁରମାନେ ଗରିବଲୋକଙ୍କୁ ତୁବନ ତୁବେଇ, ଧର୍ମ ବଦଳେଇ ଖ୍ରୀଷ୍ଟାନ୍ କରିଦେଉଛନ୍ତି। ସେ କହିଲା, "ମୋର ଠାକୁର ଉପରେ ବିଶ୍ୱାସ ଅଛି। ନ୍ୟାୟ ଉପରେ ଭରସା ଅଛି।"

ହେମ ଚୁପ୍‌ଚାପ୍ ତା' କଥା ଶୁଣୁଥିଲା, ବସିପଡ଼ିଥିଲା ଆସି ଅଙ୍କୁର ପାଖରେ।

ଅଙ୍କୁର କହିଲା, "ତୁ ବେସ୍ତ ହଅନା। ଦେଖିବୁ, ମୁଁ ବଡ଼ ଗାଡ଼ି ଚଳେଇବି। ଭଲ ପଇସା କମେଇବି। ଖୁବ୍ ଶୀଘ୍ର ଆସି ତୋତେ ଏଠୁ ନେଇଯିବି।"

: ବଡ଼ ଗାଡ଼ି ଚଳେଇଲେ ବେଶି ପଇସା ମିଳିବ ଯେ, ସବୁବେଳେ ଆକ୍ସିଡେଣ୍ଟ୍ ଡର। ତୁ ଦେଖିଚାହିଁ ଚଳାଇବୁ। ନହେଲେ କେତେବେଳେ କ'ଣ ହେଇଯିବ ମୁଁ ଖବର ବି ଟିକେ ପାଇବି ନାହିଁ। ହେମ କହିଲା। ତା' ଗଳା ଭାରୀ ଭାରୀ ଶୁଭୁଥିଲା।

ଅଙ୍କୁର ତା' ଘରର ଅନ୍ୟାନ୍ୟ କଥା ହେମକୁ କହିବା ଲାଗି ଚାହୁଁନଥିଲା। ଭଉଣୀ ପୁଷ୍ପିକାକୁ କହି ଆସିଥିଲା, ତା' ଲାଗି କେତେଟା ଚାଦର ବୁଣି ରଖିବ। ତା' ବାବା ବି କହିଥିଲା, ସରକାରୀ ଲୋକ ଗାଁ ଗାଁ ବୁଲି କାଳେ ଥାନ ଆଉ ସୂତା ଯୋଗାଇ ଦେଉଛନ୍ତି। ସେଗୁଡ଼ା ପାଇଲାକ୍ଷଣି ପୁଷ୍ପିକା କାମରେ ଲାଗିଯିବ। ଅଙ୍କୁର ଜାଣେ, ତା' ଭଉଣୀ ଅନ୍ୟ ଝିଅଙ୍କ ପରି ଅଳସୁଆ ନୁହେଁ। ସେ ଭାରି କାମିକା ପିଲା। ଯୋଉ କାମରେ ଲାଗିଥାଏ, ମନଦେଇ ସେ କାମ କରୁଥାଏ।

ହେମ ଦୀର୍ଘଶ୍ୱାସ ନେଲା। ପଚାରିଲା, "ଦେଖିଲୁ, ଆମର ଏ ନଈ, ଡଙ୍ଗର, ପାହାଡ଼, ଆକାଶ ସବୁ ଏତେ ପୂରିଲା ପୂରିଲା। ପ୍ରକୃତି ଆମ ପାଇଁ ସବୁ ଅଜାଡ଼ି ଦେଇଛି। କିନ୍ତୁ ଆମେମାନେ ଏତେ ଗରିବ କାହିଁକି ରେ! କାହିଁକି ଏତେ ଦୁଃଖୀ।"

ଅଙ୍କୁର କହିଲା, "ଆମ ଏନ୍.ଜି.ଓ ସଭାରେ ଏମିତିକା ଆଲୋଚନା ତ ବରାବର ହୁଏ। ଅଳ୍ପ କିଛି ଲୋକ ବେଶି ଜିନିଷ ତାଙ୍କ ପାଖରେ ଠୁଳ କରି ରଖିବାକୁ ଚାହାନ୍ତି ବୋଲି ଆମ ପରି ଗରିବଙ୍କର ଏଇ ଦଶା। ଗରିବ ଲୋକମାନେ ଜାତି, ଧର୍ମ, ବିଶ୍ୱାସ, ଅବିଶ୍ୱାସ ଭିତରେ ଛନ୍ଦି ହୋଇପଡ଼ନ୍ତି। ସେସବୁରୁ ଉଠି ନିଜ ନିଜର ଭଲ ପାଇଁ ଲଢ଼େଇ କଲେ ସିନା କିଛି ହୁଅନ୍ତା। ଯେତେଦିନ ଯାଏ ଜାତି, ଧର୍ମ କଥା ଥିବ ସେତେଦିନ ଯାଏ ମଣିଷ ଦୁଃଖୀ ଥିବ। ଯେତେଦିନ ଯାଏ ବେଶିଲୋକ ଗରିବ, ଅଳ୍ପଲୋକ ଧନୀ ହୋଇ ରହିଥିବେ, ସେତେଦିନ ପର୍ଯ୍ୟନ୍ତ ଅଶାନ୍ତି ରହିଥିବ।"

: କେତେ ବଡ଼ ବଡ଼ କଥା କହୁଛୁ ? ଛାଡ଼୍, ଡାଳିମ୍ବକୁ ତୋ ଗଳାର ଚାଦର ଭାରି ସୁନ୍ଦର ଦିଶେ। - ହେମ କହିଲା।

: ତୋତେ ଦିଶେ ନାହିଁ ? - ଅଙ୍କୁର ପଚାରିଲା।

: ମୋତେ ବି।

: କିନ୍ତୁ ଧୀରେ ଧୀରେ ଏଇ ଚାଦର ବୁଣା ବେଉସା ବୁଡ଼ିଯାଉଛି। ଆମ ଜାତିର ଆଉ କିଏ ଏସବୁ ବୁଣୁଛନ୍ତି କି ? ତୋ ପାଇଁ ମୁଁ କିନ୍ତୁ ସବୁଠୁ ବଢ଼ିଆ ଚାଦର ଆଣିକି ଦେବି। ଖାଲି ମୋ ହାତକୁ ଲାଇସେନ୍‌ସ ଆସିଯାଉ।

: ମୁଁ ଠାକୁରାଣୀଙ୍କି ଡାକୁଛି। ସେ ତୋ ଲାଇସେନ୍‌ସ କଥା ନିଶ୍ଚେ ବୁଝିବେ।

: ଠାକୁରାଣୀ କ'ଣ ଲାଇସେନ୍‌ସ ଦିଅନ୍ତି ? ଆର୍.ଟି.ଓ ଅଫିସ୍‌ବାଲା ଲାଇସେନ୍‌ସ ଦେବେ ନା ? - ଚିଡ଼େଇଲା ଭଳି କହିଲା ଅଙ୍କୁର। ପ୍ରକୃତରେ ସେ ତା' ଆଖିର ଲୁହ ଲୁଚେଇ ରଖିବାକୁ ଚାହୁଁଥିଲା। ଏଇ ମାସ କେତେଟା ଭିତରେ ସେ ହେମକୁ ଭଲଭାବେ ଚିହ୍ନିସାରିଥିଲା। ସ୍ୱଚ୍ଛଳ ଘରେ ଜନ୍ମ ହୋଇଥିଲେ, ପାଠପଢ଼ି ହେମ ବହୁତ ଆଗକୁ ଯାଇଥାନ୍ତା। ମାତ୍ର ଗରିବ ଗୀତକୁଡ଼ିଆଣୀର ଝିଅ ଆଉ କେତେ ବାଟ ଯାଇଥାନ୍ତା ?

ହେମ କହିଲା, "ପୁଣି କୋଉଦିନ ଆସିବୁ ?"

ଅଙ୍କୁର ଉତ୍ତର ଦେଲା, "ସୁବିଧା ଦେଖି ଆସିବି। ନେ, ଏଇଟା ରଖିଥା। ମନା କରିବୁ ନାହିଁ। ଏଇଥିରେ ଯାହା କିଣାକିଣି କରିବାର କଥା କରିବୁ।"

: ପଇସା ? ମୋର ଟଙ୍କା ପଇସା ନୁହେଁରେ ଖାଲି ତୁ ଦରକାର। ହେମ କହିଲା ଓ ଅଙ୍କୁର ଛାତିରେ ଆଉଥରେ ମୁହଁ ଗୁଞ୍ଜିଦେଲା। "ଟଙ୍କା ପଇସା କଣ ମନ କଥା ବୁଝନ୍ତି ନା ଲୁହ ପୋଛିଦିଅନ୍ତି ! ତୁ ପାଖରେ ଥିଲେ ମୋ ହାତକୁ ସାତ ସରଗ ଆସିଗଲା ପରି ଲାଗେ। କାହିଁକି, ତୁ ଏତେ ମାୟା ଲଗେଇଲୁରେ ! ଏ ଗରିବ ଗୀତକୁଡ଼ିଆଣୀର ଝିଅ ତୋତେ କି ସୁଖ ବା ଦେଇପାରିବ ?" ହେମ କାନ୍ଦିପକାଇଲା।

ଅଙ୍କୁର ହେମ ଆଖିରୁ ଲୁହ ପୋଛିଦେଲା। କହିଲା, "ଛି, ଏମିତି କଣ ସାନପିଲା ପରି କାନ୍ଦନ୍ତି ? ତୁ ଏମିତି କାନ୍ଦିଲେ ମୁଁ ବେଶି ଦୁର୍ବଳ ହେଇଯିବି। ତୋ ଦି ଆଖିରେ ଯେତେ ଲୁହ ଅଛି ସେସବୁ ସେମିତି ଛପେଇ ରଖିଥା। ସୁଖବେଳେ କାନ୍ଦିବୁ। ଦୁଃଖ ବେଳେ କାନ୍ଦିଲେ ଆଗକୁ ବାଟ ଚାଲିବୁ କେମିତି ? ଅଯଥାରେ ଭଗାରି ହସିବେ। ନିଜକୁ ନିଜେ ଦୁର୍ବଳ ହେଇପଡ଼ିବୁ।" ଅଙ୍କୁର ଏକଥା କହୁଥିଲା ସିନା, ସିଏ ମଧ୍ୟ କାନ୍ଦୁଥିଲା।

ଦୁହିଁଙ୍କ ଆଖିରେ ଲୁହ। କେହି କାହାକୁ ଛାଡ଼ିବାକୁ ଚାହୁଁ ନଥିଲେ। ଏହା ଭିତରେ କେଇଟି ମୁହୂର୍ତ୍ତ ନିରବତାରେ ବିତିଗଲା।

ସମୟ ସରିଆସୁଥିଲା। ଅଙ୍କୁର ହେମର ମୁଣ୍ଡ ସାଉଁଳେଇ ଦେଇ ଉଠିଲା। ଆଗକୁ ପାଦ ବଢ଼େଇବା ଲାଗି ତା'ର ମନ କହୁନଥିଲା। କିନ୍ତୁ ପିଟର ତା' ବାଇକ୍ ଖୋଜି ବ୍ୟସ୍ତ ହବଣି। ଡେରି କଲେ ଆରଥରକୁ ମାଗିଲେ ହୁଏତ ସେ ଆଉ ଦେବ ନାହିଁ।

■

ତ୍ରୟୋଦଶ ପରିଚ୍ଛେଦ

ସକାଳ ପହରୁ ଚମ୍ପା ଭତରା ଖାଲି କାଶୁଥିଲା। କାଶି କାଶି ବେଦମ୍ ହୋଇ ଯାଉଥିଲା ସେ। ହେମ ସେଥିପାଇଁ ଲାଗିପଡ଼ି ଅଙ୍କୁର ଦେଇଥିବା ଷ୍ଟୀମରଟା ଖୋଜୁଥିଲା। ସେଇଟିର ବାମ୍ଫ ନେଲେ କାଶଟା ଟିକେ କମିଯିବ। ମାତ୍ର ଯେତେ ଯୁଆଡ଼େ ଖୋଜିଲେ ବି ସେଇଟା ତାକୁ ମିଳୁନଥିଲା। ସେଇଟିକୁ ଥରେ ସାବେରି ଘରକୁ ନେଇ ବ୍ୟବହାର କରିଥିଲା ହେମ, ତା' ପରଠାରୁ ସେଇପରି ଖୋଳ ଭିତରେ ରଖି ଦେଇଥିଲା। କୁଆଡ଼େ ଗଲା ଜିନିଷଟା ?

ଚମ୍ପା ଲହରେଇ ଲହରେଇ କାଶୁଥିଲା। ତା'ର କାଶ ଛିଣ୍ଡୁ ନଥିଲା।

ହେମ ପଚାରିଲା, "ଡାଲିମ୍ବ ! ସେ ଯୋଉ ବାମ୍ଫ ନେବା ମଗ୍‌ଟା ଏଠି ଥିଲା, କୁଆଡ଼େ ଗଲା ?"

ଡାଲିମ୍ବ କିଛି ଜବାବ ଦେଲା ନାହିଁ। ଫାଣ୍ଡିକୁ ଡକାଯିବା ଘଟଣା ପରଠାରୁ ହେମ ସହ ତା'ର ଆଉ ଭଲ କଥାବାର୍ତ୍ତା ନାହିଁ। ଏକା ଘରେ ରହୁଥିବା ଯୋଗୁଁ ଯାହା ପଦେଅଧେ କଥାବାର୍ତ୍ତା, ନହେଲେ ସେତକ ବି ହୁଅନ୍ତା ନାହିଁ।

ହେମ ଆଉଥରେ ପଚାରିଲା, "ତୋତେ ମୋ କଥା ଶୁଭୁନାହିଁ କି ଡାଲିମ୍ବ ?"

ଡାଲିମ୍ବ କହିଲା, "ମୁଁ କେମିତି ଜାଣିବି ? ଥରେ ବାବା ତାକୁ ଖୋଲିକି ଦେଖୁଥିଲା। ତାକୁ ପଚାରୁନୁ !"

ହେମ ଥମ୍ ହୋଇ ତଳେ ବସିପଡ଼ିଲା। ସେଇଟିକୁ ସେ ଘରକୋଣରେ ଗୋଟେ ପାଛିଆ ତଳେ ଲୁଚେଇ ରଖିଥିଲା। ତା' ବାବା ତାକୁ ଦେଖିଥିଲା ଅର୍ଥ ସେଇଟିକୁ କାହାକୁ ଦେଇ ସେଇ ପଇସାରେ ମଦ ପିଇଦେଇଥିବ। ସେ ତା' ମାଆ ପାଖକୁ ଯାଇ ତା' ପିଠି ଆଉଁଶିଦେଲା। ଶୁଖିଲା ଅଦା ଖଣ୍ଡେ ଛେଚି ମାଆ ପାଟିରେ ଦେଇ କହିଲା, "ତୁ ଟିକିଏ ଶୋଇପଡ଼, ଭଲ ଲାଗିବ।"

ଚମ୍ପା ତା' ଝିଅକୁ ଅନେଇଲା। କେତେଦିନ ହେଲାଣି ହେମ ମୁହଁରେ ହସ ନାହିଁ। ଆଗରୁ ସବୁବେଳେ ତା' ଝିଅ ହସୁଥିଲା। କେତେ କଥା କୁହାକୁହି ହେଉଥିଲେ ଦି' ଭଉଣୀ। ସେମାନଙ୍କୁ ଦେଖି ତା'ର ଅଭାବୀ ଘରର ଦୁଃଖ ଘୁଞ୍ଚିଯାଉଥିଲା। ଏବେ ଦିହିଙ୍କ ଭିତରେ ବେଶି କଥାଭାଷା ନାହିଁ। ଅଙ୍କୁର ବି ଆଉ ତାଙ୍କ ଘରକୁ ଆସୁନାହିଁ। ପୁଲିସକୁ ଡରି ହେମ ତାକୁ ମନା କରିଦେଇଛି। ଡାଲିମ୍ବର ଢଙ୍ଗରଙ୍ଗ ବଦଳି ଚାଲିଛି। ଲାଇବନ କଥା କହିଲେ ନ ସରେ।

ଚମ୍ପା ଦୁଃଖରେ ଆଖି ବୁଜିଦେଲା। ଏ କାଶଟା ଯଦି ଭଲ ନହୁଏ ସେ ଆଉ ଗୀତ ଗାଇପାରିବ ନାହିଁ। ତା' ପରିବାର ଚଳିବ କେମିତି ?

ସାବେରିର ମାଆ କହୁଥିଲା, ପୁରୁଣା ସାହିର ବୁଢ଼ାଟିଏ ସକାଳୁ ମରିବା ମରିବା ହଉଥିଲା। ତା' ପୁଅ ବାହାରେ କୋଉଠି କାମ କରେ। ବୁଢ଼ାଟା ଯଦି ସଂଜବୁଢ଼େ ମରିଯାଏ ତାହାହେଲେ ଚମ୍ପାକୁ ଡକରା ପଡ଼ିବ। କିନ୍ତୁ ଏଇ ଅବସ୍ଥାରେ ଚମ୍ପା ଯାଇ ଗୀତ ଗାଇବ ବା କିପରି ? ସେ ହାତ ଯୋଡ଼ିଲା, "ଭୈରବୀ ମାଆଲୋ, ସେ ବୁଢ଼ାଟାକୁ ଆଉ ଦି' ତିନିଦିନ ବଞ୍ଚେଇ ରଖ୍ ଲୋ ମାଆ। ମୋ ଦେହ ଟିକେ ଭଲ ହୋଇଯାଉ।"

ପୁଣି କାଶ ଉଠିଲା ଚମ୍ପାର। ଲହରିଆ ଲଟା କାଶ।

ହେମ ଘର ଭିତରୁ ବାହାରକୁ ଆସିଲା। ତାକୁ କିଛି ଭଲ ଲାଗୁ ନଥିଲା। ତା

ବାପା ଗଲା କୁଆଡ଼େ ? ଦେଖାହେଲେ ସେ ତାକୁ ପଚାରନ୍ତା । ହେମ ଚାଲିଲା ଚାଲିଲା ହୋଇ ପୋଖରୀ ପର୍ଯ୍ୟନ୍ତ ଗଲା । ସେଇଠୁ ପାହାଡ଼ ପର୍ଯ୍ୟନ୍ତ ଲମ୍ବିଛି ଧାନ ବିଲ । କଅଁଳ ଶୀତୁଆ ପବନରେ ଲହଡ଼ି ଭାଙ୍ଗୁଥିଲା ଧାନଗଛ । ଏଇଠୁ ଆଗକୁ ଯାଇ ଧୋଡ୍ରାଛକରୁ ବାଁ ପଟକୁ ବାଙ୍କିଗଲେ ପଡ଼ିବ ଉମରକୋଟ । ସେଇଠି ଅଙ୍କୁର ରହେ ।

ଅଙ୍କୁର ଉମରକୋଟରେ ଅଛି ନା ଆଉ କୁଆଡ଼େ ଚାଲିଗଲାଣି ? ଏକଥା ସେ କିପରି ବା ଜାଣିବ ? ଅଙ୍କୁର କହିଛି, ସମୟ ସୁବିଧା ଦେଖି ସେ ଆସିବ, ନହେଲେ ଖବର ଦେବ । ହେମର ବ୍ୟସ୍ତ ହେବା ଦରକାର ନାହିଁ । ତା ଖବରକୁ ଅନିଶା କରିବା ଛଡ଼ା ହେମ ପାଖେ ଅନ୍ୟ ଉପାୟ କିଛି ନାହିଁ ।

ନିଜ ଘରର ଦୁର୍ଦ୍ଦଶା ଦେଖି ହେମ ବ୍ୟସ୍ତ ହୋଇଯାଉଥିଲା । ପୋଡ଼ାଗଡ଼ ତ ନବରଙ୍ଗପୁର ନୁହେଁ କି ଉମରକୋଟ ନୁହେଁ । ସେମିତିକା ଜାଗା ହୋଇଥିଲେ ସେ କେଉଁ ଶାଢ଼ି ଦୋକାନ କି ସିଲେଇ ଦୋକାନରେ ଯାଇ କାମ କରିପାରନ୍ତା । ପୋଡ଼ାଗଡ଼ରେ ତାକୁ କିଏ କି କାମ ଦେବ ? ଆଗରୁ ସକାଳୁ ନିଜ ବାଡ଼ି ବଗିଚାକୁ ଯାଇ ସେ କାମ କରୁଥିଲା । ବର୍ଷସାରା ସେଇଠି କାମ । କେତେବେଳେ ହଳଦି ବିହନ ପୋତ, ସପୁରି ମଞ୍ଜି ଲଗାଅ, କପାଗଛ କଥା ବୁଝ ତ କେତେବେଳେ ଘାସ ସଫା କର । ତାଙ୍କ ବାଡ଼ିକି ଲାଗି ମକା, ମାଣ୍ଡିଆ କ୍ଷେତ, ତା' ପାଖରେ ସରୁ ପାଣି ନାଳ । ସେଇଠି ଘଡ଼ିଏ ବସିଗଲେ ତାକୁ ସ୍ୱର୍ଗସୁଖ ମିଳିଯାଏ । ମାତ୍ର ଏବେ ସେଠିକି ଯାଇ ବା ଲାଭ କ'ଣ ? ସେଇଠି ଯାହା ଫଳିବ, ସବୁ ନେଇଯିବ ବେପାରୀ । ନିଜ ବଗିଚାର ଆମ୍ବ, ସପୁରି କି ପଣସ ଉପରେ ତାଙ୍କର ଅଧିକାର ନାହିଁ ।

ହେମ ତାଙ୍କ ବଗିଚା ଆଡ଼େ ଅନେଇଲା । ଉତ୍ତରପଟକୁ ଗୋଟେ ଶାଗୁଆନ ଗଛ । ତାଆରି ପାଖରେ ଦି'ଜଣ ଲୋକ ଠିଆ ହେଇଥିବା ସେ ଦେଖିପାରୁଥିଲା । ହେମ ଆଶ୍ଚର୍ଯ୍ୟ ହେଲା । ସକାଳୁ ସକାଳୁ ତାଙ୍କ ବଗିଚାର ଗଛ ପାଖେ ଏ ଲୋକମାନେ କ'ଣ କରୁଛନ୍ତି ? ତା'ର ମନ ହେଉଥିଲା ସେ ସେଠିକି ଯାଇ ସେ ଲୋକଙ୍କୁ ପଚାରନ୍ତା । କିନ୍ତୁ ତା' ମାଆ ତାକୁ ରାଣନିୟମ ପକେଇ କହିଛି, ସେ ବାଡ଼ି କି ବଗିଚା ପୋଡ଼ିଜଳି ପାଉଁଶ ହେଉଯାଉ ପଛକେ, ସେଠିକି ହେମ ଯିବ ନାହିଁ ।

ତାହାହେଲେ ହେମ କ'ଣ କରିବ ? ଡାଳିମ୍ବକୁ କହିଲେ ହୁଅନ୍ତା । କିନ୍ତୁ ସେ

ତ ଆଜିକାଲି ତା' ସହ ଭଲକି ପଦେ କଥା ହେଉନାହିଁ। ସବୁବେଳେ ସାଜିସୁଜି ହୋଇ ବସୁଛି। ସତେ କି ନାଚିବାକୁ ଯିବ କି କଣ। ମଝିରେ ମଝିରେ କୁଆଡ଼େ ପଳଉଛି। କାହା ପାଖକୁ ଯାଉଛି କିଏ ଜାଣେ? ଦୋକାନରୁ ଜିନିଷ କିଣିବା ବାହାନାରେ ଯାଇ ତିନିଚାରି ଘଣ୍ଟା ପରେ ଫେରୁଛି। କୁଆଡ଼େ ଯାଉଛି ଡାଳିମ୍ବ? ତା' ମନଟା କେମିତି ବିଷେଇ ଉଠୁଥିଲା। ଏଇଟା କି ଜୀବନ! ଶଁବାଲୁଆର ଜୀବନରେ ବି କିଛି ଭଲ ଥିବ, ତା' ଜୀବନରେ ନାହିଁ।

ହେମ ଆଗକୁ ଗୋଡ଼ ବଢ଼େଇଲା। ଭାବିଲା, ଲୁଚି ଲୁଚି ଯାଇ ସେ ତାଙ୍କ ବଗିଚାଆଡ଼େ ଘେରାଏ ଘୂରି ଆସିବ। ମୁହଁରେ କୋଭିଡ୍ ତୁଣ୍ଡି ବାନ୍ଧିଲା। ମୁଣ୍ଡକୁ ଗୋଟେ ଓଢ଼ଣିରେ ଢାଙ୍କିଦେଲା। ଏମିତି ବେଶରେ ତାକୁ କେହି ଚିହ୍ନିପାରିବେ ନାହିଁ। ସେ ଧୀରେ ଧୀରେ ଆଗକୁ ଚାଲିଲା।

ଟୁବି ପୋଖରୀ ପାଣିରେ ମାଛଟେ ଖେଳୁଥିଲା। ପାଣି କମି ଆସିଲାଣି। ଆଉ ଦିନ କେଇଟାପରେ ମାଛଗୁଡ଼ାକୁ ଧରିନେଲେ ହେବ। ହିଡ଼ ତଳକୁ ଗୋଟେ ଗେଣ୍ଡା। ସେଇଟି ସ୍ଥିର ଥିଲା ନା ଚାଲୁଥିଲା ସେଇଟା ଜଣାପଡୁନଥିଲା। ହେମ ତାକୁ ଟିକିଏ ଅନେଇଲା। ନା, ସଂପୂର୍ଣ୍ଣ ନିଶ୍ଚଳ ପରି ଗୋଟିଏ ଜାଗାରେ ଲାଖି ରହିଥିଲା। ହେମକୁ ଲାଗିଲା, ସିଏ ହିଁ ସେଇ ଗେଣ୍ଡା। ଗେଣ୍ଡାଟିର ଯେମିତି ଗତି ନାହିଁ, ଭବିଷ୍ୟତ ନାହିଁ ତା'ର ବି ସେମିତି ଗତି ନାହିଁ କି ଭବିଷ୍ୟତ ନାହିଁ। ଏଇଠି ଏମିତି ଅଭାବ, ଦୁଃଖ, ଚିରାଶାଢ଼ି, ବାସି ପଖାଳ, ମାଣ୍ଡିଆ ଯାଉ, ଆଉ ମୁଠାଏ ଅବସୋସ ଭିତରେ ପଡ଼ି ପଡ଼ି ସେ ବୁଢ଼ୀ ହେଇଯିବ। କେହି ତା' ଦୁଃଖ ବୁଝିବେ ନାହିଁ।

ସେ ବଡ଼ ବଡ଼ ପାହୁଣ୍ଡ ପକେଇ ସଳପ ଗଛ ପାଖକୁ ଗଲା। ସେଇଠୁ ତାଙ୍କ ବଗିଚା ଡାକେ ଦୂର। ଗୋଟେ ପଥର ମୁଣ୍ଡିଆ ତଳେ ଲୁଚିକି ସେମାନଙ୍କ କଥା ଶୁଣିଲା।

ଗଛ ପାଖରେ ଠିଆ ହେଇଥିବା ବାଙ୍ଗରା ଲୋକଟି ଥିଲା ତା'ର ବାବା-ଲାଇବନ। ଆର ଲୋକଟାକୁ ଚିହ୍ନିବା ଲାଗି କଷ୍ଟ ହେଉଥିଲା ହେମକୁ। ଟୋପି ପିନ୍ଧିଥିବା ସେଇ ଲୋକଟା ଆଗରେ ତା' ବାବା ହାତଯୋଡ଼ି ଠିଆ ହେଇଥିଲା।

ସେ ଲୋକଟା ଥରକୁ ଥର ତାଙ୍କ ଶାଗୁଆନ ଗଛକୁ ଅନଉଥିଲା ଓ ଲାଇବନକୁ କିଛି କହୁଥିଲା।

ସେତିକିବେଳେ ଲାଇବନର ପାଟି ଶୁଭିଲା । "ଶୁଣ ଜର୍ଜ ବାବୁ, ମୋ କଥା ନୁହେଁ କି ତମ କଥା ନୁହେଁ, ଟଙ୍କା ପାଞ୍ଚହଜାର ଦେଇ ଗଛଟା କାଟିନିଅ ।"

ଓହୋ, ଏଇ ଲୋକଟା ତାହାହେଲେ ଜର୍ଜ । ନିଶ୍ଚୟ ତାଙ୍କର ଶାଗୁଆନ ଗଛଟା ନେବାପାଇଁ ଆଜି ଆସିଛି । ସେଦିନର ପାହାର ସେ ଭୁଲି ଯାଇଛି ବୋଧହୁଏ ! ଜର୍ଜଙ୍କୁ ଦେଖୁ ଦେଖୁ ହେମର ସର୍ବାଙ୍ଗ ଜଳି ଉଠିଲା । ଏଇ ଲୋକଟା ତା' ଘରର ସର୍ବନାଶ କରିଛି । ମିଛଟାରେ ଅଙ୍କୁରକୁ ବଦନାମ୍ କରି ତା' ପାଖରୁ ଦୂରେଇନେଇଛି । ତା' ମାଆକୁ ବାବାକୁ ଫାଣ୍ଡିରେ ବସେଇ ହଟହଟା କରିଛି । ଏଇ ବଦମାସ୍ ଛଡ଼େଇ ନେଇଛି ତା' ଘରଲୋକଙ୍କ ମୁହଁରୁ ହସ । ଏଭଳି ଲୋକକୁ ଗୋଇଠା ମାରି ବିଦା କରିଦେବା କଥା । ଅଥଚ ତା' ବାପା ତା' ଆଗରେ ହାତ ଯୋଡ଼ି ଠିଆ ହେଉଛି ! ଛି, ମଣିଷର ମାନ, ଇଜ୍ଜତ ବୋଲି କ'ଣ କିଛି ନାହିଁ !

ଜର୍ଜ କହୁଥିଲା, "ଶାଗୁଆନ ଗଛ ଏମିତି କାଟିକି ନେଇହେବ ନାହିଁ । ପରମିଟ୍ ଦରକାର । ସେଥିପାଇଁ ସମୟ, ପଇସା ଦିଇଟା ଦରକାର । ଗଛଟା ବଗିଚାକୁ ଛାଇ କରୁଥିବାରୁ ଏପଟର ଫସଲ ଉଧେଇ ପାରୁନାହିଁ । ତୋର ଲୋକସାନ୍ ହଉଛି । ମୁଁ ତୋତେ ସାହାଯ୍ୟ କରିବାକୁ ବସିଛି, ତୁ ମୋତେ ପାଞ୍ଚହଜାର ମାଗୁଛୁ ? ହଉ, ତୁ ଯେତେବେଳେ ମୋର ପ୍ରିୟ ଶ୍ୱଶୁର ହେବାକୁ ରାଜି ହେଇଛୁ, ସେତେବେଳେ ତୋ କଥା ରଖିବା ମୋର କର୍ତ୍ତବ୍ୟ । ମୁଁ ବାବୁକୁ କହି ତୋତେ ତିନିହଜାର ଟଙ୍କା ଦେବା ବ୍ୟବସ୍ଥା କରିଛି । ଶୁଣ୍, ଏକଥା ଆଉ କାହାକୁ କହିବୁ ନାହିଁ । ଖବରଦାର ।"

: ନା, ନା, ଆଉ ହଜାରେ । ତୋର ଧରମ ହେବ ଜର୍ଜ ବାବୁ ।- ଲାଇବନ କହୁଥିଲା ।

: ଜ୍ୱାଇଁ ବାବୁ ଡାକ୍‌ରେ । ହାୟ ମୋର ଡାଳିମ୍ବ ଫୁଲର ବାବା- ହେଲା, ଆଉ ହଜାରେ ଦେବି । ସ୍ପେଶାଲି, ଡାଳିମ୍ବ ପାଇଁ ।

: ଚୁପ୍ ଚୁପ୍ । ବଡ଼ ପାଟିରେ କହନା । ଚମ୍ପା ଯଦି ଶୁଣିବ, ତାହାହେଲେ ଗଛ କଟାହେବା ଆଗରୁ ମୋତେ କାଟିପକେଇବ ।

: ହଁ, ହଁ । ତୋ ପରି ଗୋଟେ ଭଲଲୋକ ରାହାବାଳୀ ସେ ମାଆ-ଝିଅ ଦିଇଟାଙ୍କ ସାଙ୍ଗରେ କେମିତି ରହିଛି ? ସେମାନଙ୍କୁ ଘରୁ ନିକାଲି ଦେବା କଥା । ସେମାନେ ରହିବା ପର୍ଯ୍ୟନ୍ତ ତୋ ଘରେ ବିପଦ ଲାଗିକି ରହିବ । ତାଙ୍କ ଢଙ୍ଗରଙ୍ଗ ଦେଖୁନୁ ! ସେମାନେ ତୋ ଗଳାରେ କଣ୍ଟା ହେଇଛନ୍ତି ।

: ନାଇ, ନାଇ। ଚମ୍ପା ତ ଗୀତ ଗାଇ ଗାଇ କୁଟୁମ୍ବ ପାଳି ଆସିଛି। ସିଏ ନଥିଲେ ଆମେ କେମିତି କ'ଣ ବଞ୍ଚିଥାଆନ୍ତୁ? ତୁଇ ତ ଆମର ବାଡ଼ି ନେଲୁ, ବଗିଚା ନେଲୁ, ଆମ୍ବ-ସପୁରି ନେଲୁ। ଆମେ କ'ଣଟା ଖାଇବୁ? ତେଲ ଲୁଣ କୋଉଠୁ କିଣିବୁ? କହ, କହ।

: କିଛି ଚିନ୍ତା କରନା ଲାଇବନ। ମୁଁ ଅଛି। ଯେତେଦିନ ଯାଏ ଜର୍ଜ ଅଛି ସେତେଦିନ ଯାଏ ତୋର ଚିନ୍ତା କରିବାର କିଛି କାରଣ ନାହିଁ। ଆର ମାସରୁ ଡାଳିମ୍ବକୁ ଗୋଟେ କାମରେ ମୁଁ ଲଗେଇଦେବି। ମାସକୁ ମାସ ସେ ଦରମା ପାଇବ। ଏଠୁ ସକାଳେ ବସ୍ ଧରି ଉମରକୋଟ୍ ପଳେଇବ, ସେଠୁ ସଂଜବେଳେ ବସ୍ ଧରି ଚାଲିଆସିବ। ତୋ ଘର ପାଖରୁ ତ ଛକଯାଏ ଅଟୋ – ଯାହାକୁ ଯେତେ। ହଉ, ମୁଁ ଯାଏ। ଆଜି ହେଲା ମଙ୍ଗଳବାର, ଶନିବାର ସକାଳେ ମେସିନ୍ ଧରି ଆସିବି। ମେସିନ୍ ଚଟାପଟ୍ ଗଛଟା କାଟି ଗଡ଼ ଗଡ଼ କରିଦେବ, ଟ୍ରକ୍‌ରେ ବୋହି ନେବାକୁ ସୁବିଧା ହେବ। ସେହିଦିନ ତୋତେ ତୋ ଟଙ୍କା ଦେଇଦେବି।

: ହଁ। ଟଙ୍କା ଦବୁ। ନ ହେଲେ ଚମ୍ପା ଗାଳିଦେବ। – ଲାଇବନ କହିଲା।

: ଶୁଣ୍ ଲାଇବନ୍। ତୁ ସବୁବେଳେ ସେ ମାଇପ ସୁହାଗ ଦେଖାନା। ଆଉ, ତୋର ସେ ବଡ଼ ଝିଅଟା! ସେଇଟା ଅଲକ୍ଷଣୀ। ତାଆରି ଯୋଗୁଁ ତୁ କି କଷ୍ଟ ନ ପାଇଲୁ? ତୋ ପରି ସାଦାସିଧା ସରଳିଆ ଲୋକ ଦିନସାରା ଯାଇ ଫାଣ୍ଡି ବାରନ୍ଦାରେ ବସିଲା। ଛି, ଛି। ଏମିତିକା ଝିଅକୁ ଘରୁ ବାହାର କରିଦେବା କଥା। ସାନଝିଅ ଡାଳିମ୍ବଟି କିନ୍ତୁ ଭଲ।

: ହଁ, ହଁ, ଡାଳିମ୍ବଟା ଭଲ ଝିଅ। ସେ ସବୁକଥା ଜାଣେ।

: ହଉ, ମୁଁ ଚାଲିଲି। ଶନିବାର ଦେଖା ହେବ। ସକାଳ ସାତଟା ବେଳକୁ ତୁ ଚାଲିଆସିଥିବୁ। କାହାକୁ କିଛି କହିବୁ ନାହିଁ। ଆମେ ତ ମେସିନ୍‌ରେ ଗଛ କାଟିବୁ। ଜମା ଶବ୍ଦ ହେବ ନାହିଁ। ଦାଢ଼ି ଖିଅର କଲା ପରି ତୋ ବାଡ଼ି ଖିଅର କରିଦେବ ସେ ମେସିନ୍। ଚାରିଆଡ଼ ସଫା ଦିଶିବ। ବୁଝିଲୁ?

: ହଇ, ହଇ। ଲାଇବନ କହିଲା ଓ ଆଉଥରେ ହାତ ଯୋଡ଼ିଲା।

ଜର୍ଜ ଗଛ ପାଖରେ ତା' ମୋଟର ସାଇକେଲ୍ ରଖିଥିଲା। ନିମିଷକରେ ସେ ସେଥିରେ ବସି ସେଠୁ ଅଦୃଶ୍ୟ ହୋଇଗଲା।

ହେମ ଯେମିତି ଲୁଚି ଲୁଚି ଯାଇଥିଲା, ସେମିତି ଲୁଚି ଲୁଚି ଘରକୁ ଫେରି

ଆସିଲା। ଘର ପିଣ୍ଡାରେ ବସିପଡ଼ିବା ପରେ ତା' ମୁଣ୍ଡକୁ ଚିନ୍ତା ଆସିଲା- ସେ ଏବେ କ'ଣ କରିବ ?

ତାଙ୍କ ବାଡ଼ିର ଶାଗୁଆନ ଗଛଟା ଗାଁର ସବୁଠୁ ପୁରୁଣା ଗଛ। ମାଆ କହୁଥିଲା, ସେଇ ଗଛଟା ତା'ର ବଡ଼ ପୁଅ। ତାକୁ ବିକି ଦି' ଝିଅଙ୍କ ବାହାଘର ଖର୍ଚ୍ଚ ଉଠେଇବ। ଅଥଚ ଏଡ଼େ ବିରାଟ ଗଛଟାକୁ ତା' ବାପା ମାତ୍ର ଚାରିଟି ହଜାର ଟଙ୍କାରେ ବିକିଦେବାକୁ ବସିଛି। ସେ ଏକଥା ଡାଲିମ୍ବକୁ ବି କହିପାରିବ ନାହିଁ। ଏହା ଭିତରେ ଜର୍ଜ ଡାଲିମ୍ବକୁ ବାହାହେବା କଥା ସ୍ଥିର ହେଇଗଲାଣି। ଟୁପୁସିମୁହାଁ ଟିକିଏ ବି ତା'ର ସୂଚନା ତାକୁ ଦେଇ ନାହିଁ। ମାଆ ତ ବେମାର। କ'ଣ କରିପାରିବ ସେ ?

ଘର ଆଗର ଖୁଣ୍ଟଟାକୁ ଆଉଜି ହେମ ଭାବି ହେଉଥିଲା। ଏତିକିବେଳେ ଜଣେ ଲୋକ ତାକୁ ସାହାଯ୍ୟ କରିପାରନ୍ତା, ସିଏ ହେଲା ଅଙ୍କୁର। କିନ୍ତୁ ଅଙ୍କୁର କୋଉଠି ଅଛି ? ଅଙ୍କୁରର ଫୋନ୍ ନମ୍ବର ଅବଶ୍ୟ ତା' ପାଖରେ ଅଛି। କିନ୍ତୁ କୋଉଠିକି ଯାଇ ସେ ଫୋନ୍ କରିବ ? ହେମ ପିଣ୍ଡାରୁ ଓହ୍ଲେଇ ମ୍ୟୁଜିୟମ୍ ରାସ୍ତାରେ ପାଦ ବଢ଼େଇଲା। ପୋଡ଼ାଗଡ଼ ମ୍ୟୁଜିୟମ୍‌ଟା ଭଲ ଚାଲୁନାହିଁ। କେବେ ଜଣେ ତ କେବେ ଦି'ଜଣ ଲୋକ ଦେଖିବାକୁ ଆସନ୍ତି। ଫାଟକ ପାଖରେ ପଦିନାନୀର ଜଳଖିଆ ଦୋକାନ। ତା' ପୁଅ ବାପି ସେଇଠି ବସେ। ସେଇ ଦୋକାନକୁ ସେ ଆଗରୁ ଦି'ଥର ଅଙ୍କୁର ସାଂଗେ ଆସିଛି। ଆଜି ମଧ୍ୟ ବାପି ଭାଇ ଦୋକାନରେ ବସିଥିଲା। ହେମ ତା' ହାତକୁ ଦି' ଟଙ୍କିଆ କଏନ୍‌ଟେ ବଢ଼େଇ ଦେଇ କହିଲା- ବାପି ଭାଇ, ମେଡ଼ିକାଲ କେସ୍, ତୁମ ମୋବାଇଲ୍‌ରୁ ଗୋଟେ ଫୋନ୍ କରିପାରିବି ?

: ଆରେ ହେମ ! ତୁ ମୋତେ ପଇସା କାହିଁକି ଦେଉଛୁ ? ତୋ ମାଆ ପରା ଆମ ଘରେ ଯାଇ ଗୀତ ଗାଏ। ନେ, ନେ। ତୁ ନିଜେ ନମ୍ବର ଲଗା। ଅଙ୍କୁର ସାଂଗେ କଥା ହେବୁ କି ?

ହେମକୁ ସାହସ ମିଳିଗଲା। ସେ ବାପିକୁ ପଚାରିଲା, "ବାପି ଭାଇ, ତୁ ଅଙ୍କୁରକୁ କେମିତି ଚିହ୍ନିଲୁ ?" ବାପି କହିଲା, "ଅଙ୍କୁର ଯୋଗୁଁ ମୋ ବାପା ବଞ୍ଚିଥିଲା। ସେଇ ତ ଔଷଧ ଦେଲା, ଡାକ୍ତରକୁ ଦେଖେଇଥିଲା। ତା'ର ଏନ୍.ଜି.ଓ ସଂସ୍ଥାକୁ କିଏ ନଜାଣେ ?" ବାପି ହାତରୁ ତା' ମୋବାଇଲ୍ ସେଟ୍‌ଟି ନେଇ ହେମ ଚାଲିଲା ଚାଲିଲା ହୋଇ ଦୋକାନର ପଛପଟକୁ ଗଲା ଓ ଅଙ୍କୁରର ନମ୍ବର ଲଗେଇଲା।

ତିନିଥର ଲଗେଇବା ପରେ ଯାଇ ଅଙ୍କୁର ଧରିଲା । ଅଙ୍କୁର ସ୍ୱରର 'ହାଲୋ' ଶବ୍ଦ ଶୁଣିବାକ୍ଷଣି ଏପଟେ ହେମ ସ୍ଥିର ପଥର ପାଲଟିଗଲା । ତା' ତୁଣ୍ଡରୁ କିଛି କଥା ବାହାରିଲା ନାହିଁ ।

: ସେପଟୁ ଅଙ୍କୁର ପଚାରୁଥିଲା, "ଦେହ ଭଲ ନାହିଁ କି ?" 'ହଁ' ବୋଲି କହିଲା ହେମ । ତା'ପରେ ତା' ବାବା ଓ ଜର୍ଜର କଥାବାର୍ତ୍ତାର ଉଦ୍ଦେଶ୍ୟ ସବୁ କହିଦେଲା । କହିଲା, ତୁ କିଛି ଗୋଟେ କର । ଆମ ଗଛଟାକୁ ବଞ୍ଚେଇ ଦେ ।"

ଅଙ୍କୁର କହିଲା, "ମୁଁ ଉମରକୋଟରୁ ଯାଇନାହିଁ । ଏବେ ମୁଁ ଆମର ଏନ୍‌ଜିଓର ପୁରୁଣା ଭ୍ୟାନ୍ ଚଳଉଛି । ହଉ, ମୁଁ କିଛି ଗୋଟେ ଉପାୟ ବାହାର କରିବି । ବ୍ୟସ୍ତ ହଅନା । ତୁ ବାପି ଭାଇକି ଫୋନ୍ ଦେ ।"

ହେମ ଫୋନ୍‌ଟି ବାପି ଭାଇ ହାତକୁ ବଢ଼େଇଦେଲା । ଅଙ୍କୁର ସହ କଥାବାର୍ତ୍ତା ହେଇଗଲା ପରେ ହେମ ଦେହରେ ପ୍ରାଣ ପଶିଥିଲା । ତା'ର ବିଶ୍ୱାସ ଥିଲା, ଅଙ୍କୁର କିଛି ଗୋଟେ ଉପାୟ ବାହାର କରିବ ।

ବାପି ଭାଇ ଅଙ୍କୁର ସହ କଥା ହେଲା । ଫୋନ୍ ବନ୍ଦ କରିସାରି ହେମକୁ କହିଲା, "ତୁ ଯା, ମୁଁ କ'ଣ କରୁଛି ଦେଖ । ଗୋଟେ ରାକ୍ଷସ ଏ ଜିଲ୍ଲାଟାକୁ ଗିଳିଦେବାକୁ ବସିଲାଣି । କ'ଣ କରିବା ? ସମସ୍ତଙ୍କୁ ତ ସେ ଟଙ୍କା ଦେଇ କିଣିକି ରଖିଛି ।"

: ତୁ କ'ଣ କରିବୁ ବାପି ଭାଇ ? ଅଙ୍କୁର କ'ଣ କହିଲା ? - ହେମ ପଚାରିଲା ।

: ତୁ ସେ କଥା ଚିନ୍ତା କରନା । ତୋ ସାଂଗେ ମୋର କିଛି କଥାବାର୍ତ୍ତା ହୋଇଛି ବୋଲି ଯେମିତି କେହି ନ ଜାଣନ୍ତି । ଆଜି ମଙ୍ଗଳବାର, ସେ ଗଛ କାଟିବାଲାଗି ଶନିବାର ଆସିବ । ମଝିରେ ମାତ୍ର ତିନିଟା ଦିନ । ଏହା ଭିତରେ ଆମକୁ କିଛି ଗୋଟେ କରିବାକୁ ପଡ଼ିବ ।

ହେମ ଘରକୁ ଫେରିଆସିଲା ।

ସେଇଦିନ ଉପରବେଳା ବାପି ସାଧୁ ନାଏକ ଘରକୁ ଗଲା ।

ସାଧୁ ନାଏକ ପୋଡ଼ାଗଡ଼ର ଜଣାଶୁଣା ଜ୍ୟୋତିଷ । ତା'ର ସବୁ ପୂଜକ, ବ୍ରାହ୍ମଣ, ବେଜୁ-ବେଜୁଣୀଙ୍କ ସାଂଗେ ବସାଉଠା । ସେ ଏହି କାମରେ ବାପିକୁ ନିଶ୍ଚୟ କିଛି ସାହାଯ୍ୟ କରିପାରିବ ।

ବାପିର ଭଲ ନାଁ ଅଭିମନ୍ୟୁ। ତାକୁ କିନ୍ତୁ ସମସ୍ତେ ବାପି ଭାଇ ବୋଲି ଡାକନ୍ତି। ଅଭିମନ୍ୟୁ ନାଁରେ କେହି ଡାକନ୍ତି ନାହିଁ। ପୋଡ଼ାଗଡ଼ ମ୍ୟୁଜିୟମ୍ ପାଖ ଜଳଖିଆ ଦୋକାନଟି ତା' ବାପା ଆରମ୍ଭ କରିଥିଲା। ବାପାର ଦେହ ଖରାପ ଯୋଗୁଁ ତା' ମାଆ ଆଜିକାଲି ସେଇ ଦୋକାନରେ ବସେ। ବାପି ମ୍ୟୁଜିୟମ୍‌ର କେୟାରଟେକର। ସେଇଠି କିଛି କାମ ନଥିବାରୁ ସେ ଦୋକାନରେ ଆସି ବସିଥାଏ।

ବାପି ପାଖରୁ ସାଧୁ ନାଏକ ସବୁକଥା ଶୁଣି ମନଦୁଃଖ କଲା। କହିଲା, ଏମିତି ଏମିତି ଏ ଜଙ୍ଗଲ ସବୁ ନାଗରାଜର ପାଟି ଭିତରେ ଯାଇ ପଶିଗଲାଣି। ଜର୍ଜ ପରି ଭସ୍ମାସୁର ନ ମରିବା ପର୍ଯ୍ୟନ୍ତ ଏହି ଲୀଳା ଚାଲିଥିବ। ସେ ଝିଅର ସାହସକୁ ପ୍ରଶଂସା ନକରି ମୁଁ ରହିପାରୁନାହିଁ। ସିଏ ତ ମୋତେ ମା ଭୈରବୀର ଅବତାର ପରି ଲାଗୁଛି। ମୁଁ ନିଶ୍ଚୟ କିଛି ବାଟ ବାହାର କରିବି। ତୁ ଯାଆ। ଏ ଗଛ କଟାଯିବ ନାହିଁ। ଶନିବାର କି ଆଉ କୋଉ ବାର। ଦେଖିବୁ, ଏ ସାଧୁ ନାଏକର ଜବାବ।

ହେମର ଫୋନ୍ ପାଇବା ପରଠାରୁ ଅଙ୍କୁରକୁ ଅସ୍ଥିର ଲାଗୁଥିଲା। ସେ ଜମା ବିଶ୍ୱାସ କରିପାରୁନଥିଲା ଯେ ବଡ଼ଭଉଣୀକୁ ଈର୍ଷା କରି ଡାଳିମ୍ବ ଗୃହଶତ୍ରୁ ବିଭୀଷଣ ଜର୍ଜ ସାଂଗରେ ହାତ ମିଳେଇ ଥିଲା। ସେ ଏକଥା ବି ବିଶ୍ୱାସ କରିପାରୁନଥିଲା ଯେ ଜର୍ଜ ଡାଳିମ୍ବକୁ ବାହାହେବାକୁ ଚାହୁଁଥିଲା। ତାକୁ ଏସବୁ ଜର୍ଜର ଗୋଟେ ଷଡ୍‌ଯନ୍ତ୍ର ପରି ମନେହେଉଥିଲା। ବାସ୍ତବରେ ଜର୍ଜ ହେମ ଉପରେ ପ୍ରତିଶୋଧ ନେବାପାଇଁ, ତା'ର ପରିବାରକୁ ତଳିତଳାନ୍ତ କରିବା ପାଇଁ କାଳସର୍ପ ପରି ତାଙ୍କ ପଛରେ ପଡ଼ିଥିଲା। ଡାଳିମ୍ବ ପରି ସରଳ ଝିଅ ଜର୍ଜର ମତିଗତି ବୁଝିବା କଷ୍ଟକର। କିନ୍ତୁ ଅଙ୍କୁର ବା କରିବ କ'ଣ? ତା' ପାଖେ ଧନ ଅଛି ନା କ୍ଷମତା? ତେବେ ଏମିତି ହାତଯୋଡ଼ି ତ ସେ ବସି ରହିପାରିବ ନାହିଁ। ତାକୁ କିଛି ଗୋଟେ କାମ କରିବାଲାଗି ପଡ଼ିବ। ଏସବୁ ଭିତରେ ଗୋଟେ ଭଲ କଥା ହେଲା ଯେ ଅଙ୍କୁର ଡ୍ରାଇଭିଂ ଲାଇସେନ୍‌ସ ପାଇଯାଇଥିଲା। ଯୋଉଦିନ ଏ ଖବରଟା ସେ ଦୁଷ୍ମନ୍ତ ସାରଙ୍କୁ କହିଥିଲା ସେଦିନ ସେ ଖୁସି ହୋଇ ଅଙ୍କୁରକୁ ଲଡୁ ଖୁଆଇଥିଲେ।

ଅଙ୍କୁର ଜାଣିପାରୁଥିଲା ଯେ ଅଧିକାଂଶ ସମସ୍ୟାର ସମାଧାନ ହେଉଛି ଟଙ୍କା। ପାଖରେ ଟଙ୍କା ଥିଲେ ସମସ୍ତେ କଥା ଶୁଣିବେ, ସବୁ କଥା ସହଜ ହୋଇଯିବ। ଜର୍ଜ ପାଖରେ ଟଙ୍କା ଅଛି ବୋଲି ସେ ମିଛଟାରେ ତାକୁ ମାଓବାଦୀର ବଦନାମ୍ ପିନ୍ଧେଇ ଦେଇଛି। ତେବେ ଏଭଳି ମିଛକଥାକୁ ଖାକୀ ପିନ୍ଧା ପୁଲିସ କିଭଳି

ମାନିନେଉଛି ସେଇଟା ତାକୁ ଆଶ୍ଚର୍ଯ୍ୟ କରୁଥିଲା। ଏଭଳି ଦୁର୍ନୀତିଖୋର ପୋଲିସ୍ ଲୋକଙ୍କର ଶତ୍ରୁ। ବେପାରୀ ଦୁର୍ଯ୍ୟୋଧନ ହେଲେ, ପୁଲିସ ଦୁଃଶାସନ।

ଅଙ୍କୁର ସମସ୍ତଙ୍କୁ ହାତଗୋଡ଼ ଧରି କହିଛି। ତା' ପାଇଁ ଭଲ ଚାକିରିଟେ ଯୋଗାଡ଼ ହେଇଗଲେ ସେ ରାୟପୁର କି ଜୟପୁର ପଳାନ୍ତା। ଏଠି ପଡ଼ିରହି ଲାଭନାହିଁ। ରାମ ନାଇଡୁ କହୁଥିଲା, ରାୟଗଡ଼ା କାଗଜକଳରେ ଗୋଟେ ଡ୍ରାଇଭର ଦରକାର। ସେଇ ଚାକିରିଟା ହୋଇଗଲେ ସବୁଆଡୁ ଭଲ ହେବ। ସେ ତା' ଘର ପାଖକୁ ପଳେଇବ। କଂପାନି ଚାକିରିରେ ସରକାରୀ ଚାକିରି ପରି ସବୁ ସୁବିଧା ଅଛି। ରାମ ନାଇଡୁ ଆହୁରି କହୁଥିଲା, ଦି'ବର୍ଷ ପରେ 'ହେଭି ଭେହିକିଲ୍ ଲାଇସେନ୍‌ସ' ବାହାର କରିଆଣିଲେ ସେ ଟ୍ରକ୍ ଚଳେଇପାରିବ। ଟ୍ରକ୍ ଡ୍ରାଇଭର ଚାକିରିରେ ଯୋଉ ଟଙ୍କା, ଆଉ କୋଉଥିରେ ନାହିଁ।

■

ଚତୁର୍ଦ୍ଦଶ ପରିଚ୍ଛେଦ

ସାଧୁ ନାଏକର କଥା ଶୁଣି ତାକୁ କୋଡ଼ିଏ ବର୍ଷରୁ ବେଶି କାଳ ହେଲା ଜାଣିଥିବା ବାପି ଭାଇ ବି ଆଶ୍ଚର୍ଯ୍ୟ ହୋଇଗଲା । ଶନିବାର ସକାଳେ ଜର୍ଜ ଗଛ କାଟିବା ଲାଗି ଆସିଥାଆନ୍ତା । କିନ୍ତୁ ଗୁରୁବାର ରାତି ପାହିବା ଆଗରୁ ସାଧୁ ନାଏକ ବେଜୁଣୀକୁ ସାଙ୍ଗରେ ଧରି ଲାଇବନ ବାଡ଼ିର ଶାଗୁଆନ ଗଛକୁ ପୂଜା କରିବା ଆରମ୍ଭ କରିଦେଇଥିଲା । ଗଛଟା ଦେହରେ କଳା ଶାଢ଼ିଟେ ଗୁଡ଼ା ହେଇଥିଲା, ତା' ତଳକୁ ମେଞ୍ଚାଏ ସିନ୍ଦୂର । ଗଛ ତଳେ ଚାରି ପାଞ୍ଚହାତ ଖୋଳା ହୋଇଥିବା ଗାତ ଓ ଗାତ ଉପରେ ଗୋଟେ ଛୋଟିଆ ଠାକୁରାଣୀଙ୍କ ଭଙ୍ଗା ପଥର ମୂର୍ତ୍ତି । ତା' ଦେହରେ ବି ସିନ୍ଦୂର ବୋଳାଯାଇଥିଲା ।

ସାଧୁ ନାଏକ ଆଖିବୁଜି ଠାକୁରାଣୀଙ୍କ ମାହାତ୍ମ୍ୟ ଗାଉଥିଲା-

ଜୟ ଜୟ ଆଦିମାତା ଭୈରବୀ ଭବାନୀ
ଶକ୍ତିଦିଅ, ମାତା ଆଗୋ ମୋର ଏ ଦଇନି।
କଳିଯୁଗେ ହେଲୁ ତୁହି ଶକ୍ତି ଅବତାର।
ତୋ ଦୟା, କରୁଣା ଦେବୀ ଅନନ୍ତ ଅପାର।

"ଆରେ ହରିବୋଲ ଦିଅ, ହୁଳହୁଳି ଦିଅ। ମାଆ ବିଜେ ହେଇଛନ୍ତି।"

: ଆଉ ପାଞ୍ଚଟା ଦିନପରେ ଦୀପାବଳି ଅମାବାସ୍ୟା। ତା' ଆଗରୁ ଠାକୁରାଣୀ ଏଇ ଗଛତଳେ ବିଜେ ହେଲେଣି। ତିନିରାତି, ତିନିଦିନ ମୁଁ ଖାଲି ଗୋଟିଏ ସ୍ୱପ୍ନ ଦେଖିଲି। ବେଜୁଣୀକୁ ଯାଇ ପଚାରିଲି, ଠାକୁରାଣୀ କହୁଥିଲା, ମୋତେ ମାଟିତଳୁ ଉଦ୍ଧାର କର। ମୁଁ ପୂଜା ଚାହେ, ଭୋଗ ଚାହେ। ସତକୁ ସତ ଏଇଠି ମାଟି ଖୋଳିଲାରୁ ମାଆ ବିଜେ ହେଲେ। ଆରେ ହରିବୋଲ ପକାଅ, ହୁଳହୁଳି ପକାଅ। – ସାଧୁ ନାଏକ କହୁଥିଲା।

ଗାଁ ଗୋଟାକର ବୁଢ଼ା, ବୁଢ଼ୀ, ମରଦ, ମାଇପ, ପୁଅ, ଝିଅ, ସାନ ବଡ଼ ପିଲାଏ ଲାଇବନ ବାଡ଼ିରେ ଏ ଦୃଶ୍ୟ ଦେଖିବାକୁ ଆସି ଠୁଳ ହେଇଥିଲେ। ଗାଁରୁ ଧାଡ଼ି ଲମ୍ବିଥିଲା ପାହାଡ଼ ମୁଣ୍ଡିଆ ଯାଏ। ସାଧୁ ନାଏକ ଝୁଣା ଜଳେଇ, ଧୂପ ଲଗେଇ, ଚିତା ଚଇତନ ହୋଇ ବସିଥିଲା ଓ ମଝିରେ ମଝିରେ ମନ୍ତ୍ର ବୋଲୁଥିଲା। ଲୋକମାନେ ତା' ଆଗରେ ନଡ଼ିଆ, କଦଳୀ, ବେଲପତ୍ର, ନାଲି ଚୁଡ଼ି, କରିଆକନା ଥୋଇ, ଗଳବସ୍ତ୍ର ସାଷ୍ଟାଙ୍ଗ ପ୍ରଣିପାତ କରୁଥିଲେ। ଘଣ୍ଟା, ଘଣ୍ଟ ଶବ୍ଦରେ ସେ ନିର୍ଜନ ଜାଗାଟା କମ୍ପି ଉଠୁଥିଲା।

ଚମ୍ପା ଓ ହେମ ଗୋଟିଏ କୋଣରେ ହାତଯୋଡ଼ି ବସିଥିଲେ। ସେମାନେ ସାଧୁ ନାଏକକୁ ଜୁହାର ହେଉଥିଲେ ନା ଠାକୁରାଣୀ ମୂର୍ତ୍ତିକୁ– ତାହା ବୁଝା ପଡୁନଥିଲା।

କ୍ରମେ ଭକ୍ତମାନଙ୍କର ସଂଖ୍ୟା ବଢୁଥିଲା। ଏହା ଭିତରେ ସାଧୁ ନାଏକ କଳା ଶାଢ଼ିଖଣ୍ଡେ ମୂର୍ତ୍ତି ଚାରିପଟେ ବେଢ଼େଇ ଦେଇଥିଲା। ତା' ଉପରେ ଖଣ୍ଡେ ନାଲି ଗାମୁଛା। ଲୋକମାନଙ୍କ ହାତରୁ ଭୋଗ ଥାଳି ନେଇ ସେ ଗଛ ଦେହରେ ଛୁଆଁଇ ଦେଉଥିଲା ଓ ଭକ୍ତମାନଙ୍କୁ ସେମାନଙ୍କ ଭୋଗଥାଳି ଫେରେଇ ଦେଉଥିଲା। ଲୋକମାନେ, ନିଜ ନିଜର ସାଧ୍ୟମତେ କିଛି କିଛି ଦକ୍ଷିଣା ସାଧୁ ନାଏକ ଥାଳିରେ ଥୋଇଦେଇ ଯାଉଥିଲେ।

ଚମ୍ପା ଭତରା ଆଖି ବୁଜିଦେଇ ଗୀତ ଗାଉଥିଲା:

ହେ ଠାକୁରାଣୀ, ହେ ଠାକୁର
ହେ ଦେବତା, ହେ ଦେବତୀ
ତୁଇ ଆମ୍‌କେ ଜନମ୍ କରେ
ଆମ୍‌କେ ପାଳି ପୋଷି ବଡ଼୍ କରେ ।
ସରଗେ ଲାଗିଲା ସରଗୀ ଚାମୁଣ୍ଡା
ପାତାଲେ ପଡ଼ିଲା ବେଦୀ
ବୋଦିଆନେ ବସି ଦିହେଁ ବିଭା ହେଲେ
ଶିବ-ଶିବା ହସି ହସି ।

ହେମ ଡାକିଲା, "ଏଇ ମା, ତୁ ଏଇଟି କି ଗୀତ ଗାଉଛୁ ଲୋ । ଏଠି ତ ଖାଲି ଠାକୁରାଣୀ ଅଛି, ଶିବ ଠାକୁର କାହିଁ ?"

: ଆଲୋ ଆସ୍‌ବେ ଆସ୍‌ବେ । କଇଲାଶ ପର୍ବତରୁ ଓହ୍ଲେଇ ବାବା ଆସିବେ ।

ସଂଜବେଳକୁ ଏ ଖବର ଚାରିଆଡ଼େ ଖେଳିଗଲା । ଚମ୍ପା ଭତରାର ବାଡ଼ିରୁ ମାଆ ଉଭାହେଇଛନ୍ତି । ଲୋକମାନେ ଜାଣନ୍ତି, ବହୁକାଳ ଆଗେ କୌଣସି ଲୋକ ଗୋଟେ ମନ୍ଦିର ପାଇଁ ଠାକୁର ଠାକୁରାଣୀଙ୍କ ମୂର୍ତ୍ତି ନେଇ ଯାଉଥିବାବେଳେ ଏଇଠି ଦୁର୍ଘଟଣା ଘଟିଥିଲା । ସେତିକିବେଳେ ମୂର୍ତ୍ତିମାନ ଏଠି ସେଠି ପଡ଼ି କାଳକ୍ରମେ ପୋତି ହୋଇଯାଇଥିଲେ । ସମୟେ ସମୟେ ସେହି ମୂର୍ତ୍ତିଙ୍କର ଆବିର୍ଭାବ ହୋଇଥାଏ ।

ଡାଳିମ୍ବ ଜର୍ଜକୁ ଫୋନ୍ କରି କହିଲା, ଆମ ବାଡ଼ିରେ ଠାକୁରାଣୀ ବିଜେ ହେଇଛନ୍ତି । ଶାଗୁଆନ ଗଛର ମୂଳ ପାଖେ ଖୋଳିଲାରୁ ଠାକୁରାଣୀ ମୂର୍ତ୍ତି ବାହାରିଲା । ନାଏକ ସ୍ୱପ୍ନ ଦେଖି ବେଜୁଆଣୀକୁ ଏକଥା କହିଥିଲା ।

ଡାଳିମ୍ବ ବହୁତ ଖୁସିଥିବା ଭଳି ଜର୍ଜର ମନେ ହୋଇଥିଲା । ତାଙ୍କ ବାଡ଼ିରେ ଠାକୁରାଣୀ ବାହାରିଥିବାରୁ ଭକ୍ତମାନେ ଏଣିକି ଆସି ତାଙ୍କୁ ଟଙ୍କା ପଇସା, ଭୋଗରାଗ ଦେବେ । ସ୍ଥାୟୀ ଉପାର୍ଜନର ବାଟ ମିଳିଯିବ । ସେମାନଙ୍କୁ ଲୋକେ ଚିହ୍ନିବେ । ରାତାରାତି ପ୍ରସିଦ୍ଧ ହେଇଯିବେ ଚମ୍ପା ଭତରାର ପରିବାର । ମାତ୍ର ଏକଥା ଶୁଣି ଜର୍ଜର ମୁଣ୍ଡ ଘୂରିଗଲା । ସେ ବିଶ୍ୱାସ କରିପାରୁନଥିଲା ଯେ ପ୍ରତିଥର ଗୋଟେ ମାମୁଲି, ଦରିଦ୍ର ଆଦିବାସୀ ପରିବାର ପାଖରେ ସେ କେମିତି ହାରିଯାଉଥିଲା ! ତାହାହେଲେ କ'ଣ ସତରେ ସେ ଚମ୍ପା ଭିତରେ କିଛି ଗୋଟେ ଦୈବୀଶକ୍ତି ଅଛି ? ହେଃ, ନା, ନା । ସେ ଏଭଳି କଥା ମୁଣ୍ଡ ଭିତରକୁ ଆଣିବା ଆଦୌ ଉଚିତ ନୁହେଁ ।

ସେ ନାଗରାଜର ସୁପରଭାଇଜର। ଯେଉଁ ନାଗରାଜ ଆଙ୍ଗୁଳି ଉଠେଇଲେ ଅବିଭକ୍ତ କୋରାପୁଟ ଜିଲ୍ଲାଟା ପୂରା ହଲିଯାଏ, ସେଇ ନାଗରାଜର ଲୋକ ସିଏ। ଏଭଳି ଫାଲ୍‌ତୁ କାଙ୍ଗାଳ ଲୋକଙ୍କ ପାଖରୁ ଯଦି ସିଏ ହାରିଯିବ, ତାହାହେଲେ ଲୋକେ ତାକୁ କ'ଣ ଭାବିବେ? ଆଉ କେହି ତା' କଥା ଶୁଣିବେ? ନା, ତାକୁ କିଛି ଗୋଟେ କରିବାଲାଗି ହେବ। ଏମାନଙ୍କୁ ପାନେ ଦରକାର।

ଜର୍ଜ ତା'ର ସହକାରୀ ଭୀମାକୁ ଧରି ମୋଟର ସାଇକେଲ୍‌ରେ ବାହାରିପଡ଼ିଲା। ବେଳ ରତରତ ହେଲାଣି। ଆଗେ ଯାଇ ସେ ଏସ୍.ଆଇ.କୁ ଫାଣ୍ଡିରେ ଦେଖାକରି ସବୁ କଥା କହିଲା। ଏସ୍.ଆଇ କହିଲା, "ମୁଁ ସବୁ ଶୁଣିଛି। ମାତ୍ର ଏଠି ଟିକେ ସମସ୍ୟା ଅଛି। ପ୍ରଥମ ହେଲା ଜଙ୍ଗଲୀ ଗଛ କଟା ପ୍ରସଙ୍ଗ, ଦ୍ୱିତୀୟ ଆଦିବାସୀ ଜମି ବନ୍ଧକ ପ୍ରସଙ୍ଗ, ତା'ପରେ ଠାକୁରାଣୀ ବାହାରିବା ପରି ସ୍ପର୍ଶକାତର ପ୍ରସଙ୍ଗ ଓ ଶେଷକୁ ନାଏକ- ବେଜୁଆଣୀଙ୍କ ସମର୍ଥନ ପ୍ରସଙ୍ଗ।' ଏଠି ହଠାତ୍ କିଛି ପଦକ୍ଷେପ ନେଇଗଲେ ସେ ନିଜେ ବିପଦରେ ପଡ଼ିଯିବ। ମାତ୍ର ଯେତେ ଯାହା ହେଲେ ବି, ନାଗରାଜ ବାବୁର ବିଶ୍ୱସ୍ତ ଲୋକ ସେ। ସେ ନିଶ୍ଚୟ କିଛି ନା କିଛି କରିବ। ତତଲା ଯାଉକୁ ଧୀରେ ଧୀରେ ଖାଇବା ଭଳି ଏହି ପ୍ରସଙ୍ଗରେ ଧୀରେ ଧୀରେ ଆଗେଇବାକୁ ପଡ଼ିବ।" ଏବେ 'ଇସ୍ୟୁ'ଟା ଗରମ ଅଛି। ଲୋକଙ୍କ ଭିତରେ ଗୋଟେ ହୋ ପଶିଯାଇଛି। ଟିକେ ଥଣ୍ଡା ପଡ଼ିଯାଉ। ତା'ପରେ ଦେଖିବା, ସେ ଆଦିବାସୀ ବୁଢ଼ୀ ଆଉ ତା' ଝିଅ କ'ଣ ମୋତେ ଟପିଯିବେ? ଯଦି ସତକୁ ସତ ସେଠୁ ଠାକୁରାଣୀ ବାହାରିଥିବେ ତାହାହେଲେ ତାଙ୍କୁ ତ ଆଗେ ସେ ଗଛ ଛାଡ଼ିବାଲାଗି ପଡ଼ିବ।"

ପରଦିନ ଜର୍ଜ ଯାଇ କ୍ଷେତ୍ର ଉପରେ ଦେଖିଲା। ସେ ବିଶ୍ୱାସ କରିପାରୁନଥିଲା ଯେ ଦିନ ଦିଇଟା ଭିତରେ ଏଠି କେମିତି ଗୋଟେ ଛୋଟକାଟର ମେଳା ବସିଗଲା! ଚାରିଆଡ଼େ ମାଳ ମାଳ ଲୋକ। ସେମାନେ ନଡ଼ିଆ, କଦଳୀ, ମନ୍ଦାର ଫୁଲ ନେଇ ଆସୁଥିଲେ ଓ ଗଛଟାକୁ ପୂଜା କରୁଥିଲେ।

ଚମ୍ପା ଭତରା ଓ ତା'ର ବଡ଼ ଝିଅ ହେମ ଚିତା ଚଇତନ ହେଇ, ଆଖି ବୁଜି ଗୋଟେ ପଟକୁ ବସିଥିଲେ। ନାଏକ ବସି ପୂଜା କରୁଥିଲା। ଲୋକମାନେ ଠାକୁରାଣୀଙ୍କୁ ଭୋଗ ଲଗେଇ ନାଏକ ପାଖରୁ ଆଶୀର୍ବାଦ ନେଇକି ଯାଉଥିଲେ ଓ ଦକ୍ଷିଣା ଦେଇ ଯାଉଥିଲେ।

ଅସହାୟତା ଓ କ୍ରୋଧରେ ଜର୍ଜର ମୁଣ୍ଡ ଅବା ଫାଟିଯିବ! ତାକୁ ଲାଗୁଥିଲା,

ଏସବୁ ମିଛ। ମାତ୍ର ହେମର ସେ ଟୋକା ସାଙ୍ଗ ନାଆଁରେ ମାଓବାଦୀ କେସ୍ ଲଗେଇବା ବି କ'ଣ ସତ କଥା ଥିଲା ? ତା' ପାଖେ ପଇସା ଥିବାରୁ ସେ ଯେମିତି ଅଙ୍କୁର ମୁଣ୍ଡରେ ମାଓବାଦୀ ଅଭିଯୋଗ ଲଦିପାରିଥିଲା, ନାଏକ ଲୋକଙ୍କ ବିଶ୍ୱାସ ଜିଣିଥିବାରୁ ରାତାରାତି ସେମିତି ଶାଗୁଆନ ଗଛ ମୂଳରୁ ଠାକୁରାଣୀ ବାହାର କରି ଆଣିଥିବ। ଏସବୁ ଭିତରେ ପ୍ରକୃତ ସତ୍ୟ କ'ଣ ତାହା କିଏ କହିବ ? ଯିଏ ଲୋକଙ୍କ ବିଶ୍ୱାସ ଜିଣିପାରିଲା, ସିଏ ବାଜି ଜିଣିଲା।

: ନା, ନା। ଏଇ ମାମଲାଟାକୁ ଛାଡ଼ିଦେବାକୁ ପଡ଼ିବ। ମାଆ-ଝିଅ ଯାହା କରିବାର କରନ୍ତୁ। ତା'ର ଖାଲି ଡାଳିମ୍ବ ଦରକାର। ସେଇଟି ପାଚିଲା ପଣସ ପରି ବାସୁଛି। ଓହୋ- ଡାଳିମ୍ବର ଗୋଲମୋଟଲ ଚେହେରା କଥା ମନେପଡ଼ିଲାରୁ ତା' ଜିଭ ଲାଳେଇ ଗଲା।

ବଡ଼ ଭଉଣୀଠାରୁ ଡାଳିମ୍ବ ବେଶ୍ ତୋଫା, ହୃଷ୍ଟପୁଷ୍ଟ। ସବୁବେଳେ ଫିଲିମ୍‌ବାଲୀ ପରିକା ସଜେଇ ସୁଜେଇ ବସିଥାଏ। ତା' ହାତ ପାଦ ଦେଖିଲେ ଲାଗେ ନାହିଁ ସେ କେବେ ତା' ଘରକାମ କରୁଥିବ। ଏ ପୂଜା ଜାଗାରେ ଡାଳିମ୍ବ କାହିଁ ? ଏଠି ତ ସେ ନାହିଁ। ସେ ହୁଏତ ତା' ଘରେ ଥିବ। ଜର୍ଜ ଭୀମାକୁ କହିଲା, "ତୁ ଏଇଠି ଅପେକ୍ଷା କରିଥା। ମୁଁ ସ୍କୁଲ୍ ପାଖରୁ ଗୋଟେ ଜରୁରି କାମ ସାରି ଆସୁଛି।"

ଡାଳିମ୍ବ ତା' ଘର ପିଣ୍ଡାରେ ହିଁ ବସିଥିଲା। ଜର୍ଜ ଯାଇ ଡାକିଲା, "ଡାଳିମ୍ବ, ଆ। ତୋତେ ମୁଁ କେତେ ଖୋଜିଲିଣି। ଚାଲ୍, ବୁଲିଯିବା।"

ଡାଳିମ୍ବ ଏମିତି ଗୋଟେ ଅବକାଶ ଖୋଜୁଥିଲା। ସେ କବାଟଟାକୁ ଆଉଜେଇ ଆଣିଲା ଓ ଜର୍ଜ ପଛରେ ତା' ଅଣ୍ଟାକୁ ଧରି ମୋଟର ସାଇକେଲରେ ବସିପଡ଼ିଲା।

ସେମାନେ ପୋଡ଼ାଗଡ଼ ପାହାଡ଼ ପଛପଟ, ନିଛାଟିଆ ଭଙ୍ଗାଦେଉଳ ପାଖରେ ଯାଇ ବସିଲେ। ଏ ଜାଗାଟା ଘଞ୍ଚ ଅରଣ୍ୟ ଭିତରେ। ପୂରା ଅନ୍ଧାରିଆ। ଏଠିକି କେହି ଯିବା ଆସିବା କରନ୍ତି ନାହିଁ।

ଜର୍ଜ ଡାଳିମ୍ବକୁ ସିମେଣ୍ଟ ଚଟାଣ ଉପରେ ଶୁଆଇ ଦେଲା ଓ ଲୁଗାପଟା ଖୋଲି ତା' ଉପରେ ପେଟେଇ ଶୋଇପଡ଼ିଲା। ଡାଳିମ୍ବ କହିଲା, "ଓହୋ, କଷ୍ଟ ହେଉଛି।"

ଜର୍ଜ ହସି ହସି, ଡାଳିମ୍ବର ଅଣ୍ଟା ପଛପଟେ ହାତ ବୁଲେଇ ଆଣି କହିଲା- କଷ୍ଟ ନ ଲାଗିଲେ କି ମଉଜ !

ଦିହେଁ ପ୍ରାୟ ଘଣ୍ଟାଏ କାଳ ସେଇଠି ସେମିତି ଯୋଡ଼ିଯାଇଁକି ହୋଇ ପଡ଼ିରହିଲେ। ଡାଳିମ୍ବ କହିଲା, "ବାହାଘର ଆଗରୁ ଏଗୁଡ଼ା ଭଲ ନୁହେଁ। କାଳେ ଯଦି କିଛି ହେଇଯିବ।"

ଜର୍ଜ ହସି ହସି କହିଲା, "ମିଛଟାରେ ଡରୁଛୁ। କିଛି ହେବ ନାହିଁ। ମୁଁ ଅଛି।"

ସେମାନେ କାମ ସାରି ମୋଟର ସାଇକେଲ୍ ପାଖକୁ ଆସୁଥିଲେ। ସେତିକିବେଳେ ଜର୍ଜର ଫୋନ୍‌ଟା ବାଜିଉଠିଲା। ସେ ଡାଳିମ୍ବ ହାତରୁ ନିଜ ହାତକୁ ଖସେଇ ନେଇ ଟିକେ ଦୂରକୁ ଗଲା ଓ ଧୀର ସ୍ୱରରେ କହିଲା, "ମୁଁ ବାବୁଙ୍କ ପାଖରେ ଅଛି। ପଛରେ ତୋ ସହ କଥା ହେବି।" ଡାଳିମ୍ବ ଏକଥା ଶୁଣି ଟିକେ ଆଶ୍ଚର୍ଯ୍ୟ ହେଲା। ଭାବିଲା, ଜର୍ଜ ଏମିତି ମିଛ କହିଲା କାହିଁକି ?

ଜର୍ଜ ଡାଳିମ୍ବ ପାଖକୁ ଆସି କହିଲା, ପଇସାପତ୍ର ଅଛି ତ। ନେ, ଏଇ ପାଁଶହ ରଖିଥା। ଆରଥରକୁ ତୋ ଲାଗି ଗୋଟେ ମୋବାଇଲ୍ ଫୋନ୍ କିଣି ଆଣିବି। ସେଥିରେ ଆମେ ଦିହେଁ ମନଇଚ୍ଛା ଦିନରାତି କଥା ହେବା।

ଡାଳିମ୍ବ ଭାବୁଥିଲା, ପଚାରିବ କି କିଏ ଫୋନ୍ କରିଥିଲା। ମାତ୍ର ସାହସ ହେଲା ନାହିଁ। ଜର୍ଜଟା ବଦରାଗୀ। କାଳେ ଯଦି ରାଗିଯିବ। ମରଦ ପିଲା, ବଡ଼ ଚାକିରି – କେତେବେଳେ କାହାକୁ ମିଛ, ସତ କହିବାକୁ ପଡୁଥିବ। ସେ ପଚାରିଲା, "ଆମେ କୋଉଦିନ ବାହା ହେବା ?"

: ତୋଅରି ମାଆ-ଭଉଣୀ ତ ବାଡ଼ ପକେଇଛନ୍ତି। ତୋ ବାବାକୁ କହିଥିଲି, ଏଇ ମାର୍ଗଶିରରେ କାମ ସାରି ଦେଇଥାଆନ୍ତେ। ତୁ ସେମାନଙ୍କୁ ବୁଝା। ମୁଁ ତ ଏଭରରେଡି।

: ଏଭରରେଡି ବ୍ୟାଟେରି ? – ଡାଳିମ୍ବ ହସି ହସି ପଚାରିଲା। "ସତରେ, ତୁ ସବୁବେଳେ ଚାର୍ଜ ହେଇକି ଥାଉ। ମଣିଷ ନା ବାଘଟାଏ ରେ ତୁ ? ମୋତେ ତ ଲାଗେ ତୁ କେତେବେଳେ ମୋତେ କଞ୍ଚା ଚୋବେଇଦେବୁ।"

: ଦେବି, ଦେବି। ଚୋବେଇଦେବି। ରହିଥା, ଦେଖିବୁ। ହଉ, ଚାଲ୍। ତୋତେ ତୋ ଘରେ ଛାଡ଼ି ମୁଁ ତମ ବାଡ଼ିକୁ ଯିବି। ସେଇଠି ତ ତୋ ମାଆ-ଭଉଣୀ ଦିହେଁ ନବରଙ୍ଗ ଚଲେଇଛନ୍ତି। ପଚିଶ ହଜାର ଟଙ୍କାର ଗଛଟା ମୋର ହାତଛଡ଼ା ହେଇଗଲା। ମୋ ବାବୁ ଜାଣିଲେ, ନିଶ୍ଚେ ରାଗିବ। କହିବ, ଯୋଉଦିନ ଦର

ଛିଣ୍ଡେଇଥିଲୁ, ସେହିଦିନ ଗଛଟା କାଟିକି ଆଣିପାରିଲୁ ନାହିଁ କାହିଁକି ? ଛାଡ଼୍, ତୋତେ ସେସବୁ କହି କିଛି ଲାଭନାହିଁ। ସବୁ ମୋ ଭାଗ୍ୟ !

ଡାଳିମ୍ବ କହିଲା, 'ଆମ ବାଡ଼ିରୁ ଠାକୁରାଣୀ ବାହାରିଛି। କେତେ ଲୋକ ଆସି ପୂଜା କରୁଛନ୍ତି।"

ଜର୍ଜ ସେ କଥା ନଶୁଣିଲା ପରି ଜବାବ ଦେଲା, "ତୁଇ ଯା, ପୂଜା କରିବୁ। ମୋତେ ତ ବିନା ପୂଜାରେ ଡାଳିମ୍ବ ମିଳିଛି। ପୂଜା କରିବା କଣ ଦରକାର ?"

ଡାଳିମ୍ବ ପଚାରିଲା, "ତୁ ଏଯାଏଁ ବାହା ହେଇନଥିଲୁ କାହିଁକି ?" ଜର୍ଜ କହିଲା, 'ତୋତେ ପରା ଅପେକ୍ଷା କରିଥିଲି।' ଦିହେଁ ହସିଲେ।

ଅଧଘଣ୍ଟାଏ ଖଣ୍ଡେ ଦିହେଁ ସେଇଠି ବସିଲେ। ଡାଳିମ୍ବ କହିଲା, "ଚାଲ, ଯିବା। ସେମାନେ ମୋତେ ଖୋଜିବେଣି।"

■

ପଞ୍ଚଦଶ ପରିଚ୍ଛେଦ

କୁଆଡ୍ରୁ କିଛି ନଥିଲା, ଚମ୍ପା ଭତରା ଉପରେ ବିପଦ ମାଡ଼ିଆସିଲା। ବିଷମିଶା ମଦ ପିଇ ତା' ବର ଲାଇବନ ମରିଗଲା। ନୂଆବର୍ଷ ସଂଜରେ ସେ ଚର୍ଚ୍ଚ ପାଖରେ ଯାଇ ମଦ ପିଉଥିଲା। ସେ ମଦରେ କ'ଣ ମିଶିଥିଲା ଜଣାନାହିଁ, ଲାଇବନ ଓ ଆଉ ଦି'ଜଣ ତାକୁ ପିଇ ବେମାର ପଡ଼ିଲେ। ସେମାନଙ୍କୁ ଉମରକୋଟ ଡାକ୍ତରଖାନା ନିଆଗଲା। ଡାକ୍ତରଖାନାରେ ଡାକ୍ତର ଦେଖିଲେ, କିନ୍ତୁ କିଛି କରି ପାରିଲେ ନାହିଁ। ସେମାନେ ମରିଗଲେ। ସେ ମଦ କୁଆଡ଼େ ନାଗରାଜର ଭାଟିରୁ ଆସିଥିଲା। କିନ୍ତୁ, ତା' ଭାଟି ପାଖକୁ ଅବକାରୀବାଲା କି ପୁଲିସ କେହି ଗଲେ ନାହିଁ କି ସେ ପ୍ରଶ୍ନ କେହି ଉଠେଇଲେ ନାହିଁ। ବଡ଼ଦିନର ହୋ-ହଲ୍ଲା ଭିତରେ ଏ ତିନିଜଣଙ୍କ ମୃତ୍ୟୁ ଖବର ହଜିଗଲା। ପ୍ରଚାର ହେଲା, ଏ ଚୋରା ମଦ କୁଆଡ଼େ ନବରଙ୍ଗପୁରରୁ ଆସିଥିଲା।

ଚମ୍ପା ଭତରା କାନ୍ଦିଲା ନାହିଁ। ସେ ଜାଣିଥିଲା ଏମିତିକା ପରିସ୍ଥିତି ଦିନେ ନା ଦିନେ ଆସିଥାନ୍ତା, ଏବେ ଆସିଗଲା। ଲୋକଟା ନିଶାପାଣି ପାଲରେ ପଡ଼ି ସବୁକିଛି ହଜେଇ ବସେଇଥିଲା। ଦୁଇଝିଅ ଢେର୍ କାନ୍ଦିଲେ। ଜର୍ଜ ଆସି ଡାଳିମ୍ବ ହାତରେ କିଛି ଟଙ୍କା ଧରେଇ ଦେଇଗଲା। ନିଜେ ଶବସଂସ୍କାର ହେବା ପର୍ଯ୍ୟନ୍ତ ରହିଲା। ହେମ ଶୁଣିଥିଲା, ଜର୍ଜ ବିଷାକ୍ତ ମଦ ପିଇଥିବା ଆଉ ଦି'ଜଣଙ୍କ ଘରକୁ ଯାଇ ମଧ୍ୟେ କିଛି କିଛି ଟଙ୍କା ଦେଇଥିଲା। ସମସ୍ତେ କହିଲେ, ନାଗରାଜ ପରି ଦୟାଳୁ ବ୍ୟବସାୟୀ ଏ ନବରଙ୍ଗପୁର ଜିଲ୍ଲାରେ ଆଉ ଦ୍ୱିତୀୟ କେହି ନାହାନ୍ତି। ଲୋକଙ୍କ ସୁଖ ଦୁଃଖ ବେଳେ ସିଏ ହିଁ ଭରସା।

ତା' ବାବାର ଶୁଦ୍ଧିକ୍ରିୟା ସରିବାପରେ, ରବିବାର ସଂଜରେ, ଜର୍ଜ ସାଙ୍ଗରେ ଡାଳିମ୍ବର ଦେଖାହେଲା। ଜର୍ଜ ତାକୁ ସେଇ ଭଙ୍ଗା ଘରର ସିମେଣ୍ଟ ଚଟାଣରେ ଶୁଆଇ ତାକୁ ଆଦର କଲା ଓ ତା' ଦେହର ନିଆଁ ଶୀତଳ କଲା। ଦିହେଁ ଶୀତଳ ହେବାପରେ ଡାଳିମ୍ବ ପଚାରିଲା, "ମୋର ଅସୁବିଧା ହେଇଯାଇଛି କି କ'ଣ? ଦୁଇ ମାସ ଗଡ଼ିଗଲାଣି। ମୋତେ ଡର ମାଡୁଛି। ଚାଲ, ଆମେ ଶୀଘ୍ର ବାହା ହୋଇପଡ଼ିବା।"

ଜର୍ଜ ଆଗରୁ ପ୍ରସ୍ତୁତ ଥିବା ପରି କହିଲା, "ତୋ ବାପା ପରା ଏବେ ଏବେ ମରିଛି! ଏବେ କ'ଣ ବାହାଘର କରିବାକୁ ତୋ ମାଆ ରାଜିହେବ? ମୁଁ ତ ଏଭରରେଡି।"

ଜର୍ଜ ପାଟିର 'ଏଭରରେଡି' ଶବ୍ଦ ଡାଳିମ୍ବକୁ ଭଲ ଲାଗେ। ମାତ୍ର ଆଜି ତାକୁ ଭଲଲାଗିଲା ନାହିଁ। ନିଜର ଅବସ୍ଥା ନେଇ ଡାଳିମ୍ବ ଖୁବ୍ ଚିନ୍ତିତ ହୋଇପଡ଼ିଥିଲା। ସେ କହିଲା, "ମୁଁ ପଛେ ମାଆକୁ ସବୁ କଥା କହିବି, ତୁମେ ବ୍ୟବସ୍ଥା କର। ନହେଲେ ଭାରି ଲାଜ କଥା ହେବ। ମୁଁ ମୁହଁ ଦେଖେଇ ବାଟ ଚାଲିପାରିବି ନାହିଁ।"

ଜର୍ଜ କପଟ ଗମ୍ଭୀର ଗଳାରେ କହିଲା, "ତୁ ସେ ବିଷୟରେ ଆଦୌ ଚିନ୍ତା କରନା। ଉମରକୋଟ ଡାକ୍ତରଖାନାର ଡାକ୍ତର, ଡାକ୍ତରାଣୀ ସମସ୍ତେ ମୋର ଚିହ୍ନା। ସେଇଠି ତୋ ପେଟ 'ୱାସ୍' କରେଇ ଦେବା। କାହିଁକି ଅଯଥାରେ ତୋ ମାଆକୁ କହିବୁ? ହେମ ଜାଣିଲେ କଥାଟା ପୁଣି ଅଡୁଆ ହେବ। ଛଅମାସ ଗଡ଼ିଯାଉ। ତାପରେ ତୋ ମାଆକୁ ବାହାଘର କଥା କହିବା।"

ଡାଲିମ୍ବ କହିଲା, "ଯାହା କରିବାର କର। ଶୀଘ୍ର। ମୋତେ ଭାରି ଭୟ ଲାଗୁଛି।"

ଜର୍ଜ କହିଲା, "ମୁଁ ଶୁକ୍ରବାର ଦିନ ଗାଡ଼ି ପଠେଇବି। ତୁ ସେଥିରେ ଚାଲିଆସିବୁ। ବାକୀ କଥା ମୁଁ ବୁଝିବି।"

ଜର୍ଜର କଥା ଶୁଣି ଡାଲିମ୍ବ ଆଶ୍ୱସ୍ତ ହେଲା। ତାର ଜର୍ଜ ଉପରେ ଭରସା ଥିଲା। ଜର୍ଜ ପାଖରେ ଟଙ୍କା ଅଛି, କ୍ଷମତା ଅଛି। ସେ ସବୁ କିଛି କରିପାରିବ। ନିଶ୍ଚିନ୍ତ ମନରେ ସେ ଘରକୁ ଫେରିଆସିଲା। ତା' ମାଆ ଓ ହେମ ଦିହେଁ ଠାକୁରାଣୀ ଗଛ ପାଖରୁ ଫେରି ବାରନ୍ଦାରେ ବସିଥିଲେ। ଆଜିକାଲି ସେ ଦିହେଁ ଠାକୁରାଣୀ ଗଛ ପାଖରେ ଦିନସାରା ବସି ରହନ୍ତି। ସଂଜବୁଡ଼େ ଘରକୁ ଆସନ୍ତି।

ହେମ ଡାଲିମ୍ବକୁ ଦେଖୁ ଦେଖୁ ପଚାରିଲା, "ତୁ ସବୁବେଳେ କୁଆଡ଼େ ଏମିତି କାହାକୁ କିଛି ନକହି ପଳେଇ ଯାଉଛୁ ? ସାବେରି ତୋତେ ମନ୍ଦିର ପାଖରେ ଦେଖିଥିଲା ବୋଲି କହୁଥିଲା।"

ଡାଲିମ୍ବ ଡରିଗଲା। ଏକଥା ସତ ଯେ, ସେଇ ମନ୍ଦିର ପାଖେ ସେ ଜର୍ଜକୁ ପନ୍ଦର ଷୋଅଳ ଥରରୁ ବେଶି ହେବ ଭେଟି ସାରିଲାଣି। ସବୁଥର ଜର୍ଜ ତାକୁ ଶୁଆଇଦେଇ ଗେଲ କରେ ଓ ନିଜ ଦେହର ନିଆଁ ଶୀତଳ କରେ। ମାତ୍ର ସେ ଜାଗାଟା ତ ଅନ୍ଧାରିଆ ଜାଗା। ସେଠିକି କେହି ଯାଆନ୍ତି ନାହିଁ। ସାବେରି ସେଠିକି ଯାଇଥିଲା କାହିଁକି ? ସେ ଜର୍ଜ ସାଙ୍ଗେ ତାକୁ ସେଠି ଦେଖିନାହିଁ ତ ?"

ଉପରକୁ ସାହସ ଦେଖାଇ ଡାଲିମ୍ବ କହିଲା, "ମୁଁ କାହିଁକି ମନ୍ଦିରଆଡ଼େ ଯିବି ? ସେ ଆଉ କାହାକୁ ଦେଖିଥିବ। ମୁଁ ତ ଠାକୁରାଣୀ ଦର୍ଶନ ଲାଗି ଯାଏ।" ତା'ପରେ ଯୋଡ଼ିଲା "ସମସ୍ତଙ୍କୁ ତୁ ତୋ ନିଜ ଆରିସିରେ ଦେଖୁଛୁ କାହିଁକି ?"

ଚମ୍ପାକୁ ଡାଲିମ୍ବର କଥା ଭଲ ଲାଗିଲା ନାହିଁ। ଅନେକ ଦିନ ହେଇଗଲାଣି, ସେ ଦେଖୁଛି ଡାଲିମ୍ବର ସ୍ୱଭାବ ବଦଳି ବଦଳି ଯାଉଛି। ତା' କଥାବାର୍ତ୍ତା ନିର୍ଦ୍ଦୟ ହେଇଯାଉଛି। ନା ଘରକାମ କିଛି କରୁଛି, ନା ମାଆର କଥା ଶୁଣୁଛି। ବାପା ମରିଗଲା ପରେ ସୁଦ୍ଧା ତା ସ୍ୱଭାବରେ କିଛି ସୁଧାର ଆସିନାହିଁ। ତା ଦେହ ଭିତରଟା ରାଗରେ ଜଳି ଉଠୁଥିଲା। ମାତ୍ର ସେ ନିଜ ରାଗକୁ ରୋକିନେଲା। ବାସ୍ତବରେ ଡାଲିମ୍ବ ଆଜିକାଲି କୁଆଡ଼େ ଯାଉଥିଲା ସେକଥା ସେ ଜାଣିବା ଲାଗି ଚାହୁଁଥିଲା।

ସେ ତାର ଭଲ ଚାହେଁ। ସେ ଧୀରସ୍ୱରରେ କହିଲା, "ଡାଲିମ୍ବ, ଅପା ସାଙ୍ଗେ କ'ଣ ଏମିତି କଥାବାର୍ତ୍ତା ହୁଅନ୍ତି ?"

ଡାଲିମ୍ବ କିଛି ନକହି ବାଡ଼ିପଟକୁ ପଳେଇଗଲା। ତାକୁ ବାନ୍ତି ମାଡୁଥିଲା। କିନ୍ତୁ ସେ ଧରା ପଡ଼ିବାକୁ ଚାହୁଁନଥିଲା। ତା' ମୁଣ୍ଡ ଭିତରେ ଏବେ ଗୋଟିଏ ଚିନ୍ତା ଖେଳୁଥିଲା- କେମିତି ଶୁକ୍ରବାର ଯାଇ ସେ ଡାକ୍ତର ପାଖରୁ ପେଟ ସଫା କରିଦେଇଆସିବ। ତା'ର ଚିନ୍ତା ଯିବ।

ଚମ୍ପା ଓ ହେମ ପରସ୍ପରକୁ ଚାହିଁ ନିରବରେ କଥା ହେଉଥିଲେ। ଚମ୍ପାକୁ ସେତେବେଳେ କେହି ଲକ୍ଷ୍ୟ କରିଥିଲେ ଜାଣିପାରନ୍ତା ଯେ ସେ ଏବେ ତା'ର ବଡ଼ ଝିଅର ଭବିଷ୍ୟତ ନେଇ ବେଶି ଚିନ୍ତିତ ଥିଲା। ସେ ଜାଣିପାରୁଥିଲା, ଲାଇବନ ଯିବା ପରେ ପରେ ତା'ର ବଞ୍ଚିବାର ଅର୍ଥ ବଦଳିଯାଇଛି। ତା'ର ନିଜର ଦେହମୁଣ୍ଡ ଠିକ୍ ରହୁନାହିଁ। କେତେବେଳେ ଯଦି ତା'ର କିଛି ହେଇଯାଏ, ଦିଇଟା ବଢ଼ିଲା ଝିଅ କୁଆଡ଼େ ଯିବେ ? ସାନଟା ପାଇଁ ତା'ର ଯେତିକି ଚିନ୍ତା ନଥିଲା, ବଡ଼ ଝିଅ ହେମ ପାଇଁ ତାହାଠାରୁ ଅଧିକା ଚିନ୍ତା ଥିଲା। ସେ ଜାଣିଥିଲା, ହେମର ଦାୟିତ୍ୱଜ୍ଞାନ ଢେର୍ ବେଶି। ସେ ସାନଟା ପରି ସ୍ୱାର୍ଥପର ନୁହେଁ।

ସେ ଡାକିଲା, "ହେମ, ମୋ ଦ୍ୱାରା ଆଉ ଏ ଗୀତବୋଲା କାମ ହେଇପାରିବ ନାହିଁ। ଦେହ ହାତ ଭାରି ଦୁର୍ବଳିଆ ଲାଗୁଛି। ଅଣ୍ଟାଟି ତ ବେଶି କଷ୍ଟ ଦେଉଛି। ଘଡ଼ିଏ ସିଧା ହେଇ ବସିଲେ ଶୋଇପଡ଼ିବାକୁ ମନ ହେଉଛି। ତୁ ଗୋଟେ କାମ କର, କାଲିଠାରୁ ଯାଇ ନାଏକ ସାଙ୍ଗରେ ଗଛ ଠାକୁରାଣୀଙ୍କ ଦେଖାରଖା କର। ନହେଲେ ଆମେ ଚଳିବା କେମିତି ?"

: ତୁ ସେକଥା ଚିନ୍ତା କରନା ମା। ଅଙ୍କୁର କହିଛନ୍ତି, ଭଲ ଜାଗାରେ ଡ୍ରାଇଭର କାମଟିଏ ପାଇଗଲେ ଆସି ମୋତେ ନେଇଯିବେ। ତୁ ବି ମୋ ସାଙ୍ଗରେ ଯିବୁ। ଆମେ ସମସ୍ତେ ଏକାଠି ରହିବା - ହେମ କହିଲା।

: ହଁ, ଭାରି ଦାୟିତ୍ୱର ପିଲାଟାଏ ଅଙ୍କୁର। ଏହି ବଦ୍‌ମାସ ଜର୍ଜ ଲାଗିପାତି ତାକୁ ହଇରାଣ କରୁଛି। ନହେଲେ ସିଏ ମାଓବାଦୀଙ୍କ ସାଙ୍ଗେ ମିଶିବା କଥାକୁ ମୁଁ ଜମାରୁ ବିଶ୍ୱାସ କରୁନାହିଁ। କେତେଦିନ ହେଲା ପିଲାଟାକୁ ଟିକେ ଦେଖିନାହିଁ। ସେ କୋଉଠି ରହୁଛି, ଟିକେ ପଚାରି ବୁଝୁନୁ। ବାପିଟା ବି ଭଲ ପିଲା। ତାକୁ ପଚାରିଲେ ସେ ବୁଝିକି କହନ୍ତା। ଦେହ ଭଲ ଥିଲେ ମୁଁ ଯାଇ ପିଲାଟାକୁ ଟିକେ ଭେଟି ଆସନ୍ତି।

କହୁନୁ, ମୋର ଯଦି କାଲି କିଛି ହେଇଯାଏ ତାହାହେଲେ ତୁମେ ଦି' ଭଉଣୀ କ'ଣ କରିବ ? କୁଆଡ଼େ ଯିବ ? ଯିଏ ତ ତୁମମାନଙ୍କ ଦାୟିତ୍ୱ ବୁଝିବା କଥା, ସିଏ ସବୁ ଛାଡ଼ିଦେଇ ତା' ବାଟରେ ପଳେଇଗଲା । ମୁଁ ଆଉ କ'ଣ କରିବି ?

ଚମ୍ପା କାନ୍ଦିପକେଇଲା । ହେମ ମା ପାଖକୁ ଯାଇ ତା' ଆଖିର ଲୁହ ପୋଛିଦେଲା । କହିଲା, ତୁ ଏମିତି ହେଲେ ଆମ ବିପଦ ଘୁଞ୍ଚିବ ନାହିଁ, ଓଲଟି ବେଶି ଓଜନିଆ ଜଣାପଡ଼ିବ । ଠାକୁରାଣୀ ଉପରେ ଭରସା ରଖ । ଖୁବ୍ ଶୀଘ୍ର କିଛି ନା କିଛି ବ୍ୟବସ୍ଥା ହେଇଯିବ । ହଁ, ମୁଁ ବାପି ଭାଇକୁ ଅଙ୍କୁର କଥା ପଚାରିବି । ତୋର ଯିବା ଦରକାର ନାହିଁ । ସେ ସୁବିଧା ଦେଖି କେବେ ଭୋର୍ ଭୋର୍‌ରୁ କିମ୍ବା ସଂଜବୁଡ଼େ ଆସି ଆମକୁ ଦେଖାକରିଦେଇ ଯାଇପାରିବ ।

ହଁ, ହଁ । ସେଇଆ ଟିକେ କର । ମୋତେ ଭାରି ନିଆଶ୍ରିଆ ଲାଗୁଛି । ଆଖପାଖ ଜାଗାକୁ ସିନା ଯାଇ ମୁଁ ଗୀତ ଗାଇପାରିବି, ଦୂରିଆ ଜାଗାକୁ ଯିବାଲାଗି ଆଉ ମୋର ଆଉ ଜମା ବଳ ପାଉନାହିଁ । - ଚମ୍ପା କହିଲା ।

: ତୁ କୁଆଡ଼େ ଯିବା ଦରକାର ନାହିଁ । ମୁଁ ଯାଇ ପଛକେ ରାସ୍ତାକାମ କରିବି । ଏବେ ତ ଆମର ଏଠିକା ରାସ୍ତା ଚଉଡ଼ା ହେବ । ଜଙ୍ଗଲରୁ ଜାଳକାଠ, କନ୍ଦମୂଳ ଆଉ ଛତୁ ତୋଳି ଆଣିବି । ଯାହା ମିଳିବ ସେଥିରେ ଚଳିବା । ନାଏକ ତ ଭୋଗ କଦଳୀ, ନଡ଼ିଆ ଆଣି ଦେଉଛି ।

: ତୁ କିନ୍ତୁ ରାସ୍ତା କାମ ଜମା ପାରିବୁ ନାହିଁ । ବରଂ, ମୋ କଥା ମାନ । ମୋଅରି ଠାରୁ ଗୀତ ଶିଖ । ନାଏକ ପାଖେ ଯାଇ ପୂଜାରେ ବସ । ଆମର ଭତରା ଜାତି । ଆମେ ଗୀତ ଗାଇବା, ପୂଜା କରିବା । ମାଟିବୋହିବା କାମ ଆମର ନୁହେଁ । ମରଦ ପିଲା ହେଲେ ଅବା ଗୋଟେ କଥା ? ତୁ ଝିଅପିଲାଟାଏ ସେ କାମ କରିପାରିବୁ ନାହିଁ । ମୋ କଥା ଟିକେ ମାନ ।

ଚମ୍ପା ପୁଣି କାଶିଲା । ତା'ର ସେ ଲଟା କାଶ ତାକୁ ଛାଡ଼ିକି ଯାଉନଥିଲା । ଡାଲିମ୍ବ ସେତିକିବେଳେ ଆସି ପଚାରିଲା, "ଆଜି ରୋଷେଇ ହବ ନାହିଁ କି ? ମୋତେ ଭୋକ ଲାଗିଲାଣି ।"

ହେମ ଏହାର କି ଉତ୍ତର ଦେବ ଜାଣିପାରୁନଥିଲା । ତା'ର ଏଇ ସାନ ଭଉଣୀଟି ସବୁବେଳେ ଏହିପରି । ତା' ନିଜ କଥା ଭିନ୍ନ ସେ ଆଉ କାହା କଥା ଚିନ୍ତା କରେ ନାହିଁ । ଆଖି ଆଗରେ ଦେଖୁଛି, ମାଆର ଏଇ ଅବସ୍ଥା । ତା' ପାଖରେ ବସି

ଟିକେ ଦେହମୁଣ୍ଡ ଘଷିଦିଅନ୍ତା କି ନିଜେ ଯାଇ ଚୁଲି ଲଗେଇ ଯାଉ ଟିକିଏ ରାନ୍ଧିଦିଅନ୍ତା ସିନା ! ସେସବୁ କିଛି ନକରି ଛୋଟ ପିଲା ପରି ଆସି ଖାଇବା ମାଗୁଛି ।

ହେମ ଉଠିକି ଗଲା । ମାଣ୍ଡିଆ ଯାଉ ରାନ୍ଧିବ ।

ସେତିକିବେଳେ ଘର ପିଣ୍ଡା ପାଖରୁ ସାଧୁ ନାଏକ ଡାକିଲା, "ହେମ, ଘରେ ଅଛୁ କି ଲୋ !"

ହେମ କହିଲା, "ଯାଉଛି, ଯାଉଛି ।"

ସାଧୁ ନାଏକ କହିଲା, "ଦି'ଦିନ ଲାଗି ମୁଁ ଝିଅ ଘରକୁ ଯିବି । ତୁ ନହେଲେ ତୋ ମା' ଟିକେ ପୂଜାପାଠ କାମ ଚଳେଇ ଦେବ । ଆଉ, ଏତକ ନେ । ରଖିବୁ ।"

: ଏଇଟା କ'ଣ ? ଏତେ ପଇସା ? – ଚମ୍ପା ପଚାରିଲା ।

: ଏତେ ନୁହେଁ, ଟଙ୍କା ଦି'ହଜାର ଖଣ୍ଡେ ହେବ । ତୁମ ଗଛ, ତୁମ ପଇସା । ମୁଁ ମୋ ଖର୍ଚ୍ଚ ପାଇଁ ଅଲଗା ରଖିଛି । ହଉ, ମାଆକୁ କହିଦେବୁ, ମୁଁ ଆସୁଛି ।

ସାଧୁ ନାଏକ ଯିବା ବାଟକୁ ଅନେଇ ହେମ ଭାବୁଥିଲା, ଏ ଲୋକଟି କେତେ ଭଲ ଲୋକ ! ଏମିତି ଲୋକ ପୁଣି ଜଗତରେ ଥାଆନ୍ତି ! ସେ ବାପି ଭାଇ ପାଖରୁ ସବୁକଥା ସଂଗ୍ରହ କରିଛି – କେମିତି ତାଙ୍କ ଗଛ ତଳୁ ଠାକୁରାଣୀ ବାହାରିଲେ । ସାଧୁ ନାଏକ ବାପି ଭାଇକୁ କହିଥିଲା, ଗୋଟେ ପରିବାରର ମଙ୍ଗଳ ପାଇଁ ଦରକାର ପଡ଼ିଲେ ସେ ଏମିତି କାମ ଦଶଥର କରିବ । ଅନ୍ୟକୁ କଷ୍ଟଦେବା ପାପ, ଅନ୍ୟର ମଙ୍ଗଳ କରିବା ପୁଣ୍ୟ । ଆମ ପୋଡ଼ାଗଡ଼ରେ ତ ଧାନବିଲରୁ କେତେ ଠାକୁର ଠାକୁରାଣୀ ବାହାରିଛନ୍ତି । ଗଛମୂଳରୁ ଠାକୁରାଣୀ ବାହାରିଲେ ତ କ'ଣ ହେଲା ? ଗୋଟେ ପରିବାର ତ ରାକ୍ଷସ କବଳରୁ ବଞ୍ଚିଯିବ !

ସାଧୁ ନାଏକ ଚାଲିଗଲାଣି । ତାଙ୍କର ଏ ଅସମୟରେ ସାଧୁ ନାଏକର ସାହାଯ୍ୟ ଠାକୁରାଣୀଙ୍କ ବରଦାନଠାରୁ କମ୍ ନଥିଲା । ସେ ଯାଇ ମାଆକୁ କହିଲା, "ମାଆ, ନାଏକ ଆମକୁ କେତେ ଟଙ୍କା ଦେଇଯାଇଛି ଦେଖ୍ ।"

ମାଆ ଉତ୍ତର ଦେଲା, "ସବୁ ଶୁଣିଛି, ରଖିଦେ । ଭାରି ଭଲ ମଣିଷ ସେ । ନାଆଁ ଯେମିତି ସାଧୁ, ତାର କାମ ସେମିତି ସାଧୁ । ହଉ, କାଲି ସକାଳୁ ଯାଇ ଆମକୁ ଠାକୁରାଣୀର ପୂଜା କଥା ବୁଝିବାକୁ ହେବ ।" ହେମ ମନେ ମନେ ସାଧୁ ନାଏକ ସାଙ୍ଗକୁ ଅଙ୍କୁରକୁ ମଧ୍ୟ ପ୍ରଶଂସା କଲା । ସିଏ ସିନା କୋଉଦିନ ବାପି ଭାଇର ବାପାକୁ ସାହାଯ୍ୟ କରିଥିଲା ବୋଲି ବାପି ଭାଇ ତାକୁ ସାହାଯ୍ୟ କରିବାକୁ ସାଧୁ

ନାଏକ ପାଖକୁ ଗଲା । ନହେଲେ ଏ ଗାଁର ତ କେହି ଆଉ କାହାକୁ ସାହାଯ୍ୟ କରନ୍ତି ନାହିଁ । କିଏ ତାଙ୍କ ପଛରେ ଠିଆ ହୋଇଥାଆନ୍ତା !

ଚମ୍ପା କହିଲା, "ଟଙ୍କା ପଇସା କୋଉଠି ଗୋଟେ ଭଲ ଜାଗାରେ ରଖିଦେ । କେତେବେଳେ କୋଉ କଥା ।"

ହେମ କିଛି କହିଲା ନାହିଁ । ବାବା ତ ନାହିଁ, ନହେଲେ ଏତେବେଳକୁ ତା ହାତରୁ କିଛି ଟଙ୍କା ଝାମ୍ପିକି ନେଇ ଯାଆନ୍ତାଣି । ସେ ତାଙ୍କ ଟ୍ରଙ୍କ୍ ଭିତରେ ନେଇ ଟଙ୍କାତକ ରଖିଦେଲା । ସେଇ ଟିଣ ଟ୍ରଙ୍କ୍‌ଟି ତାଙ୍କ ଘରର ବଡ଼ ସମ୍ବଳ । ସେଇଥିରେ ମାଆ ତା'ର ଜିନିଷପତ୍ର ରଖିଛି । ଅନେକ ବର୍ଷର ପୁରୁଣା ଟ୍ରଙ୍କ । ତା' ଦେହରେ ପାନ ଚୂନ, ମଥାର ସିନ୍ଦୂର, ରାନ୍ଧଣାର କଳା, ହଳଦୀ ଦାଗ ସବୁ ଲାଗିଛି । ମାଆକୁ ନେଇ ଡାକ୍ତରଖାନାରେ ଦେଖେଇବାକୁ ପଡ଼ିବ । ହେମ ଟ୍ରଙ୍କ୍‌ଟା ବନ୍ଦ କରି ଇଆଡ଼େ ସିଆଡ଼େ ଥରେ ଅନେଇଲା ।

■

ଷୋଡ଼ଶ ପରିଚ୍ଛେଦ

ସମୁଦାୟ ଶୁକ୍ରବାର ଦିନଟା, ବଡ଼ିସକାଳୁ ରାତି ଅଧଯାଏ, ଜର୍ଜକୁ ଅପେକ୍ଷା କଲା ଡାଳିମ୍ବ। ନା ଜର୍ଜ ଆସିଲା ନା କୌଣସି ଗାଡ଼ି ! ସଂଜବେଳକୁ ସେ ଅଧୈର୍ଯ୍ୟ ହୋଇପଡ଼ିଲା। କ'ଣ କରିବ, କ'ଣ ନକରିବ ସେକଥା ତା' ମୁଣ୍ଡକୁ କିଛି ପଶୁ ନଥାଏ। ଭାବିଲା, ଜର୍ଜର କ'ଣ କିଛି ଅସୁବିଧା ହେଲା କି ? ପୁଣି ଭାବିଲା, ନିଜେ ନହେଲେ ସେ ଉମରକୋଟ ଯାଇ ଜର୍ଜକୁ ଭେଟିବ। ତାକୁ ସାଙ୍ଗରେ ନେଇ ଡାକ୍ତରଖାନା ଯିବ। ଯଦିଓ ଜର୍ଜର ବସା ସେ ଜାଣିନଥିଲା, ମାତ୍ର ତାହା ସେ ଖୋଜି ପାଇଯିବ ବୋଲି ତା'ର ବିଶ୍ୱାସ ଥିଲା।

ସାଧୁ ନାଏକ ଟଙ୍କା ଆଣି ହେମକୁ ଦେଇଯାଇଥିବା କଥା ଡାଳିମ୍ବ ଶୁଣିଥିଲା। ତାର ଏବେ ଟଙ୍କା ଦରକାର। ସେ ରାତିରେ ହେମର ଟ୍ରଙ୍କ ଚାବି ଭାଙ୍ଗିଦେଲା ଓ ତା' ଭିତରେ ଥିବା ଟଙ୍କା, ପଇସା ସବୁ ନେଇ ନିଜ ପାଖରେ

ରଖିଲା। ସ୍ଥିର କଲା, ସକାଳେ ମାଆ ଆଉ ହେମ ଗଛ ଠାକୁରାଣୀ ପାଖକୁ ପଳେଇବା ପରେ ସେ ଗୋଟେ ଅଟୋ ଧରି ବାହାରିଯିବ।

ପରଦିନ ଉମରକୋଟରେ ପହଞ୍ଚି ଡାଳିମ୍ବ ଯେତେ ସହଜରେ ଜର୍ଜର ଦେଖାପାଇବ ବୋଲି ଭାବିଥିଲା ପ୍ରକୃତରେ ସେ କାମଟା ସେତେ ସହଜ ନଥିଲା। ବହୁ ଖୋଜାଖୋଜି ପରେ ସେ ନାଗରାଜ ବାବୁର ଅଫିସ୍ ପାଇଲା। ସେଇ ଅଫିସ୍‌ର ଦରୁଆନ କହିଲା, ଜର୍ଜ ଘରେ କିଏ ଆସିଥିଲେ। ତାଙ୍କୁ ନେଇ ସେ ବାହାରକୁ ଯାଇଛି। ତେଣୁ ସେ ଦି' ତିନିଦିନ ହେଲା ଅଫିସ୍ ଆସୁନାହିଁ।

ଡାଳିମ୍ବ ନିରାଶ ହୋଇପଡ଼ିଲା। ଘରେ ସେ କାହାକୁ କିଛି ନ କହି ପଳେଇ ଆସିଥିଲା। ଦରୁଆନ ପାଖରୁ ସେ ଜର୍ଜର ଘର ଠିକଣା ବୁଝିନେଲା ଓ ଜଳଖିଆ ଦୋକାନରୁ ଜଳଖିଆ ଟିକେ ଖାଇଦେଇ ଜର୍ଜ ଘରମୁହାଁ ବାହାରି ପଡ଼ିଲା। ଜର୍ଜର ଘରଟା ସୁନ୍ଦର ପକ୍କା ଘର ଥିଲା। ତେବେ ଜର୍ଜ ଘରେ ନଥିଲା କି ଆଉ କେହି ନଥିଲେ। ଫାଟକରେ ତାଲାଟିଏ ଝୁଲୁଥିଲା।

ଡାଳିମ୍ବର ଗୋଡ଼ହାତ ଘୋଳି ହେଉଥିଲା। ଥଣ୍ଡା ପବନ ଯୋଗୁଁ ଏତେ ଥକା ମାଡୁନଥିଲେ ବି ତାକୁ ଭୀଷଣ ଚିଡ଼ିଚିଡ଼ି ଲାଗୁଥିଲା। ସେ ଛକପାଖ ବରଗଛ ମୂଳ ଚଉତରା ଉପରେ ବସି ପାଖ ଦୋକାନୀକୁ ଗୋଟେ ଥଣ୍ଡା ପିଇବା ପାଇଁ ମାଗିଲା। ସେତିକିବେଳେ ତା'ର ମନେହେଲା, କିଏ ଗୋଟେ ତା' ପଛପଟେ ଠିଆହୋଇ ତାକୁ ଦେଖୁଛି। ଜର୍ଜ ଆସି ପହଞ୍ଚିଗଲା କି ? ସେ ବୁଲିପଡ଼ି ଦେଖିଲା- ପଛରେ ଅଙ୍କୁର ଠିଆ ହୋଇଛି। ଡାଳିମ୍ବ ଚମକି ପଡ଼ିଲା। କିନ୍ତୁ ପର ମୁହୂର୍ତ୍ତରେ ନିଜକୁ ସମ୍ଭାଳିନେଲା ଓ ଅଙ୍କୁରକୁ ଚାହିଁ ଟିକିଏ ହସିଦେଲା।

ଅଙ୍କୁର କହିଲା, "ଏଠି କେମିତି ? କ'ଣ କାମ ଥିଲା କି ?"

ଡାଳିମ୍ବ କହିଲା, "ହଁ, ଗୋଟେ ଚାକିରି କଥା ବୁଝିବାଲାଗି ଆସିଥିଲି। ତୁମେ ତ ସବୁ ଜାଣିଛ। ଚାକିରିଟେ ନକଲେ ଘର କେମିତି ଚଳିବ ? ଅପା ତ ନାଟ ଲଗେଇଦେଲା। ମାଆ ବେମାର। ବାପା ମଦ ପିଇ ମରିଗଲା। ଭାରି ଅସୁବିଧା।"

: ହଁ, ତୁମ ବାବାଙ୍କ କଥା ଜାଣିଲି। ଆମଘରେ ତ ଆହୁରି ଗୁରୁତର ସମସ୍ୟା। ସେକଥା କହିବାଲାଗି ଏବେ ସମୟ ନାହିଁ କି ଧୈର୍ଯ୍ୟ ନାହିଁ। ଆଜି ଆସି ରାୟପୁରରୁ ପହଞ୍ଚିଲି। ଏବେ ଗାଡ଼ି ରଖି ଗାଁକୁ ଯାଉଛି। ସେଠିକା ପରିସ୍ଥିତି କ'ଣ

ହେଇଥିବ ଜାଣିନାହିଁ। କ'ଣ କରିବା ? ସବୁ ତ ଭାଗ୍ୟ। କିନ୍ତୁ ତୁମ ଅପା ନାଟ ଲଗେଇବା କଥାଟା ଠିକ୍ ନୁହେଁ। ଆଛା, ତୁମେ କୋଉଠିକି ଯିବ ? ତୁମକୁ କୋଉଠି ଛାଡ଼ିଦେବି କି ?

: ତୁମେ ଗାଡ଼ି ଚଳେଇଲଣି ? ବାଃ, ବଢ଼ିଆ ତ ! ନା, ମୋ କାମ ଏଇଠି ପାଖରେ। ମୁଁ ଚାଲିଯିବି।

: ହଉ। ମୋ ମୋବାଇଲ୍ ନମ୍ବର ରଖିଥାଅ। ଦରକାର ପଡ଼ିଲେ ଫୋନ୍ କରିବ। ମୁଁ ଦିନେ, ଦି'ଦିନରେ ଗାଁରୁ ଫେରିଆସିବି।

ନିଜର ନମ୍ବରଟି ଗୋଟେ କାଗଜରେ ଲେଖିଦେଇ ଅଙ୍କୁର ଡାଳିମ୍ବ ହାତକୁ ବଢ଼େଇଦେଲା ଓ ଡାଳିମ୍ବ ତାକୁ ନେଇ ତା' ଜାମା ଭିତରେ ଗୁଞ୍ଜିଦେଲା। ବାସ୍ତବରେ ସେ ଅଙ୍କୁରକୁ ଡାକିବା ଲାଗି କିମ୍ବା ତା'ର ସାହାଯ୍ୟ ଲୋଡ଼ିବାଲାଗି ଆଦୌ ଚାହୁଁନଥିଲା। ସେ ଜାଣିଥିଲା, ଅଙ୍କୁରକୁ ଜର୍ଜ ଆଦୌ ଭଲପାଏ ନାହିଁ। ଅଙ୍କୁର ବି ଜର୍ଜ କଥା ଶୁଣିଲେ ରାଗିଥାନ୍ତା। ତାହାଛଡ଼ା ସିଏ ଯୋଉ ଜଞ୍ଜାଳିଆ କାମରେ ଆସିଛି ସେ କଥାଟା ସେ ଅଙ୍କୁରକୁ କଦାପି କହିପାରିନଥାନ୍ତା।

ଡାଳିମ୍ବ ଆଉଥରେ ଜର୍ଜ ଘରକୁ ବାହାରିଲା। ଏଥର ସେ ଅଟୋରେ ଗଲା। କେତେ ବାଟ ଆଉ ପାଦରେ ଚାଲନ୍ତା ? ଅଟୋରୁ ନ ଓହ୍ଲେଇ ସେ ଅନେଇଲା, ଜର୍ଜ ତା' ବସାକୁ ଫେରିନଥିଲା। ସେ ମନେ ମନେ ଜର୍ଜ ଉପରେ ଅଭିମାନ କଲା। କୁଆଡ଼େ ବୁଲି ଯିବାର ଥିଲା ତ ତାକୁ ସାଙ୍ଗରେ ନେଇ ଯାଇପାରିନଥାନ୍ତା ? କାଲି ତାକୁ ଗାଡ଼ି ପଠେଇ ଆଣିବା କଥା ନିଜେ କହିଥିଲା। ସେଥିପାଇଁ ଆଜି ତା'ର ଖବର ଜଣାଇବା ଦରକାର ଥିଲା। ଧୋଡ୍ରାଛକ ଦେଇ ସେ ନବରଙ୍ଗପୁର ଯାଇଥିବ। ତାକୁ ଖବର ଦେଇଥିଲେ ସିଏ ବି ଆସି ଛକ ପାଖରେ ଅପେକ୍ଷା କରିଥାଆନ୍ତା, ଦି'ଜଣ ସାଙ୍ଗ ହୋଇ ବୁଲି ଯାଇଥାଆନ୍ତେ।

ସେ ଅଟୋକୁ କହିଲା, "ବସ୍‌ଷ୍ଟାଣ୍ଡରେ ମୋତେ ନେଇ ଛାଡ଼ିଦିଅ।" ବସ୍‌ଷ୍ଟାଣ୍ଡରେ ପହଞ୍ଚି ନିରାଶ ମନରେ ନବରଙ୍ଗପୁର ଯାଉଥିବା ଗାଡ଼ିରେ ବସିପଡ଼ିଲା ଡାଳିମ୍ବ। ସେଇଟା ଧୋଡ୍ରା ଛକଦେଇ ଯିବ। ସେଠୁ ଓହ୍ଲେଇ ସେ ଯିବ ଅଟୋ କି ଟ୍ରେକରରେ। ଏମିତିହୋଇ ଡାଳିମ୍ବ ଘରେ ପହଞ୍ଚିବାବେଳକୁ ସଂଜ ଛଅଟା।

ତାକୁ ଦେଖୁ ଦେଖୁ ହେମ ପଚାରିଲା, କୁଆଡ଼େ ଯାଇଥିଲୁ ? ମାଆ ଖାଲି

'ଡାଳିମ୍ବ ଡାଳିମ୍ବ' ହେଇ ବାୟାଣୀ ପରି ହେଉଛି। ତୁ ଘରେ ରହିଲେ ମୁଁ ଅନ୍ୟ କାମ କରନ୍ତି ସିନା।

ଜର୍ଜ ଉପରେ ଥିବା ରାଗତକ ଡାଳିମ୍ବ ତା' ଭଉଣୀ ଉପରେ ଶୁଝେଇ ଦେଲା। କହିଲା, "ତୋଅରି ଯୋଗୁ ଆଜି ଏ ଘରର ଅବସ୍ଥା ଏମିତି ହେଲା। ହାତରୁ ବଗିଚା ଗଲା, ବାପ ମଲା, ମାଆ କତରାଲଗା ହେଲାଣି। ତୁ ମୋ ଉପରେ କାହିଁକି ସବୁବେଳେ ନଜର ରଖୁଛୁ? ତୁ କ'ଣ ପୁଲିସ?"

ହେମ କ'ଣ କହିବ ବୁଝିପାରିଲା ନାହିଁ। ତାକୁ କାନ୍ଦ ମାଡ଼ିଲା। ସେ କହିଲା, "ଡାଳିମ୍ବ, ତୁ କ'ଣ କହୁଛୁ ବୁଝିପାରୁଛୁ ତ! ହଉ, ଯା। ଭୋକ ଲାଗିବଣି। ଖାଇଦେବୁ। କାଲି ତୁ ଘରେ ରହିବୁ, ମୁଁ ମାଆକୁ ନେଇ ଡାକ୍ତରକୁ ଦେଖାଇ ଆଣିବି। ଆଜି ତା' କାଶରୁ ରକ୍ତ ପଡ଼ିଥିଲା। ମୋତେ ଡର ମାଡୁଛି।"

ମାଆର ଦୁର୍ଦ୍ଦଶା କଥା ଡାଳିମ୍ବ ଉପରେ ବିଶେଷ ପ୍ରଭାବ ପକେଇଲା ନାହିଁ। ସେ ଖାଲି ଭାବୁଥିଲା, କେମିତି ସକାଳ ହେବ ଏବଂ ସିଏ ଉମରକୋଟ ଯାଇ ଜର୍ଜକୁ ଭେଟି ତା' ନିଜ କାମ ସାରିବ। ସେ କହିଲା, "କାଲି ମୁଁ ତ ଉମରକୋଟ ଯିବି। ଗୋଟେ ଦୋକାନରେ ମୁଁ ଚାକିରିଟେ ପାଇଛି। ଭାବୁଛି, କାଲିଠୁଁ ଜଏନ୍ କରିବି।"

: ଚାକିରି? ତୋ ପାଇଁ କିଏ ଚାକିରି ବୁଝିଦେଲା?

: କାହିଁକି? ତୋ ପାଇଁ ଯିଏ ଯାହା କରୁଛି, ମୁଁ କ'ଣ ସେକଥା ତୋତେ ପଚାରେ? ମୁହଁ ଛିଙ୍ଗାଡ଼ି ଡାଳିମ୍ବ କହିଲା ଓ ବାଡ଼ିପଟକୁ ପଳେଇଲା।

ପରଦିନ ସକାଳ ନଅଟାରୁ ଡାଳିମ୍ବ କାହାକୁ କିଛି ନକହି ଉମରକୋଟ ବାହାରିଗଲା। ଧୋଡ୍ରାଛକର ଷ୍ଟେସନାରୀ ଦୋକାନରୁ ସେ ଜର୍ଜକୁ ଫୋନ୍ କଲା। ଜର୍ଜ ସେପଟୁ ଫୋନ୍ ଧରିଲା।

ଡାଳିମ୍ବ କହିଲା, "ମୁଁ ଘଣ୍ଟାକ ଭିତରେ ଡାକ୍ତରଖାନା ଛକରେ ଯାଇ ପହଞ୍ଚୁଛି। କାଲି ଦିନସାରା ଅଖିଆ ଅପିଆ ଘୂରି ଘୂରି ଫେରିଲି। ଆଜି ଯେମିତି ହେଲେ ତୁମେ ଆସିବ। ଯାହା କରିବାର କରିବ।"

ଜର୍ଜ କ'ଣ କହିଲା ଡାଳିମ୍ବକୁ ଶୁଭିଲା ନାହିଁ। ସେପଟୁ ଫୋନ୍ କଟିଗଲା।

ଡାଳିମ୍ବ ତା' ପୋଷାକ ତଳେ ଗୋଟେ କନାମୁଣା ଭିତରେ ହେମର ଟ୍ରଙ୍କ୍‌ରୁ ଆଣିଥିବା ଟଙ୍କାତକ ରଖିଥିଲା, ତା' ସାଙ୍ଗରେ ଅଙ୍କୁର ଟିପି ଦେଇଥିବା

ଫୋନ୍ ନମ୍ବର । ଅଙ୍କୁର ତା' ଗାଁକୁ ପଳେଇଥିବ, ଭଲ । ଆଜି ଯଦି ତା' ସାଙ୍ଗରେ ଦେଖା ହେଇଥାନ୍ତା, ତାହାହେଲେ କଥାଟା ଅସୁନ୍ଦର ହୋଇଥାନ୍ତା ।

ବସ୍‌ରୁ ଓହ୍ଲେଇ ଡାଳିମ୍ବ ଡାକ୍ତରଖାନା ଛକରେ ଯାଇ ଅପେକ୍ଷା କଲା । ଜର୍ଜ ଆସି ନଥିଲା । ସେ କିଛି ସମୟ ଅପେକ୍ଷାକରି ଜର୍ଜର ଘରକୁ ଗଲା । ଜର୍ଜର ଗେଟ୍‌ରେ ତଥାପି ତାଲା ପଡ଼ିଥିଲା । ସେ ଭାବିଲା ଜର୍ଜ ହୁଏତ ତା' ଅଫିସ୍‌ରେ ଥିବ । ସେ ପୁଣି ତା' ଅଫିସ୍‌କୁ ଆସିଲା ।

ଅଫିସ୍ ଦରୁଆନ ପାଖରୁ ଫୋନ୍ ନେଇ ଜର୍ଜକୁ ଡାଳିମ୍ବ ଆଉଥରେ ଫୋନ୍ କଲା । ତାକୁ ଭାରି ବ୍ୟସ୍ତ ଲାଗୁଥିଲା । ଯୋଉ ଜର୍ଜ ତାକୁ ଟିକେ ଭେଟିବ ବୋଲି ଦିନରାତି ନ ମାନି ପୋଡ଼ାଗଡ଼ ଦଉଡ଼ି ଯାଉଥିଲା ଆଜି ତା'ର ଦେଖା ପାଇବା ଡାଳିମ୍ବ ପକ୍ଷେ କଷ୍ଟକର ହୋଇପଡ଼ିଥିଲା ।

ନା, ଜର୍ଜର ଫୋନ୍ ଲାଗିଲା ନାହିଁ ।

ଡାଳିମ୍ବ କ'ଣ କରିବ ବୁଝିପାରୁନଥିଲା ।

ସେ ପୁଣି ଆସି ଡାକ୍ତରଖାନା ଛକରେ ପହଞ୍ଚିଥିଲା । ପାଖ ଜଳଖିଆ ଦୋକାନୀକୁ କହି ତା' ମୋବାଇଲ୍ ମାଗିଆଣି ଆଉଥରେ ଜର୍ଜକୁ ଫୋନ୍ ଲଗେଇଲା । ମାତ୍ର ଏଥର ମଧ୍ୟ ସେ ସଫଳ ହେଲାନାହିଁ । ତା'ର ବିରସ ମୁହଁ ଦେଖି ଜଳଖିଆ ଦୋକାନୀ ବୁଢ଼ା ଲୋକଟି ଡାଳିମ୍ବକୁ ଅନେଇଲା । ପଚାରିଲା, "ତମର କେହି ବେମାର ପଡ଼ିଛି କି ?" ହଁ କି ନା କିଛି ନକହି ଡାଳିମ୍ବ ତାକୁ ଫୋନ୍ ଫେରେଇଦେଲା । ଛକ ପାଖର ମନ୍ଦିର ବାରନ୍ଦାରେ ଯାଇ କାନ୍ଥକୁ ଆଉଜି ସେ ଭାବିହେଲା । ତାକୁ ଭୀଷଣ କାନ୍ଦ ମାଡୁଥିଲା । ସେ ଚାରିଆଡ଼କୁ ଅନେଇଲା । ପାଚିରି, ଘର, ରାସ୍ତା, ବିଜୁଳିଖୁଣ୍ଟ, ଗଛ - ସମସ୍ତେ ତାକୁ ନିଶ୍ଚିନ୍ତ ଦିଶୁଥିଲେ । କେବଳ ସିଏ ବିବ୍ରତ ଥିଲା, ତା' ମନ ବିକଳ ହେଉଥିଲା । କେତେବେଳେ ଜର୍ଜ ଆସିବ ? ସେ ଏକୁଟିଆ ତ କାହା ପାଖକୁ ଯାଇପାରିବ ନାହିଁ । ସେ ହାତଯୋଡ଼ି ମନେମନେ ଠାକୁରାଣୀକୁ ଡାକିଲା ।

ରାତି ଆଠଟା ପାଖାପାଖି ଡାଳିମ୍ବ ଆଉଥରେ ଜର୍ଜ ବସାକୁ ଗଲା । ଘର ବାରନ୍ଦାରେ ଆଲୁଅ ଜଳୁଥିବା ଦେଖି ତା' ଦେହରେ ପ୍ରାଣ ପଶିଲା । ସେ ଗେଟ୍ ଖୋଲି ଭିତରକୁ ପଶିଗଲା ଓ କବାଟ ଖଡ୍‌ଖଡ୍ କଲା । ପଉଷ ଶୀତରେ ବି ତା' ଦେହ ଝାଳେଇ ଯାଉଥିଲା ଉଦ୍‌ବେଗ ଓ ଆଶଙ୍କାରେ । କିଛି ସମୟ ଛାଡ଼ି ଡାଳିମ୍ବ

ଆଉଥରେ ଜୋର୍‌ରେ କବାଟ ଖଡ୍‌ଖଡ୍ କଲା । ସେ ଶବ୍ଦ ଶୁଣି ଗୋଟେ ସ୍ତ୍ରୀଲୋକ ବାହାରି ଆସିଲା । ତା' ହାବଭାବରୁ ଜଣାପଡୁଥିଲା ଯେ ସିଏ ବୋଧହୁଏ ଲୁଗାପଟା ବଦଳଉଥିଲା ।

: ଜର୍ଜ ଅଛନ୍ତି ? - ଡାଳିମ୍ବ ସ୍ତ୍ରୀ ଲୋକଟିକୁ ଧୀରଗଳାରେ ପଚାରିଲା ।

: କିଏ ଜଣେ ତମକୁ ଖୋଜୁଛି ହେ । - ଭିତରକୁ ଅନେଇ ସ୍ତ୍ରୀ ଲୋକଟି କହିଲା ।

ଏଥର ଯିଏ ପ୍ୟାଣ୍ଟ୍ ଓ ଟି-ସାର୍ଟ ପିନ୍ଧି ଆସିଲା ସିଏ ଜର୍ଜ ହିଁ ଥିଲା । ତା' ମୁଣ୍ଡରେ ମନ୍ଦିରର ସିନ୍ଦୂରଟୋପା ଲାଗିଥିଲା । ସେ ଡାଳିମ୍ବକୁ ଦେଖିଲାକ୍ଷଣି ବ୍ୟସ୍ତ ହୋଇପଡ଼ିଲା । ବାରନ୍ଦାକୁ ବାହାରିଆସି କବାଟଟା ଆଉଜେଇ ଆଣିଲା ଓ ଡାଳିମ୍ବକୁ ପଚାରିଲା, "ତୁ ଏଠିକି କାହିଁକି ଆସିଲୁ ?"

ଡାଳିମ୍ବ ପଚାରିଲା, "ଆଉ କ'ଣ କରିଥାନ୍ତି ? ତିନିଦିନ ହେଲା ତୁମର ଖୋଜଖବର ନାହିଁ । ମୁଁ ଯେ କି ହଇରାଣ ହରକତ ହେଉଛି ମୁଁ ଜାଣେ । ହଉ, ସେ କିଏ ?"

: ସେ... । ସେ... । ଚାଲ୍, କହୁଛି ।

: ନା, ଆଗେ ଏଇଠି କୁହ । - ଡାଳିମ୍ବ ଚିତ୍କାର କଲା ।

ତା'ର ପାଟି ଶୁଣି ସ୍ତ୍ରୀ ଲୋକଟି କବାଟ ଖୋଲି ବାହାରକୁ ଆସିଲା । ସେ ଡାଳିମ୍ବକୁ ପଚାରିଲା, "ତୁ କିଏସ୍ ରେ ! ସଂଜବୁଡ଼େ ଏଠି ତୋର କି କାମ ? ମୋତେ ଆଗେ କହ ।"

ଜର୍ଜ ସେ ସ୍ତ୍ରୀଲୋକକୁ କହିଲା, "ଇଏ ଆମ ଅଫିସ୍‌ରେ କାମ କରେ । ତୁ ଭିତରକୁ ଯା । ମୁଁ ତା'ର ସାଙ୍ଗେ କଥା ଲାଗୁଛି ।"

ମାତ୍ର ତା'ର ସ୍ତ୍ରୀ ସବୁ ବୁଝିଯାଇଥିବା ପରି ଚିତ୍କାର କରି କହିଲା, "ଏବେ ବୁଝୁଛି । ଏଇଥିଲାଗି ତୁ ମୋତେ ଏଠିକି ଆସିବାକୁ ମନା କରୁଥିଲୁ । ହଇରେ, କୁକୁର । ଏଇ ଟୋକୀଟା ତୋର କେତେ ନମ୍ବର ? ଏବେ ମୁଁ ଏଠୁ ଯାଉଛି । ତୁ ତାକୁ ନେଇ ଏଇଠି ରହ । ମୁଁ ଆଜି ବିଷ ଖାଇଦେବି ନହେଲେ ଦଉଡ଼ି ଦେଇଦେବି ପଛେ ଆଉ ଏଠି ରହିବି ନାହିଁ ।"

ଜର୍ଜ କ'ଣ କରିବ ନକରିବ ବୁଝିପାରୁନଥିଲା । ସେ ବିବ୍ରତ ହୋଇପଡ଼ିଥିଲା । ସେ ଘର ଭିତରକୁ ଗଲା ଓ ସାର୍ଟଟା ଦେହରେ ଗଳେଇ ଝଡ଼ପରି ବାହାରି

ଆସିଲା। ବାହାରପଟୁ କବାଟ ବନ୍ଦ କରିଆଣି ଡାଲିମ୍ବକୁ କହିଲା, "ତୁରନ୍ତ ଏଠୁ ଚାଲ୍, ଡାକ୍ତରଖାନା ଯିବା। ଖବର ନଦେଇ ତୋର ଏଠିକି ଚାଲିଆସିବାଟା ଠିକ୍ ହେଲା ନାହିଁ। ରହ, ମୁଁ ଗାଡ଼ି ବାହାର କରୁଛି।"

: ତୁ ଗାଡ଼ିରେ ଯା। ମୋର ଆଉ କୁଆଡ଼େ ଯିବାର ଦରକାର ନାହିଁ। ମୁଁ ବି ବିଷଖାଇ ମରିବି ନହେଲେ ନିଜ ରାସ୍ତା ମୁଁ ନିଜେ ଖୋଜି ନେବି। - ଏକଥା କହି ଡାଲିମ୍ବ ରାସ୍ତା ଉପରେ ଧାଇଁବାକୁ ଲାଗିଲା। ସାରା ଦିନର ଅପେକ୍ଷା, ଶାରୀରିକ କ୍ଳାନ୍ତି ଏବଂ ଭୋକଶୋଷ ଶେଷରେ ଜର୍ଜର ପ୍ରତାରଣା ତାକୁ ବିପର୍ଯ୍ୟସ୍ତ କରିଦେଇଥିଲା। ବର୍ତ୍ତମାନ ସେ କ'ଣ କରିବ, କୁଆଡ଼େ ଯିବ କିଛି ତା' ମୁଣ୍ଡକୁ ପଶୁନଥିଲା। ତା'ର ଏହି ଦଶା ପାଇଁ ସିଏ ହିଁ କେବଳ ନିଜେ ଦାୟୀ- ତାହା ଡାଲିମ୍ବ ବୁଝିପାରୁଥିଲା। ଜର୍ଜର ମିଠା ମିଠା କଥା ଓ ଟଙ୍କା ମାୟାରେ ଭଳିଯାଇ ସେ ଯେ ନିଜେ ନିଜର ସର୍ବନାଶ କରିଥିଲା, ତାହା ସେ ଏବେ ଭଲ ଭାବରେ ହୃଦୟଙ୍ଗମ କରିପାରୁଥିଲା। ଏଭଳି ପରିସ୍ଥିତିରେ ସେ ଘରକୁ ଫେରିଯାଇ ପାରିବ ନାହିଁ। ପାହାଡ଼ ଉପରୁ ଡେଇଁପଡ଼ି ମରିଗଲେ ବରଂ ତା'ର ସବୁ ସମସ୍ୟାର ସମାଧାନ ହେଇଯିବ। ସିଏ ସେଇଆ ହିଁ କରିବ। କିନ୍ତୁ ସେ ଏମିତି ମରିଗଲେ ଜର୍ଜ ପରି ଠକ ଶାସ୍ତି ପାଇବ ନାହିଁ। ତା' ପରି ଜଣକ ପରେ ଜଣେ ଝିଅ ସାଙ୍ଗରେ ଖେଳ ଖେଳି ଏମିତି ସେମାନଙ୍କୁ ଫିଙ୍ଗି ଦେଉଥିବ। ସେ ଯଦି ମରିବ, ତା' ଆଗରୁ ଜର୍ଜକୁ ହାଜତରେ ପୂରାଇବାର ବ୍ୟବସ୍ଥା କରି ମରିବ।

ଜର୍ଜ ଗାଡ଼ିଟା ଆଣି ଧୁସ୍ କରି ତା' ପଛରେ ବ୍ରେକ୍ ଦେଲା। ଓହ୍ଲେଇପଡ଼ି ଡାଲିମ୍ବର ହାତଧରି ସେ ଭିଡ଼ିଲା। କହିଲା, "ଆ, ମୁଁ ତୋତେ ସବୁ କଥା କହୁଛି।"

ଡାଲିମ୍ବ କହିଲା, "ତୁ ଆଉ କ'ଣ କହିବୁ? ମୁଁ ତ ସବୁ ନିଜ ଆଖିରେ ଦେଖିଲି। ଏଇଠୁ ଯାଇ ମୁଁ ପୁଲିସ ପାଖରେ ସବୁ କଥା କହିବି। ତୋ ନାଗରାଜ ବୋପାକୁ ମଧ୍ୟ ସବୁ କହିବି। ତୋ ମୁଖା ଯଦି ମୁଁ ଓହ୍ଲେଇ ନ ଦେଇଛି ତାହାହେଲେ ମୋ ନାଆଁ ଡାଲିମ୍ବ ନୁହେଁ।"

ଜର୍ଜ ହସିଲା। କହିଲା, "ଡାଲିମ୍ବ ନା ଘୋଡ଼ାଡିମ୍ବ! ତୁ ମୋର କିଛି ବଙ୍କା କରିପାରିବୁ ନାହିଁ। ଟଙ୍କା ନେଇଛୁ, ମୋ ସାଙ୍ଗରେ ଶୋଇଛୁ। ଯାହାକୁ ପଇସା ଫିଙ୍ଗିଲେ ସିଏ ଆସି ଶୋଇବ। ବଡ଼ କଥାଟା କ'ଣ? ଦି'ପଇସାର ମୁଣ୍ଡ ତୁ। ଘରେ ମାଣ୍ଡିଆ ନଥିବ, ଏଣେ ଗହଣାରେ ମଣ୍ଡିହେବାକୁ ମନ। ଖାଲି କ'ଣ ତୁ?

ଏମିତି କେତେ ଝିଅଙ୍କୁ ଏ ଜର୍ଜ ପ୍ରଧାନ ଲଙ୍ଗଳା କରି ଅଳିଆଗଦାକୁ ଫିଙ୍ଗିଦେଇଛି। ସେ ବୁଦ୍ଧି ଛାଡ଼୍। ମୋ ସାଙ୍ଗରେ ଆ। ମୁଁ ତୋର 'ୱାସ୍' କରେଇ ତୋତେ ତୋ ଘରେ ନେଇ ଛାଡ଼ିଦେବି। ତୁ ପୁଣି ଶୁଦ୍ଧ ସୁବର୍ଣ୍ଣ ହେଇଯିବୁ।"

ଡାଳିମ୍ବ ଜର୍ଜ ମୁଠାରୁ ନିଜର ହାତ ଛଡ଼େଇ ଆଗେ ଆଗେ ଦଉଡ଼ିଲା। ସିଧା ରାସ୍ତାରେ ଗଲେ କାଳେ ଜର୍ଜ ତା' ପଛେ ପଛେ ଆସିବ, ସେଇଆ ଭାବି ସେ ଗୋଟେ ଗଳିକୁ ଦଉଡ଼ି ଯାଉଥିଲା। ମାତ୍ର ଜର୍ଜ ଗାଡ଼ି ରଖିଲା ଓ ଓହ୍ଲେଇ ଯାଇ ତାକୁ ଧରି ପକେଇଲା। କହିଲା, "ଦି'ଦିନ ହେଲା ସେ ଗାଁରୁ ଆସିଛି। ସେଥିପାଇଁ ତୋ ସାଙ୍ଗରେ ମୁଁ ଫୋନ୍‌ରେ କଥାବାର୍ତ୍ତା ହୋଇ ପାରିନଥିଲି। ମୁଁ କାଲି ତୋ ପାଖକୁ ଯାଇଥାନ୍ତି। ଚାଲ, ଗୋଟେ ଜାଗାରେ ମୁଁ ମୋ ପ୍ଲାନ୍ କଥା କହୁଛି।" ସେ ଡାଳିମ୍ବକୁ ଭିଡ଼ିନେଇ ଜିପ୍‌ରେ ବସେଇଲା। ଡାଳିମ୍ବ କିନ୍ତୁ ଚଳନ୍ତା ଗାଡ଼ିରୁ ଡେଇଁ ପଡ଼ିବାକୁ ଛାଟିପିଟି ହେଉଥାଏ।

ଜର୍ଜ ପୋଡ଼ାଗଡ଼ ମୁହାଁ ଜିପ୍ ଚଳଉଥାଏ। ବାଟସାରା ଡାଳିମ୍ବ କାନ୍ଦୁଥାଏ ଓ ଜର୍ଜକୁ ଗାଳିଦେଇ ଚାଲିଥାଏ।

ଆଗରୁ ଜର୍ଜ ଓ ଡାଳିମ୍ବ ଯେଉଁ ଜାଗାକୁ ଆସନ୍ତି ବର୍ତ୍ତମାନ ସେ ଦିହେଁ ପୋଡ଼ାଗଡ଼ର ସେଇ ଜାଗାରେ ପହଞ୍ଚି ସାରିଥିଲେ। ଜର୍ଜ ଜିପ୍ ରଖିବା କ୍ଷଣି ଡାଳିମ୍ବ ଓହ୍ଲେଇ ପାହାଡ଼ ମୁଣ୍ଡିଆ ଆଡ଼କୁ ଧାଇଁଗଲା। ଜର୍ଜ 'ଡାଳିମ୍ବ, ଡାଳିମ୍ବ' କହି ତା' ପଛରେ ଦଉଡୁଥାଏ।

ଡାଳିମ୍ବ କହିଲା, "ଆଉ କ'ଣ ରହିଲା, ତୁ କହିବୁ ? ତୋର ମୁଖା ଖସିପଡ଼ିଛି। ମୋତେ ଆଉ ତୁ ବହଲେଇ ପାରିବୁ ନାହିଁ। ମୋ ସାଙ୍ଗରେ ତୁ ଯେଉଁ ବେଇମାନି କାମ କଲୁ ସେଥିପାଇଁ ତୋତେ କେହି କ୍ଷମା କରିବେ ନାହିଁ। ଦେଖିବୁ, ହାଜତ ଭିତରେ ଶଢ଼ି ଶଢ଼ି ତୁ ମରିବୁ।"

ଜର୍ଜ ଆଉଥରେ ହସିଲା। କହିଲା, "ଶୁଣ୍ ଡାଳିମ୍ବ, ନିଜ ଖୁସିରେ, ନିଜ ଦେହର ତାତି ଶୀତଳ କରିବା ପାଇଁ ମୋ ପାଖକୁ ତୁ ଆସୁଥିଲୁ। ସେ ଢଙ୍ଗରଙ୍ଗ ଛାଡ଼୍। ଚୁପ୍‌ଚାପ୍ ଏଇ ଟଙ୍କା ଧରି ଯା। କାଲି ମହାନ୍ତି ବାବୁର କ୍ଲିନିକ୍‌କୁ ଯାଇ ପେଟ ସଫା କରିଦେବୁ। ମୁଁ କହିଦେଇଥିବି। ନହେଲେ ତୁ ନିଜ କଥା ନିଜେ ବୁଝିବୁ, ତୋ ଛୁଆ ତୁ ପାଳିବୁ।"

: ତୁ ଗୋଟେ ରାକ୍ଷସ ! ବଡ଼ ପାଟିରେ ଏକଥା କହି ଡାଳିମ୍ବ ଜର୍ଜ ଗାଲରେ

ବ୍ରହ୍ମଚଟକଣାଟାଏ ବସେଇଦେଲା । ଜର୍ଜ ରାଗିଗଲା ଓ ହିତାହିତଜ୍ଞାନ ହଜେଇଦେଲା । ଆଗରୁ ସେ ଡାଲିମ୍ବର ଅବାଞ୍ଛିତ ଉପସ୍ଥିତି ନେଇ ରାଗିଯାଇଥିଲା । ଏହା ଭିତରେ ତା ସ୍ତ୍ରୀ କଣ କରିବସିବଣି ସେକଥା ମଧ୍ୟ ସେ ଚିନ୍ତା କରୁଥିଲା । ସେ ତାର ସ୍ତ୍ରୀକୁ ଜାଣେ । ଟିକିଏ ଟିକିଏ କଥାରେ ସେ ରାଗିଯାଏ । ଯଦି ରାଗିଯାଇ ଘର ଭିତରେ ଦଉଡ଼ି ଦେଇଦିଏ କି ଗ୍ୟାସଚୁଲାରେ ନିଆଁଲଗେଇ ନିଜକୁ ପୋଡ଼ିପକାଏ ତାହାହେଲେ ଭୟାନକ କଥା ହେବ । ତା ମୁଣ୍ଡ କିଛି କାମ କରୁନଥିଲା । ଏସବୁ ସମସ୍ୟା ପାଇଁ ଏଇ ଡାଲିମ୍ବ ଦାୟୀ ବୋଲି ସେ ବିଚାର କରୁଥିଲା । ବାସ୍ତବରେ ତାର ଡାଲିମ୍ବକୁ ବାହା ହେବାର କୌଣସି ଆଗ୍ରହ ନଥିଲା । ସିଏ କେବଳ ପ୍ରତିଶୋଧ ନେବାଲାଗି ଡାଲିମ୍ବକୁ ତା ନିଜ ପାଖକୁ ଟାଣିଆଣିଥିଲା । ସିଏ ଏମିତି କେତେ ଝିଅଙ୍କୁ ଟଙ୍କାଦେଇ ଉପଭୋଗ କରିଛି । ଇଏ ଏମିତି କିଏ କି ? ସେ ପୁଣି ତାକୁ ଏଭଳି ଟାଣ କଥା କହିବ ଓ ଚଟକଣା ମାରିବ ! 'ହାରାମଜାଦୀ' ବୋଲି ଚିତ୍କାର କରି ଜର୍ଜ ଡାଲିମ୍ବର ତଳିପେଟକୁ ଖୁବ୍ ଜୋର୍‌ରେ ଗୋଟାଏ ଗୋଇଠା ମାରିଲା । ଡାଲିମ୍ବ ଏ ପ୍ରକାର ଗୋଇଠା ଲାଗି ପ୍ରସ୍ତୁତ ନଥିଲା । ଭାରସାମ୍ୟ ରକ୍ଷା ନକରିପାରି ପାହାଡ଼ମୁଣ୍ଡିଆ ଉପରୁ ସେ ତଳକୁ ଖସିପଡ଼ିଲା, ଏକଦମ୍ ତଳକୁ । ଅନ୍ଧାର ଭିତରେ 'ଧୁସ୍' କରି ଗୋଟାଏ ଶବ୍ଦ ହେଲା ଓ ତା' ଭିତରେ ଡାଲିମ୍ବର ଆର୍ତ୍ତଚିତ୍କାର । କିଛି ସମୟ ପରେ ସବୁ ନିରବି ଗଲା । ଜର୍ଜ ଏପଟ ସେପଟ ଅନେଇ କିଛି ନ ହୋଇଥିଲା ପରି ଓହ୍ଲେଇ ଆସିଲା ଓ ଜିପ୍ ଧରି ଉମରକୋଟ ରାସ୍ତାରେ ଯିବା ବଦଳରେ ବିପରୀତ ଦିଗକୁ ଚଳେଇଲା । ସେ ଗୋଟେ ଗଛ ଦେହରେ ଜାଣି ଜାଣି ଗାଡ଼ିର ଧକ୍କା କଲା ଓ ଗାଡ଼ିକୁ ସେଇଠି ରଖି ସେଥିରୁ ଓହ୍ଲେଇ ଗଲା । ସେ ଚାହୁଁଥିଲା, ତାକୁ କେହି ନ ଦେଖନ୍ତୁ ।

ଶୀତଦିନିଆ ରାତି । କେହି କୋଉଠି ଦିଶୁନଥିଲେ । ଜର୍ଜ ଦାନ୍ତ କାମୁଡ଼ି ମନକୁ ମନ କହିଲା- ଶାଳୀ, ମୋତେ ବନ୍ଧେଇବ ବୋଲି ଧମକ ଦେଉଥିଲା ।

ତା'ପରେ ସେ ଅନ୍ଧାର ଭିତରେ କୁଆଡ଼େ ଅଦୃଶ୍ୟ ହୋଇଗଲା ।

■

ସପ୍ତଦଶ ପରିଚ୍ଛେଦ

ଆରିସାକାନି ଗାଁର ଗୋଟେ ମୁଣ୍ଡରେ ଜେମ୍‌ସ ୱାଡ଼େକାର ଗୋଟିକିଆ ଘର। ଚାରିପଟେ ଶାଗୁଆ ବାଡ଼ି ବଗିଚା। ଏହି ଘରେ କେବଳ ଜେମ୍‌ସର ମାଆ ରହେ। ଜେମ୍‌ସ ଓ ତା'ର ବାପା ଚର୍ଚ୍ଚ ପରିସରରେ ରହନ୍ତି। ଅଧା ଆଜବେଷ୍ଟସ ଓ ଅଧା ଟିଣ ଛପର ଘରଟାଏ।

ସଂଜ ଅନ୍ଧାର ମାଡ଼ି ନଥାଏ। ପନ୍ଦର ଷୋଅଳ ଜଣ ଗାଁଲୋକ ଯାଇ ଜେମ୍‌ସ ୱାଡ଼େକାର ଘରେ ନିଆଁ ଲଗେଇଦେଲେ। ଲକ୍ଷ୍ମଣ ଗୋଟେ ଜାର୍‌ରେ ପେଟ୍ରୋଲ ନେଇଥିଲା। ସେ ଘରର କବାଟ, ଝରକାରେ ପେଟ୍ରୋଲ୍ ଛିଞ୍ଚିଦେଲା। ତା' ପଛେ ପଛେ ହାତରେ ନିଆଁହୁଳା ଧରି ଯାଉଥିବା ଲୋକମାନେ ନିଜ ନିଜର ହୁଳାଗୁଡ଼ିକୁ ପେଟ୍ରୋଲ୍ ଢଳା ଜାଗାକୁ ଫିଙ୍ଗିଦେଲେ। ହୁ ହୁ ହୋଇ ଘରଟା ଦେହରେ ନିଆଁ ଲାଗିଗଲା।

ଗାଁଲୋକ ନିଆଁ ଲଗେଇବାବେଳେ ଜେମ୍ସ କି ତା' ବାପା କି ମାଆ କେହି ଘରେ ନଥିଲେ। ସେମାନେ ଆଗରୁ ସୁରାକ ପାଇ ଚର୍ଚ୍ଚ ଭିତରେ ଯାଇ ଲୁଚିକି ଥିଲେ।

ଚାରିଦିନ ଆଗରୁ ଜେମ୍ସ ଓ ପୁଷିକା ଦିହେଁ ଘରଛାଡ଼ି ପଳେଇ ଥିଲେ। ଏ ଖବର ଜଣାପଡ଼ିବା ପରେ ପୁଲିସ ସେମାନଙ୍କୁ ଖୋଜାଖୋଜି କରିଥିଲା। ଶେଷକୁ ପୁଷିକାର ଘରୁ ଗୋଟେ ଚିଠି ଓ ଗୋଟେ ଜରିପ୍ୟାକେଟ୍ ବରାମଦ କରିଥିଲା ପୁଲିସ। ସେଇ ଚିଠିଟା ପୁଷିକା ତା' ଭାଇ ଅଙ୍କୁର ମାଝୀ ପାଇଁ ଲେଖିଦେଇ ଯାଇଥିଲା, ଯୋଉଥିରେ ସେ ଲେଖିଥିଲା ଯେ ସେ ରାଜି ଖୁସିରେ ଜେମ୍ସ ସାଙ୍ଗରେ ଯାଉଛି। ତା'ର ଭରସା ଥିଲା ଜେମ୍ସ ତାକୁ ଖୁସିରେ ରଖିବ। ପଲିଥିନ୍ ମୁଣା ଭିତରେ ଗୋଟେ କାପଡ଼ାଗନ୍ଦା ବୁଣିକି ସେ ତା' ଭାଇ ପାଇଁ ରଖିଦେଇ ଯାଇଥିଲା। ସେଇଟା ତା'ର ଭବିଷ୍ୟତର ଭାଉଜ ପାଇଁ ସେ ବୁଣିଥିବା କଥା ଚିଠିରେ ଲେଖିଥିଲା।

ଅଙ୍କୁରର ବାପା, ମାଆ ଦୁଇଟି ମୂର୍ତ୍ତି ପରି ଘର ପିଣ୍ଡାରେ ବସିଥିଲେ। ତାଙ୍କ ମୁହଁରେ କୌଣସି ଭାବର ଲେଶ ହେଲେ ଚିହ୍ନବର୍ଣ୍ଣ ନଥିଲା। ସେମାନେ ତାଙ୍କ ଝିଅର ଏହି ପ୍ରକାର କାମ ଯୋଗୁଁ ଅପମାନରେ ମଉନ ପାଲଟି ଯାଇଥିଲେ। ସେମାନଙ୍କୁ ବୁଦ୍ଧି ବାଟ ଦିଶୁନଥିଲା। ପୁଷିକାକୁ ନେଇ ଗାଁରେ ଯୋଉ ଗଣ୍ଡଗୋଳ ଚାଲିଥିଲା, ତହିଁରେ ସେମାନଙ୍କର କୌଣସି ଭୂମିକା ନଥିଲା। ସବୁ କଥାର ନେତୃତ୍ୱ ନେଉଥିଲା ଲକ୍ଷ୍ମଣ ୱାଡ଼େକା।

ପୁଷିକାର ବାପା ମାଆ ଜାଣିଥିଲେ, ମଦୁଆ ଲକ୍ଷ୍ମଣ ୱାଡ଼େକାର କାରବାରରେ ବ୍ୟସ୍ତହୋଇ ତାଙ୍କ ଝିଅ ଘର ଛାଡ଼ି ଚାଲିଯାଇଥିଲା। ସେଇ ଲକ୍ଷ୍ମଣ ଏବେ ଧର୍ମର ରକ୍ଷା ପାଇଁ ଜେମ୍ସ ଘରେ ନିଆଁ ଲଗେଇଥିଲା।

ଖରାପ ଖବର ଚାହୁଁ ଚାହୁଁ ଚାରିଆଡ଼େ ବ୍ୟାପିଯାଏ। ଆରିସାକାନି ଗାଁର ଏ ଗଣ୍ଡଗୋଳ ଖବର ମଧ୍ୟ ଚାହୁଁ ଚାହୁଁ ଡଙ୍ଗର ସାରା ଖେଳିଯାଇଥିଲା। ପାଖ ଥାନାର ପୁଲିସ ଆସି ଗାଁ ଚାରିପଟୁ ଘେରିଯାଇଥିଲେ। ଲକ୍ଷ୍ମଣ ୱାଡ଼େକା ଓ ତା'ର ବାପାଙ୍କୁ ପୁଲିସ ଥାନାକୁ ଧରି ନେଇଥିଲା। ଅନ୍ୟ ଲୋକମାନେ ଭୟରେ ଗାଁ ଛାଡ଼ି ନିୟମଗିରି ପାହାଡ଼ ପାଖକୁ ପଳେଇ ଯାଇଥିଲେ। ପୁଲିସ ଆଶଙ୍କା କରୁଥିଲା, ଏ ଘଟଣାଟା କାଳେ ଫୁଲବାଣୀ ପରି ଦଙ୍ଗାର ରୂପ ନେଇଯିବ।

ଚାରିଦିନ ପରେ ସୁଦ୍ଧା ଜେମ୍ସ କିମ୍ବା ପୁଷିକା କାହାର ଖବର ନଥିଲା।

ପୁଲିସ କହୁଥିଲା, ପୁଅ ଓ ଝିଅ ଦିହେଁ ସାବାଳକ। ଜଣେ ଆଦିବାସୀ ଓ ଜଣେ ଖ୍ରୀଷ୍ଟାନ ହେଇଥିବାରୁ ସେମାନଙ୍କ ବାହାଘର ତାଙ୍କ ଜାତିରେ ଅପରାଧ ହେଇପାରେ, ଆଇନ ଆଖିରେ ନୁହେଁ। ଏ କଥାକୁ ନେଇ ଯିଏ ଗଣ୍ଡଗୋଳ କରିବ ସିଏ ଅପରାଧୀ ହେବ। ଆଇନ କାହାକୁ ଛାଡ଼ିବ ନାହିଁ।

ଅଙ୍କୁର ଏ ଖବର ପାଇବାବେଳକୁ ଦି'ଦିନ ବିଳମ୍ବ ହେଇ ଯାଇଥିଲା। ସେ ତା' ସଂସ୍ଥାର ରିଲିଫ ଜିନିଷ ଆଣିବାଲାଗି ରାୟପୁର ଯାଇଥିଲା। ସେଇଠୁ ତାକୁ ବିକାଶ ସାର୍ ଡକେଇ ପଠେଇଲେ। କହିଲେ- ଯୋଉଠି ଅଛ, ଯେମିତି ଅଛ, ଶୀଘ୍ର ଚାଲିଆସ। ତାଙ୍କ କଥା ଶୁଣି ପ୍ରଥମେ ଅଙ୍କୁର ଡରିଯାଇଥିଲା। ଡିଭାଇନ୍ ସଂସ୍ଥାରେ କାମ କରିବା ଦିନରୁ ବିକାଶବାବୁ ତାକୁ କେବେ ଏ ପ୍ରକାର ତାଗିଦା ଦେଇ କେବେ ଡକେଇ ନଥିଲେ। ସେ ସାଙ୍ଗେ ସାଙ୍ଗେ ଗାଡ଼ି ଧରି ଫେରିଆସିଥିଲା। ଅଫିସ୍‌ରେ ପହଞ୍ଚିବା କ୍ଷଣି, ବିକାଶବାବୁ ତାକୁ ତୁରନ୍ତ ତା ନିଜ ଗାଁକୁ ଯିବାଲାଗି ପରାମର୍ଶ ଦେଇଥିଲେ।

ଅଙ୍କୁର ଗାଁରେ ପହଞ୍ଚିବାବେଳକୁ ଜେମ୍‌ସର ଘର ପୋଡ଼ି ଅଙ୍ଗାର ହୋଇଯାଇଥିଲା। ପୁଲିସ ତାଙ୍କ ଘର ଓ ଚର୍ଚ୍ଚକୁ ଘେରି ରହିଥିଲା। ତାକୁ ଦେଖି ତା'ର ବାପମାଆ କାନ୍ଦି କାନ୍ଦି ଚଟାଣରେ ଗଡ଼ିଗଲେ। ଅଙ୍କୁର କ'ଣ କହି ସେମାନଙ୍କୁ ସାନ୍ତ୍ୱନା ଦେବ ବୁଝିପାରୁନଥିଲା। ପୁଲିସ ତାକୁ ଡକେଇ ପଠେଇଲା ଓ ପୁଷ୍ପିକାର ଚିଠି ଓ ଚାଦର ପୁଡ଼ିଆ ତାକୁ ଦେଲା। କହିଲା, "ତୋ ବାପାମାଆଙ୍କୁ ଏଠୁ କିଛିଦିନ ଲାଗି ନେଇଯାଆ। ପରିସ୍ଥିତି ଥଣ୍ଡା ପଡ଼ିଲେ ତୁ ଆଣି ପଛକେ ସେମାନଙ୍କୁ ଛାଡ଼ିଯିବୁ। ଆମେ ଜେମ୍‌ସ ଓ ପୁଷ୍ପିକାକୁ ଖୋଜୁଛୁ। ଖବର ପାଇଲେ ତୋତେ ଜଣାଇବୁ।"

କେତେ ଶୀଘ୍ର କେତେ ସବୁ ଘଟଣା ଘଟିଯାଉଥିଲା, ଅଙ୍କୁର ତାହାର ଖବର ରଖିପାରୁନଥିଲା। ସେ ଆକାଶକୁ ଅନେଇ ଭାବୁଥିଲା, ଗରିବ ଲୋକ ପ୍ରତି ଧରଣୀପେନୁର କ'ଣ ଏହି ବିଚାର? ପ୍ରଥମେ ସେ ପୁଷ୍ପିକା ଉପରେ ଭୟଙ୍କର ଭାବରେ ରାଗିଯାଇଥିଲା। ମାତ୍ର ତା'ର ଚିଠି ପଢ଼ିବାପରେ ସେ ରାଗ ଟିକେ କମିଯାଇଥିଲା। ତା'ର ବାପା ଲକ୍ଷ୍ମଣ ଓ୍ୱାଢ଼େକା ବିଷୟରେ ତାକୁ ଯାହା କହିଥିଲା, ସେସବୁ ତା' ଲାଗି ନୂଆ ନଥିଲା। ଲକ୍ଷ୍ମଣ ଓ୍ୱାଢ଼େକା ଗୋଟେ ଗର୍ବୀ ଓ ଫୁଟାଣିଆ ସ୍ୱଭାବର ଟୋକା ଥିଲା। ତା' ବାପାର ରାଜନୀତି ଯୋଗୁ ତାକୁ କେହି କିଛି କହୁ

ନଥିଲେ। ସେଇ ସୁଯୋଗ ତାକୁ ଧୀରେ ଧୀରେ ଅହଙ୍କାରୀ କରିଦେଇଥିଲା। ନିଜ ବାପାଠାରୁ ସବୁ ଶୁଣିବାପରେ ଅଙ୍କୁର ଅନୁତାପ କରୁଥିଲା ଯେ ସେ କାହିଁକି ଏଇ ଲକ୍ଷ୍ମଣର ସାହାଯ୍ୟ ଲୋଡ଼ି ଜେମ୍ସକୁ ସେଦିନ ଧମକ ଦେଇଥିଲା। ସେଦିନ ତା'ର ବୁଝାମଣାରେ ଯେ ଭୁଲ୍ ହୋଇଥିଲା, ସେକଥା ସେ ଏବେ ବୁଝିପାରୁଥିଲା।

ଆରିସାକାନିରୁ ବାପା ମାଆଙ୍କୁ ସାଙ୍ଗରେ ନେଇ ଆସିଲାପରେ ସେମାନଙ୍କୁ କୋଉଠି ରଖିବ ଭାବି ଅଙ୍କୁର ଚିନ୍ତାରେ ପଡ଼ିଯାଇଥିଲା। ସେତିକିବେଳେ ବିକାଶ ବାବୁ କହିଥିଲେ- "ତୁମ ପରିବାର ଏବେ ସମସ୍ୟାରେ ପଡ଼ିଛି। ଏମିତିକା ସମୟରେ ସେମାନଙ୍କୁ ସାହାଯ୍ୟ ଦରକାର। ଆମ ସଂସ୍ଥାର ମୂଳ ଉଦ୍ଦେଶ୍ୟ ଲୋକଙ୍କ ଥଇଥାନ ଓ ରିଲିଫ। ତୁମେ ବ୍ୟସ୍ତ ହୁଅନାହିଁ। ଯେତେଦିନ ଇଚ୍ଛା ସେମାନେ ଆମ ଅଫିସ୍ର ଆଉଟ୍‌ହାଉସ୍‌ରେ ରୁହନ୍ତୁ।" ଏକଥା ଶୁଣି ଅଙ୍କୁରର ଦୁଶ୍ଚିନ୍ତା ଦୂର ହୋଇଥିଲା।

ମାତ୍ର ଦୁଶ୍ଚିନ୍ତା ଓ ଅଙ୍କୁର ଥିଲେ ଅବା ଯାଆଁଳା ଭାଇ ! କୋଭିଡ୍ ପରଠାରୁ ତାକୁ ଦୁଶ୍ଚିନ୍ତା ଛାଡୁ ନଥିଲା। ବାବା ମାଆଙ୍କୁ ଆଣି ଉମରକୋଟରେ ପହଞ୍ଚିଛି କି ନାହିଁ ପୋଡ଼ାଗଡ଼ ଫାଣ୍ଡିର ଏସ୍.ଆଇ ତାକୁ ଡକେଇ ପଠେଇଲା। ପିଲାଦିନେ ଅଙ୍କୁର ପୁଲିସ ଦେଖିଲେ ଡରୁଥିଲା। କିନ୍ତୁ ଜର୍ଜ ପ୍ରଧାନର ଦୟାରୁ ସେ ଡର ତା'ର ଏବେ ଛାଡ଼ିଯାଇଥିଲା। ଯୋଉଦିନ ସେ ଅନୁଭବ କଲା ଯେ ବିନା କାରଣରେ ପୁଲିସ ଲୋକଙ୍କୁ ଡାକି ହଇରାଣ କରେ ଅବା ତା' ପରି ଗରିବ, ଅସହାୟ ଯୁବକକୁ ବାଟରେ ଅଟକେଇ ପିନ୍ଧେଇଦିଏ ମାଓବାଦୀର ଅପବାଦ, ସେହିଦିନୁ ଅଙ୍କୁରର ପୁଲିସ ପ୍ରତି ଡରଭୟ ଛାଡ଼ିଯାଇଥିଲା। ନ୍ୟାୟରେ ଥିବା ଲୋକଙ୍କୁ ସିନା ମଣିଷ ଡରିବ, ଅନ୍ୟାୟରେ ରହୁଥିବା ଲୋକକୁ କାହିଁକି ବା ଡରିବ ?

ପୋଡ଼ାଗଡ଼ର ସବ୍‌ଇନିସ୍‌ପେକ୍ଟର କହିଥିଲା ଯେ, "ଗୋଟେ ଆଦିବାସୀ ଝିଅ ପାହାଡ଼ରୁ ଖସି ମରିଯାଇଛି। ତାକୁ କିଏ ଠେଲିଦେଇଛି ନା କ'ଣ ! ତା' ପୋଷାକ ଭିତରୁ ଖଣ୍ଡେ କାଗଜରେ ତୋ ମୋବାଇଲ ନମ୍ବର ଟିପାଥିବା ଜଣାପଡ଼ିଛି। ତୁ ଏ ବିଷୟରେ କ'ଣ ଜାଣିଛୁ କହ। ତା' ସହିତ ତୋର ନିଶ୍ଚୟ ସଂପର୍କ ଥିବ।"

କାଗଜରେ ଫୋନ୍ ନମ୍ବର ଟିପାଥିବା କଥା ଶୁଣୁ ଶୁଣୁ ଅଙ୍କୁର ଆଖି ଆଗରେ ଡାଳିମ୍ବର ମୁହଁଟି ନାଚିଗଲା। ସେଦିନ ସେ ଡାଳିମ୍ବକୁ ଗୋଟେ କାଗଜରେ ତା'ର ଫୋନ୍ ନମ୍ବର ଲେଖିକି ଦେଇଥିଲା। ଡାଳିମ୍ବ ସେତେବେଳେ ଉମରକୋଟ ଡାକ୍ତରଖାନା ଛକରେ ଜଳଖିଆ କିଣିକି ଖାଉଥିଲା କି କ'ଣ ! ତା'ର ଚେହେରା

ବଡ଼ ବିବ୍ରତ ଦିଶୁଥିଲା। ଅଙ୍କୁରକୁ ତ ଲାଗିଥିଲା, ତାକୁ ସେଠି ଦେଖି ଡାଲିମ୍ବ ଖୁସିହେବା ବଦଳରେ ଚମକି ପଡ଼ିଥିଲା। ସିଏ ନିଜେ ଚିନ୍ତାରେ ଥିବାରୁ ସେଦିନ ଡାଲିମ୍ବକୁ ବେଶି କିଛି ପଚରା ଉଚରା କରି ନଥିଲା। କିନ୍ତୁ ଡାଲିମ୍ବକୁ ମାରିଲା କିଏ? କାହିଁକି ସେଦିନ ଡାଲିମ୍ବ ଉମରକୋଟ ଯାଇଥିଲା? କହୁଥିଲା, କେଉଁ ଗୋଟେ ଚାକିରି ପାଇଁ ଯାଇଥିଲା ସିଏ। ତାକୁ କିଏ କି ଚାକିରି ଦେଇଥିଲା ଉମରକୋଟରେ?

ପୁଲିସ ତାକୁ ଗୁଡ଼େଇ ତୁଡ଼େଇ ଅନେକ କଥା ପଚାରିଲା। ଅଙ୍କୁର ସବୁ ସତ ସତ କହିଗଲା। ସିଏ ଡାଲିମ୍ବକୁ ଫୋନ୍ ନମ୍ବର ଦେଇଥିଲା ସତ, ମାତ୍ର ତା'ପରେ କ'ଣ ହେଲା ସେକଥା ସେ ଜାଣିନଥିଲା। ସେ ଫୋନ୍ ନମ୍ବର ଦେବାବେଳେ ସେହି ଛକରେ ଦୋକାନୀ ଓ ଗରାଖ ହେଇ ଆହୁରି କେତେଜଣ ଲୋକ ଥିଲେ। ପୁଲିସ ସେମାନଙ୍କୁ ପଚାରି ବୁଝିପାରିବ।

ସବ୍‌ଇନିସ୍‌ପେକ୍ଟର କହିଲା, "ତୁ ସତ କହୁଛୁ କି ମିଛ କହୁଛୁ ତାହା ଜଣାପଡ଼ିଯିବ। ସେ ଝିଅଟା ଗର୍ଭବତୀ ଥିଲା ବୋଲି ଡାକ୍ତର କହୁଛନ୍ତି। ଏଥିରେ ଯଦି ତୋର ସଂପୃକ୍ତି ଥିବ, ଏକାଥରେ ଆଜୀବନ ଜେଲ୍ ସଜା ପାଇବୁ।"

ରାଗରେ ଅଙ୍କୁରର ହାତମୁଠା ଟାଣ ହେଉଥିଲା। ଇଚ୍ଛା ହେଉଥିଲା, ଗୋଟିଏ ମୁଥ ମାରି ସେ ଲୋକଟାର ଦାନ୍ତ ଭାଙ୍ଗିଦିଅନ୍ତା। କିନ୍ତୁ କ'ଣ କରିବ? ପୁଲିସ ହାତରେ ଯେ ଅଖଣ୍ଡ କ୍ଷମତା!

ଲାଗ ଲାଗ ଏତେ ଗୁଡ଼ାଏ ଦୁଃସମ୍ବାଦ ଅଙ୍କୁର ଦେହରୁ ସବୁତକ ରକ୍ତ ଶୋଷି ନେଇଥିଲା। ସବ୍‌ଇନିସ୍‌ପେକ୍ଟର ତାକୁ ଚାଲିଯିବାକୁ ଇସାରା ଦେଇସାରିଥିବା ସତ୍ତ୍ୱେ ତା'ର ବେଞ୍ଚ ଉପରୁ ଉଠିବାଲାଗି ବଳ ପାଉ ନଥିଲା। ସେ ଖାଲି ଭାବି ହେଉଥିଲା, ଡାଲିମ୍ବକୁ ମାରିଲା କିଏ? ଏ ଖବର ପାଇବା ପରେ ହେମ ଆଉ ତା' ମାଆ ଦିହିଙ୍କର ଅବସ୍ଥା କ'ଣ ହୋଇଥିବ? ସେମାନେ ତ ଏତେ ବଡ଼ ଦୁଃଖକୁ ସହିପାରିବେ ନାହିଁ।

ନିଜ ବସାକୁ ଫେରିବା ରାସ୍ତାରେ ଅଙ୍କୁର ଏମିତି କଥା ସବୁ ଭାବି ହେଉଥିଲା। ସେ ଯେତେଥର ଡାଲିମ୍ବର କଥା ଭାବୁଥିଲା ସେତେଥର ତା'ର ସନ୍ଦେହ ଜର୍ଜ ପାଖରେ ଯାଇ ପହଞ୍ଚୁଥିଲା। ଜର୍ଜ ଗୋଟେ ବିଷଧର ସାପ। ତା' ପରି ସାପ ଡାଲିମ୍ବ ପରି ଗରିବ ଝିଅକୁ ବାହାହେବା ଲାଗି କେବେ ବି ଚିନ୍ତା କରି ନଥିବ।

ଏଣୁତେଣୁ କହି, ହେମ ଓ ତା'ର ମାଆ ବିରୋଧରେ ଡାଳିମ୍ବକୁ ଲଗେଇଥିବ ସିଏ। ଡାଳିମ୍ବ ଗୋଟେ ନିର୍ବୋଧ ଝିଅ। ସେ ଜର୍ଜର ମିଠା କଥାରେ ଭଳିଯାଇଥିବ! ତା'ର ମନ କହୁଥିଲା, ଏ ଘଟଣାର ଅନୁସନ୍ଧାନ ହେଲେ ବହୁ କଥା ପଦାକୁ ଆସିବ। କିନ୍ତୁ ଜର୍ଜ ପଛରେ ନାଗରାଜବାବୁର ହାତ ଅଛି। ନାଗରାଜ ବହୁତ ବଡ଼ଲୋକ। ତା' ଲୋକର ଦେହରେ ଟିପ ଛୁଆଁଇବା ଲାଗି ଏଠିକା ପୁଲିସ କଦାପି ସାହସ କରିପାରିବ ନାହିଁ।

ସେ ସ୍ଥିରକଲା, ସବୁକଥା ସେ ବିକାଶ ସାର୍‌ଙ୍କୁ କହିବ। ତାଙ୍କ ସଂସ୍ଥାର କ୍ୟାମ୍ପ୍ ଓ ସଭାସମିତିକୁ ମଝିରେ ମଝିରେ କଲେକ୍ଟର ଓ ଏସ୍.ପି. ଆସିଥାନ୍ତି। ଏସ୍.ପି. ଯଦି ଟିକେ ନିଜଆଡୁ ଆଗ୍ରହ ଦେଖାନ୍ତେ ତାହାହେଲେ ଡାଳିମ୍ବ ହତ୍ୟା ଘଟଣାର ଅସଲ ଆସାମୀ ଧରାପଡ଼ନ୍ତା। କଥାଟା ଭାବିଦେଇ ଅଙ୍କୁର ପୁଣି ଚିନ୍ତାକଲା, ଏସ୍.ପି. କ'ଣ ନାଗରାଜର ଲୋକ ବିରୋଧରେ କିଛି କରିବେ? ନା, ସେଇଟା ସମ୍ଭବ ନୁହେଁ। ତାକୁ ବଡ଼ ଅସହାୟ ଲାଗୁଥିଲା। ତା' ଆଖି ଆଗରେ ହେମର ପରିବାର ଧୀରେ ଧୀରେ ସଂପୂର୍ଣ୍ଣ ନଷ୍ଟ ହୋଇଯାଉଥିଲା। ବାପ ପରେ ସାନଭଉଣୀର ଏପ୍ରକାର ଅକାଳ ମୃତ୍ୟୁ ହେମକୁ କେତେ କଷ୍ଟ ଦେଇଥିବ ସେ କଥା ସେ ଚିନ୍ତା କରିପାରୁଥିଲା। ସାନଝିଅ ବୋଲି ଡାଳିମ୍ବକୁ ତା' ମାଆ ବେଶି ଆଦର କରୁଥିଲା। ସିଏ ତ ପାଗଳୀ ହେଇ ଯାଇଥିବ। ଏସବୁ ଭାବି ଅଙ୍କୁର ସ୍ଥିରକଲା, ହାତ ବାନ୍ଧି ବସିରହିଲେ ଚଳିବ ନାହିଁ। ବିକାଶ ସାର୍‌ଙ୍କୁ ସେ ସବୁକଥା କହିବ। ବିକାଶ ସାର୍ ଦିଲ୍ଲୀରୁ ପାଠ ପଢ଼ିଛନ୍ତି। ଫରେନ୍‌ରୁ ତାଲିମ ନେଇଛନ୍ତି। ସେ ସବୁବେଳେ ଗରିବ ଲୋକଙ୍କ ପାଇଁ ଆଗକୁ ବାହାରନ୍ତି। ଯଦି ତାଙ୍କର ଗରିବ ପରିବାରଟି ଉପରେ ଦୟା ହୁଏ ତେବେ ସେ ଏସ୍.ପି.ଙ୍କୁ ନିଶ୍ଚୟ କହିବେ। ନହେଲେ ଯାହା ଯେମିତି ତଦନ୍ତ ଚାଲିବାର ଚାଲିବ। ପଛକୁ ତାକୁ ତ ଦୋଷୀ ଦୋଷୀ ଲାଗିବ ନାହିଁ।

ଏସବୁ ମଝିରେ ଅଙ୍କୁରର ନିଜ ଭଉଣୀ ପୁଷିକା କଥା ମନେପଡୁଥିଲା। କୋଉଠି ଓ କେମିତି ତା' ଭଉଣୀ ଏବେ ଥିବ? ତା'ର ମନ କହୁଥିଲା, ଜେମ୍‌ସ ପୁଷିକାକୁ ନିଶ୍ଚୟ ଭଲରେ ରଖିଥିବ। ପୁଷିକା ଘରଛାଡ଼ି ପଳେଇବା ପରଠାରୁ ତା'ର ବାବା ମାଆ ଭଲଭାବେ ଗଣ୍ଡେ ଖାଉ ନାହାନ୍ତି କି କଥା ପଦେ କହୁନାହାନ୍ତି। ପୁଷିକା ସହିତ ସେ ଦିହିଙ୍କ ଓଠରୁ ହସ ବି ଯେମିତି ସବୁଦିନ ଲାଗି ପଳେଇ ଯାଇଛି। ପୁଷିକା ପାଖରେ ତା'ର ମୋବାଇଲ୍ ନମ୍ବର ଅଛି। ସେ ଚାହିଲେ, ଥରେ

ତ ଫୋନ୍ କରି ଜଣାଇ ପାରନ୍ତା। ନା, ସେମିତି କରିବା ଲାଗି ଜେମ୍ସ ତାକୁ ମନା କରିଥିବ। ସିଏ ଯେ ଲକ୍ଷ୍ମଣ ସାଙ୍ଗେ ମିଶି ତାକୁ ମାରିଦେବା ଲାଗି ଧମକ ଦେଇଥିଲା ସେଇ କଥା କହି ଜେମ୍ସ ପୁଷ୍ପିକାକୁ ମନା କରିଥିବ। ହେଉ, ଯୋଉଠି ବି ତା' ଭଉଣୀ ଥାଉ, ଭଲରେ ରହିଥାଉ।

ବାବା-ମାଆ ଶୋଇପଡ଼ିଥିବା ବେଳେ ଅଙ୍କୁର ଉଠିଯାଇ ତା' ବ୍ୟାଗ୍ ଭିତରୁ ପୁଷ୍ପିକା ବୁଣିଥିବା ଚାଦର ଓ ଲେଖିଥିବା ଚିଠିଟିକୁ ପଢ଼ିଲା। ସେଇଟି ପଢୁ ପଢୁ ତା' ଛାତି ଭିତରଟା ଆବେଗରେ ନରମ ହୋଇଗଲା। ନିଜକୁ ଧିକ୍କାର କଲା ଅଙ୍କୁର। ଗୋଟିଏ ବୋଲି ଭଉଣୀ, ଘରୁ ଗଲାବେଳେ ଭାଇ ହୋଇ ତାକୁ ଖଣ୍ଡେ ନୂଆଶାଢ଼ି ପିନ୍ଧେଇ ପାରିଲା ନାହିଁ କି ତା' ହାତରେ ଟଙ୍କା ପାଞ୍ଚଶହ ଦେଇପାରିଲା ନାହିଁ। ଖଣ୍ଡେ ଗହଣା ପିନ୍ଧେଇ ପାରିଲା ନାହିଁ ଭଉଣୀର ନାକରେ, କାନରେ କି ବେକରେ ! ସେ କି ଭାଇ ?

ଏସବୁ କଥା ଭାବି ଅଙ୍କୁରକୁ ଆଉ ରାତିରେ ନିଦ ହେଲା ନାହିଁ। ପାହାନ୍ତା ବେଳକୁ, ଆଖିପତା ଟିକେ ମୁଦିହୋଇ ଆସିବା ସମୟରେ ହେମର କଥା ମନେପଡ଼ିଲା। ତା' ଆଖି ଆଗରେ ଏଥର ହେମର ବିମର୍ଷ ଚେହେରା ନାଚିଗଲା। କାନ୍ଦି କାନ୍ଦି ହେମର ଆଖି ଫୁଲିଯାଇଥିଲା। ଅଗଣାରେ ତା'ର ବେମାରିଆ ମାଆ ଶୋଇଥିଲା। ସେଇଠି ବସି ହେମ ଶୂନ୍ୟ ଆଖିରେ ଆକାଶକୁ ଚାହିଁଥିଲା। ହେମର ଚେହେରା ମନକୁ ଆସିବାକ୍ଷଣି ଅଙ୍କୁରର କ୍ଲାନ୍ତ ଆଖିରୁ ନିଦ ଉଭେଇଗଲା। ସେ ଦୁଇହାତ ଯୋଡ଼ି ଧରଣୀପେନୁକୁ ଡାକିଲା। ପ୍ରାର୍ଥନା କଲା- ତାକୁ କିଛି ଗୋଟାଏ ଭଲ ଚାକିରି ମିଳିଯାଉ। ପୁଲିସ ସତ କଥା ଜାଣି ତାକୁ ମାଓବାଦୀ ଅପବାଦରୁ ମୁକ୍ତିଦେଉ। ସେ ପୁଣି ଥରେ ହେମ ପାଖକୁ ଯାଇ ତା' ଆଖିରୁ ଲୁହ ପୋଛିଦେବାକୁ ସମର୍ଥ ହେଉ।

ଅଙ୍କୁର ମନ ଭିତରେ ହେମ ସାଙ୍ଗେ ପ୍ରଥମ ଦେଖା ପରଠାରୁ ଆଜି ପର୍ଯ୍ୟନ୍ତ ସବୁ ଘଟଣା ଗୋଟିକ ପରେ ଗୋଟିଏ ନାଚିଯାଉଥିଲା। ଅନ୍ୟାୟର ପ୍ରତିବାଦ କରିଥିବା ଯୋଗୁଁ ହେମକୁ ଏତେ ସବୁ ହଟହଟା ହେବାକୁ ପଡୁଥିଲା। ତା ସାଙ୍ଗେ ସଂପର୍କ ନ ରଖିବାପାଇଁ ପୁଲିସ ହେମକୁ କେତେ ଟାଣ ଟାଣ କଥା କହି ନଥିବ ! ସିଏ ପୁଣି ଥରେ ବିକାଶ ସାରଙ୍କ କଥା ଚିନ୍ତା କଲା। ବିକାଶ ସାରଙ୍କର ସଂସ୍ଥା ଗରିବ ଓ ଦୁର୍ବଳ ଲୋକଙ୍କୁ ସାହାଯ୍ୟ କରୁଛି। ଏ ଅଞ୍ଚଳର ଗରିବ ଲୋକଙ୍କୁ

ଆଇନକାନୁନର ସାହାଯ୍ୟ ଯୋଗାଇଦେବା ବେଶି ଜରୁରି। ଏବେ ଯେଉଁଭଳି ନାଗରାଜ ପରି ବେପାରୀମାନଙ୍କ ପାଲରେ ଆଦିବାସୀ ଛନ୍ଦିହୋଇ ପଡ଼ିଛନ୍ତି ସେଥିରୁ ସେମାନେ କୌଣସି ଦିନ ମୁକୁଳି ଭଲରେ ରହିପାରିବେ ନାହିଁ। ବର୍ଷ ବର୍ଷ ଧରି ଯେଉଁ ଧାରା ଚାଲିଛି ସେଇ ଧାରା ଚାଲିଥିବ। ହେମ ପରି ଜଣେ ଦିଜଣ ଝିଅ ଏହି ଧାରାକୁ ରୋକିପାରିବେ ନାହିଁ। ସଭିଏଁ ଏକାଠି ହେଲେ ଅବା କିଛି ଗୋଟେ ହୋଇପାରନ୍ତା। କିନ୍ତୁ ଗରିବ ଲୋକମାନେ ଏକାଠି ହୋଇପାରିବେ ନାହିଁ। କାରଣ, ସେମାନଙ୍କର ପ୍ରୟୋଜନ ବେଳେ ସେମାନେ ମହାଜନ ମାନଙ୍କଠାରୁ ହଜାରେ, ଦି ହଜାର କରଜ ଆଣିଥାଆନ୍ତି। ସେଇ କରଜର ଭାର ସେମାନଙ୍କୁ ଦୁର୍ବଳ କରି ଦେଇଥାଏ। ଦୁର୍ବଳ ଲୋକ ପ୍ରତିବାଦ କରିବ କେମିତି ? ତାଙ୍କ ଦରକାର ବେଳେ ଯଦି କେହି ସାହାଯ୍ୟ ସହଯୋଗ କରିପାରନ୍ତା ତାହାହେଲେ ସେମାନେ ଋଣଜାଲରୁ ରକ୍ଷା ପାଇ ପାରନ୍ତେ। ତାପରେ ସେମାନଙ୍କୁ ଏକଜୁଟ କରିବା ସମ୍ଭବ ହୁଅନ୍ତା। ଗୋଟେପଟେ ପଇସାପତ୍ରର ସାହାଯ୍ୟ ଦରକାର, ଆଉ ଗୋଟେ ପଟେ ସେମାନଙ୍କର ଭବିଷ୍ୟତ କଥା କହି ସେମାନଙ୍କୁ ଏକାଠି କରାଯିବା ଦରକାର। ଏହି କାମ ସହଜ ନୁହେଁ। ହେମ ବାପାର ମଦନିଶା ପରି ଆଦିବାସୀ ଲୋକଙ୍କର ମଦନିଶା ଏତେ ପ୍ରବଳ ଯେ ସେମାନେ ତାକୁ ଛାଡ଼ି ଭବିଷ୍ୟତକୁ ଅନେଇବା ସମ୍ଭବ ନୁହେଁ। ଆଦିବାସୀ ଲୋକ ତ ଆଗେ ପଚାରିବ- ଭବିଷ୍ୟତ କଣ ?

ଏସବୁ ଚିନ୍ତା କରି ଅଙ୍କୁରକୁ ବଡ଼ ଅସହାୟ ଲାଗୁଥିଲା।

■

ଅଷ୍ଟାଦଶ ପରିଚ୍ଛେଦ

ଡାଳିମ୍ବ ଘରକୁ ଫେରିନଥିବା ଯୋଗୁଁ ରାତିସାରା ହେମ କି ତା'ର ମାଆ କେହି ଶୋଇନଥିଲେ। ବଢ଼ିଲା ଝିଅଟା ରାତିରେ କୁଆଡ଼େ ଗଲା ଭାବି ଚମ୍ପା ଘରୁ ବାହାର ଓ ବାହାରୁ ଘର ହେଉଥିଲା। ତା' ଦେହ ଭଲ ନଥିବାରୁ ସେ ଘୋଷାରି ଘୋଷାରି ହୋଇ ଚାଲୁଥିଲା। ଏକଥା ଦେଖି ହେମର ମୁଣ୍ଡ କିଛି କାମ କରୁନଥିଲା। ସେ ବାରମ୍ବାର ଡାଳିମ୍ବକୁ କହିଥିଲା, ସକାଳେ ସେ ମାଆକୁ ଦେଖାଇବାକୁ ଡାକ୍ତରଖାନା ନେବ। ଏହା ସତ୍ତ୍ୱେ ଡାଳିମ୍ବ କିଛି ନ କହି ଘରୁ ପଳେଇଥିଲା। କହିଥିଲା, ଉମରକୋଟରେ ସେ ଚାକିରିରେ 'ଜଏନ୍' କରିବ।

ମାଆକୁ ଡାକ୍ତରଖାନା ନେବ ବୋଲି ଭାବି ହେମ ଟଙ୍କା ପାଇଁ ଟ୍ରଙ୍କ୍ ଖୋଲିଲା ବେଳକୁ ଚମକି ପଡ଼ିଲା। ତା' ଭିତରେ ଗୋଟିଏ ହେଲେ ଟଙ୍କା ନଥିଲା। କେବଳ

କିଛି ଖୁଚୁରା ପଇସା ପଡ଼ିଥିଲା ଯାହା। ହେମର ଜାଣିବାକୁ ବାକୀ ରହିଲା ନାହିଁ ଯେ ଏ ସବୁତକ ଟଙ୍କା ଡାଳିମ୍ବ ନେଇଯାଇଥିଲା। ସେ ଭାବିଲା, ତା' ଭଉଣୀ ତ ଚୋରିବିଦ୍ୟାରେ ତା'ର ବାପାକୁ ସୁଦ୍ଧା ଟପିଗଲା! ଦୁଃଖ ଓ ଅସହାୟତାରେ ହେମର ମୁଣ୍ଡ ଟିଣ୍‌ଟିଣ୍ ହୋଇ ଉଠିଲା। ରାତି ଅନିଦ୍ରାର କ୍ଲାନ୍ତି ସାଙ୍ଗକୁ ସକାଳୁ ସକାଳୁ ଏ ଘଟଣା ତାକୁ ବ୍ୟତିବ୍ୟସ୍ତ କରିପକାଇଲା।

ସେ ମାଆକୁ କହିଲା, "ହେମ ନିଶ୍ଚୟ ସେଇ ଜର୍ଜ ସାଙ୍ଗରେ ପଳେଇଛି। ଦେଖୁନୁ, ଟ୍ରଙ୍କ ଭାଙ୍ଗି ଟଙ୍କା ପଇସା ସବୁ ଆମର ସେ କେମିତି ନେଇଯାଇଛି।"

ଚମ୍ପା କାଶିଲା। କାଶୁ କାଶୁ ପଚାରିଲା, "ଗଲାବେଳେ ତୋର ପରା ତା' ସାଙ୍ଗେ ଦେଖା ହୋଇଥିଲା। କ'ଣ କହିକି ଯାଇଥିଲା?"

ହେମ କହିଲା, "ନା, ଗଲାବେଳେ ଦେଖାହେଇ ନଥିଲା। ଦି'ଦିନ ଆଗରୁ କହୁଥିଲା, ସେ ଉମରକୋଟରେ ଯାଇ ଚାକିରି କରିବ। ସିଏ କୁଆଡ଼େ ଯାଏ, କ'ଣ କରେ ସେ କଥା କ'ଣ କାହାକୁ କହେ?"

: ତାହାହେଲେ ସେ ଗଲା କୁଆଡ଼େ? ଇଏ ତ ଅସମ୍ଭବ କଥା? - ଚମ୍ପାକୁ ବୁଦ୍ଧିବାଟ ଦିଶୁନଥିଲା।

ଖରାବେଳକୁ ଖବର ଆସିଲା, ଉପରଗଡ଼ ଯୋଗୀକୁପା ପାହାଡ଼ ତଳୁ ଗୋଟେ ଝିଅର ମଲା ଦେହ ମିଳିଛି। ପୁଲିସ ସେଠି ପହଞ୍ଚି ଗଲାଣି। ଲୋକ ଭିଡ଼ ଯେ କାହିଁରେ କ'ଣ? ଝୁଅଟା ଆତ୍ମହତ୍ୟା କରିଛି ନା ତାକୁ କିଏ ମାରିକି ଆଣି ସେଠି ପକେଇ ଦେଇଛି ପୁଲିସ ତା'ର ତଦନ୍ତ କରୁଛି।

ହେମ ଆଗପଛ କିଛି ନଭାବି ଯୋଗୀକୁପା ପାହାଡ଼ ପାଖକୁ ଧାଇଁଲା। ତା' ମନକୁ ପାପ ଛୁଉଁଥିଲା। ପଛରୁ ମା' ପଚାରୁଥିଲା, "କୁଆଡ଼େ ଯାଉଛୁ?" ହେମ କିଛି ଉତ୍ତର ଦେଲା ନାହିଁ। ଏ କଥାଟା ଶୁଣିଲେ ତା' ମାଆ ଡରିଯିବ। ବାଟରେ ତା'ର ସାଧୁ ନାଏକ ସାଙ୍ଗରେ ଦେଖାହେଲା। ସେ କହିଲା, ମଲା ଦେହ ପାଖକୁ ପୁଲିସ କାହାକୁ ଛାଡୁନାହିଁ। ହେମ କିନ୍ତୁ ଶୁଣିଲା ନାହିଁ। ସେ ପଡ଼ିଉଠି ପାହାଡ଼ ପାଖେ ଯାଇ ପହଞ୍ଚିଲା ଓ ଲୋକଙ୍କ ଭିଡ଼ କାଟି ଆଗକୁ ଗଲା। ଝିଅଟାର ମଲା ଦେହକୁ ଥରେ ଅନେଇ ସେ ଡାଳିମ୍ବର ସାଲୱାରକୁ ଚିହ୍ନିଗଲା ଓ ବଡ଼ ପାଟିରେ ଚିତ୍କାର କଲା- ଡାଳିମ୍ବ!

: ଡାଳିମ୍ବ! ଡାଳିମ୍ବ!!

ହେମ କଣ୍ଠର ସେ ବିକଳ ଚିତ୍କାର ପାହାଡ଼ ଦେହରେ ଧକ୍କା ପାଇ ଚାରିଆଡ଼େ ଖେଳିଯାଉଥିଲା। ଲୋକମାନେ ବେକଭାଙ୍ଗି ହେମକୁ ଚାହୁଁଥିଲେ। ସେଇଠି ଡ୍ୟୁଟିରେ ଥିବା ପୁଲିସଙ୍କ ଭିତରୁ ଜଣେ ଆସି ହେମକୁ ଅଲଗା ଗୋଟେ ଗଛତଳକୁ ଡାକିନେଲା। ହେମ କହିଲା, ସେଇ ମଲା ଦେହଟା ତା ଭଉଣୀ ଡାଳିମ୍ବର। ସେ କାଲିରୁ ଘରକୁ ଫେରି ନଥିଲା। ତାର ପୋଷାକ ଦେଖି ସେ ସାନ ଭଉଣୀକୁ ଚିହ୍ନିପାରିଥିଲା।

ଡାଳିମ୍ବର ଶବ ନେବାଲାଗି ଗାଡ଼ି ଆସି ପହଞ୍ଚିଥିଲା। ପୋଡ଼ାଗଡ଼ରେ ପୋଷ୍ଟମର୍ଟମର ସୁବିଧା ନଥିବାରୁ ତାକୁ ଉମରକୋଟ ଡାକ୍ତରଖାନା ନିଆଯିବ। ପୋଷ୍ଟମର୍ଟମ ପରେ 'ଡେଡ୍‌ବଡି'କୁ ପରିବାର ଲୋକଙ୍କୁ ହସ୍ତାନ୍ତର କରାଯିବ। ଏସବୁ କାମ ସରିବା ଲାଗି କେତେ ସମୟ ଲାଗିବ ତାହା କେହି ଜାଣି ନଥିଲେ।

ଆମ୍ବୁଲାନ୍‌ସରେ ହେମ ଯାଇ ଉମରକୋଟ ଡାକ୍ତରଖାନାରେ ପହଞ୍ଚିବା ଆଗରୁ ଅଙ୍କୁର ଆସି ସେଠି ତାକୁ ଅପେକ୍ଷା କରିଥିଲା। ଅଙ୍କୁରକୁ ଦେଖି ହେମ ଆଉ ସମ୍ଭାଳି ପଡ଼ିଲା ନାହିଁ। ସେ ଭୋ ଭୋ ହୋଇ କାନ୍ଦିପକେଇଲା। ଅଙ୍କୁର ହେମର ହାତକୁ ନିଜ ହାତମୁଠାରେ ଧରି ତାକୁ ସାନ୍ତ୍ୱନା ଦେଲା। କହିଲା, 'ଧୈର୍ଯ୍ୟ ଧର। ମାଆ କଥା ଟିକେ ଚିନ୍ତା କର।'

ଅଙ୍କୁର ହେମକୁ ଆଣି ଗୋଟେ ବେଞ୍ଚ ଉପରେ ବସେଇଲା। ତାକୁ ପାଣି ବୋତଲ ଆଣି ପିଇବାକୁ ଦେଲା। ଡାଳିମ୍ବ ସହ ତା'ର ଦେଖାହେବା ଓ ତାକୁ ମୋବାଇଲ ଫୋନ୍ ନମ୍ବର ଦେବା କଥା ହେମକୁ କହିଲା। ତା' ସାଙ୍ଗରେ ପୁଷ୍ପିକାର ପଳେଇଯିବା କଥା ବି। ଏହି ଘଟଣାକୁ ନେଇ ତା' ଗାଁରେ ଜଳାପୋଡ଼ା ଲାଗିଥିବା କଥା ମଧ୍ୟ ସେ ହେମକୁ କହିଲା। ପୁଲିସ ଠିକ୍ ସମୟରେ ପହଞ୍ଚିନଥିଲେ, ତା' ଗାଁର ଅନ୍ୟ ଖ୍ରୀଷ୍ଟିଆନମାନଙ୍କ ଘର ବି ପୋଡ଼ିଯାଇଥାଆନ୍ତା। ସେଇ ଖବର ପାଇ ସେ ଗାଁକୁ ଯିବା ଆଗରୁ ଏଇ ଡାକ୍ତରଖାନା ଛକରେ ଡାଳିମ୍ବକୁ ଭେଟିଥିଲା। ହଠାତ୍ ଏମିତି ଘଟଣା ଘଟିବ ବୋଲି ସିଏ କଦାପି ଭାବିନଥିଲା।

ହେମ କହିଲା, "ମୁଁ ନିଶ୍ଚିତ, ଏସବୁ ସେଇ ରାକ୍ଷସର କାମ।" ଅଙ୍କୁର ମୁଣ୍ଡ ହଲେଇଲା। କହିଲା, "ଯଦି ପୁଲିସ ଚାହିବ ତାହାହେଲେ ଆସାମୀ ନିଶ୍ଚେ ଧରାପଡ଼ିବ।"

ଅଙ୍କୁର ପୁଣି କହିଲା, "ମୋ ବାପା ମାଆଙ୍କୁ ମୁଁ ଏଠିକି ନେଇଆସିଛି। ଗାଁରେ ସେମାନଙ୍କ ରହିବାରେ ବିପଦ ଥିଲା। ପୁଲିସ କହିଲାରୁ ମୁଁ ତାଙ୍କୁ ନେଇ

ଆସିଲି । ଭାବିଥିଲି, ତୋର ଘରକୁ ଯାଇଥାନ୍ତି । ତୋର ମା ସାଙ୍ଗେ ଭେଟ କରି ଆସିଥାନ୍ତି । ଦେଖ୍, କ'ଣ ସବୁ ଘଟିଗଲା ।"

ଅଙ୍କୁର କଥା କହୁଥିବାବେଳେ ହେମ ତା' କାନ୍ଧ ଉପରେ ମୁଣ୍ଡ ରଖି ଏସବୁ ଶୁଣୁଥିଲା । ତାକୁ ଭୀଷଣ କ୍ଳାନ୍ତ ଲାଗୁଥିଲା । ତାର ହାତଗୋଡ଼ ସବୁ ଯେପରି ବଧିରା ପାଲଟି ଯାଇଥିଲା ।

ଅଙ୍କୁର ହେମକୁ ସେଇଠି ବସେଇଦେଇ ଗଲା ଓ ଗେଟ୍ ପାଖ ଦୋକାନରୁ ଗୋଟେ ବିସ୍କୁଟ୍ ପ୍ୟାକେଟ୍ ନେଇ ଆସିଲା । ସେ କହିଲା, ଡାକ୍ତରଖାନା ପଛପାଖକୁ ପୋଷ୍ଟମର୍ଟମ ଘର । କାଟିବା ଲୋକ ଆସିଲେ ଯାଇ ସେ କାମ ଆରମ୍ଭ ହେବ । ଆମର ଅପେକ୍ଷା କରିବା ଛଡ଼ା ଅନ୍ୟ ଉପାୟ ନାହିଁ । ସବୁ କାମ ପୁଲିସ ନଜର ଭିତରେ ହେଉଛି । ପୋଷ୍ଟମର୍ଟମ ସରିବାପରେ ତୁମକୁ 'ଡେଡ୍‌ବଡି' ଦେବେ ।

ହେମ କହିଲା, "ମାଆ ସେଠି କ'ଣ କରୁଥିବ ମୁଁ ଜାଣିପାରୁନାହିଁ । ତା'ର ଦେହ ଭୀଷଣ ଖରାପ । ଡାଳିମ୍ବ ଖବର ଶୁଣିବା ପରେ ସିଏ ଆଉ ବଞ୍ଚିପାରିବ ବୋଲି ମୁଁ ଭାବିପାରୁନାହିଁ । ଆମର ସବୁ ସରିଗଲା । ସବୁ ଉଜୁଡ଼ିଗଲା । ତୁ ଆମ ପରି ଅଲକ୍ଷଣା, କାଙ୍ଗାଳଙ୍କ ପାଇଁ ଅଯଥାରେ ଆଉ ହଇରାଣ ହଅନାହିଁ । ତୋ ଉପରେ ତ ଏତେ ଦାୟିତ୍ୱ । ଭଉଣୀକୁ ଖୋଜିବୁ, ବାବା ମାଆଙ୍କ କଥା ବୁଝିବୁ । ଏମିତି ପରିସ୍ଥିତିରେ ମୋତେ ବାହା ହେଲେ ବହୁତ ହଇରାଣ ହେବୁ । ମୁଁ କିଛି ଭାବିବି ନାହିଁ । ତୋ ଉପରେ ବୋଝ ହେବି କାହିଁକି, କହୁନୁ !"

ଅଙ୍କୁର କହିଲା, "ବାୟାଣୀଙ୍କ ପରି ଏସବୁ କ'ଣ କହୁଛୁ ? ଭଲପାଇବା କ'ଣ ପିଲାଖେଳ ହେଇଛି ? ମୁଁ ବେଶି ପାଠ ପଢ଼ିନାହିଁ କି ମୋ ବାବାର ବେଶି ଜମିବାଡ଼ି ନାହିଁ । କିନ୍ତୁ ମୋର ବାପ ଗୋଟିଏ, କଥା ବି ଗୋଟିଏ । ତୁ ଦେଖିବୁ, ଯଦି ସୂର୍ଯ୍ୟ ଚନ୍ଦ୍ର ଥିବେ, ଧର୍ମ ଥିବ, ତାହାହେଲେ ସବୁ ଠିକ୍ ହେଇଯିବ । ଯାହାର ଯିବାର ଥିଲା ସେ ଗଲା । ତା' ପାଇଁ ତୁ ନିଜକୁ ଦୋଷୀ ଭାବିବା ଠିକ୍ ନୁହେଁ ।"

ଅଙ୍କୁରର କଥା କେଇପଦ ହେମର ଘାଆ ଉପରେ ଯେମିତି ମଲମ ଲଗେଇଦେଲା । ଅନେକଦିନ ହେଲା ସେ ଅଙ୍କୁରକୁ ଦେଖିନଥିଲା, ତା' ଦେହକୁ ଛୁଇଁ ନଥିଲା କି ତା' କଥା ଶୁଣିନଥିଲା । ଅଙ୍କୁରକୁ ଛାଡ଼ି ଆଉ କୁଆଡ଼େ ଯିବାଲାଗି ତା'ର ମନ ହେଉ ନଥିଲା । ଅଙ୍କୁରର ଉପସ୍ଥିତି ତାକୁ ବହୁତ ସାହସ ଦେଉଥିଲା ।

ଅଙ୍କୁର କହିଲା, "ଏବେ ଦିନ ଦିଇଟା ବାଜିବ। ତୁ ଚାଲ୍, କ'ଣ ଟିକେ ସରବତ କି ଦହି ପିଇଦେଇ ଆସିବୁ। ଏଠି ତ ସାଧୁ ନାଏକ ଅଛନ୍ତି।"

ସେମାନେ ସାଧୁ ନାଏକ ପାଖକୁ ଗଲେ। ସାଧୁ ନାଏକ କହିଲା, "ବାପି ଏଇନା ଆସି ପହଞ୍ଚିବ। କାମ ସରିବାପରେ ପୁଲିସ ଗାଡ଼ି ଡେଡ୍‌ବଡିକୁ ନେଇ ତୁମ ଘରକୁ ଯିବ। ମୁଁ ବାପି ସାଙ୍ଗରେ ଯିବି। ରାତିରେ ତ ଶବ ପୋତା ହେଇପାରିବ ନାହିଁ। କାଲି ସକାଳକୁ ଯୋଉ କଥା।"

ହେମକୁ ଏକଥା ଶୁଣିବାଲାଗି କଷ୍ଟ ହେଉଥିଲା। ହେଉପଛେ ମୁହଁଖୋରଣୀ, ଚିଡ଼ିଚିଡ଼ା, ବଦରାଗୀ - ଡାଳିମ୍ବ ତା'ର ସାନ ଭଉଣୀ ଥିଲା। ତାଆରି ଆଗରେ ଜନ୍ମହେଇ ସେ ଏତେବର୍ଷ କାଳ ପାଖେ ପାଖେ ଥିଲା। ଦିହେଁ ସାଙ୍ଗ ହୋଇ ମାଆ ସାଙ୍ଗରେ ରହୁଥିଲେ। ମାଆ ଝିଅ ଦିହିଁଙ୍କୁ ତା'ର କୁକୁଡ଼ା ଚିଆଁ ବୋଲି କହିଥାଏ। ଆଜି ଡାଳିମ୍ବ ନାହିଁ। ଏତେ ଦୂରକୁ ଚାଲିଯାଇଛି ଯେ ତା'ର ଆଖି ପାଉନାହିଁ। ଡାଳିମ୍ବ ନଥିବା ଘର ଶୂନ୍ୟ ଶୂନ୍ୟ ଲାଗିବ। ସେ ଘରେ ସେ ଯାଇ କେମିତି ଯେ ତା' ମାଆକୁ ମୁହଁ ଦେଖେଇବ ?

ହେମ ଭିତରେ ଜର୍ଜ ପ୍ରତି କ୍ରୋଧ ଓ ଘୃଣା ପୁଞ୍ଜୀଭୂତ ହେଉଥିଲା। ହେମ ଭାବୁଥିଲା, ସେଇଦିନ ସେ ଆଉ ପାହାରେ ପିଟି ରାକ୍ଷସଟାକୁ ଜୀବନରୁ ମାରିଦେଇପାରିଥାନ୍ତା କି ? ତାହାହେଲେ ଆଜି ତା' ଭଉଣୀ ମରିନଥାନ୍ତା। ଏତେ ଘଟଣା ଘଟେଇସାରି ଜର୍ଜ କୋଉଠି ଲୁଚିଥିଲା ? ତା' ପାଖେ କାହିଁକି ପୁଲିସ ପହଞ୍ଚୁନଥିଲା ?

ହେମ ଅଙ୍କୁରକୁ କହିଲା, "ମୋତେ ପୁଲିସ ପଚାରିଲା କି ତୁମର କାହା ଉପରେ ସନ୍ଦେହ ହେଉଛି। ମୁଁ ସିଧା ସିଧା ଜର୍ଜର ନାଆଁ କହିଛି। କହିଛି, ସେଇ ଜର୍ଜ ବରାବର ଡାଳିମ୍ବ ପାଖକୁ ଯାଉଥିଲା ଓ ଡାଳିମ୍ବକୁ ଡକେଇ ପଠଉଥିଲା।"

ଅଙ୍କୁର କହିଲା, "ସିଏ ତ ପୁଲିସର ଗେହ୍ଲା ପୁଅ।"

ନିଜର ନୁଆଁଣିଆ ଚାଳ ଛପର ଘର ଅଗଣାରେ ବସି ଚମ୍ପା ଭତରା କାନ୍ଦୁଥିଲା। ତାକୁ ଘେରି ପଡ଼ିଶା ଘରର ସ୍ତ୍ରୀ ଲୋକମାନେ ବସିଥିଲେ ଏବଂ ବୁଝଉଥିଲେ। ମାତ୍ର ଯେତେ ଯାହା ବୁଝେଇଲେ ସୁଦ୍ଧା ଚମ୍ପାର କାନ୍ଦ ବନ୍ଦ ହେବାର ନାଁ ନେଉନଥିଲା।

ସାବେରିର ମାଆ ବୁଝଉଥିଲା, "ଯିଏ ଯେତିକିଦିନ ପାଇଁ ଆସିଥିବ, ସିଏ ସେତିକିଦିନ ରହି ଚାଲିଯିବ। ତୁ ତ ଏତେ ଗୀତ ଗାଇ ସବୁ କଥା ଆମକୁ ବୁଝଉ, ତୋତେ ଆମେ କ'ଣ ବୁଝେଇବୁ? ନିଜକୁ ଟିକେ ବୁଝା। ଆଉ ଗୋଟେ ଝିଅ ଅଛି। ସିଏ କିମିତି ହାତକୁ ଦିହାତ ହେଇ ସଂସାର କରିବ ସେ କଥା ଟିକେ ଭାବ୍। ବାପଛେଉଣ୍ଡ ଝିଅଟାର ତୋ ବିନା ଆଉ କିଏ ଅଛି?"

ମାତ୍ର ଗୀତକୁଡ଼ିଆଣୀ ଚମ୍ପା ଭତରାର ମନ ବୁଝୁନଥିଲା। ତା' ଆଖି ଆଗରେ ଖାଲି ଡାଳିମ୍ବର ମୁହଁ, ଆଖି, ନାକ ନାଚି ଯାଉଥିଲା। ସେ ବାହୁନୁଥିଲା- ଡାଳିମ୍ବ, ମୋର ଗେହ୍ଲା ଝିଅ। କୁଆଡ଼େ ଚାଲିଗଲୁ ଲୋ, ମାଆକୁ ଛାଡ଼ି କାହିଁକି ପଳେଇଲୁ ଲୋ। କୋଉ ନୃଶଂସିଆ ମୋ ଝିଅର ଏ ଦଶା କଲା ଲୋ ମା ଭୈରବୀ? ମୋତେ ନେଇ ନଯାଇ ମୋ ଝିଅକୁ କାହିଁକି ନେଇଗଲ ହେ ମା ପାର୍ବତୀ। ତା' ବାପ ଡାଳିମ୍ବକୁ ଭାରି ଭଲ ପାଉଥିଲା। ସେଇ କି ତା' ପାଖକୁ ଡାକିନେଲା ତା' ଝିଅକୁ ଲୋ ମା ବଲୀନ ଠାକୁରାଣୀ। ମୁଁ ଆଉ ବଞ୍ଚିବି ନାହିଁ ଲୋ ମୋ ଗେହ୍ଲା ଝିଅ। ମୁଁ ସେଇ ପାହାଡ଼ରୁ ଯାଇ ଡେଇଁ ପଡ଼ିବି...।"

ସ୍ତ୍ରୀଲୋକମାନେ ଚମ୍ପାକୁ କ'ଣ କହି ବୁଝେଇବେ ତାହା ଜାଣିପାରୁନଥିଲେ। ତା'ର ଏ ବିକଳ କାନ୍ଦଣା ଶୁଣି ପାଖରେ ବୁଲୁଥିବା କୁକୁଡ଼ା ଛୁଆଗୁଡ଼ିକ ଦୂରକୁ ଘୁଞ୍ଚିଯାଉଥିଲେ। ଶାଳ ଓ ଆମ୍ବଗଛ ଯୋଡ଼ିକ ଥ ହୋଇ ସତେ କି ଚମ୍ପାର ଏ ବାହୁନା ଶୁଣୁଥିଲେ। ଚମ୍ପା ଘଡ଼ିକି ଘଡ଼ି ମୂର୍ଚ୍ଛା ହେଇଯାଉଥିଲା। ସାବେରିର ମାଆ ତା' ମୁହଁରେ ପାଣି ଛିଞ୍ଚି ତାକୁ ସାଷ୍ଟମ କରୁଥିଲା।

ଡାଳିମ୍ବର ଶବ ଆସି ପହଞ୍ଚିଲା ବେଳକୁ ମୁହଁସଂଜ। ସଂଜବେଳେ ଶବ ପୋତା ହେବନାହିଁ। ସେ ସେଇମିତି ରହିବ। ସକାଳକୁ ଯାଇ ମଶାଣିରେ ପୋତାହେବ।

ଏଭଳି ଶବ ଥିବା ଘରେ ଗୀତକୁଡ଼ିଆଣୀ ଚମ୍ପା ଯାଇ ଗୀତ ଗାଏ। ସେ ଘରର ଲୋକେ କାଳେ ଶୋଇଯିବେ, ସେମାନଙ୍କୁ ଚିଆଁଇ ରଖିବା ଲାଗି ନାନା ଆଡୁ ନାନା ପଦ ଆଣି ସେ ଗୀତ ଗାଇଥାଏ। ଆଜି ବି ସେ ଗାଉଥିଲା। ମାତ୍ର ସେ ଗୀତରୁ ସୁର ହଜିଯାଇଥିଲା। ତା' ଜାଗାରେ ଥିଲା ଖାଲି କୋହ ଆଉ ଲୁହ।

ହଜିଯାଇଥିବା ସୁରରେ ଚମ୍ପା ଭତରା ଗାଉଥିଲା-

ତୋର ସୁନାର ଟିକିଲି ଛିଡ଼ିଲାରେ, ତୋର ରୁପାର ଟିକିଲି ଛିଡ଼ିଲାରେ...

ତାର ସେ ଗୀତର ସୁର ଗଛପତ୍ର ଭେଦି ଆକାଶକୁ ଉଠି ଯାଉଥିଲା।
ଶୂନ୍ୟରେ ମିଳେଇ ଯାଉଥିଲା ଚମ୍ପା ଭଉରାର ହାହାକାର।
ଗୋଟେ ଅସହାୟା ମାଆର କରୁଣ ବିଳାପ।

■

ଊନବିଂଶତି ପରିଚ୍ଛେଦ

ଡାଳିମ୍ବ ମାଟିରେ ପୋତାହେବାର ମାସଟାଏ ବିତିଗଲାଣି। ତା' ସମାଧି ଉପରେ ଟିକିଟିକି ଘାସ ଉଠିଲାଣି। କିନ୍ତୁ ମାଆ ଚମ୍ପା ଆଖିରୁ ଲୁହ ଶୁଖିନାହିଁ।

କନ୍ଦାକଟା ଭିତରେ ଡାଳିମ୍ବର ଦଶାହ ଗଲା। ଚମ୍ପା ତା'ର ସାମର୍ଥ୍ୟ ଅନୁସାରେ ସାହିପଡ଼ିଶାଙ୍କୁ ଭୋଜି ଦେଲା। ନହେଲେ ଡାଳିମ୍ବର ଡୁମା ରିସା କରିଥାଆନ୍ତା।

ଡାଳିମ୍ବ ଯିବା ପରଠାରୁ ଚମ୍ପା ସବୁଦିନ, ସଂଜ ବୁଡ଼ିବା କ୍ଷଣି, ଘର ଅଗଣାରେ ବସି ଗୀତ ବୋଲୁଛି। ସେ ଗୀତର ସୁର ନାହିଁ କି ଛନ୍ଦ ନାହିଁ। ମନକୁ ମନ କହୁଛି, ସିଏ ଗୀତ ନ ଗାଇଲେ ସମସ୍ତେ ଶୋଇପଡ଼ିବେ। ତା' ଝିଅର ଡୁମା ରାଗିଯିବ। ତା'ର ଏ ପ୍ରକାର ପାଗଳାମି ଦେଖି ହେମ ଡରି ଯାଉଛି। ସେ ମାଆକୁ କେତେଥର ବୁଝେଇ ସାରିଲାଣି ଯେ ଡାଳିମ୍ବ ମରିଯାଇଛି, ସେ ଆଉ ଫେରିବ ନାହିଁ। କିନ୍ତୁ ମାଆ ବୁଝୁ ନାହିଁ।

ଆଜି ପୂନେଇଁ। ଗାଁର ପୁଅ ଝିଅମାନେ ଦଳ ଦଳ ହୋଇ ଚାଉଳ, ଟଙ୍କା ମାଗଣ କରୁଛନ୍ତି। କେତେ ପ୍ରକାର ବେଶ ପୋଷାକରେ ସଜେଇ ହେଇଛନ୍ତି ସେମାନେ। ଝିଅମାନେ ନାଚୁଛନ୍ତି, ପୁଅମାନେ ଗୀତ ଗାଉଛନ୍ତି। ହେମ କିନ୍ତୁ ପିଣ୍ଡା ଉପରେ ବସି ଆକାଶକୁ ଅନେଇଛି। ଏ ନାଚଗୀତରେ ତା'ର ମନ ନାହିଁ। ମନ ମରିଥିଲେ ନାଚଗୀତରେ କି ସୁଖ ?

ଆଜି ଗାଁ ଠାକୁରାଣୀ ପାଖେ ଚମ୍ପା ଶିମ୍ଭ, କାନ୍ଦୁଲି ପକେଇ ଭାତ ରାନ୍ଧିବାର କଥା। ନହେଲେ ଠାକୁରାଣୀ ରାଗନ୍ତି। ହେମ ଦୀର୍ଘଶ୍ୱାସ ପକେଇ ଉଠିଲା। ରୋଷେଇ କରିବ। ଏମିତି ବସି ରହିଲେ ତ ଭୋକ ପଳେଇବ ନାହିଁ।

ହେମ କ'ଣ ରାନ୍ଧିବ ବୋଲି ଭାବି ଉଠୁଥିଲା, ସେତିକିବେଳେ ସାଧୁ ନାଏକ ଆଉ ଜଣେ ଲୋକକୁ ଧରି ତାଙ୍କ ଘର ଆଗରେ ଆସି ଡାକିଲା, "ଚମ୍ପା, ଘରେ ଅଛୁ କି ?"

ହେମ ବାହାରକୁ ଯାଇ କହିଲା, "ତା' ଦେହ ଭାରି ଖରାପ। ବିଛଣାରୁ ଉଠି ପାରୁନାହିଁ। କହୁନ, ଆଜି ପୁଣି କଅଣ ହେଲା ?"

ସେମାନଙ୍କ ପଛେ ପଛେ ଗୋଟେ ମୋଟର ସାଇକେଲ୍। ସେଥିରେ ବସିଥିଲା ଫଳବେପାରୀ ସାଲିମ ପରଗଣିଆ। ପାଞ୍ଚ ସାତ ବର୍ଷ ଆଗରୁ ସିଏ ଆସି ତାଙ୍କ ବାଡ଼ିରୁ ଫଳ କିଣି ନେଉଥିଲା। ଏହି କିଛି ବର୍ଷ ହେଲା ନାଗରାଜର ଲୋକେ ଏ ଗାଁରେ ବେପାର କରୁଥିବାରୁ ସିଏ ଆଉ ଆସୁନଥିଲା। ତା'ର ନାଗରାଜ ସାଙ୍ଗେ ପଡ଼େ ନାହିଁ।

ସାଲିମ କହିଲା, "କାଲି ସକାଳ ଦଶଟାରେ ଉମରକୋଟ ଥାନାକୁ ଯିବା। ସେଠିକି ଏସ୍.ପି. ସାହାବ ବି ଆସିପାରନ୍ତି। ଏଇଟା ଜରୁରୀ ଖବର ବୋଲି କହିବାଲାଗି ମୁଁ ଆସିଛି। ଏଠିକା ଫାଣ୍ଡିର ସବ୍‌ଇନିସ୍‌ପେକ୍ଟର ଲୋକ ପଠେଇ ତୁମମାନଙ୍କୁ ଖବର ଦେବା କଥା। କିନ୍ତୁ ଏହି ସବ୍‌ଇନିସପେକ୍ଟରର ବଦଳି ଅର୍ଡର ଆସିଯାଇଛି। ସିଏ ବଦ୍‌ମାସ ଲୋକଟା। ଏହି ବଦଳିରେ ସେ ଖୁସି ନାହିଁ। ମୁଁ ଶୁଣିଛି, ଅଙ୍କୁର ମାଝୀକୁ ବି ଖବର ଯାଇଛି। ସେ ସେଠିକି ଆସିବ।"

ହେମ କହିଲା, "ଯାହାର ତ ଯିବା କଥା ସେ ଗଲାଣି। ଆମେ ଆଉ ଥାନାକୁ ଯାଇ ଲାଭ କ'ଣ ? କେତେ ଥର ପୁଲିସ ପାଖକୁ ଦଉଡ଼ିବୁ ? ଗରିବଗୁରୁବାଙ୍କର କେହି ନାହିଁ। ଖାଲି କଷ୍ଟ ଆଉ ଅପମାନ।"

ସାଧୁ ନାଏକ କହିଲା, "ମୁଁ ବି ସେଇଆ କହୁଥିଲି। ମାତ୍ର ପରଗଣିଆ ବାବୁ ମାନିଲା ନାହିଁ। ସେଇଥିପାଇଁ ଆସିଲି। ତୁ ଯଦି ଯିବାର କଥା ତାହାହେଲେ ମୁଁ ତୋର ସାଙ୍ଗରେ ଯିବି। ପୁଲିସ ଯେତେବେଳେ ଖବର ଦେଇଛି ସେତେବେଳେ ଆମେ ନ ଯିବା କାହିଁକି ? ଆମର କୋଉ ଭଲଟା ହେଉଛି ଯେ ଖରାପଟା ପାଇଁ ଡରିବା ? ଯାହା ହେବାର ଥିବ ସେଇଆ ହେବ। ଆମେ ଯିବା। ଯାଇକି ଶୀଘ୍ର ପଳେଇ ଆସିବା।"

ହେମ ହଁ କି ନା କିଛି କହିଲା ନାହିଁ।

ସେମାନେ ଫେରିଗଲେ।

ସେଦିନ ରାତିରେ ପୂନେଇଁ ଜହ୍ନକୁ ଚାହିଁ ହେମ ବହୁତ ସମୟ ଭାବି ହେଲା। ତା' ବାବାର କଥା, ମାଆର କଥା, ଡାଳିମ୍ବର କଥା; ପୁଣି ଜର୍ଜର କଥା ଓ ଶେଷକୁ ଅଙ୍କୁରର କଥା। ସେମାନେ ସାଧାରଣ ଲୋକ। ଗଣ୍ଡିଏ ଖାଇ ଖଣ୍ଡିଏ ପିନ୍ଧିବେ, ଆୟୁଷ ଥିବା ପର୍ଯ୍ୟନ୍ତ ବଞ୍ଚିବେ। ଅଥଚ ସେତକ ଲାଗି ସୁଦ୍ଧା ସେମାନଙ୍କୁ ସୁଯୋଗ ମିଳୁନାହିଁ। ପିଲାଦିନେ ସେ ଅଗଷ୍ଟ ପନ୍ଦରରେ ଯାଇ ସ୍କୁଲରେ ବାବୁମାନଙ୍କଠାରୁ ଭାଷଣ ଶୁଣୁଥିଲା। ସମସ୍ତେ କହୁଥିଲେ, ଦେଶ ସ୍ୱାଧୀନ ହେଇଛି। ଏବେ କେହି ଆଉ କଷ୍ଟ ପାଇବେ ନାହିଁ। ଧନୀ ଗରିବ ସମସ୍ତେ ଭଲରେ ରହିବେ !

ସେ ତା' ଘରର ଚାରିଆଡ଼କୁ ଅନଉଥିଲା। ନିଜର ଭରିଲା, ପୂରିଲା ଫଳ ବଗିଚା କଥା ମନେପକଉଥିଲା। ଶାଗୁଆନ ଠାକୁରାଣୀ ଉଭା ହେବାରୁ ସିନା ଗଛଟା ବଞ୍ଚିଯାଇଛି, କିନ୍ତୁ ବଗିଚାର ଫଳ ଫସଲ ତ ଆସି ସେଇ ନାଗରାଜର ଲୋକେ ନେଇଯିବେ। ତାଙ୍କର ବୋଲି ଆଉ ରହିଲା କ'ଣ ?

ମାଆର ଦଶା ଦେଖି ହେମ ସହିପାରୁନଥିଲା। ଡାଳିମ୍ବ ଯିବା ଦିନୁ ସେ ବାୟାଣୀ ହେଇଯାଇଛି। ମନକୁ ମନ ଘଣ୍ଟା ଘଣ୍ଟା ଧରି ବେସୁରା ଗୀତଗୁଡ଼ିଏ ଗାଉଛି। ଥକିପଡ଼ିଲେ ଫାଁ ଗାଳି ପିଣ୍ଡାଟାରେ ଶୋଇପଡୁଛି। ଏତେ ଶୀତରେ ବି କିଛି ଘୋଡ଼ିହେଉ ନାହିଁ। ନା ଭଲରେ ଗଣ୍ଡେ ଖାଉଛି ନା ପିନ୍ଧୁଛି। କୋଉଥିରେ ତା'ର ଆଗ୍ରହ ନାହିଁ।

ପରଦିନ ସକାଳ ନଅଟା ବେଳକୁ ବାପି ଭାଇ ଗୋଟିଏ ଅଟୋ ଧରି ଘର ଆଗରେ ଆସି ହାଜର। ସେ ଚମ୍ପାକୁ ମଧ୍ୟ ସାଙ୍ଗରେ ନେବାକୁ କହୁଥିଲା, ମାତ୍ର ହେମ କହିଲା, ମା' ବିଛଣାରୁ ଉଠି ପାରୁନାହିଁ। ସିଏ ଘରେ ଥାଉ।

ଉମରକୋଟ ଥାନା ପରିସର ଚଳଚଞ୍ଚଳ ଦିଶୁଥିଲା। ଦୂରରୁ ଅନେଇ ହେମ ଦେଖିଲା ତିନିଟା ପୁଲିସ ଗାଡ଼ି ଥାନା ଆଗରେ ଠିଆ ହୋଇଥିଲା। ଦିଇଟାରେ ନାଲିବତି ଲାଗିଥିଲା। ଗୁଡ଼ିଏ ଲୋକ ଥାନା ଆଗରେ ଠିଆ ହେଇଥିଲେ। ଖବରକାଗଜ ଓ ଟିଭି ଲୋକମାନେ ଏପଟ ସେପଟ ହେଉଥିଲେ। ଆଗରୁ ସାଧୁ ନାଏକ ପହଞ୍ଚିଥିଲା। ବାପି ଯାଇ ତାଙ୍କୁ ଭେଟିଲା। ଥାନା ଆଗରେ ଠିଆ ହେଇଥିବା କନେଷ୍ଟବଲକୁ ବାପି କହିଲା ଯେ ଆମେ ଡାଳିମ୍ବ ଭତରାର ସଂପର୍କୀୟ। ଆମକୁ ଏଠିକି ଆସିବା ଲାଗି ଖବର ଯାଇଥିଲା।

: ହଁ। ତୁମେ ଯାଇ ଭିତରେ ବସ। - ପୁଲିସ କନେଷ୍ଟବଳ କହିଲା।

ବାସ୍ତବରେ ନବରଙ୍ଗପୁରର ଏସ୍.ପି. ଉମରକୋଟ ଥାନାରେ ଗୋଟେ ସାମ୍ବାଦିକ ସମ୍ମିଳନୀ ଡକେଇଥିଲେ। ସେଥିପାଇଁ ଥାନାର ସବୁ ପୁଲିସ ସେଠି ହାଜର ଥିଲେ। ହେମ, ନାଏକ ଓ ବାପି ପହଞ୍ଚିବାବେଳକୁ ଏସ୍.ପି. ଆସିନଥିଲେ। ତାଙ୍କୁ ପାଛୋଟିବା ପାଇଁ ଡି.ଏସ୍.ପି ଥାନା ଆଗରେ ଅପେକ୍ଷା କରି ଠିଆ ହୋଇଥିଲେ।

ଏସବୁ ଦେଖି ନାଏକ ଆଶ୍ଚର୍ଯ୍ୟ ହେଉଥିଲା। ସେ ହେମକୁ ପଚାରିଲା, "ଆମର ଏଠି କାମ କ'ଣ? ମୋତେ ତ କଥାଟା କେମିତି କେମିତି ଲାଗୁଛି। ତୋତେ ଡର ମାଡୁଛି କି ଲୋ?"

ହେମ କହିଲା, "ଯାହାର ସିନା କିଛି ହରେଇବାର ଥାଏ ସେ ଡରେ। ଆମର ଆଉ କ'ଣ ହରେଇବାର ଅଛି? ବାବା ଯାଇଛି, ଭଉଣୀ ଯାଇଛି, ମାଆ କତରାଲଗା, ବାଡ଼ିବଗିଚା ଥାଇ ନଥିଲା ପରି। କୋଉଦିନ ନାଗରାଜ ଆଉ ପାଞ୍ଚହଜାର ଟଙ୍କା ଦେଇଥିବା କହି ସେଗୁଡ଼ା ପୂରା ଦଖଲ କରିନେବ, କିଏ ଜାଣେ?"

: ସେମିତିକା କଥାଗୁଡ଼ା କହନା। ଏଇ ହେମ, ଦେଖିଲୁ- ସେଇଠି କିଏ ଆସି ବସିଲା?

: କାହିଁ, କୋଉଠି? ହେମ ଅନେଇଲା। କବାଟ ପାଖ ବେଞ୍ଚରେ ଗୋଟେ ଧଳା ବ୍ୟାନିୟନ ପିନ୍ଧି ଅଙ୍କୁର ବସିଥିଲା। ସେ ବହୁତ ସୁନ୍ଦର ଦିଶୁଥିଲା। ହେମକୁ ଦେଖି ଅଙ୍କୁର ଟିକିଏ ହସିଦେଲା।

ଏଗାରଟା ବେଳକୁ ଆସି ଏସ୍.ପି.ଙ୍କ ଗାଡ଼ି ପହଞ୍ଚିଲା। ସମସ୍ତେ ଚଞ୍ଚଳ ହେଇଗଲେ। ଖବରକାଗଜ ଓ ଟିଭିବାଲାଏ ତାଙ୍କ ତାଙ୍କ ଭିତରେ ଠେଲାପେଲା

ହେଉଥାଆନ୍ତି। ଏସ୍.ପି. ଖୁବ୍ ଗମ୍ଭୀର ଦିଶୁଥିଲେ। ସେ ହାତ ଦେଖାଇ ସମସ୍ତଙ୍କୁ ଚୁପ୍ ରହିବାକୁ ପରାମର୍ଶ ଦେଲେ।

ଡି.ଏସ୍.ପି. କହିଲେ, "ଆମେ ଖୁବ୍ କମ୍ ଦିନରେ ଡାଳିମ୍ବ ଭତରାର ମର୍ଡର ଆସାମୀକୁ ଚିହ୍ନଟ କରିଥିଲୁ। ମାତ୍ର ସେ ସେହିଦିନୁ ବାହାରକୁ ପଳେଇ ଯାଇ ଲୁଚିଥିବାରୁ ତାକୁ ଧରିବା ସମ୍ଭବ ହୋଇ ନଥିଲା। ଗତକାଲି ତାକୁ ଭାଇଜାଗ୍‌ରୁ ଗିରଫ କରି ଏଠିକି ଆଣିଛୁ।"

ଜଣେ କନେଷ୍ଟବଲ ଗୋଟେ ଲୋକକୁ ଆଣି ଏସ୍.ପି.ଙ୍କ ପଛପଟେ ଠିଆ କରେଇଲା। ତା' ମୁହଁ ଉପରେ ଗୋଟେ କଳା ଢାଙ୍କୁଣୀ ଢଙ୍କା ହେଇଥାଏ।

ଏସ୍.ପି. କହିଲେ, "ବାହାଘରର ଲୋଭ ଦେଖାଇ ଆସାମୀ ଜର୍ଜ ପ୍ରଧାନ ସେ ଯୁବତୀ ସହ ସଂପର୍କ ରଖିଥିଲା। ଯୁବତୀ ଗର୍ଭବତୀ ହେବାପରେ ବାହାଘର ଲାଗି ଚାପ ପକାଇବାରୁ ଜର୍ଜ ତାକୁ ଗର୍ଭପାତ ପାଇଁ ପରାମର୍ଶ ଦେଇଥିଲା। ମାତ୍ର ଡାଳିମ୍ବ ବାହାଘର ପାଇଁ ଜିଦ୍ କରୁଥିଲା। ହେଲେ ଜର୍ଜ ପ୍ରଧାନ ଆଗରୁ ବିବାହିତ। ଯେଉଁଦିନ ଡାଳିମ୍ବ ଜର୍ଜକୁ ଭେଟିବାକୁ ଯାଇଥିଲା ସେଦିନ ଜର୍ଜର ସ୍ତ୍ରୀ ଗାଁରୁ ଆସିକି ତା' ଘରେ ଥିଲା। ଏହି ଘଟଣାରୁ ଝଗଡ଼ା ହେଲା ଓ ଜର୍ଜ ପ୍ରଧାନ ପ୍ଲାନ୍ କରି ଡାଳିମ୍ବକୁ ପାହାଡ଼ ଉପରୁ ଠେଲି ଦେଇଥିଲା। ଏହି ଅପରାଧରେ ସେ ଯୋଉ ଗାଡ଼ି ବ୍ୟବହାର କରିଥିଲା, ସେଇଟା ନାଗରାଜ କଂପାନିର। କିନ୍ତୁ ନାଗରାଜ କଂପାନିର ସତ୍ୟପାଠ ଅନୁସାରେ, ଜର୍ଜ କାହାକୁ ନଜଣାଇ ତାହା ନେଇଯାଇଥିଲା। ଅପରାଧ ଘଟେଇ ସାରିବା ପରେ ସେ ଜିପ୍‌କୁ ଗୋଟେ ଗଛ ଦେହରେ ଧକ୍କା ଲଗାଇ ନିଜେ ଫେରାର ହେଇଯାଇଥିଲା।

"ଜର୍ଜ ପ୍ରଧାନ ଗୁଣ୍ଡା ପ୍ରକୃତିର ଲୋକ। ସିଏ ନିଜର ସ୍ୱାର୍ଥ ପାଇଁ ସରଳ ଲୋକକୁ ମାଓବାଦୀ ଦେଖାଇ ଅତ୍ୟାଚାର କରୁଥିଲା। ତା' ନାମରେ ଆଗରୁ ତିନିଟି ଫୌଜଦାରୀ କେସ୍ ଅଛି। ଦୁଃଖର କଥା, ଆମ ବିଭାଗର କିଛି କର୍ମଚାରୀ ତାକୁ ସାହାଯ୍ୟ କରୁଥିଲେ। ଏସବୁ ସାଂଗରେ ଏଠି ଆଦିବାସୀମାନଙ୍କର ଫଳ ଫସଲ ଲୁଟ୍ ଓ ମଝିରେ ଦଲାଲି କରୁଥିବା ଲୋକଙ୍କ ସଂପୃକ୍ତି ପ୍ରଶ୍ନ ବି ଅଛି। ଡାଳିମ୍ବର ମର୍ଡର୍ ପରେ ଏହି ଆସାମୀ ନିଜର ଦୋଷକୁ ଅନ୍ୟ ମୁଣ୍ଡ ଉପରେ ଲଦିଦେବାକୁ ଚାହିଁଥିଲା। ଆଗରୁ ତାକୁ ସେ ମାଓବାଦୀ ବୋଲି ପ୍ରମାଣିତ କରିପାରିଥିବାରୁ ଏଥର ମଧ୍ୟ ସେ ସଫଳ ହେବ ବୋଲି ଭାବିଥିଲା।"

ଏତିକି କହି ଡି.ଏସ୍.ପି. ଅଟକିଗଲେ।

ଏସ୍.ପି. କହିଲେ, "ଏ ନେଇ ମୁଁ କିଛିଦିନ ତଳେ ଜଣେ ସଚେତନ ନାଗରିକଙ୍କ ପାଖରୁ ଗୋଟେ ବିସ୍ତୃତ ଚିଠି ପାଇଥିଲି। ସେଇଟା ପଢ଼ିଥିବାରୁ ମୁଁ ଏ କେସ୍‌କୁ ନିଜେ ମନିଟରିଂ କରୁଥିଲି। ଏହି ଘଟଣା ପଛରେ ବିଜିନେସ୍-ପଲିଟିକ୍‌ସ-କ୍ରାଇମ୍‌ର ନେକ୍ସସ ଅଛି। ଏହା ସତ୍ତ୍ୱେ ସେ ଯୁବକ ସାହସ କରି ଆମକୁ ସାହାଯ୍ୟ କରିଥିବାରୁ ଆମେ ସଫଳ ହେଲୁ। ସେ ପିଲାଟାର ନାମ..."

ଏସ୍.ପି. ଡି.ଏସ୍.ପି.ଙ୍କୁ ପଚାରିଲେ।

ଡି.ଏସ୍.ପି. କହିଲେ, "ଅଙ୍କୁର ମାଝୀ। ସେ ଏଠି ଯଦି ଅଛନ୍ତି, ତାହାହେଲେ ଟିକେ ଠିଆହେଇ ପଡ଼ନ୍ତୁ।"

ଅଙ୍କୁର ମାଝୀ ଠିଆହୋଇ ହାତ ଯୋଡ଼ିଲା। କ୍ୟାମେରାବାଲାଏ ତା'ର ଫଟୋ ଉଠେଇଲେ।

ଏସ୍.ପି. ଅଙ୍କୁରକୁ କହିଲେ, "ତୁମେ ଭଲ କାମ କରିଛ। ବସ।"

ସେ ପୁଣି ଯୋଡ଼ିଲେ, "ଆସାମୀ ଜର୍ଜ ପ୍ରଧାନର ଡାଲିମ୍ବର ମାଆ ଓ ବଡ଼ ଭଉଣୀ ଉପରେ ରାଗ ଥିଲା। ଡାଲିମ୍ବର ବଡ଼ ଭଉଣୀ ଥରେ ତାକୁ ପିଟିଥିବାରୁ ସେ ଜାଣିଜାଣି ତାଙ୍କର ପରିବାରକୁ ସର୍ବସ୍ୱାନ୍ତ କରିବାପାଇଁ ଏହି ପ୍ଲାନ୍ ପ୍ରସ୍ତୁତ କରିଥିଲା। ସେ ଭାବୁଥିଲା କି ତା'ର ଦମ୍ଭ ଭାଙ୍ଗିଗଲେ ସେ ସେହି ଅଞ୍ଚଳରେ ଆଉ ବ୍ୟବସାୟ କରିପାରିବ ନାହିଁ। ଏହି କେସ୍‌ରେ ଯେଉଁ ଯେଉଁମାନେ ସଂପୃକ୍ତ ସମସ୍ତଙ୍କ ବିରୋଧରେ ଆକ୍ସନ୍ ନିଆଯିବ।"

ସାମ୍ବାଦିକମାନେ ପଚାରିଲେ, "ଆସାମୀକୁ କ'ଣ ଶାସ୍ତି ମିଳିବ? କିଏ କିଏ ତାକୁ ଚିହ୍ନଟ କରିଛନ୍ତି?"

ଡି.ଏସ୍.ପି. କହିଲେ, "ଭାରତୀୟ ନ୍ୟାୟ ସଂହିତାର ସେକ୍ସନ୍ ୩୦୨, ସେକ୍ସନ୍ ୩୭୬ ଓ ୪୬୮ରେ କେସ୍ ରୁଜୁ ହୋଇଛି। ଆସାମୀକୁ ଅନ୍ୟମାନଙ୍କ ସହ ତା'ର ନିଜର ସ୍ତ୍ରୀ ଚିହ୍ନଟ କରିଛନ୍ତି। ଡାଲିମ୍ବ ଯେଉଁଦିନ ତାଙ୍କର ଘରକୁ ଯାଇଥିଲା ସେଇଠି ଝଗଡ଼ା ହୋଇଥିଲା। ଅଙ୍କୁର ଡାଲିମ୍ବକୁ ଫୋନ୍ ନମ୍ବର ଦେଇଥିବା କଥା ସତ, ମାତ୍ର ସେ ତାକୁ ସାହାଯ୍ୟ କରିବାକୁ ନମ୍ବର ଦେଇଥିଲା।" ଏତକ କହି ଏସ୍.ପି. ଡି.ଏସ୍.ପି.ଙ୍କୁ ଇସାରା ଦେଲେ। ଡି.ଏସ୍.ପି. ଆସାମୀ ମୁହଁ ଉପରୁ ଢାଙ୍କୁଣୀ ଖୋଲିବାକୁ କହିବାରୁ ଜଣେ କନେଷ୍ଟବଳ ଢାଙ୍କୁଣୀ ଖୋଲିଦେଲା। ହେମ

ଦେଖିଲା, ଜର୍ଜ ପ୍ରଧାନ ଗୋଟେ ଦାଢ଼ିଭର୍ତ୍ତି କାପାଳିକ ପରି ଦିଶୁଥିଲା । ତା'ର ପୂର୍ବ ଗର୍ବ, ଅହଙ୍କାରର ଚିହ୍ନବର୍ଣ୍ଣ ସେଠି ନଥିଲା ।

ସାମ୍ବାଦିକମାନେ ଫଟୋ ଉଠେଇ ସାରିବାପରେ, କନେଷ୍ଟବଳ ପୁଣି ଥରେ ଜର୍ଜ ପ୍ରଧାନର ମୁହଁ ଢାଙ୍କିଦେଲା ଓ ତାକୁ ଘୋଷାରି ଘୋଷାରି ସେଠାରୁ ନେଇଗଲା । ଜର୍ଜର ଦୁଇ ହାତରେ ବେଡ଼ି ପଡ଼ିଥିଲା ।

ଏସ୍.ପି. ଟେବୁଲ୍ ଉପରୁ ତାଙ୍କର ଟୋପି ଉଠେଇ ନେଇ ପିନ୍ଧିଲେ ଓ ସେଠାରୁ ଯିବା ପାଇଁ ଉଠିଲେ । ଡି.ଏସ୍.ପି ସାମ୍ବାଦିକମାନଙ୍କୁ କହିଲେ, "ଆଉ ଯାହା ପଚାରିବାର କଥା ମୋତେ ପଚାରନ୍ତୁ । ସାର୍‌ଙ୍କର ଡେରି ହୋଇଯାଉଛି । ଚାରିଟାବେଳେ ନବରଙ୍ଗପୁରରେ ମନ୍ତ୍ରୀଙ୍କର ପ୍ରୋଗ୍ରାମ୍ ଅଛି ।"

■

ବିଂଶତି ପରିଚ୍ଛେଦ

ଘର ସାମ୍ନା ସଜନା ଗଛ ଉପରେ ବସି ଡାମରା କାଉଟି ରାବୁଥିଲା। ହେମକୁ ଲାଗୁଥିଲା, ଅଙ୍କୁର ଆଜି ଆସିବ। ତାକୁ ଖୁବ୍ ଆଶ୍ୱସ୍ତ ଲାଗୁଥିଲା।

ହେମର ଆଶ୍ୱସ୍ତିର ବଡ଼ କାରଣ ହେଲା, ଅଙ୍କୁରର ପୋଡ଼ାଗଡ଼ ଆସିବା ଉପରେ ଆଉ କିଛି ପ୍ରତିବନ୍ଧକ ନଥିଲା କି ତାଙ୍କ ବଗିଚାରୁ ଯାଇ ଫଳ, ପରିବା ଆଣିବାରେ ତା' ପରିବାର ପାଇଁ କିଛି ବାଧା ନଥିଲା। ବହୁଦିନ ପରେ କାଲି ରାତିରେ ତାକୁ ଭଲ ନିଦ ହେଇଥିଲା। ଶୋଇ ଶୋଇ ସେ ଭାବୁଥିଲା, ଏସବୁ ସମ୍ଭବ ହେଲା କେମିତି ? ନାଗରାଜର ଲୋକ ଜର୍ଜ ହାତରେ ପୁଣି ବେଢ଼ି ପଡ଼ିବ, ଏ କଥା ସେ କଳ୍ପନା କରିପାରୁ ନଥିଲା। କିଏ ସେ ବଡ଼ ଲୋକ ଯିଏ ଏସ୍.ପି. ସାହାବକୁ ଲମ୍ବା ଚିଠିଟେ ଲେଖିଥିଲେ ! ସେଇ 'ସଚେତନ ନାଗରିକ' କିଏ ?

ତା' ମାଆ ବି ଜର୍ଜର ଗିରଫଙ୍କୁ ବିଶ୍ୱାସ କରିପାରୁନଥିଲା। ସେ ଖାଲି ହାତଯୋଡ଼ି ଭୈରବୀ ଠାକୁରାଣୀଙ୍କୁ ମୁଣ୍ଡିଆ ମାରୁଥିଲା। ଉମରକୋଟ ଥାନାରୁ ଆସିବାବେଳେ ହେମ ଅଙ୍କୁରକୁ ଭେଟିବାଲାଗି ଚାହିଥିଲା। ମାତ୍ର ଜଣେ ପୁଲିସ ଆସି ଅଙ୍କୁରକୁ କ'ଣ ଗୋଟେ କାଗଜରେ ଦସ୍ତଖତ କରିବା ଲାଗି ଡାକିନେଲା କି କ'ଣ ହେମ ଆଉ ତାକୁ ଭେଟିପାରିଲା ନାହିଁ।

ହେମ ଆଜି ଘର ବାହାର ସଫାସୁତୁରା କରି ଓଳେଇଛି। ଭାତ ତରକାରି ରାନ୍ଧିଛି। ଆଜି ତା' ମାଆକୁ ସେ ଗଣ୍ଡେ ଭଲକରି ଖାଇବାକୁ ଦେବ। କେତେଦିନ ହେଲା ତା' ମାଆ ପେଟ ପୂରାଇ ଖାଇନାହିଁ।

ସତକୁ ସତ ଦିପହର ବେଳକୁ ଅଙ୍କୁର ଗୋଟେ ଅଟୋରେ ତା' ବାବା ମାଆଙ୍କୁ ସାଙ୍ଗରେ ଧରି ହେମ ଘରେ ଆସି ପହଞ୍ଚିଲା। ଘର ଆଗରେ ଠିଆହେଇ ଡାକିଲା, "ହେମ, ଦେଖ୍, କିଏ ଆସିଛନ୍ତି।"

ହେମ ଆଜି ଖଣ୍ଡେ କସ୍ତା ଶାଢ଼ି ପିନ୍ଧିଥିଲା। ସେଥିପାଇଁ ସେ ଟିକେ ଅଧିକ ଡେଙ୍ଗୀ ଦିଶୁଥିଲା। ଅଙ୍କୁର ଚିହ୍ନାଇ ଦେଇ କହିଲା, "ମୋର୍ ବାବା, ମାଆ।"

ହେମ ଲାଜେଇ ଯାଇ ଭିତରକୁ ଡାକ ପକେଇଲା, "ମାଆ, ଦେଖ୍ କିଏ ଆସିଛନ୍ତି।" ତା'ପରେ ସେ ଅଙ୍କୁରର ବାବା ମାଆଙ୍କୁ ଭୂଇଁରେ ମୁଣ୍ଡିଆ ମାରି ପ୍ରଣାମ କଲା।

ସେମାନେ ସମସ୍ତେ ଘର ଭିତରକୁ ଆସିଲେ।

ଅଙ୍କୁର ସାଙ୍ଗରେ ବିସ୍କୁଟ୍, ମିକ୍ସଚର୍ ନେଇକି ଆସିଥିଲା। ସେଗୁଡ଼ା ହେମକୁ ବଢ଼େଇ ଦେଇ କହିଲା, "ହଠାତ୍ ଆସିଗଲୁ। କିଛି ଭାବିବୁ ନାହିଁ।"

ଚମ୍ପା ଅଙ୍କୁରକୁ ଦେଖି ଖୁବ୍ ଖୁସି ହେଇଥିଲା। ସେ ଅଙ୍କୁରର ଦେହ ମୁଣ୍ଡ ଆଉଁଶି କହିଲା, "ଧନୁର୍ଦ୍ଧର ଅର୍ଜୁନ ତୁ। କେତେ ବଡ଼ କାମଟେ ନ କଲୁରେ ବାବା! ତୋତେ ମା ଠାକୁରାଣୀ କଇଲ୍ୟାଣ କରିଥାଉ।"

ଅଙ୍କୁରର ବାବା କହିଲା, "ତମର ଗୋଟେ ଝିଅ ଯେମିତି ଯାଇଛି, ଆମର ଝିଅ ବି ସେମିତି କୁଆଡ଼େ ପଳେଇଛି। ସେଥିଲାଗି ତମ ଝିଅର ହାତ ମାଗିବାଲାଗି ଆମେ ଆସିଛୁ।"

ଅଙ୍କୁରର ମାଆ, ଚମ୍ପା ଭଉରା ପାଖରେ ବସି ତା'ର ପିଠି ଆଉଁଶି ଦେଉଥିଲା।

ସେ ତା' ସ୍ୱାମୀର କଥାକୁ ସମର୍ଥନ କରି କହିଲା, "ବାବୁ, ସେମାନେ ତ ମନୁଷ ମାଇଜି ହେବାକୁ ରାଜି। ଆମେ ତାଙ୍କୁ କଲ୍ୟାଣ କରିବା କଥା।"

ହେମକୁ ଏସବୁ ଶୁଣିବାକୁ ଲାଜ ମାଡୁଥିଲା। ସେ ଭାବୁଥିଲା, କୁଆଡ଼କୁ ହେଲେ ପଳେଇ ଯାଆନ୍ତା କି! କିନ୍ତୁ ଘରେ ତ ସିଏ ଏକା। ସେ ନ ରହିଲେ କୁଣିଆଙ୍କ ଚର୍ଚ୍ଚା କିଏ କରିବ?

ଚମ୍ପା କହିଲା, "ମୁଇଁ ତ ଗୀତ୍ କୁଡ଼ିଆଣୀ। ମୋର ପାଖରେ କିଛି ନାଇଁ। କ'ଣ ଦେବି ତୁମର ପୁଅକୁ?"

: ଆମର ତ ଝିଅ ନେବାର କଥା। ତୁମେ ଆମକୁ ତୁମର ଝିଅ ଦେବ। ସେଇ ଯେ ସୁନାମୁଣ୍ଡା। - ଅଙ୍କୁରର ମାଆ କହିଲା।

ଅଙ୍କୁର ତା' ଝୁଲାରୁ ଗୋଟେ ଚାଦର ବାହାର କରି ହେମ ଗଳାରେ ପକେଇ ଦେଲା। କହିଲା, ଏଇଟା ଆମର କାପଡ଼ାଗନ୍ଧା। ପୁଷିକା ତୋଅର ପାଇଁ ବୁଣି ପଠେଇଛି।

ହେମ ହସିଦେଲା।

ଚମ୍ପା କହିଲା, "ଏବେ ତ ସେ କାପଡ଼ାଗନ୍ଧା ବେଉସା ବୁଡ଼ିଯାଉଛି, ଯେମିତି ଆମର ଗୀତ...।"

: ନାଇଁ, ନାଇଁ। ମୁଇଁ ବୁଣିବି କାପଡ଼ାଗନ୍ଧା, କନ୍ଧଘରର ବୋହୂ ହେଇ। ମୁଇଁ ଗାଇବି ଗୀତ, ଗୀତକୁଡ଼ିଆଣୀର ଝିଅ ହେଇ। - ହେମ କହିଲା।

: ସତରେ ତୁ ଗାଇବୁ? ବଞ୍ଚେଇ ରଖିବୁ ଆମର୍ ଗୀତ? ଚମ୍ପା ଖୁବ୍ ଉତ୍ସାହିତ ଦିଶୁଥିଲା।

: ହଁ, ମା। ମୁଁ ଗାଇବି। ତୋର୍ ଗୀତ ମୁଁ ଗାଇବି।

ଦୁଆରମୁହଁରୁ ସାଧୁ ନାଏକ ଡାକୁଥିଲା। ଘରକୁ 'ସତରା-ଆକା' (ଶ୍ୱଶୁର-ଶାଶୂ) ଆସିଛନ୍ତି ବୋଇଲେ ହେମ ଆମକୁ ନାଇଁ ପଚାରୁଛେ!

ହେମ ଯାଇ ସାଧୁ ନାଏକକୁ ମୁଣ୍ଡିଆ ମାରିଲା। ସେ ଏହି ଲୋକଟିର ଋଣ କେବେ ବି ଜୀବନରେ ଶୁଝିପାରିବ ନାହିଁ। ସାଧୁ ନାଏକ ମଣିଷ ନୁହେଁ ତ ତା'ର ପରିବାର ଲାଗି ଦେବତା।

ନାଏକ କହିଲା, "ଖାଲି ମୁଣ୍ଡିଆରେ କିସ ହେବ? ବାହାଘର ଦିନ ଧାର୍ଯ୍ୟ କରିବାକୁ ହେଲେ ନାଏକକୁ ଟା ନ ପିଆଇଲେ ଚଳିବ କି?"

ସମସ୍ତେ ହସିଲେ। ଅନେକ ଦିନ ପରେ ଚମ୍ପା ଭତରାର ଘରକୁ ହସ ଆସିଥିଲା, ଦୁଃଖର ନଈରେ ହସର ମାଛଟିଏ ପରି। ଅନ୍ଧାର ଘେରା ଜଙ୍ଗଲୀ ରାସ୍ତାରେ ଦୀପର ଆଲୁଅଟିଏ କିଏ ଅବା ଜାଳିଦେଇଥିଲା।

ଅଙ୍କୁର ଅନେଇଥିଲା ହେମକୁ, ହେମ ଅଙ୍କୁରକୁ। ଦିହେଁ ପରସ୍ପରକୁ ସେହିପରି ଅନେଇଥିଲେ ଯେମିତି ଦିହେଁ ଅନେଇଥିଲେ ପରସ୍ପରକୁ, ପ୍ରଥମ ସାକ୍ଷାତ ବେଳେ।

ଅଙ୍କୁରର ବାବା କହିଲା, "ପୁଅକୁ ରାୟଗଡ଼ା କାଗଜକଳରେ ଡ୍ରାଇଭର କାମ ମିଳିବ ବୋଲି ବାବୁମାନେ କହୁଛନ୍ତି। କିଏ ଜାଣେ ?"

ନାଏକ କହିଲା, "ଇଏ ତ ଭଲ ଖବର। କଥାରେ ପରା ଅଛି ଠାକୁର କାହା ଘରକୁ ସବୁଦିନ ଅନ୍ଧାରରେ ରଖନ୍ତି ନାହିଁ।"

ନାଏକ ତା'ର ଖାତା ପେନ୍‌ସିଲ୍ ବାହାର କରୁଥିଲା। ହେମ ଆଣି ସମସ୍ତଙ୍କୁ ଚା ପରଷୁଥିଲା। ଅଙ୍କୁର କହିଲା, "ସବୁ କଥା ତୁ ଏକାକୀ ସମ୍ଭାଳି ପାରିବୁ କି ?"

ହେମ ହସିଦେଇ କହିଲା, "ତୁ ତ ପାହାଡ଼ ଟଳେଇ ଦେଇଛୁ। ମୁଁ ଏଇ ଛୋଟିଆ ଝୁଡ଼ିଟି ଉଠେଇ ପାରିବି ନାହିଁ!"

ଅଙ୍କୁରର ମାଆ କହିଲା, "ଖାଲି କ'ଣ ହେମର ରୂପ ସୁନ୍ଦର, ତା'ର କି ବୁଦ୍ଧି ସୁନ୍ଦର ଦେଖ ଗୋ।"

ସାହସ ପାଇ ହେମ ଅଙ୍କୁରକୁ ପଚାରିଦେଲା, "ପୁଷିକା କ'ଣ କିଛି ଖବର ଦେଇନାହିଁ ?"

ଅଙ୍କୁର କହିଲା, "ସେ ଫୋନ୍ କରିଥିଲା। ଗାଁର ପରିସ୍ଥିତି ସୁଧୁରିଗଲେ ଆସିବ। ବାହାଘର ବେଳକୁ ଆସିବାଲାଗି ତାକୁ କହିବି। ଦେଖିବା। ଜେମ୍‌ସ ଭଲ ପିଲା। ସିଏ ଗୋଟେ ଠିକାଦାର ପାଖେ ସୁପରଭାଇଜର ଅଛି।"

ସେଦିନ ସଂଜବୁଡ଼େ, ଘଡ଼ିମାରି ଆସିଥିବା ଜହ୍ନକୁ ଅନେଇ ମା' ଚମ୍ପା ଓ ହେମ ଦିହେଁ ବସିଥିଲେ। ଦିପହରେ, କୁଣିଆ ଆସି ଫେରିଯିବା ପରଠାରୁ ଚମ୍ପା ଖାଲି ଝିଅର ବାହାଘର କଥା ଯୋଜନା କରୁଥିଲା। ପରିବାରରେ ଦି' ଦିଇଟା ମରଣ ହେଇଯାଇଥିବାରୁ କୋଉ ବାଟ କଲେ ବାହାଘର ଅଟକିବ ନାହିଁ, ନାଏକ ସେ କଥା ଚମ୍ପାକୁ କହିଯାଇଥିଲା। ଚମ୍ପା ଶୁଣିଥିଲା ଯେ, ବାହାଘର ପରେ ତା' ଜ୍ୱାଇଁ କିଛିଦିନ ଉମରକୋଟରେ ରହିବ। ତା'ପରେ ହେମକୁ ନେଇ ସେ ତା' ଗାଁକୁ ଯିବ।

ଉପରବେଳା ଚମ୍ପା ନିଜ ବଗିଚାଆଡ଼େ ଯାଇଥିଲା। ଢେର୍‌ଦିନ ପରେ ତାକୁ ଦେଖି ବଗିଚାର ଗଛଲଟାଗୁଡ଼ାକ ଅବା ଖୁସି ହେଇଥିଲେ।

ନିଜ ଘରର ପିଣ୍ଡା ଉପରେ ଜହ୍ନକୁ ଅନେଇ ବସିଥିଲା ହେମ। ତା'ର ଲମ୍ବା କଳା କେଶ ସାମ୍ନାପଟକୁ ଝୁଲିପଡ଼ିଥିଲା। ସେ ଆକାଶକୁ ଅନେଇ ଗାଉଥିଲା-

"ଆସିବି ପାଗ୍‌ଲା ତୋର ଘରକେ
ଭାତ ଶାଗ ଦେଇ ରଖ ଆମକେ
ରହିବି ତୋହର ହୋଇ
ପ୍ରେମ ଲଗାଇ ଖିଟ୍ ଖାଟ୍ କଲେ
ମରିଯିବି ବିଷ ଖାଇ।"

BLACK EAGLE BOOKS

www.blackeaglebooks.org
info@blackeaglebooks.org

Black Eagle Books, an independent publisher, was founded as a nonprofit organization in April, 2019. It is our mission to connect and engage the Indian diaspora and the world at large with the best of works of world literature published on a collaborative platform, with special emphasis on foregrounding Contemporary Classics and New Writing.